D1341272

L02833

DES ANGES ET DES INSECTES

DU MÊME AUTEUR

Le sucre, Éditions des Cendres, 1989.
Le fantôme de juillet, Éditions des Cendres, 1991.
Possession, Flammarion, 1993.

A. S. BYATT

DES ANGES
ET DES INSECTES

Traduit de l'anglais par
Jean-Louis Chevalier

COMITÉ D'ÉTABLISSEMENT
PÉCHINEY EMBALLAGE ALIMENTAIRE
16, Bd Général Leclerc
92115 CLICHY CEDEX
☎ (1) 47.30.70.00

FLAMMARION

Traduit avec le concours du
Centre National du Livre

Éditeur original :
Chatto & Windus Ltd

Titre original de l'ouvrage :
Angels and Insects

© A. S. Byatt, 1992

Pour la traduction française :

© Flammarion, 1995

ISBN : 2-08-066914-1

Pour Jean-Louis Chevalier

MORPHO EUGENIA

« Il faut que vous dansiez, monsieur, dit Lady Alabaster, sur son canapé. C'est très-aimable à vous de rester assis à côté de moi et d'aller me chercher des verres de citronnade, mais je crois vraiment qu'il faut que vous dansiez. Nos demoiselles se sont faites belles en votre honneur, et j'espère que leurs efforts n'auront pas été vains.

– Je les trouve toutes délicieuses, dit William Adamson, mais j'ai perdu l'habitude des danses de salon.

– On ne danse guère dans la jungle, déclara M. Edgar Alabaster.

– Au contraire. On y danse énormément. Il y a les fêtes religieuses – les fêtes chrétiennes – qui occupent des semaines de rang à des danses collectives. Et dans l'intérieur des terres il y a les danses indiennes où il vous faut imiter les sautillements des piverts, ou le tortillement des tatous, pendant des heures et des heures. » William ouvrit la bouche pour en dire davantage, et la referma. Un afflux de renseignements didactiques était un grave défaut chez les voyageurs de retour au pays.

Lady Alabaster déplaça quelques-uns de ses bourrelets de chair et de soie noire sur le satin rose de son canapé. Elle insista. « Je vais demander à Matty de vous trouver une jolie cavalière, à moins que vous n'en choisissiez une vous-même. »

Les jeunes filles chatoyantes passaient en tourbillonnant dans la lumière des chandelles, rose nacré, bleu ciel, argent et citron, gaze et tulle. Un petit orchestre, deux violons, une flûte, un basson et un violoncelle, lançait crincrins, stridences et détonations dans la tribune. William Adamson se sentait engoncé, mais l'esprit tranquille, dans un habit emprunté à Lionel Alabaster. Il se souvenait d'une *festa* sur le Rio Manaquiry, à la lueur de lampes faites de la moitié d'une écorce d'orange remplie d'huile de tortue. Il avait dansé avec la *Juíza*, la meneuse des réjouissances, pieds nus et en bras de chemise.

Là-bas, sa blancheur lui avait automatiquement valu la place d'honneur à table. Ici, il paraissait avoir la peau épicée, la dorure de la jaunisse se mêlant à la cuisson du soleil. Il était grand et naturellement anguleux, presque cadavérique après sa terrible aventure en mer. Les gens pâles dans la douce lumière passaient en dansant la polka, causant dans un murmure. La musique s'arrêta, les danseurs quittèrent le centre du salon en applaudissant et en riant. Les demoiselles Alabaster furent toutes les trois ramenées vers le groupe formé autour de leur mère. Eugenia, Rowena et Enid.

Toutes trois étaient des créatures d'ivoire et d'or pâle, aux yeux bleus, aux longs cils pâles et soyeux, visibles seulement sous certains éclairages et dans certaines ombres. Enid, la plus jeune, avait encore un soupçon de rondeur enfantine et portait de l'organdi rose agrémenté de boutons de rose blancs, ainsi qu'une couronne de boutons de rose et une résille de rubans roses dans les cheveux. Rowena était la plus grande, celle qui riait, les joues et les lèvres empreintes d'un coloris plus chaud, le chignon sur la nuque clouté de perles et de pâquerettes aux pétales rosés. L'aînée, Eugenia, portait de la tarlatane blanche sur un fond de robe en soie lilas, et avait un petit bouquet de violettes posé sur sa gorge, d'autres violettes encore à la taille, et une tresse de violettes et de lierre tout autour de sa lisse tête dorée. Leurs frères également avaient cette coloration blanc et or. Ils formaient un groupe homogène et charmant.

« Le pauvre M. Adamson ne se doutait pas que nous donnions un Bal au début de son séjour, dit Lady Alabaster. Votre père lui a immédiatement écrit pour l'inviter quand il a su qu'il avait été sauvé après quinze jours de naufrage, quelle horreur ! en plein Atlantique. Et votre père, naturellement, a davantage pensé à son désir de voir les spécimens de M. Adamson qu'à notre projet de soirée. Alors M. Adamson est arrivé pour trouver une maison en pleine effervescence et les domestiques courant de tous côtés dans la plus grande confusion qui se puisse imaginer. Heureusement, il est à peu près de la même taille que Lionel, qui a donc pu lui prêter un habit.

– Je n'aurais pas eu de tenue de soirée n'importe comment, dit William. Toutes mes possessions terrestres ont péri par le feu, ou par l'eau, ou les deux, et elles n'ont jamais inclus de tenue de soirée. Pendant mes deux dernières années à Ega, je n'avais même pas une paire de chaussures.

– Eh bien eh bien, dit paisiblement Lady Alabaster, vous

devez disposer d'immenses réserves de force et de courage. Je suis certaine qu'elles seront à la hauteur d'un tour de danse. Il faut que vous fassiez votre devoir, vous aussi, Lionel et Edgar. Il y a davantage de dames que de messieurs, ce soir. C'est toujours ainsi, je ne sais pas comment cela se fait, mais il y a toujours davantage de dames. »

La musique se fit de nouveau entendre. Une valse. William s'inclina devant la plus jeune des demoiselles Alabaster et lui demanda si elle était libre pour cette danse. Elle rougit, sourit et acquiesça.

« Vous regardez mes chaussures avec un nouvel intérêt, dit William en l'escortant. Vous craignez non seulement que je ne danse gauchement, mais encore que mes pieds inaccoutumés aux chaussures ne trébuchent sur vos jolis souliers. Je m'efforcerai qu'il n'en soit rien. Je ferai très-attention. Il faut que vous m'aidiez, mademoiselle, que vous preniez mes insuffisances en pitié.

– Il doit vous paraître très-étrange, dit Enid Alabaster, après tant d'années de dangers, d'épreuves et de solitude, de prendre part à ce genre de plaisirs.

– C'est absolument délicieux », dit William en regardant ses pieds et reprenant confiance. La valse était dansée par certaines gens à Pará et à Manáos ; il avait tournoyé avec des dames au teint olivâtre ou brun velouté, de vertu douteuse, ou sans vertu du tout. Il y avait quelque chose d'alarmant dans la douce et blanche créature entre ses bras, à la fois si laiteusement salubre et si aériennement intouchable. Mais ses pieds avaient repris confiance.

« Vous savez très-bien valser, dit Enid Alabaster.

– Pas aussi bien que votre frère, à ce que je vois », dit William.

Edgar Alabaster dansait avec sa sœur Eugenia. Il était grand et musclé, ses cheveux blonds se soulevaient en ondulations régulières et moutonnantes sur sa longue tête, et son dos était raide et droit. Mais ses grands pieds se mouvaient avec prestesse et traçaient les entrelacs complexes d'un élégant voltigement à côté des souliers gris perle d'Eugenia. Ils ne se parlaient pas. Edgar regardait par-dessus l'épaule de sa sœur, légèrement ennuyé, promenant ses regards sur la salle de bal. Eugenia tenait les yeux mi-clos. Ils tournoyaient, ils flottaient, ils s'arrêtaient, ils virevoltaient.

« Nous nous entraînons beaucoup dans la salle d'étude, dit Enid. Matty se met au piano et nous dansons, nous dansons, nous dansons ! Edgar préfère les chevaux, bien sûr, mais il aime tout ce qui est mouvement, comme nous tous. Lionel n'est pas aussi doué. Il ne se laisse pas aller de la même manière. Certains jours, je crois que nous pourrions danser à l'infini, comme les princesses dans le conte.

– Qui usaient leurs souliers en secret chaque soir.

– Et qui étaient épuisées chaque matin, sans que personne comprît pourquoi.

– Et qui refusaient de se marier tant elles aimaient danser.

– Certaines dames dansent encore après leur mariage. Mme Chipperfield par exemple, regardez, en vert vif. Elle danse admirablement bien. »

Edgar et Eugenia avaient quitté la piste et repris position auprès du canapé de Lady Alabaster. Enid continuait à parler à William de la famille. En passant une nouvelle fois devant le canapé, elle dit : « Eugenia était la meilleure danseuse de nous tous, avant son malheur.

– Son malheur ?

– Elle devait se marier, voyez-vous, seulement le capitaine Hunt, son fiancé, est mort très-brusquement. Ce fut un choc terrible, la pauvre Eugenia commence seulement à s'en remettre. C'est comme si elle était veuve sans avoir été mariée, je pense. Nous n'en parlons pas. Mais tout le monde est au courant, bien sûr. Je ne cancane pas, vous savez. J'ai simplement pensé – puisque vous devez séjourner ici quelque temps – qu'il pourrait vous être utile de le savoir.

– Merci. Vous êtes très-gentille. Je ne dirai pas de bêtises involontaires maintenant. Croyez-vous qu'elle accepterait de danser avec moi, si je l'en priais ?

– Elle le ferait peut-être. »

Elle le fit. Elle le remercia gravement, en bombant légèrement ses douces lèvres, et sans aucune altération de ses yeux profonds et lointains – ou du moins c'est ainsi qu'il les vit – et elle tendit gracieusement la main pour prendre la sienne. Elle avait, une fois étreinte – c'est ainsi qu'il se le dit – une présence plus légère, plus flottante, moins sautillante que celle d'Enid. Ses pieds étaient agiles. Il considéra de toute sa hauteur le pâle visage de la jeune fille et vit ses grandes paupières, veinées de bleu, presque translucides, et les épaisses franges de cils d'or blanc qui les bordaient. Ses doigts minces, reposant entre les siens, étaient gantés et faiblement chauds. Ses épaules et sa gorge sortaient, blanches et sans défaut, de la mousse de tulle et de tarlatane, comme Aphrodite de l'écume. Un simple rang de perles, d'une blancheur suave sur sa blancheur suave à une chatoyante différence près, reposait sur ses omoplates. Elle était à la fois hautainement nue et absolument intouchable. Il la guida tout autour de la salle et sentit, à sa honte et à son étonnement, des émois et des tressaillements d'excitation charnelle manifeste monter en lui. Il se remua à l'intérieur de l'habit de Lionel et se fit la réflexion – c'était, après tout, un savant et un observateur – que ces danses étaient destinées à exciter son désir exactement de cette manière, si chastes que fussent les gants, si tendrement innocente que fût l'existence quotidienne de la jeune femme entre ses bras. Il se rappela la danse du vin de palme, ronde oscillante qui, à un changement de rythme, se brisait en couples enlacés, lesquels faisaient cercle et dansaient autour du bouc émissaire, le danseur ou la danseuse qui restait sans partenaire. Il se rappela avoir été agrippé, serré, palpé, peloté avec une extrême vigueur par des femmes aux seins bruns luisants de sueur et d'huile, et aux doigts éhontés.

Rien de ce qu'il faisait à présent ne semblait se produire sans qu'il eût cette double vision, de choses vues et faites autrement, dans un autre monde.

« Vous pensez à l'Amazonie, dit Eugenia.

– Avez-vous le don de seconde vue ?

– Oh ! non. Seulement, vous sembliez loin. Et ce pays-là est loin.

– Je pensais à la beauté de tout ce qui est ici – l'architecture, les jeunes filles vêtues de gaze et de dentelles. Je regardais ces très-belles voûtes gothiques en éventail, dont M. Ruskin dit qu'elles ressemblent à la manière antique d'imaginer les arbres dans la forêt, en arcades, et je songeais aux palmiers qui se dressent dans la jungle, et à tous les beaux papillons soyeux qui voguent parmi eux, tout là-haut, hors d'atteinte.

– Comme ce doit être étrange », dit Eugenia. Elle s'arrêta. « J'ai fait un beau présentoir – une sorte de couverture piquée, de broderie presque – de certains des premiers spécimens que vous avez envoyés à mon père. Je les ai épinglés très-soigneusement – ils sont d'une exquise beauté – ils donnent un peu l'effet de coussins festonnés, seulement leur coloris est plus subtil que ne pourra jamais l'être celui des soies.

– Les indigènes croyaient que nous les collectionnions pour en faire des motifs de calicot. C'était leur seule façon de s'expliquer l'intérêt que nous y prenions, étant donné que les papillons ne sont pas comestibles – de fait, je crois que beaucoup sont vénéneux, car ils se nourrissent de plantes vénéneuses. Et ce sont ceux qui sont les plus brillants, et qui volent lentement et fièrement, en arborant leurs couleurs comme une sorte d'avertissement. Ce sont les mâles, bien sûr, qui se font briller pour leurs brunes compagnes. Les Indiens leur ressemblent en cela. Ce sont les hommes qui se parent de plumes brillantes, de peintures colorées, de cailloux. Les femmes sont plus sobres. Tandis qu'ici les hommes portent des carapaces comme des scarabées. Et vous autres dames ressemblez à un jardin de fleurs en plein épanouissement.

– Mon père a tellement regretté que vous ayez tant perdu dans ce terrible naufrage. Pour vous, et pour lui. Il était très-désireux d'enrichir sa collection.

– J'ai réussi à sauver un ou deux des plus rares et des plus beaux. Je les gardais dans une boîte spéciale à mon chevet – j'aimais à les regarder – et ils se trouvaient donc à portée de ma main quand nous avons compris que nous devions abandonner le navire. Il y a quelque chose de pathétique à sauver un papillon mort. Mais l'un d'entre eux en particulier est une rareté – je n'en dirai pas davantage à présent – mais je crois que votre père sera heureux de l'avoir – et vous aussi – mais ce doit être une surprise.

– Je déteste les gens qui me disent que je vais avoir une surprise et ne veulent pas me dire ce qu'elle est.

– Vous n'aimez pas l'incertitude ?

– Non. Non, pas du tout. J'aime savoir où j'en suis. J'ai peur des surprises.

– Alors je dois me rappeler de ne jamais vous surprendre », dit-il, et il eut l'impression de dire une bêtise et ne fut pas surpris qu'elle ne répondît rien. Il y avait une petite tache cramoisie, de la taille d'une fourmi ordinaire, à l'endroit où ses seins ronds se rejoignaient, ou se séparaient, tous deux, l'endroit où commençait l'ombre violette. Il y avait des veines bleues çà et là dans la surface crémeuse, juste sous la peau. A nouveau son corps le tirailla et il se sentit sale et dangereux. Il dit : « C'est un privilège pour moi que d'être admis à faire temporairement partie de votre heureuse famille, mademoiselle. »

Elle leva le visage vers lui, à ces mots, et ouvrit ses grands yeux bleus. Ils étaient mouillés de ce qui lui parut être des larmes retenues.

16

« J'aime ma famille, monsieur. Nous sommes très-heureux ensemble. Nous nous aimons beaucoup.

– Vous avez de la chance.

– Oh ! oui. C'est vrai. Je le sais bien. Nous avons beaucoup de chance. »

Depuis ses dix années en Amazonie, et davantage encore depuis ses journées de délire à dériver en chaloupe dans l'Atlantique, William en était venu à considérer les lits propres et moelleux d'Angleterre comme le cœur même du terrestre Séjour de la Félicité. Bien que minuit fût depuis longtemps passé quand il se retira dans sa chambre, il y trouva une mince et silencieuse femme de chambre qui attendait pour lui apporter de l'eau chaude, et pour bassiner son lit, virevoltant autour de lui, les yeux baissés, d'un pas silencieux. Sa chambre avait une petite fenêtre en saillie, ornée de sculptures, et le vitrail de l'œil-de-bœuf représentait deux lis blancs. Le confort moderne régnait entre ses murs gothiques – un lit en acajou, sculpté d'un entrelacs de feuilles de lierre et de cenelles de houx, pourvu d'un matelas de duvet d'oie, de couvertures de laine douce et d'un dessus-de-lit neigeux brodé de roses Tudor. Il ne se glissa toutefois pas immédiatement entre les draps, mais transporta sa bougie sur son bureau et sortit son journal.

Il avait toujours tenu un journal. Quand il était jeune homme, dans un village du Yorkshire près de Rotherham, il avait écrit son examen de conscience quotidien. Son père était un boucher prospère et un méthodiste dévot, qui avait envoyé ses fils dans une bonne école du voisinage où ils avaient appris le grec, le latin et les mathématiques élémentaires, et qui avait exigé leur présence à la chapelle. Les bouchers, avait observé William déjà porté à la catégorisation, ont tendance à être bien en chair, tournés vers le monde extérieur, et entiers dans leurs opinions. Robert Adamson, comme son fils, avait une chevelure noire et brillante, un nez long et fort, des yeux bleus et vifs sous des sourcils droits. Il aimait son métier, la dissection des carcasses, le travail délicat de la découpe et l'art des saucisses et des pâtés en croûte, et il avait une peur effroyable des Flammes de l'Enfer, dont le feu vacillait à la frange de son imagination durant le jour et consumait ses nuits hantées de songes. Il fournissait en bœuf de premier choix les résidences des propriétaires de fabriques et de mines, et en collets et crépinettes celles des mineurs et des ouvriers. Il avait de l'ambition pour

William, mais sans désirer rien de précis. Il voulait qu'il ait un bon métier, avec des possibilités d'expansion.

William s'affina la vue dans la cour de la ferme et la sciure sanglante de l'abattoir. Dans la vie qu'il choisit finalement, les talents de son père furent d'une valeur inestimable pour écorcher, assembler, préserver des spécimens d'oiseaux, de bêtes et d'insectes. Il disséqua fourmiliers, sauterelles et fourmis avec la précision de son père ramenée à une échelle microscopique. Aux temps de la boucherie, son journal était rempli de son désir d'être un grand homme, et d'une critique sévère de ses péchés : orgueil, manque d'humilité, égocentrisme, indolence, recherche hésitante de la grandeur. Il fit des essais de maître d'école et de surveillant de peigneurs de laine, et confia à son journal la détresse où le plongeaient ses succès en ces deux domaines – c'était un bon professeur de latin, il comprenait ce que ses élèves ne comprenaient pas ; c'était un bon surveillant, il détectait la paresse et remédiait à de réels sujets de doléances – mais il n'utilisait pas ses précieux dons, quels qu'ils fussent, il n'allait nulle part, et il avait l'intention d'aller loin. Il ne supportait pas à présent la lecture de ce journal douloureux qui tournait en rond, de ces cahiers où résonnaient des cris de suffocation, où se déroulaient des périodes de condamnation de soi, mais il les conservait dans un coffre à la banque, car ils faisaient partie d'une chronique, d'une chronique exacte du développement de la pensée et du caractère de William Adamson, qui avait toujours l'intention d'être un grand homme.

Le journal avait changé quand William avait commencé ses collections. Il s'était mis à faire de longues randonnées dans la campagne – la partie du Yorkshire où il vivait consistait en trous noirs infects au milieu des champs dans un pays accidenté d'une grande beauté – et il avait tout d'abord parcouru la campagne dans un état d'angoisse religieuse, mêlée de révérence envers la poésie de Wordsworth, à la recherche de signes de l'amour et de l'ordre divins dans les plus humbles fleurs qui s'épanouissaient, les ruisseaux gazouillants et les formations nuageuses changeantes. Puis il avait commencé à emporter une boîte de collecte, à rapporter des choses chez lui, à les presser, les classer par catégories, en s'aidant de l'*Encyclopédie des plantes* de Loudon. Il découvrit les crucifères, les ombellifères, les labiées, les rosacées, les légumineuses, les composées, et avec elles la furieuse diversité des formes qui se révélaient masquer ou mettre en valeur le rigoureux ordre sous-jacent des familles et des embranchements, variant selon le site et le climat. Il dépeignit pendant un certain temps dans son journal les merveilles du Dessein de Dieu, et son examen de conscience céda insensiblement la place à la mention des pétales qu'il observait, des formes de feuilles qu'il remarquait, des marécages, des haies, des talus au fouillis inextricable. Son journal vibra pour la première fois d'un bonheur riche d'une visée. Il commença aussi à collectionner les insectes et fut stupéfait de découvrir que des centaines d'espèces de coléoptères vivaient sur quelques kilomètres carrés de lande mouvementée. Il fréquenta l'abattoir, notant l'emplacement où les mouches à viande préfèrent pondre leurs œufs, la façon dont les asticots remuent et dévorent, le grouillement, le pullulement, une masse immonde mue par un principe d'ordre. Le monde paraissait différent, et plus vaste, plus brillant, non plus un lavis d'aquarelle mêlant le vert, le bleu et le gris, mais un éblouissant motif de fines lignes et de minuscules points vertigineux, noir comme le jais, cramoisi rayé et moucheté, émeraude iridescente, caramel liquide, bave d'argent.

Et puis il découvrit sa passion dominante, les insectes sociaux. Il examina les alvéoles régulières des ruches, il observa les pistes des fourmis qui se transmettaient des messages au moyen de leurs fines antennes et œuvraient en commun pour déplacer des ailes de papillon et des lichettes de fraise. Il se posta comme un géant stupide et vit des créatures incompréhensibles mais pourvues d'une intelligence et d'objectifs construire et détruire dans les fissures de ses propres pavés. Là se trouvait la clef de l'univers. Son journal devint celui d'un observateur des mœurs des fourmis. C'était en 1847, il avait vingt-deux ans. Cette année-là, à l'Institut ouvrier de Rotherham, il fit la connaissance d'un entomologiste amateur comme lui, et celui-ci montra les études de Henry Walter Bates dans *Le Zoologiste* sur les coléoptères et autres sujets. Il écrivit à Bates, en joignant quelques-unes de ses observations sur les colonies de fourmis, et reçut une réponse aimable, l'encourageant dans son travail, et ajoutant que Bates lui-même projetait, « avec mon ami et collègue en ce domaine », Alfred Wallace, une expédition en Amazonie à la recherche de créatures encore à découvrir. William avait déjà lu Humboldt et, dans W. H. Edwards, la description haute en couleur de la luxuriance démesurée, les joyeux et folâtres coatis, agoutis et paresseux, le coloris éclatant des couroucous, momots, piverts, grives musiciennes, perroquets, manakins et papillons « de la taille d'une main et d'un bleu métallique intense ». Il existait des millions de kilomètres de forêt inexplorée – celle-ci pouvait engloutir dans ses brillantes profondeurs vierges un entomologiste anglais en plus de Wallace et de Bates. Il y aurait de nouvelles espèces de fourmis, à nommer peut-être adamsonii, il y aurait tout l'espace voulu pour qu'un fils de boucher accède à la grandeur.

Le journal commença à mêler une note d'extase visionnaire au décompte détaillé de l'équipement, des boîtes de spécimens, ainsi qu'à des noms de navires et à des adresses utiles. William partit en 1849, un an après Bates et Wallace, et revint en 1859. Bates lui avait donné l'adresse de son agent, Samuel Stevens, qui avait réceptionné et vendu les spécimens expédiés par les trois collectionneurs. Ce fut Stevens qui présenta William au Révérend Harald Alabaster, lequel n'avait hérité son titre de baronnet et son manoir gothique qu'à la mort sans postérité de son frère en 1848. Alabaster, collectionneur obsessionnel, écrivit à son ami inconnu de longues lettres qui arrivaient à intervalles irréguliers et l'interrogeaient sur les croyances religieuses des indigènes aussi bien que sur les mœurs du moro-sphinx et de la fourmi de Saüba. William lui envoya en réponse des lettres de grand naturaliste au fond d'une jungle inexplorée, lettres pimentées d'un humour séduisant où il se prenait lui-même pour cible. Ce fut Harald Alabaster qui lui apprit le désastre de l'incendie subi en mer par Wallace en 1852, dans une lettre qui mit presque un an à lui parvenir. William avait en quelque sorte supposé qu'il y avait là, statistiquement, une assurance contre le naufrage d'un autre naturaliste lors de son voyage de retour, mais cela ne fut pas le cas. Le brick, la *Fleur-de-Lys,* menaçait ruine, il était hors d'état de naviguer, et William Adamson, à la différence de Wallace, pourtant plus distrait que lui, n'était pas convenablement assuré contre la perte de ses collections. Il était encore rempli du simple plaisir du survivant à être toujours en vie lorsque l'invitation de Harald Alabaster lui parvint. Il mit dans ses bagages ce qu'il avait sauvé, ce qui incluait son journal des Tropiques et ses papillons les plus précieux, et partit pour le Manoir de Bredely.

Son journal des Tropiques était terriblement taché – par la paraffine dans laquelle son coffret avait été plongé pour l'empêcher d'être mangé par les fourmis et les termites, par des traces de boue et de feuilles écrasées dues à des accidents de canoë, par de l'eau de mer comme des flots de larmes. Il s'asseyait seul sous un toit de feuilles tressées dans une hutte au sol en terre, et griffonnait des descriptions de toutes choses, les hordes voraces des fourmis légionnaires, les cris des grenouilles et des alligators, les desseins meurtriers des hommes de son équipe, les cris sinistres et monotones des singes pleureurs, le langage des diverses tribus chez lesquelles il séjournait, les marques variables des papillons, le fléau de la morsure des mouches, le déséquilibre de sa propre âme dans le monde vert de cette vaste solitude, de cette végétation meurtrière, et dans une simple existence paresseusement désœuvrée. Il examinait ces pages à la lumière de l'huile de tortue, et consignait son isolement, sa petitesse en face du fleuve et de la forêt, sa volonté de survivre, tout en se comparant à un moucheron qui danse dans le flacon du collectionneur. Il s'était pris de passion pour la forme écrite de sa propre langue, qu'il ne parlait presque jamais, tout en s'exprimant couramment en portugais, la *lingoa geral* parlée par la plupart des indigènes, et dans plusieurs langues tribales. Latin et grec lui avaient donné le goût des langues. Il lisait et relisait le *Paradis perdu* et le *Paradis reconquis* qu'il avait avec lui, ainsi qu'une anthologie, *Florilège de nos poètes anciens.* Ce fut ce volume qu'il prit à présent. Il devait être une heure du matin, mais son sang et son esprit battaient la chamade. Il n'était pas en état de dormir. Il avait acheté un cahier neuf, d'une élégante teinte verte sous une couverture marbrée, à Liverpool, et l'ouvrit à présent à sa première page blanche. Sur cette page il recopia un poème de Ben Jonson qui l'avait toujours fasciné et avait soudain pris un caractère d'urgence nouvelle.

> Avez-vous jamais vu croître un lis éclatant
> Avant que l'ait flétri le toucher de mains brutes ?
> Avez-vous observé de la neige la chute
> Avant que sur le sol la terre l'ait souillée ?
> Avez-vous caressé la robe du castor ?
>   Ou le duvet du cygne ?
> Ou respiré l'odeur du bouton d'aubépine ?
>   Ou le nard que l'on brûle ?
> Ou goûté le butin délicieux de l'abeille ?
> O si blanche ! O si douce ! O si suave est-elle !

C'était ce qu'il voulait transcrire, exactement cela. O si blanche ! O si douce ! O si suave ! voulait-il dire.

Après quoi s'ouvrait un territoire inconnu. Il se rappela une phrase d'un conte de fées de son enfance, une phrase prononcée par un Prince d'Arabie à propos de la jolie Princesse de Chine que lui avaient éphémèrement livrée, endormie, des esprits malveillants. « Je mourrai si je ne puis l'avoir », avait dit le Prince, à son serviteur, à ses père et mère. William tint sa plume en suspens au-dessus de sa feuille et écrivit :

« Je mourrai si je ne puis l'avoir. »

Il resta pensif pendant quelques instants, la plume à la main, et puis écrivit encore, sous la première ligne :

« Je mourrai si je ne puis l'avoir. »

Il ajouta :

Bien sûr, je ne mourrai pas ; c'est absurde – mais cette vieille déclaration tirée d'un vieux conte semble le mieux décrire l'espèce de glissement de terrain, de maelström, qui se produit dans mon âme depuis ce soir. Je crois que je suis un être rationnel. J'ai survécu, en conservant ma santé mentale et ma bonne humeur, à la presque inanition, l'isolement prolongé, la fièvre jaune, la trahison, la malveillance et le naufrage. Je me rappelle, petit garçon, avoir éprouvé, en lisant mon livre de contes de fées, un pressentiment de terreur plutôt que de plaisir à propos de ce que l'amour humain pouvait être, dans cette phrase : « Je mourrai si je ne puis l'avoir. » Je n'étais pas impatient d'aimer. Je n'ai pas cherché à aimer. Le plan rationnel que j'avais établi pour ma vie – plan qui n'en était pas moins romanesque et qui coïncide à présent avec le rationnel, tous deux impliquant un retour, après une période raisonnable de repos, dans la forêt – ne laissait pas de place pour la recherche d'une épouse, car je croyais ne pas en ressentir particulièrement le besoin. Lors de mon délire dans la chaloupe, il est vrai, et déjà auparavant, en proie aux soins, ou aux tortures, de cette répugnante *harpie* chez qui je me suis guéri *par moi-même* de la fièvre, j'ai effectivement rêvé parfois d'une douce présence féminine, comme d'une chose profondément nécessaire, déraisonnablement oubliée, comme si l'apparition pleurait après moi comme je pleurais après elle.

Sur quelle voie suis-je en train de m'engager ? J'écris dans un état de délire aussi exalté que celui que j'éprouvais alors. La sagesse conventionnelle serait choquée que je laisse même l'idée d'une union avec elle m'entrer dans le crâne – car aux yeux de la sagesse conventionnelle nos situations sont par trop inégales et, pis encore, je suis sans le sou, sans avenir. Je ne me laisserais pas personnellement influencer par ce genre de sagesse – et n'ai aucun respect envers les rangs et les positions officielles, dont le caractère artificiel est soutenu par l'endogamie, et par des passe-temps frivoles qui sont autant de pertes de temps – je suis aussi bon *homme,* à tout prendre, que E. A. et j'ai, j'ose en jurer, mis mon intelligence et mon courage physique au service de plus nobles fins. Mais de quel poids pèseraient de telles considérations dans une famille de cet ordre, celle-ci ou une autre, bâtie précisément pour rejeter toute intr...

La seule ligne de conduite rationnelle est d'oublier toute cette affaire, d'étouffer ces sentiments inopportuns, d'y mettre un terme.

Il resta à nouveau pensif pendant un moment, et puis écrivit pour la troisième fois :

« Je mourrai si je ne puis l'avoir. »

Il dormit bien, et rêva qu'il poursuivait dans la forêt une compagnie d'oiseaux qui s'arrêtaient, se pavanaient et le laissaient approcher, puis s'envolaient et tournoyaient en poussant des cris aigus, seulement pour se poser une fois encore, juste hors de portée.

Le bureau de Harald Alabaster, ou son antre, était à côté de la petite chapelle de Bredely. De forme hexagonale et revêtu de lambris, il avait deux profondes fenêtres sculptées dans la pierre, de style perpendiculaire ; le plafond aussi était sculpté dans cette pierre d'un pâle gris doré, en alvéoles formées d'hexagones plus petits. Il y avait un plafonnier peu ordinaire, rappelant la lanterne de la cathédrale d'Ely, et juste en dessous trônait, imposant, le grand bureau gothique qui donnait à la pièce l'apparence d'une salle capitulaire. Les murs étaient tapissés de hautes bibliothèques ogivales remplies de reliures lustrées, ainsi que de cabinets aux tiroirs profonds. Se trouvaient également trois vitrines de milieu en acajou brillant, de forme hexagonale et à châssis vitré. Dans l'une d'elles reposaient, embrochées sur leurs épingles, quelques-unes des anciennes prises de William, héliconiidés, papilionidés, danaïdés, ithomiidés. Au-dessus des bibliothèques étaient accrochés des textes de la Bible, calligraphiés avec soin en caractères gothiques, et bordés de charmants motifs de fruits, fleurs, feuillages, oiseaux et papillons. Harald Alabaster les montra à William.

« Ma fille Eugenia prend plaisir à effectuer ces décorations pour moi. Je les trouve très-agréables – joliment dessinées et exécutées avec soin. »

William lut à haute voix :

« Il y a quatre choses des plus petites de la terre, lesquelles, toutefois, sont sages et avisées :

Les fourmis, qui sont un peuple faible, et, néanmoins, elles préparent leur provision durant l'été ;

Les lapins, qui sont un peuple qui n'est pas puissant, et, cependant, ils font leurs maisons dans les rochers ;

Les sauterelles, qui n'ont point de roi, et, cependant, elles vont toutes par bandes ;

L'araignée, qui s'attache avec les mains, et qui est dans les palais des rois. »

Proverbes, XXX, 24-28

« C'est Eugenia aussi qui a composé cette élégante présentation des lépidoptères. Je crois qu'elle ne suit pas des principes tout à fait scientifiques, mais elle possède la complexité d'une rosace de formes vivantes, et s'y trouvent mises en valeur l'extraordinaire vivacité des couleurs et la beauté du monde des insectes. Je suis particulièrement charmé par cette idée de ponctuer les rangées de papillons avec de petits scarabées verts iridescents. Eugenia dit s'être inspirée des nœuds de soie d'une broderie.

– Elle me décrivait ce travail, hier soir. Elle a visiblement la main très-sûre pour agencer les spécimens. Et le résultat est très-beau, absolument ravissant.

– Elle est gentille.

– Elle est très-belle.

– J'espère qu'elle sera très-heureuse aussi », dit Harald Alabaster. Il n'avait pas l'air, pensa William, attentif à la moindre nuance de sens, il n'avait vraiment pas l'air d'être entièrement convaincu que ce serait le cas.

Harald Alabaster était grand, maigre et légèrement voûté. Son visage offrait une version osseuse et ivoirine de la physionomie de la famille, ses yeux bleus étaient un peu larmoyants, ses lèvres enfouies dans les frondaisons d'une barbe de patriarche. Cette barbe et son abondante chevelure étaient essentiellement blanches, mais avec des traces éparses d'une blondeur originelle, ce qui donnait à cette blancheur un aspect cuivré, sali, une ternissure paradoxale. Il portait un col d'ecclésiastique et une ample veste noire sur un pantalon flottant. Par-dessus le tout, une espèce de coule monacale, en laine noire, à manches longues et capuchon. Ce vêtement aurait pu avoir une raison pratique – les pièces situées dans les ailes du manoir étaient terriblement froides, même avec du feu allumé dans toutes les cheminées, ce qui la plupart du temps n'était pas le cas. William, qui avait correspondu avec lui pendant de nombreuses années, mais qui le rencontrait à présent pour la première fois, avait imaginé un homme plus jeune, aussi robuste et jovial que les collectionneurs qu'il avait rencontrés à Londres et à Liverpool, hommes de négoce et d'aventure intellectuelle tout ensemble. Il avait apporté ses trésors sauvés du naufrage, qu'il disposa alors sur le bureau d'Alabaster, sans les ouvrir.

Harald Alabaster tira sur une sorte de cordon qui pendait à côté de son bureau, et une servante entra d'un pas silencieux en portant un plateau, versa du café et ressortit.

« Vous avez eu de la chance d'avoir la vie sauve. Que Dieu en soit loué. Mais la perte de vos spécimens doit avoir été un terrible revers. Qu'allez-vous faire, monsieur, s'il n'est pas indiscret de vous le demander ?

– Je n'ai guère eu le temps d'y penser. J'avais espéré vendre assez de choses pour pouvoir rester en Angleterre un certain temps, écrire sur mes voyages peut-être – j'ai tenu un journal détaillé – et gagner de quoi m'équiper pour repartir en Amazonie. Nous avons à peine commencé à recueillir des bribes, monsieur, nous qui avons travaillé là-bas – il y a des millions de kilomètres inexplorés, de créatures inconnues... Il existe certains problèmes que je me propose de résoudre – je me suis pris d'un intérêt particulier pour les fourmis et les termites – je voudrais effectuer l'étude approfondie de certains aspects de leur vie. Je crois par exemple que j'ai une meilleure explication à offrir des curieuses habitudes des fourmis parasols que celle avancée par M. Bates, et j'aimerais aussi découvrir le nid des fourmis légionnaires – Eciton burchelli – ce qui n'a encore jamais été fait. Je me suis même demandé s'il ne s'agissait pas de nomades perpétuelles qui n'établissent que des campements temporaires – ce qui n'est pas dans la nature des fourmis, nous le savons – mais celles-ci causent de tels ravages, se livrent à de si féroces saccages, que peut-être leur faut-il se déplacer perpétuellement pour survivre. Et puis il y a l'intéressant problème – qui renforcerait les observations de M. Darwin – de la façon dont certaines fourmis, qui habitent certaines broméliacées, paraissent avoir épousé la forme de ces plantes au cours des millénaires, de telle sorte que les plantes semblent vraiment bâtir loges et galeries pour les insectes qu'elles abritent dans le cours naturel de leur propre croissance. J'aimerais voir si ce peut être démontré ; j'aimerais – je vous prie de m'excuser, je parle à tort et à travers et sans pouvoir m'arrêter – je ne sais plus me tenir. Vous m'avez témoigné tant de bonté dans vos lettres, monsieur, leur arrivée était l'un de mes très-rares moments de luxe tout le temps que j'ai passé dans la forêt. Vos lettres, monsieur, arrivaient avec des produits de première nécessité, tels que beurre et sucre, blé et farine, que nous ne voyions jamais autrement – et elles étaient encore davantage les bienvenues. J'en rationnais la lecture, afin de les savourer plus longtemps, comme je le faisais du sucre et de la farine.

– Je suis content d'avoir procuré tant de plaisir à quelqu'un, dit Harald Alabaster. Et j'espère pouvoir vous aider maintenant d'une manière plus matérielle. Dans un instant nous examinerons ce que vous avez rapporté – je vous donnerai un bon prix de tout ce qu'il me faut, un bon prix. Mais je me pose la question... je me demande... aimeriez-vous rester dans cette maison pendant assez de temps pour... Si vos spécimens avaient survécu au naufrage, je suppose que vous auriez passé un temps considérable à inventorier et à cataloguer le tout – c'eût été un labeur considérable. Or j'ai dans mes remises – j'ai honte de l'avouer – des caisses et des caisses dont j'ai fait l'acquisition enthousiaste auprès de M. Wallace, M. Spruce, M. Bates et vous-même, mais aussi auprès de voyageurs rentrés de la péninsule de Malaisie, d'Australie, d'Afrique – j'avais gravement sous-estimé le travail nécessaire à leur classement. Il y a quelque chose de très-répréhensible, monsieur, à piller la Terre de ses beautés et de ses curiosités, et à n'en pas faire le seul usage qui justifie nos déprédations – l'avancement du savoir utile, de l'émerveillement humain. Je me sens comme le dragon du poème, assis sur un monceau de trésors dont il ne fait aucun bon usage. Je pourrais vous offrir l'emploi de mettre tout cet ensemble en ordre – si vous acceptez – et cela vous donnerait sans doute le temps de reprendre votre route de la manière qui vous paraîtra la meilleure après réflexion...

– C'est une offre extrêmement généreuse, dit William. Elle me procurerait à la fois le vivre et le couvert, et un travail à la mesure de mes possibilités.

– Mais vous hésitez –

– J'ai toujours eu une vision claire – une sorte d'image mentale – de ce que je devais faire, de ce que ma vie devait être –

– Et vous n'êtes pas sûr que votre vocation inclue le Manoir de Bredely. »

William hésita. Il voyait en pensée une image d'Eugenia Alabaster, sa gorge blanche sortant des flots de dentelle de sa robe de bal comme Aphrodite de l'écume. Mais il n'allait pas dire une telle chose. Il se plut même à la duplicité de ne pas la dire.

« Je sais que je dois trouver le moyen de monter une autre expédition.

– Peut-être, dit Harald Alabaster en mesurant ses paroles, pourrais-je, plus tard, vous y aider. Non seulement en achetant des spécimens, mais de manière plus substantielle. Puis-je vous suggérer de prolonger votre séjour – et à tout le moins de jeter un coup d'œil sur ce que j'ai accumulé – je vous verserai naturellement les honoraires dont nous serons convenus pour ce travail, je voudrais donner à cet arrangement un tour professionnel. Et je ne requerrais pas que vous donniez toute votre attention à cette tâche – oh non – de sorte que vous auriez aussi le temps de mettre vos idées en ordre pour écrire. Et puis, en temps voulu, une décision pourrait être prise, un navire trouvé, et moi-même espérer peut-être que je ne sais quel crapaud monstrueux ou quel coléoptère à la mine sauvage du tapis de la jungle m'offre l'immortalité – Bufo amazoniensis haraldii – Cheops nigrissimum alabastri – c'est assez bien venu, vous ne trouvez pas ?

– Je ne vois pas comment refuser une telle offre », dit William. Il déballait sa boîte de spécimens tout en parlant. « Je vous ai apporté une chose – une chose très-rare – qui déjà, fortuitement, est nommée d'après cette maison dans la forêt vierge. J'ai ici un groupe très-intéressant de papillons, des héliconies et des ithomiinés, et là encore quelques très-beaux papilionidés – certains mouchetés de rouge, d'autres vert foncé. J'espère discuter avec vous des variations significatives dans la forme, la configuration de ces créatures, variations qui peuvent laisser supposer que l'espèce soit en cours de modification, de changement... Mais voici – voici ce qui, je pense, vous intéressera tout particulièrement. Je sais que vous avez reçu le Morpho Menelaus que je vous ai envoyé ; je suis parti à la poursuite de son congénère, le Morpho Rhetenor – qui est encore plus brillant, d'un bleu plus métallique, et de plus de dix-sept centimètres d'envergure. J'ai effectivement un Morpho Rhetenor, un seul, le voilà – ce n'est pas un beau spécimen – il est un peu déchiré, et il lui manque une patte. Ils volent dans les larges trouées ensoleillées de la forêt, ils flottent très-lentement et parfois battent des ailes, comme des oiseaux, et ils ne descendent que très-rarement au-dessous de six mètres, aussi sont-ils presque impossibles à capturer, et pourtant ils sont d'une exquise beauté quand on les voit voguer dans la lumière verdâtre. Mais j'ai employé d'agiles petits Indiens à grimper aux arbres pour moi, et ils ont réussi à me rapporter un couple d'une espèce voisine d'une égale rareté et, en un sens, d'une égale beauté, bien qu'ils ne soient pas bleus – les voici, regardez – le mâle est d'un splendide blanc satiné, et la femelle d'une teinte lavande moins brillante, mais néanmoins exquise. Quand ils me furent rapportés, en si parfaite condition, j'ai senti le sang me monter à la tête, j'ai vraiment cru que j'allais m'évanouir tant j'étais excité. Je ne savais pas à quel point ils seraient tout désignés pour enrichir vos collections. Ils sont très-proches des Morpho Adonis. Et des Morpho Uraneis Batesis. Ce sont des Morpho Eugenia, Sir Harald. »

Harald Alabaster contempla les créatures mortes et brillantes.

« Des Morpho Eugenia. Remarquable. De remarquables créatures. Quelle beauté, quelle délicate livrée, il est merveilleux que quelque chose d'aussi fragile soit arrivé jusqu'ici, à travers de tels dangers, depuis l'autre bout de la terre. Et très-rare. Je n'en avais jamais vu. Je n'avais jamais entendu parler de quelqu'un qui en eût vu. Morpho Eugenia. Eh bien ! »

Il tira à nouveau sur le cordon de la sonnette, qui ne produisit dans la pièce qu'un faible son grinçant.

« Il est difficile, dit-il à William, de ne pas convenir avec le duc d'Argyll que l'extraordinaire beauté de ces créatures soit en elle-même la preuve de l'œuvre d'un Créateur, d'un Créateur qui a également conçu notre sensibilité humaine à la beauté, à la composition décorative, aux délicates variations et aux couleurs brillantes.

– Si je considère notre réaction spontanée en leur présence, dit William, je me sens instinctivement porté à partager votre avis. Mais du point de vue scientifique je sens que je dois demander quel dessein de la nature pourrait être rempli par tout cet éclat et cette beauté. M. Darwin, je sais, incline à penser que le fait que ce sont de manière très-prépondérante les papillons et les oiseaux mâles qui ont de si brillantes couleurs – alors que les femelles sont souvent gris-beige et effacées – que ce fait suggère que le mâle tire sans doute un certain avantage à faire parade de ses couleurs écarlate et or, ce qui pourrait contribuer à ce que la femelle le choisisse pour l'accouplement. M. Wallace soutient que la coloration grise de la femelle est une protection – elle peut s'accrocher sous une feuille pour y pondre ses œufs, ou couver dans la pénombre sur son nid et se fondre dans les ombres jusqu'à se rendre invisible. J'ai moi-même observé que les papillons mâles flamboyants tournoient par mille et par cent tandis que les femelles paraissent timorées, et se cachent derrière les buissons et dans les coins humides. »

On frappa à la porte et un valet de chambre entra dans le bureau.

« Ah, Robin, pouvez-vous me trouver Mlle Eugenia – toutes les autres demoiselles aussi – nous avons quelque chose à leur montrer. Dites à Mlle Eugenia de venir dès qu'elle le pourra.

– Oui, monsieur. » La porte se referma.

« Il y a une autre question, dit William, que je me pose souvent. Pourquoi les papillons les plus brillants se prélassent-ils, ailes déployées, sur la surface supérieure des feuilles, ou volent-ils en battant lentement des ailes, sans se hâter. Les papilionidés, par exemple, sont également connus sous le nom de pharmacophages, ou mangeurs de poison, parce qu'ils se nourrissent de feuilles vénéneuses d'aristoloche – et ils semblent savoir qu'ils peuvent se montrer impunément, que les prédateurs ne les happeront pas. Il est possible qu'en faisant parade de leurs vives couleurs ils lancent une espèce d'avertissement et de défi. M. Bates a même suggéré que certaines espèces inoffensives miment les vénéneuses afin de partager leur immunité.

Il a trouvé certaines piérides – des blanches et des soufrées – qu'on ne peut distinguer de certains ithomiinés, au premier coup d'œil, et même en les observant soigneusement, à moins d'utiliser un microscope... »

Eugenia entra. Elle était vêtue de mousseline blanche, avec des rubans et un nœud cerise, une ceinture cerise aussi, elle était ravissante. Quand elle approcha du bureau de Harald pour voir les Morpho Eugenia, William eut l'impression confuse qu'elle transportait avec elle sa propre atmosphère, un nuage de poussière magique qui l'attirait et le retenait en même temps, à la distance précise de la barrière invisible. Il s'inclina poliment devant elle, et pensa immédiatement à la notation enivrée et lucide de son journal : « Je mourrai si je ne puis l'avoir », ainsi qu'à un navire sous voiles, fendant l'onde verte qui fuit en bouillonnant sous son étrave, et poursuivi par les embruns. Il ne craignait pas le danger, mais il était sagace et n'éprouvait aucune délectation à l'idée de se ratatiner dans un feu stérile.

« Quelle jolie créature », dit Eugenia. Sa bouche suave était légèrement ouverte. Il put voir ses dents humides, tout uniment laiteuses.

« C'est le Morpho Eugenia, ma chérie. Il ne tient pas son nom de toi, mais c'est à toi qu'il a été rapporté, par M. Adamson.

– Quelle merveille ! Comme elle brille d'un blanc pur –

– Non, non, c'est le mâle. La femelle est la plus petite, la lavande.

– Quel dommage. Je préfère le blanc satiné. Mais comme je suis du sexe féminin, c'est naturel. Je voudrais que nous puissions les exposer en vol. Ils paraissent un peu raides, comme des feuilles mortes, quoi que l'on fasse pour leur donner l'air naturel. Je voudrais élever des papillons comme nous élevons des oiseaux.

– C'est parfaitement faisable, dit William. Dans une serre, si les larves reçoivent des soins appropriés.

– Je prendrais grand plaisir à m'asseoir dans la serre au milieu d'un grand nuage de papillons. Ce serait très-romanesque.

– Je pourrais vous procurer un pareil nuage, avec la plus grande facilité. Pas de Morpho Eugenia, bien sûr. Mais des espèces locales, bleues, blanches, dorées, noires et incarnates. Vous seriez vous-même Morpho Eugenia. Ce qui signifie beau, vous savez. De forme harmonieuse.

– Ah ! dit Eugenia. Le contraire d'amorphe.

– Exactement. La forêt primitive là-bas – la similitude infinie de la végétation – les nuages de moucherons et de moustiques – la mêlée des lianes et des broussailles – tout cela m'a souvent paru être le comble de l'amorphe. Et puis une chose parfaite, de belle forme, m'apparaissait et me coupait le souffle. Les Morpho Eugenia l'ont fait, mademoiselle. »

Elle posa sur lui son regard liquide pour voir si elle avait décelé un compliment, comme si elle eût été douée d'un sens spécial pour les percevoir. Il croisa son regard, lui adressa un bref sourire, d'un air un peu piteux, et elle lui rendit un sourire aussi bref, avant de baisser les cils sur les lacs bleus de ses yeux.

« Je vais leur faire une vitrine spéciale, monsieur, vous verrez. Ils danseront tous deux à jamais, dans leurs atours de soie blanc et bleu. Vous me direz ce que je dois peindre comme fond, quelles feuilles et quelles fleurs – j'aimerais que cela fût juste, naturellement.

– Je suis à vos ordres, mademoiselle.

– M. Adamson veut bien séjourner ici quelque temps, ma chérie, et m'aider à classer mes collections.

– Bien. Alors je pourrai lui donner mes ordres, comme il le suggère. »

Comprendre la vie quotidienne au Manoir de Bredely n'était pas chose aisée. William se trouvait être à la fois un anthropologue objectif et un prince de conte de fées retenu par d'invisibles portails et liens de soie dans un château enchanté. Chacun avait sa place attitrée et son mode de vie, et tous les jours, plusieurs mois durant, il découvrit de nouvelles gens dont il n'avait pas jusqu'alors soupçonné l'existence, occupés à des tâches dont il avait tout ignoré.

Bredely était édifié sur le plan d'un manoir médiéval, mais

avec des capitaux de fraîches dates. En 1860, il était achevé depuis trente ans, et sa construction avait été longue. Les Alabaster étaient de famille noble et ancienne, de sang toujours bleu ; ils n'avaient jamais disposé de beaucoup de pouvoir, mais avaient cultivé leurs champs et collectionné livres, chevaux, curiosités et volailles. Harald Alabaster était le fils cadet de Robert Alabaster, qui avait bâti Bredely grâce à l'argent que lui avait apporté sa femme, fille d'un marchand de la Compagnie des Indes orientales. La demeure était passée au frère aîné de Harald, prénommé Robert lui aussi, qui s'était richement marié lui aussi, avec la fille d'un comte de modeste lignage qui lui avait donné douze enfants tous morts en bas âge. Harald, cadet conventionnel, était entré dans les Ordres et une cure lui était échue dans la région des Fens, où il avait occupé ses loisirs à faire de la botanique et de l'entomologie. Il était pauvre en ce temps-là – la fortune de Robert le père n'était pas aliénable de Bredely, qui était passé à Robert le fils. Harald s'était marié deux fois. Sa première femme, Joanna, lui avait donné deux fils, Edgar et Lionel, et était morte en couches. Gertrude, l'actuelle Lady Alabaster, l'avait épousé immédiatement après son veuvage. Gertrude Alabaster avait elle aussi apporté une belle dot – c'était la petite-fille d'un propriétaire de mines porté à la philanthropie et à d'habiles investissements. Elle avait survécu à la maternité avec une complaisance répétitive. William avait d'abord supposé que les cinq enfants qu'il avait vus composaient toute la famille, mais il découvrit qu'il y en avait encore au moins trois d'âge scolaire – Margaret, Elaine et Edith – plus des jumeaux en bas âge, Guy et Alice. Faisaient également partie de la communauté diverses demoiselles sans ressources, parentes des Alabaster ou de leurs épouses. Une certaine Mlle Fescue était toujours présente à table, où elle mâchait bruyamment sans jamais souffler mot. Il y avait aussi une mince Mlle Crompton, généralement appelée Matty, qui, sans être institutrice – fonction détenue par Mlle Mead – ni bonne d'enfant – office dévolu à Dacres – semblait avoir plus ou moins pour emploi de s'occuper des plus jeunes membres de la famille. Il y avait encore des jeunes gens en visite, amis d'Edgar et de Lionel. Enfin il y avait les domestiques, du majordome et de la gouvernante aux filles de cuisine et aux garçons de cave, dans les profondeurs obscures qui s'étendaient derrière la porte de l'office.

Les journées de William commençaient avec la prière du

matin à la chapelle. Elle avait lieu après le petit déjeuner et y assistaient les membres de la famille déjà levés ainsi qu'un ensemble variable de domestiques silencieux, femmes de chambre en robe noire et tablier blanc immaculé, valets de chambre en costume noir, assis dans le fond, les hommes à droite, les femmes à gauche. La famille occupait les premiers rangs. Rowena venait fréquemment, Eugenia rarement, les enfants toujours, avec Matty et Mlle Mead. Lady Alabaster ne venait que le dimanche, et avait tendance à somnoler au bout du premier rang, toute pourpre dans la lumière du vitrail. La chapelle était très simple, et pas très chaude. Les sièges étaient de durs bancs en chêne, et il n'y avait rien à regarder à part les hauts vitraux aux raisins bleus et aux lis crème, et Harald. Dans les premiers temps du séjour de William, Harald prêcha de petits sermons succincts. Ils intéressaient William. Ils étaient sans rapport avec les menaces et l'extase de la religion dans laquelle il avait été élevé, les abîmes rouges des flammes éternelles, les flots rouges du sang sacrificiellement versé. Leur ton était bienveillant et leur sujet était l'amour, l'amour familial, comme il convenait en l'occurrence, l'amour de Dieu le Père, qui observait la chute du moindre passereau avec un soin infini, qui avait divisé Sa propre infinité en un Père et un Fils, afin de rendre Son amour plus intelligible aux créatures humaines, dont la compréhension de la nature de l'amour commençait avec les liens naturels entre les membres du groupe familial, la protection du père, l'intimité des frères et sœurs, et était destinée à se propager par imitation du Divin Père, pour embrasser toute la Création, de la famille à la maisonnée, de la maisonnée à la nation, de la nation à tous les hommes et, en vérité, à tous les êtres vivants, de merveilleuse facture.

William observait attentivement le visage de Harald pendant ces homélies. Quand Eugenia était là, c'était son visage à elle qu'il observait, s'il l'osait, mais elle gardait les yeux toujours modestement baissés et avait une grande capacité à demeurer immobile, assise les mains paisiblement posées sur ses genoux. Harald changeait d'aspect. Certaines fois, la tête haute, les blanches frondaisons de sa barbe captant la lumière, il avait un air de Dieu le Père en personne, l'œil perçant, chenu, couvert d'ans. D'autres fois, parlant d'une voix tranquille, presque inaudible, et les yeux fixés sur le carrelage blanc et noir sous ses pieds, il avait un air presque dépenaillé, à quoi contribuait l'allure éraillée, légèrement moisie, de sa soutane. D'autres fois encore, il rappelait passagèrement à William les moines missionnaires portugais qu'il avait rencontrés, là-bas, l'œil enfiévré et le visage ravagé, hommes qui avaient échoué à comprendre l'incompréhension des Indiens placidement évasifs. Et cette analogie avait à son tour pour effet que William, assis dans la marmoréenne lumière anglaise sur son banc dur, se souvenait d'autres cérémonies, les assemblées exclusivement masculines pour boire du *caapi,* ou de l'*Aya-huasca,* la vigne du mort. Il en avait bu une fois et avait eu des visions de paysages, de grandes cités, de hautes tours, comme s'il volait, et s'était retrouvé perdu dans une forêt, environné de serpents, en danger de mort. Les femmes n'avaient le droit ni de goûter à ces breuvages, ni de voir les tambours qui appelaient à ces réunions, les *botutos,* sous peine de mort. Il se rappelait la fuite des femmes, le visage couvert, tout en étant assis avec cette bienséante famille anglaise, les hommes d'un côté, les femmes de l'autre, et en regardant la langue rose d'Eugenia passer sur ses douces lèvres. Il se sentait condamné à une double conscience. Toute expérience faisait surgir son image contraire de *là-bas,* ce qui avait pour effet de rendre non seulement les cérémonies amazoniennes mais aussi le sermon anglais étranges, irréels, d'une nature incertaine. Il avait rapporté un *botuto* en fraude, sous des couvertures, dans un canoë, une nuit, mais l'objet avait disparu avec ses autres possessions, sous des milliers de brasses d'eau grise. Peut-être ne lui avait-il pas porté chance.

« Nous ne devons jamais cesser de remercier le Seigneur de Sa miséricorde infinie à notre égard », disait Harald Alabaster.

Un atelier fut installé pour William dans une sellerie désaffectée, à côté des écuries. La pièce était à moitié remplie de boîtes en métal, de caisses en bois, de coffres à thé contenant les choses que Harald avait achetées – apparemment sans objectif prioritaire – en provenance du monde entier. Il y avait des peaux de singe et de délicates dépouilles de perroquet, des lézards et des serpents monstrueux, des piles entières de boîtes de coléoptères morts, vert brillant, rouge iridescent, robustes démons aux monstrueuses têtes cornues. Il y avait aussi des caisses de spécimens géologiques, divers paquets de mousses, de fruits et de fleurs des Tropiques et des calottes glaciaires, des dents d'ours et des cornes de rhinocéros, des squelettes de requin et des bouquets de corail. Certains paquets se révélèrent réduits en poussière immatérielle sous l'action des termites, ou coagulés en une pâte visqueuse par l'opération de la moisissure.

William demanda à son bienfaiteur selon quel principe il devait procéder, et Harald lui dit : « Mettez le tout en ordre, vous savez bien. Donnez-lui un sens, disposez-le dans un ordre ou un autre. » William finit par comprendre que Harald n'avait pas effectué personnellement cette besogne, en partie parce qu'il n'avait aucune idée de la manière de procéder. Il passa par des moments de réelle irritation en constatant que des trésors pour lesquels des hommes comme lui avaient risqué leur vie et leur santé gisaient là pêle-mêle, à pourrir dans une écurie en Angleterre. Il se procura une table sur tréteaux et plusieurs registres, une série de cabinets, et quelques placards pour les spécimens qui ne pouvaient être disposés à plat et glissés commodément dans des tiroirs. Il installa son microscope et entreprit de rédiger des étiquettes. Il remuait les choses jour après jour, de tiroir en tiroir, selon qu'il se trouvait confronté à une pléthore de coléoptères ou à une avalanche imprévue de grenouilles. Il ne parvenait pas à concevoir un principe organisateur mais continuait obstinément à rédiger des étiquettes, à disposer, à examiner.

Sa sellerie était sombre, froide comme la tombe, sauf dans le rayon de lumière qui tombait de la fenêtre, une haute fenêtre, trop haute pour voir à travers. Il travaillait dans le bruit et les odeurs des garçons d'écurie qui nettoyaient les lieux, l'odeur fumante du crottin, les relents ammoniaqués du pissat, le martèlement des bottes de cuir, le sifflement du foin sur la fourche. Edgar et Lionel étaient tous deux des cavaliers passionnés. Edgar avait un étalon arabe, bai à la robe éclatante, aux muscles soyeux, à l'encolure arquée, et qui roulait des yeux blancs dans la pénombre de sa stalle, où il piétinait, dénudant ses dents. Il s'appelait Saladin. Le cheval de chasse d'Edgar était Ivanhoé, énorme, gris acier, d'une vitalité débordante, un superbe sauteur. Edgar relevait le défi de franchir des obstacles impossibles sur Ivanhoé, qui se montrait toujours à la hauteur de la situation. Tous deux, en un sens, se ressemblaient, puissante musculature, haute stature, faisant en quelque sorte parade d'une force contenue, jamais épanchée, comme celle du toujours captif Saladin, des juments et des poulains dans leur enclos, de Rowena et d'Eugenia. Tout en travaillant, William entendait Edgar et Lionel partir en promenade ou rentrer à l'écurie, les fers claquer vivement sur les pavés, les chevaux gratter le sol en tournoyant et en dansant. Les jeunes filles aussi partaient quelquefois en promenade avec eux. Eugenia montait une jolie jument noire docile et portait un costume de chasse bleu de la même couleur que ses yeux. William essayait de sortir de son antre au bon moment, pour la regarder se mettre en selle, ses jolis petits pieds dans les mains du garçon d'écurie, ses propres mains gantées tenant les rênes, ses cheveux retenus dans une résille bleue. Edgar toisait William du haut d'Ivanhoé. William sentait que le jeune homme ne l'aimait pas. Edgar le traitait comme il traitait la gent intermédiaire entre sa famille et la domesticité invisible et muette. Il lui souhaitait le bonjour, lui faisait un signe de tête au passage, n'encourageait pas la conversation.

Lady Alabaster passait ses journées dans un petit salon avec vue sur la pelouse. Ce salon était une pièce de dame. Il était tapissé d'un papier rouge grenade parsemé de rameaux de chèvrefeuille rose et crème. Il avait d'épais rideaux de velours rouge, souvent à demi fermés à cause du soleil. Lady Alabaster avait les yeux fragiles et souffrait de fréquentes migraines. Il y avait toujours du feu dans la cheminée, ce qui les premiers temps ne frappa pas William, arrivé au début du printemps, comme une chose inhabituelle, mais le mit en nage sous son veston au fur et à mesure que l'été avança. Lady Alabaster semblait immobilisée par une léthargie naturelle plus que par quelque maladie précise, et pourtant elle se dandinait, plus qu'elle ne marchait, quand elle parcourait les couloirs pour aller déjeuner, ou dîner, et William en conçut l'impression que sous ses jupes ses genoux et ses chevilles étaient extrêmement et peut-être douloureusement enflés. Elle restait étendue sur un canapé profond, devant la fenêtre, mais le dos tourné à la vue, orientée vers le feu. La pièce était un nid de coussins, tous brodés de fleurs, de fruits, de papillons bleus, d'oiseaux écarlates, au point de croix sur fond de laine, en fils de soie sur fond de satin. Lady Alabaster avait toujours un canevas à côté d'elle, mais William ne la vit jamais s'en servir, ce qui ne prouvait rien – elle pouvait l'avoir posé par courtoisie. Elle lui désignait, de sa voix expirante, les œuvres d'Eugenia, Rowena et Enid, de Mlle Fescue, Matty et les fillettes, afin qu'il les admire. Elle avait plusieurs globes abritant des fleurs séchées, pavots, cardères, hortensias, et plusieurs petits tabourets de pied, contre lesquels invités et domestiques se cognaient en entrant dans la pénombre. Elle semblait passer la plupart de son temps à boire – thé, citronnade, ratafia, chocolat au lait, tisane d'orge, infusions, qui arrivaient en une procession ininterrompue dans les couloirs, portés par des femmes de chambre, sur des plateaux d'argent. Elle consommait aussi de vastes quantités de biscuits, macarons, brioches-papillons, petites gelées et darioles, qui venaient juste d'être confectionnés par la cuisinière et étaient apportés sitôt après, et dont les miettes étaient ultérieurement enlevées, époussetées. Elle était immensément grasse et ne portait pas de corset, sauf dans les grandes occasions, mais restait allongée dans une sorte de volumineuse et luisante robe d'intérieur, enveloppée de châles en cachemire, coiffée d'un bonnet de dentelle noué sous ses nombreux mentons. Comme beaucoup de femmes corpulentes, elle avait conservé quelque chose de son teint de jeune fille, et son visage était aimablement perdu dans les nuages et curieusement exempt de rides, quoique ses yeux pâles fussent enfoncés dans de profonds petits replis de chair. Parfois Miriam, sa camériste, s'asseyait auprès d'elle et brossait sa magnifique chevelure une demi-heure de suite, tenant les cheveux dans ses mains habiles et passant et repassant la brosse à dos d'ivoire d'un geste ample et rythmé. Lady Alabaster disait que le brossage soulageait ses migraines. Quand celles-ci étaient très violentes, Miriam lui mettait des compresses froides, et frottait les paupières de sa maîtresse avec de l'hamamélis.

William sentait que cette présence immobile et distraitement aimable était une source de pouvoir dans la maison. La gouvernante venait prendre ses ordres, Mlle Mead lui amenait les fillettes pour lui réciter leurs poésies et leurs tables de multiplication, le majordome présentait des documents, la cuisinière entrait et sortait, le jardinier, essuyant ses galoches, apportait des bulbes en pots, des petits bouquets, des projets de plantations nouvelles. Ces gens étaient souvent introduits et reconduits par Matty Crompton, et ce fut elle qui vint chercher William dans son écurie pour qu'il reçoive ce qui correspondait à ses instructions.

Elle se tint dans l'ombre, dans l'embrasure de la porte, haute et mince silhouette sombre, vêtue d'une vieille robe noire aux pratiques collerette et manchettes blanches. Elle avait un visage mince qui ne souriait pas, ses cheveux étaient ramenés sous un bonnet sans ornement, sa peau aussi était crépusculaire. Elle parla doucement, clairement, de manière peu expressive. Lady Alabaster serait heureuse qu'il vînt prendre le thé avec elle quand il aurait terminé son travail. C'était un véritable apostolat, semblait-il. Que tenait-il donc à la main ? Cela paraissant effrayant.

« Cela s'est détaché de je ne sais quel spécimen auquel cela appartenait, je crois. Plusieurs parties de plusieurs spécimens se sont détachées. J'ai une boîte spéciale pour les plus intrigantes. Cette main et ce bras appartiennent de toute évidence à un quadrumane d'assez grande taille. Je vois que vous pourriez les prendre pour ceux d'un enfant. Je puis vous assurer que tel n'est pas le cas. Les os sont bien trop fluets. Je dois vous donner l'impression de me livrer à des pratiques de sorcellerie.

– Oh, non, dit Matty Crompton. Je n'avais pas l'intention de laisser entendre pareille chose. »

Lady Alabaster lui offrit du thé, des biscuits à la cuillère et des petits pains au lait chauds, avec de la confiture et de la crème, et lui confia qu'elle espérait qu'il était bien installé et que Harald ne l'accablait pas de travail. Non, dit William, il disposait de beaucoup de temps libre. Il ouvrait la bouche pour préciser qu'il avait été convenu qu'il aurait du temps libre, pour écrire son livre, lorsque Matty Crompton dit : « Lady Alabaster exprimait l'espoir que vous puissiez consacrer un peu de votre temps à nous aider, Mlle Mead et moi, dans l'instruction scientifique des cadettes de la famille. Elle pense qu'elles devraient profiter de la présence parmi nous d'un naturaliste aussi distingué.

– Naturellement, je serais heureux de faire ce qui est en mon pouvoir –

– Matty a de si bonnes idées, monsieur, de si bonnes idées. Elle est si ingénieuse. Dites-lui, Matty.

– Ce n'est pas grand-chose en fait. Nous effectuons déjà des promenades éducatives, monsieur – nous pêchons dans les mares et les ruisseaux, nous collectionnons des fleurs et des baies, d'une manière très-très-peu-organisée. Si vous vouliez seulement nous accompagner, une fois ou deux, et suggérer une sorte d'objectif à nos tâtonnements d'amateurs – nous montrer ce qu'il y a à découvrir. Et puis il y a la salle d'étude. Je nourris depuis longtemps l'ambition d'installer une ruche en verre, comme celle de Huber, et aussi une sorte de colonie de fourmis, visible, afin que les petites puissent observer le fonctionnement des sociétés d'insectes de leurs propres yeux. Pourriez-vous le faire ? Accepteriez-vous de le faire ? Vous sauriez comment nous devons nous y prendre. Vous nous diriez que chercher. »

Il dit qu'il serait enchanté de prêter son concours. Il ne savait pas du tout parler aux enfants, pensa-t-il à part lui, et croyait même ne pas les aimer, pas beaucoup. Il n'aimait pas les entendre pousser des cris en courant sur la pelouse ou dans l'enclos.

« Merci infiniment, dit Lady Alabaster. Nous allons véritablement profiter de votre présence parmi nous.

– Eugenia aime à se joindre à nos promenades éducatives, dit la discrète Matty Crompton. Elle apporte son carnet de croquis tandis que les petites vont pêcher, ou cueillent des fleurs pour les presser.

– Eugenia est gentille, dit Lady Alabaster d'un air vague. Elles sont toutes gentilles, aucune d'elles ne cause le moindre souci. Je rends grâce au ciel de m'avoir donné de telles filles. »

Il se rendit aux promenades éducatives. Il s'y sentait astreint, tenu à se rappeler son état de dépendance par les dispositions que prenaient Mlle Mead et Matty Crompton, et pourtant il appréciait ces sorties en même temps. Tantôt les trois aînées venaient, tantôt non. Parfois il ne savait pas si Eugenia serait de la partie jusqu'à l'instant même du départ, du rassemblement dans l'allée de gravier devant la maison, avec force épuisettes, pots de confiture munis de poignées en ficelle, boîtes en métal et utiles paires de ciseaux. Certains jours son travail de la matinée était rendu presque impossible, tant son diaphragme était contracté par l'incertitude où il était de la voir ou non, ainsi que par la débauche d'idées qu'il se faisait de l'apparence qu'elle aurait en franchissant la pelouse jusqu'à la porte dans le mur, en traversant l'enclos et le verger, sous les arbres fruitiers en fleurs, et les prés en pente douce qui menaient à la petite rivière, où se pêchaient vairons et épinoches, larves de phrygane et limnées. Il aimait bien les fillettes, petites créatures pâles, dociles et réservées, qui ne parlaient que lorsqu'on leur adressait la parole. Elaine en particulier avait l'œil pour déceler les trésors cachés sous les feuilles, ou d'intéressants orifices dans la boue de la berge. Quand Eugenia n'était pas de la partie, il se sentait redevenir complètement lui-même, examinant chaque chose avec cette attention minutieuse qui, dans les forêts, avait été celle d'un chasseur primitif autant que d'un moderne naturaliste, d'un petit animal apeuré parmi les bruits et les mouvements menaçants autant que d'un savant explorateur. Si la peau lui cuisait à présent, ce n'était plus un effet de la peur, mais de l'invisible nuée de forces électriques qui faisait scintiller l'air autour d'Eugenia flânant paisiblement dans les prés. Peut-être était-ce la peur. Il ne souhaitait pas en ressentir. Il était seulement en sursis, jusqu'au moment où il la ressentait de nouveau.

Un jour qu'ils étaient tous occupés au bord de la rivière, Eugenia et Enid présentes, il fut poussé à exprimer ce qu'il pensait de tout cela. Il y avait eu une grosse averse de printemps, et diverses touffes d'herbes et de brindilles flottaient à la surface habituellement placide de la rivière, entre les branches tombantes des saules pleureurs et les bouquets de peupliers blancs. Deux canards blancs et une foulque nageaient avec ardeur, le soleil brillait sur l'onde, les soucis d'eau étaient dorés, les premiers moucherons dansaient. Matty Crompton, patiente chasseresse, avait capturé deux épinoches et promenait son épuisette dans l'eau en surveillant les zones d'ombre sous la berge. Eugenia se tenait auprès de William. Elle prit une profonde inspiration, puis émit un long soupir.

« Que tout cela est beau, dit-elle. Quelle chance c'est, j'en suis pénétrée, de vivre, entre tous les lieux de la terre, précisément ici. De voir les mêmes fleurs poindre à chaque printemps dans les prés, et la même rivière couler toujours. Je suppose que cela doit vous paraître une existence très-limitée, avec votre expérience du monde. Mais mes racines s'enfoncent si profondément...

– Quand j'étais en Amazonie, répondit-il avec simplicité, avec sincérité, j'étais hanté par une image de prairie anglaise au printemps – exactement comme aujourd'hui, avec les fleurs, et l'herbe nouvelle, et les premiers arbres en fleurs, et la légère brise qui soulève tout, et l'odeur de frais de la terre après la pluie. Il me semblait que de telles scènes étaient vraiment, véritablement, le Paradis – qu'il n'existait rien de plus beau sur terre qu'une berge anglaise parsemée de fleurs, qu'une haie anglaise où se mêlent roses et aubépines, chèvrefeuille et bryone. Avant mon départ, j'avais lu des récits hauts en couleur qui dépeignaient le flamboiement de la jungle tropicale, les fleurs, les fruits, les créatures éclatantes, mais rien là-bas n'est aussi coloré qu'ici. Tout y est une si monotone similitude de verdure, une telle mêlée de végétation grimpante et suffocante – souvent vous n'apercevez pas le ciel. Certes, le climat est celui de l'Age d'Or – tout fleurit et fructifie perpétuellement et simultanément dans la chaleur tropicale, vous avez toujours le printemps, l'été et l'automne à la fois, et jamais d'hiver. Mais il y a quelque chose d'hostile dans la végétation même. Il existe une espèce d'arbre appelé sipó matador – ce qui signifie sipó meurtrier –, il pousse haut et mince comme une liane et s'accroche à un autre arbre, pour atteindre le dôme à dix ou douze mètres, et il grimpe en absorbant la substance même de son hôte jusqu'à ce que celui-ci meure – et alors le sipó s'abat forcément avec lui. Vous entendez les étranges détonations d'arbres qui s'abattent brusquement dans le silence, comme des déflagrations, des coups de feu, vacarme terrible et terrifiant dont il m'a fallu plusieurs mois pour trouver l'explication. Tout, là-bas, est démesuré, mademoiselle. Il existe là-bas une forme de violette – voyez, il y en a quelques-unes ici – qui atteint la taille d'un arbre immense. Et c'est pourtant, sous maints aspects, le monde de l'innocence, le monde d'avant la chute, la forêt vierge, les sauvages de l'intérieur qui sont aussi ignorants de nos modernes mœurs – de modernes maux – que nos premiers parents. Il est d'étranges analogies. Là-bas, nulle femme n'a le droit de toucher à un serpent. Elles accourent pour vous prier d'en tuer un pour elles. J'ai tué beaucoup, beaucoup, de serpents pour des femmes apeurées. Elles sont venues me chercher de très-loin pour que je le fasse. Le lien entre la femme et le serpent dans le jardin se rencontre même là-bas, comme s'il appartenait à un système universel de symboles, même là où personne n'a jamais entendu parler de la Genèse – je parle trop, je vous ennuie, j'en ai peur.

– Oh non. Je suis vraiment fascinée. Je suis contente de savoir que notre monde printanier demeure en un sens votre idéal. Je veux que vous soyez heureux ici, monsieur. Et suis on ne peut plus intriguée par ce que vous avez à raconter des femmes et des serpents. Avez-vous vécu entièrement privé de la compagnie d'êtres civilisés, monsieur ? Au milieu des sauvages nus ?

– Pas complètement. J'ai eu divers amis, de toutes les couleurs et de toutes les races, pendant mes séjours dans diverses communautés. Mais parfois, oui, j'étais le seul hôte blanc de villages tribaux.

– Vous n'aviez pas peur ?

– Oh si, souvent. Par deux fois j'ai surpris des complots pour m'assassiner, ourdis par des hommes qui ignoraient que je comprenais leur langue. Mais j'ai également rencontré beaucoup

41

de gentillesse et d'amitié chez des gens qui n'étaient pas aussi simples que vous pourriez le supposer à première vue.

– Sont-ils vraiment nus, et peints ?

– Certains le sont. D'autres sont en partie vêtus. D'autres encore entièrement habillés. Ils sont très-portés à se décorer la peau avec des teintures végétales. »

Il avait conscience que les yeux bleus limpides étaient posés sur lui, et sentait que derrière son délicat froncement de sourcils elle considérait ses relations avec les gens nus. Puis il estima que ses pensées la souillaient, qu'il était trop bourbeux et trop sale pour songer à elle, encore moins pour effleurer de son être secret les pensées qu'elle-même pouvait nourrir en secret. Il dit : « Même ces herbes qui flottent me rappellent les grandes îles flottantes des arbres, lianes et buissons déracinés qui descendent le grand fleuve. Je les comparais au *Paradis perdu*. Je lisais Milton durant mes heures de repos. Je revoyais le passage où le Paradis est lancé à la dérive, après le Déluge. »

Matty Crompton, sans lever les yeux de la surface de la rivière, cita le poème.

> « Alors sera ce mont
> Du Paradis charrié par la force des vagues
> Hors de sa place, entraîné par le flot cornu,
> Sa verdure meurtrie, ses arbres en dérive,
> Par le grand fleuve mû jusqu'au golfe béant,
> Et là prendra racine, île saline et nue,
> Séjour de phoques, d'orques, de mouettes stridentes. »

« Savante Matty », dit Eugenia. Matty Crompton ne répondit rien, mais enfonça et tourna prestement son épuisette, et ramena un poisson qui battait frénétiquement de la queue, une épinoche, assez grosse pour un poisson de son espèce, au ventre rose et au dos olivâtre. Elle le fit tomber de l'épuisette dans le bocal avec les autres captures, et les petites filles firent cercle pour regarder.

Le poisson haleta quelques instants, puis flotta, inerte. Après quoi on put le voir rassembler ses forces. Il s'empourpra – son ventre prit la plus surprenante couleur, un rose flamboyant se répandit sur, ou sous, la teinte olivâtre qui envahit le reste de son corps. Il dressa sa nageoire dorsale, qui prit l'aspect d'une crête hérissée de dragon, et puis il se transforma en un tourbillon cinglant presque invisible, attaquant les autres poissons qui n'avaient nulle part, dans leur prison cylindrique, où se cacher.

L'eau bouillonna. Eugenia se mit à rire et Elaine à pleurer. William vint à la rescousse, transvasant les poissons dans un autre bocal, jusqu'à ce qu'il eût réussi, après quelques halètements sur l'herbe, à isoler l'agresseur au gilet rose dans un bocal pour lui seul. Les autres poissons ouvraient et fermaient une bouche frémissante. Elaine s'accroupit auprès d'eux.

William dit : « Il est très-intéressant de constater que seul ce mâle très-agressif possède une robe rose. Deux des autres poissons sont des mâles aussi, mais ni la colère ni la joie ne les font rougir comme celui-ci. M. Wallace soutient que les femelles sont ternes parce que, en général, elles gardent le nid, mais ce père-là construit son nid et surveille sa progéniture jusqu'à ce que les alevins s'en aillent. Et pourtant il conserve sa rougeur colérique, peut-être en signe d'avertissement, longtemps après que la nécessité d'attirer une femelle dans sa belle demeure a totalement disparu. »

Matty observa : « Nous avons probablement rendu ses œufs orphelins.

– Remettez-le dans l'eau, dit Elaine.

– Non, non, ramenez-le à la maison, gardons-le un certain temps, et remettons-le à l'eau quand nous l'aurons étudié, dit Mlle Mead. Il se bâtira un autre nid. Des milliers d'œufs de poisson sont dévorés à chaque instant, Elaine, c'est la loi de la nature.

– Nous ne sommes pas la nature, nous, dit Elaine.

– Que sommes-nous d'autre ? » demanda Matty Crompton. Elle n'avait pas mûrement pesé sa théologie, se dit William sans exprimer cette pensée à haute voix. La nature était souriante et cruelle, la chose était claire. Il tendit les mains à Eugenia, pour l'aider à escalader la berge, et elle les saisit dans les siennes, les serrant fort, à travers ses gants de coton, toujours à travers ses gants de coton, que réchauffait sa chaleur et qu'imprégnait le parfum émanant de sa peau.

Il était difficile de savoir ce que Harald Alabaster faisait de toute la journée. Il ne sortait pas comme ses fils et pourtant on le voyait parfois faire une promenade solitaire, à la tombée du jour, entre les parterres de fleurs, les mains dans le dos, la tête penchée. Il ne semblait pas s'occuper de ce qu'il avait aussi assidûment qu'aveuglément collectionné. Il en laissait le soin à William. Quand celui-ci allait dans le bureau hexagonal rendre compte des progrès de ses travaux, Harald lui offrait un verre de xérès et l'écoutait avec une vive attention. Parfois ils parlaient – ou plutôt William parlait – du travail que William envisageait sur les insectes sociaux. Puis un jour Harald dit : « Je ne sais pas si je vous ai dit que j'écris un livre.

– Non, de fait. Je suis très-curieux de savoir quel genre de livre.

– Le genre de livre impossible que chacun aujourd'hui essaie d'écrire. Un livre qui démontrera – avec une certaine tenue intellectuelle – qu'il n'est pas impossible que ce monde soit l'œuvre d'un Créateur, qui en a conçu le dessein. »

Il s'arrêta, et lança à William, sous ses sourcils blancs, un regard circonspect et calculateur.

William essaya silencieusement de peser la forme négative « il n'est pas impossible ».

Harald dit : « Je suis aussi conscient que vous devez l'être du fait que tous les arguments qui ont quelque force sont de l'autre bord. Si j'étais jeune aujourd'hui, un homme aussi jeune que vous, je serais attiré vers le matérialisme athée par la pure beauté, la complexité des arguments de M. Darwin, et pas seulement de M. Darwin. Cela allait très-bien à l'époque de Paley de soutenir qu'un homme qui trouve une montre, ou même deux rouages engrenés de montre, sur le sol d'une lande nue, en augurera l'existence d'un horloger, auteur dudit instrument. Il n'y avait alors aucune autre explication de la complexité du mouvement de la main pour saisir, ou de la toile de l'araignée, ou du mécanisme de la vision, qu'un Créateur concevant toute chose pour son utilité propre. Mais à présent nous disposons d'une explication puissante et presque entièrement satisfaisante – dans l'action graduelle de la sélection naturelle, de la lente modification, au cours d'un nombre inimaginable de millénaires. Et toute théorie qui cherche sincèrement à trouver un Créateur intelligent dans Ses œuvres doit tenir compte de la beauté et de la force de ces explications-là, ne doit pas s'en gausser, ni tenter de les réfuter à seule fin de défendre Celui qui ne peut être défendu par de faibles raisonnements partiels...

– Je crois que vous avez parfaitement raison sur ce point, Sir Harald. Je crois que c'est la seule façon de procéder.

– J'ignore quelles sont vos vues en ces matières, monsieur. Je ne sais si vous avez des croyances religieuses.

– Je ne le sais pas moi-même, Sir Harald. Je ne pense pas en avoir. Je pense avoir été amené à travers mes études – mes observations – à croire que nous sommes tous le produit des lois inexorables du comportement de la matière, des transformations et des développements, et c'est là tout. Je ne sais si je le crois réellement, dans le fond de mon cœur. Il ne me semble pas qu'une telle croyance vienne naturellement au genre humain. En fait, je serais d'avis que le sentiment religieux – sous une forme ou une autre – tient autant à l'histoire du développement de l'humanité que la science de la préparation des aliments, ou le tabou qui frappe l'inceste. Et en ce sens, ce que ma raison me conduit à croire est constamment modifié par mes instincts.

– Ce sentiment que l'idée du Créateur est aussi naturelle à l'homme que ses instincts jouera un rôle important dans ce que j'espère écrire. Je suis plongé dans une grande perplexité par les rapports qu'entretiennent l'instinct et l'intelligence dans toutes les créatures : le castor conçoit-il son barrage ? l'abeille comprend-elle – pense-t-elle en quelque manière – la complexe géométrie hexagonale de ses alvéoles, toujours adaptées à leur espace, quelle que soit la forme de celui-ci ? C'est notre intelligence en liberté, monsieur, qui nous conduit à trouver impossible de concevoir cet univers infiniment merveilleux, ainsi que notre intelligence au sein de cet univers, notre intelligence qui regarde avant et après, qui réfléchit, invente, considère et raisonne, sans une Intelligence Divine qui soit la source de nos intelligences mineures. Nous ne pouvons le concevoir, et il ne peut y avoir que deux raisons à cette incapacité. Primo, parce que c'est ainsi, la Divine Cause Première est intelligente, et ELLE EST. Secundo, le contraire, position de mieux en mieux défendue ces temps derniers – selon laquelle nous sommes des êtres limités, comme n'importe quel arthropode, n'importe quelle amibe intestinale. Je ne peux pas le croire, monsieur. Je ne le peux pas. Cela ouvre la voie qui mène à un sombre abîme d'horreurs.

– Mon propre manque de foi, dit William en hésitant, vient en partie de ce que j'ai grandi parmi des chrétiens d'un genre très-différent du vôtre. Je me souviens en particulier d'un sermon, sur le châtiment éternel, au cours duquel il nous fut enjoint par le prédicateur d'imaginer que la terre entière n'était qu'une masse de sable fin, et qu'au bout de mille ans un grain de ce sable s'envolait dans l'espace. Puis il nous fut demandé d'imaginer le lent écoulement des siècles et des siècles – grain après grain – et l'immense espace de temps avant que la terre commence à paraître rien qu'un peu diminuée, et puis encore des milliers de millions de milliards de périodes incommensurables – jusqu'à temps que le globe rapetisse – et ainsi de suite jusqu'à temps que l'ultime grain s'envole, et alors il nous fut affirmé que cet interminable espace de temps n'était en soi qu'un unique grain de l'interminable espace de temps de la durée du châtiment éternel – et ainsi de suite. Et puis nous fut tracé un tableau horrifiquement vivant, outrageusement débordant d'imagination, des tourments infinis : la chair qui siffle en brûlant, les nerfs arrachés, les yeux crevés, la désolation de l'esprit, l'incessante vigueur de la réaction du corps et de l'âme à la pure douleur, qui ne s'atténuait ni ne faiblissait une seule seconde de tous ces millénaires d'ingénieuse cruauté – Voilà, je crois, un Dieu fait à l'image des pires hommes, dont les excès nous font tous trembler, et cependant » – d'une voix plus basse – « je crois avoir perçu de temps en temps que la cruauté aussi est instinctive chez certains représentants de notre espèce au moins. J'ai vu l'esclavage à l'œuvre, Sir Harald, j'ai vu quelque chose de ce que des hommes ordinaires peuvent faire à d'autres hommes quand la coutume le permet – Je me suis senti purifié quand j'ai rejeté Dieu, Sir Harald, je me suis senti libre, et en pleine clarté, comme pourrait le faire un homme après avoir été le siège d'une conversion aveuglante. Je connais une dame qui fut conduite au suicide par de telles peurs. Je dois ajouter que mon père m'a complètement coupé les vivres et m'a renié en conséquence. C'est une raison supplémentaire à mon actuelle pauvreté.

– J'espère que vous êtes heureux ici.

– Je le suis vraiment. Vous vous êtes montré très-bon.

– J'aimerais vous proposer de me prêter aussi votre concours pour ce livre. Non, non – ne vous méprenez pas –, pas pour l'écrire. Mais en vous entretenant avec moi de temps en temps. J'ai constaté que j'ai besoin d'un échange de vues, même opposées aux miennes, pour éprouver, pour clarifier mes idées.

– J'en serais honoré, tant que je suis ici.

– Vous aurez hâte de repartir, je le sais. De reprendre vos voyages. J'espère vous apporter une sérieuse aide matérielle à cette fin, en temps voulu. Il est de notre devoir d'explorer les lieux cachés et les modes secrets de la nature, ou de soutenir et d'encourager ceux qui sont capables de le faire.

– Merci.

– Et maintenant, Darwin, dans son passage sur l'œil, semble, n'est-il pas vrai, admettre la possibilité d'un Créateur. Il compare le parachèvement de l'œil à celui d'un télescope, et parle des changements qui, au cours des millénaires, ont mené à une épaisse couche de tissus transparents, sous laquelle se situe un nerf sensible à la lumière, et il poursuit en remarquant que si nous comparons les forces qui forment l'œil à l'intelligence humaine, " nous devons supposer qu'il existe un pouvoir qui observe toujours avec une vive attention la plus légère altération accidentelle de ces couches transparentes ". M. Darwin nous invite à supposer que ce pouvoir qui observe avec une vive attention est inconcevable – que la force employée est l'aveugle nécessité, la loi de la matière. Mais je dis que la matière même renferme un grand mystère – comment existe-t-elle ? – comment son organisation a-t-elle lieu ? – ne pouvons-nous après tout nous retrouver face à face si nous considérons ces choses avec l'Éternel, quand Il demande à Job : " Où étais-tu quand je fondais la terre ? Si tu as de l'intelligence, dis-le-moi. Lorsque les étoiles du matin poussaient ensemble des cris de joie, et que tous les enfants de Dieu chantaient en triomphe ? " Darwin lui-même écrit que ces couches transparentes forment " un instrument d'optique vivant aussi supérieur à l'instrument en verre que les œuvres du Créateur le sont à celles de l'homme ".

– C'est bien ce qu'il dit. Et il nous est plus facile d'imaginer l'attention patiente d'un observateur infini que de comprendre le hasard aveugle. Il nous est plus facile de nous figurer que nous sommes des changements et des fluctuations dans une gelée transparente, grâce à l'image des grains qui s'envolent du monde de sable du sermon – on peut presque parvenir de la sorte à imaginer le hasard aveugle – grain après grain aléatoire – grain après grain infinitésimal – mais grain après grain accumulé... »

Matty Crompton rappela à William la promesse qu'elle lui avait extorquée à propos de la ruche en verre et du formicarium. La ruche en verre fut construite selon les instructions de William, de la largeur d'un rayon de miel, avec une entrée pour les abeilles pratiquée dans la fenêtre de la salle d'étude et des rideaux d'étoffe noire placés sur ses parois. Les abeilles furent fournies par un métayer et introduites, bourdonnant d'un air menaçant, dans leur nouvelle demeure. Pour les fourmis un grand réservoir en verre fut apporté de la ville la plus proche et installé sur une table à part recouverte d'un tapis de reps vert. Matty Crompton dit qu'elle accompagnerait elle-même William à la recherche de fourmis. Elle avait observé des files de plusieurs sortes dans le taillis d'ormeaux le dimanche précédent. Ils se mirent en route avec deux seaux, une variété de bocaux, boîtes et éprouvettes, un déplantoir effilé et plusieurs pinces. Elle avait le pas vif et n'était pas portée à la conversation. Elle conduisit William droit à ce qu'il identifia immédiatement comme un grand nid de fourmis rousses des bois, œuvre de générations et de générations, appuyé contre une souche d'orme et surmonté d'un dôme très élevé de brindilles, tiges et feuilles sèches. Des fourmis entraient et sortaient en petites processions effilochées.

« J'ai tenté d'élever ces insectes par moi-même, dit Matty Crompton, mais j'ai la main malheureuse, semble-t-il. Si belle que soit la maison que je leur bâtisse, et si abondants les fruits et les fleurs que je leur offre, ils se recroquevillent et meurent tout simplement.

– Vous n'aviez probablement pas capturé de reine. Les fourmis sont des êtres sociaux. Elles n'existent, semble-t-il, que pour le bien du nid dans son ensemble, et le centre du nid est la reine dont toutes les autres surveillent continuellement la ponte et l'alimentation. Elles la tuent et l'entraînent au-dehors, il est vrai, si elle cesse de produire de jeunes sujets – ou bien elles l'abandonnent, et elle mourra rapidement de faim, car elle est incapable de se débrouiller seule. Mais elles existent pour lui prodiguer leurs soins quand elle est dans la force de l'âge, pour les choyer, elle et ses œufs. Si nous voulons établir une colonie imitative, nous devons capturer une reine. Les ouvrières perdent toute volonté de vivre hors du voisinage d'une reine – elles s'immobilisent et perdent toute énergie, comme des jeunes filles à la santé déclinante, et elles finissent par rendre l'âme.

– Comment nous y prendre pour trouver une reine ? devons-nous éventrer cette cité ? Nous allons faire de gros dégâts…

– Je vais chercher dans les parages et essayer de trouver un nid assez récemment établi, une jeune communauté qui puisse être transférée plus ou moins dans son intégralité. »

Il marcha de long en large, retournant les feuilles avec un bâton, suivant de petits convois de fourmis jusqu'à leurs fissures et fentes dans les racines et la terre. Matty Crompton demeura immobile à l'observer. Elle portait une robe d'étoffe brune, sévère et sans ornement. Ses cheveux bruns étaient nattés autour de sa tête. Elle savait ne pas bouger. William sentit un picotement de plaisir en retrouvant son état de chasseur et d'investigateur, qui n'avait pas eu à s'exercer entre les murs du manoir. Sous son regard tout le tapis forestier s'anima, grouillant de vie – un mille-pattes, divers coléoptères, un strongyle rouge et luisant, des crottes de lapin, une minuscule plume de jabot, un brin d'herbe barbouillé d'œufs de phalène ou de papillon, des violettes sur le point de s'ouvrir, des entrées de terrier coniques tapissées de fine poussière, une brindille qui tanguait, un caillou qui remuait. Il prit sa loupe et observa une plaque de mousse, de cailloux et de sable, et vit un branle-bas d'énergies invisibles jusque-là, un remue-ménage acharné de coureurs blancs aux pattes innombrables, d'invisibles arthropodes semi-transparents, de bébés araignées tout ronds comme des boutons de bottine. Ses sens, et l'esprit qui leur était relié, étaient comme un champ magnétique, l'attirant ici et là. En un point il découvrit un nid de fourmis noires, Acanthomyops fuliginosus, qui vivaient en petites communautés à l'intérieur du grand camp des fourmis rousses et de ses nombreuses intercommunications. En un autre, à la lisière du taillis, il vit une procession de fourmis esclavagistes, Formica sanguinea. Il avait toujours eu envie de les étudier à l'œuvre. Il le dit à Matty Crompton, en lui montrant les différences entre les fourmis rousses, Formica rufa, à la tête d'un brun boueux et au gastre, ou partie postérieure de l'abdomen, d'un brun noirâtre, et les sanguinea, rouge sang.

« Elles envahissent les nids des fourmis rousses, volent leurs cocons et les élèvent avec les leurs, de sorte qu'ils deviennent des ouvrières rouges. De terribles batailles se livrent entre assaillantes et assaillies.

– Elles ressemblent aux sociétés humaines en cela, comme en maintes choses.

– Les esclavagistes britanniques semblent dépendre moins de leurs esclaves que l'helvétique Formica rubescens observée par Huber, lequel remarque que les ouvrières de cette espèce n'accomplissent aucune autre tâche que la capture des esclaves, sans le travail de qui leur tribu ne manquerait pas de s'éteindre, car toute la besogne de l'élevage des larves et de la récolte de la nourriture est effectuée par les esclaves. M. Darwin observe que lorsque ces fourmis rouges britanniques émigrent, elles transportent leurs esclaves dans leur nouvelle demeure – mais les fourmis helvétiques, despotes pourtant plus féroces, sont dans un tel état de dépendance qu'il leur faut être transportées sans défense entre les mâchoires de leurs esclaves.

– Peut-être sont-elles toutes parfaitement satisfaites de la place qui leur est assignée », fit observer Matty Crompton. Son ton était neutre, si extraordinairement neutre qu'il eût été difficile de déceler si elle parlait avec ironie ou avec une satisfaction convenue, à supposer que William lui ait prêté toute son attention, ce qui n'était pas le cas. Il avait trouvé un maigre toit de chaume qu'il était prêt à creuser. Il prit le déplantoir des mains de Matty et ôta plusieurs couches de terre, grouillantes de soldats en colère, jonchées de larves et de cocons. Une sorte d'attaque effervescente accompagna ses manœuvres suivantes, quand il s'enfonça jusqu'au cœur du nid. Matty Crompton, sur ses instructions, rassembla ouvrières, larves et cocons dans de grosses mottes de terre, entre des couches de brindilles et de feuilles.

« Elles mordent, observa-t-elle laconiquement en chassant les minuscules assaillantes de ses poignets.

– En effet. Elles font un trou avec leurs mandibules et injectent de l'acide formique par leur gastre, qu'elles incurvent, très-élégamment. Voulez-vous battre en retraite ?

– Non. Je suis de taille à affronter quelques fourmis excitées d'une juste furie.

– Vous ne pourriez en dire autant s'il s'agissait des fourmis de feu, ou tucunderas, dans la forêt ; elles m'ont fait souffrir mille tourments pendant plusieurs semaines après que je les eus importunées sans me méfier. Au Brésil la fourmi de feu est reine, dit-on, et à juste titre. On ne peut ni la refouler, ni la détourner, ni l'éviter – les gens quittent leur maison pour échapper à ses ravages. »

Matty Crompton, les lèvres serrées, détacha les fourmis de ses manchettes et les fit tomber dans les boîtes de collecte. William suivit un tunnel et atteignit la loge de la reine.

« La voici. Dans toute sa gloire. »

Matty Crompton l'examina attentivement.

« On ne la croirait pas de la même espèce que ses véloces petites servantes –

– Non. Et pourtant elle est d'une énormité moins disproportionnée que les reines des termites, qui ressemblent à de gros tubes boursouflés, de la taille d'une meule en comparaison de leurs dociles petites compagnes qui les servent dans la même loge, et des ouvrières qui leur grimpent dessus pour nettoyer, réparer, et emporter la série interminable d'œufs ainsi que tout détritus. »

La reine des fourmis rousses des bois n'était qu'une fois et demie plus grosse que ses filles, ouvrières et servantes. Gonflée et luisante, à la différence des ouvrières mates, elle paraissait rayée de rouge et de blanc. Les rayures étaient en fait le résultat de la distension de son corps par les œufs qui y étaient renfermés, distension qui faisait bâiller sa cuirasse brun-rouge et exposait une peau blanchâtre, plus fragile et plus élastique, dans les interstices. Sa tête paraissait relativement petite. William la saisit avec sa pince – plusieurs ouvrières vinrent avec elle, accrochées à ses pattes. Il la déposa sur du coton dans une boîte de collecte et guida Matty Crompton dans le ramassage d'ouvrières, larves et cocons de tailles diverses, prélevés en différents emplacements du nid.

« Il nous faut également prendre un échantillon de la terre et de l'humus dont elles ont fait leur nid, et noter ce qu'elles paraissent manger – et les petites pourront faire d'utiles expériences sur leurs préférences alimentaires, si elles en ont la patience, une fois qu'elles seront dans leur nouvelle demeure.

– Ne nous faut-il pas trouver aussi des mâles ?

– Il n'y en aura pas, à cette époque de l'année. Leur présence se limite à juin, juillet, et parfois août. Ils naissent à un certain moment – pense-t-on – d'œufs pondus par des ouvrières qui n'ont pas été fécondées – une sorte de parthénogenèse. Ils ne survivent pas longtemps aux noces de la reine durant les mois d'été. Ils sont faciles à reconnaître – ils ont des ailes et des yeux extrêmement développés – et selon toute apparence ils sont absolument incapables de se débrouiller, de bâtir ou de trouver de quoi manger. La sélection naturelle semble avoir favorisé en eux le développement des talents qui garantissent le succès pendant la danse nuptiale, au détriment de tous les autres –

– Je ne puis m'empêcher d'observer que cela semble être exactement l'opposé des sociétés humaines, où c'est le succès de la femme en pareille occasion qui détermine l'existence du groupe –

– Je me suis déjà fait les mêmes réflexions. Il existe un plaisant paradoxe entre les robes de bal chatoyantes des jeunes filles voltigeantes de notre monde et la sombre posture perpendiculaire des jeunes gens. Dans les sociétés sauvages, autant que chez les oiseaux et les papillons, ce sont les mâles qui font étalage de leur beauté. Mais je ne sache pas que la condition de cette reine soit beaucoup plus heureuse que celle des essaims de ses prétendants inutiles et méprisés. Je me le demande, ces petites créatures qui courent en tous sens, qui transportent, qui se nourrissent les unes les autres avec amour, et qui mordent leurs ennemis – sont-elles véritablement des individus – ou sont-elles comme les cellules de notre corps, les parties d'un même tout, dirigées par un esprit – l'Esprit de la Fourmilière – qui se sert d'elles toutes, reine, servantes, esclaves, partenaires de danse – pour le bien de la race, de l'espèce –

– Et posez-vous, monsieur, la même question à propos des sociétés humaines ?

– J'en suis tenté. Je viens du nord de l'Angleterre, où les propriétaires scientifiques de fabriques et de mines voudraient faire des hommes les rouages bien huilés d'une gigantesque machine. La *Philosophie des manufacturiers* du Dr Andrew Ure recommande que les ouvriers soient formés au travail coopératif – " à renoncer à leurs habitudes brouillonnes de travail, et à s'identifier à l'invariable régularité d'un automate complexe ". Les expériences de Robert Owen sont le bon côté de cette façon de penser.

– C'est intéressant, mais ce n'est pas la même question, dit Mlle Crompton. La volonté des propriétaires de fabriques n'est pas l'Esprit de la Fourmilière. »

William fronça profondément les sourcils en réfléchissant à cette remarque. Il dit : « Elle pourrait l'être. Si l'on supposait que les propriétaires de fabriques, en produisant leurs machines, fussent en fait également en train d'obéir à la volonté de l'Esprit de la Ruche.

– Ah, dit Matty Crompton avec une sorte de jubilation. Je comprends votre position. Un calvinisme moderne qui entre par la porte de derrière, la porte de la fourmilière.

– Vous pensez beaucoup, mademoiselle.

– Pour une femme. Vous étiez sur le point d'ajouter " pour une femme ", et puis vous vous en êtes abstenu, par courtoisie. Penser est mon principal amusement. Je pense comme les abeilles se chauffent au soleil, ou comme les fourmis caressent les pucerons. Ne croyez-vous que nous devrions fournir à nos fourmis un paradis artificiel avec des pucerons, monsieur ?

– Effectivement. Nous devrions le border de plantes aimées des pucerons si c'est faisable. Si leur présence peut être tolérée dans la salle d'étude. »

Les petites filles firent cercle pour observer les fourmis avec des cris où se mêlaient fascination et répulsion. Les fourmis entreprirent de creuser et d'organiser leur nouvelle demeure avec un zèle exemplaire. Mlle Mead, personne entre deux âges, au visage doux et aux cheveux clairsemés hérissés d'épingles, fit aux petites filles de petits discours sur la bonté des fourmis, qui œuvraient pour le bien commun, qu'on pouvait voir accueillir leurs sœurs au passage avec de petites offrandes de nectar de leurs magasins, qui se caressaient réciproquement, et s'occupaient de leurs futures sœurs encore à l'état d'œufs, ou bien au stade larvaire, avec des soins aimants, les transportant de dortoir en dortoir, les nettoyant et les nourrissant avec un dévouement dénué de tout égoïsme. Margaret donna lestement un coup de coude dans les côtes d'Edith et dit : « Regarde, tu es une petite larve, tu n'es qu'une petite larve couverte de boue.

— Vous êtes toutes les trois bien plus couvertes de boue qu'il ne faut, dit Matty Crompton. Vous avez éparpillé de la terre bien plus abondamment qu'il n'était nécessaire, vous en avez ailleurs que sur votre tablier. »

Mlle Mead, qui avait manifestement l'habitude d'ignorer les petites prises de bec, s'embarqua d'une voix rêveuse dans l'histoire de Cupidon et de Psyché.

« Les fourmis, mes chères enfants, sont censées venir en aide aux hommes depuis la plus lointaine Antiquité. L'histoire de l'infortunée Princesse Psyché l'atteste. Psyché était si belle, et tant aimée de tous ceux qui la voyaient, que la Déesse de la Beauté, Vénus, en tomba jalouse et ordonna à son fils, Cupidon, de châtier la belle jeune fille. Il fut dit au Roi, père de Psyché, qu'il avait offensé les dieux et devait en châtiment donner sa charmante fille en mariage à un terrible serpent volant. Il devait la vêtir en mariée et la mener au faîte d'une terrible crevasse pour y attendre son monstrueux époux. »

« Quelqu'un va arriver et tuer le dragon, dit Edith.

— Pas dans cette histoire », dit Matty Crompton.

Mlle Mead se balança sur sa chaise, les yeux mi-clos, et poursuivit.

« Alors voilà la pauvre enfant tout en haut d'une falaise, parée de ses beaux atours, couronnes de fleurs et de jolies perles. Elle se sentait très-malheureuse, mais au bout d'un moment elle remarqua que tous ses habits étaient caressés par les douces brises, qui finirent par la soulever et l'emporter très-loin, dans un charmant palais aux salles de marbre, aux tentures de soie, à la vaisselle d'or et aux fruits délicieux offerts à sa gourmandise, et *où personne ne se voyait nulle part.* Elle était toute seule dans ce décor fastueux. Mais elle était servie par d'invisibles mains, entendait jouer d'invisibles musiciens, et n'avait besoin de lever le petit doigt pour quoi que ce fût – ses désirs étaient exaucés sur-le-champ. Quand vint l'heure de prendre son repos pour la nuit, une voix pleine de douceur et de prévenance lui dit être son nouvel époux et souhaiter la rendre heureuse, à condition qu'elle se fiât à lui. Et elle sut qu'elle pouvait se fier à lui, car une voix si belle ne pouvait appartenir à rien de méchant. Alors ils vécurent heureux ensemble et son époux l'avertit que ce bonheur ne pourrait durer que si elle obéissait à ses instructions, qui étaient avant tout de ne jamais tenter de le voir.

« Alors elle demeura dans ce palais, goûtant la plus vive félicité, jusqu'au jour où elle pensa qu'elle avait envie de revoir les siens et confia ce désir à son aimable époux. Il en fut attristé, car il savait qu'il n'en adviendrait rien de bon, mais il ne pouvait rien lui refuser. Alors la famille de Psyché fut soudain déposée devant elle par le Vent d'Ouest, et trouva cette opération merveilleuse. Seules ses sœurs se montrèrent un peu jalouses, mes chères enfants – comme le sont des sœurs – et, si contentes qu'elles fussent qu'elle n'ait pas été dévorée, elles n'apprécièrent pas sans réserve de la voir dans une telle félicité. Alors elles lui demandèrent comment elle savait que son époux n'était *pas* un monstrueux serpent – il en avait été aperçu un, dirent-elles, qui nageait dans la rivière – et elles lui conseillèrent de prendre une bougie la nuit, quand son bien-aimé était endormi, et de regarder qui il était. Alors elle fit ce qu'elles disaient, ce qui fut une sottise de sa part, et la flamme de la bougie n'illumina pas un serpent mais le plus beau jeune homme aux cheveux d'or qu'elle eût jamais vu. Et quelques gouttes de cire tombèrent de la bougie sur la peau de son époux qui se réveilla et dit tristement : " Maintenant tu ne me reverras jamais ", et il déploya ses ailes – car c'était Cupidon, le Dieu ailé de l'Amour – et il s'envola.

« Mais Psyché était pleine de ressources, aussi bien que malheureuse, et alors elle partit de par le monde à la recherche de l'Amour. Et Vénus eut vent de ses pérégrinations, et fit circuler le bruit qu'elle était une de ses servantes qui s'était enfuie, et Psyché fut capturée et amenée de force devant la déesse courroucée. Et la déesse lui donna à accomplir diverses tâches impossibles, et si elle n'y parvenait pas, elle serait chassée, ne reverrait jamais ni son époux ni ses amis, mais deviendrait une simple esclave et travaillerait pour vivre.

« Et l'une de ces tâches était de trier des graines. La déesse en réunit tout un tas, une véritable montagne de graines mélangées – seigle, orge, millet, lentilles, haricots, graines de pavot et de vesce – et dit à la pauvre enfant de les trier avant le soir. Et Psyché s'assit et pleura, car elle ne savait par où commencer. Et alors elle entendit une toute petite voix grinçante monter du sol en un murmure et demander ce qu'elle avait. Et cette voix était celle d'une petite fourmi, une minuscule créature de rien du tout, la plus infime qui se pût concevoir.

« " Je puis peut-être t'aider, dit-elle. – Je ne vois pas comment, répondit Psyché, mais je te remercie de tes bonnes intentions. " Mais la fourmi ne voulut pas se le tenir pour dit, et elle appela ses amies, ses parentes, ses voisines, des milliers et des milliers de fourmis qui, vague après vague – »

« J'éprouve des picotements, dit Matty Crompton à William, à la pensée de ces armées bienfaisantes.

– Et moi, la pensée de trier une montagne de graines mélangées, ou de n'importe quoi d'autre, me rend nerveux. Cela me rappelle que je néglige mon travail –

– C'est bizarre, vous ne trouvez pas, que trier fasse si souvent partie des tâches impossibles assignées aux princes et princesses des contes. Il existe des foules d'amoureux aux espoirs déçus, qui sont mis en demeure de trier des graines. Y a-t-il, selon vous, une explication anthropologique satisfaisante à cela ?

– Sans doute. Mais je ne la connais pas. J'ai toujours cru que ces contes parlaient de la sagacité et de l'utilité des insectes, des fourmis. Je suis peut-être influencé par mon intérêt pour les fourmis. Les fourmis tropicales ne sont pas du tout faciles à vivre. J'ai essayé – j'ai vécu un certain temps dans une pièce au sol de terre battue où se trouvaient deux énormes monticules de terre dressés par des fourmis de Saüba. C'est là aussi que j'ai trouvé un *modus vivendi* avec plusieurs nids de grosses guêpes maçonnes brunes. Elles bâtissent les plus ingénieuses demeures, comme des hanaps à l'envers suspendus aux poutres. Je me flattais de l'idée qu'elles savaient que j'étais le propriétaire de la maison dans laquelle les leurs étaient suspendues – il est de fait qu'elles ne m'ont jamais piqué, alors qu'elles attaquaient les étrangers qui se promenaient dans les parages. J'avais l'impression que nous coopérions – mais ce n'était peut-être qu'une illusion –, elles se montraient très-féroces dans la répression de grosses mouches et blattes, qu'elles massacraient avec une terrible précision. J'en étais arrivé à admirer leur beauté, leur ingéniosité et leur héroïque férocité. J'ai fait toute une étude de leurs activités, en tant que bâtisseuses et bourreaux.

– Nos fourmis rousses doivent sembler assez inoffensives après ces insectes sauvages.

– Je suis très-heureux ici. Je me rends utile et tout le monde est très-bon avec moi.

– J'espère que vous achèverez votre propre tri à la satisfaction générale », dit Matty Crompton. Il décida par la suite s'être imaginé qu'elle avait parlé d'un air entendu.

Tandis que le printemps mûrissait en début d'été, il passa par des phases où il commença à se lasser de sa tâche de tri. Il se la figurait, en un sens, comme un apostolat, et ne voyait aucune récompense au bout. Quelle récompense pourrait-il y avoir ? Eugenia n'était pas pour lui. Il était de plus en plus relégué dans une espèce de monde intermédiaire où il était le compagnon des petites filles, le compagnon et l'assistant du vieil homme. Les aînés allaient et venaient constamment parmi un nombre grandissant d'amis des deux sexes. Il y avait un jeune homme, Robin Swinnerton, qu'on voyait souvent aider Eugenia à descendre de sa jument noire, Crépuscule, les mains autour de sa taille, le visage rieur levé vers le sien. Le chaos s'emparait de William à ce spectacle, un chaos où se fondaient le plaisir de s'imaginer serrant entre ses propres mains cette taille souple à la place de l'autre, le coup de poignard de l'envie aveugle, et la voix de la froide raison lui disant que mieux valait qu'elle fût vite demandée en mariage, car il serait alors libre à nouveau. Libre ! il l'était déjà, vu ce qu'il pouvait espérer, se répondait-il, mais sans pouvoir l'entendre. Il traçait sur ses propres lèvres, du bout du doigt, la courbe parfaite de ses lèvres à elle, comme il la sentirait s'il la touchait.

Il était habitué à la solitude ; il ne savait ni faire ni écouter des commérages, mais il se rendait compte, comme l'on se rend compte que des nuages de pollen tombent des grands arbres par les jours de chaleur, qu'il y avait des conjectures dans l'air. Puis un jour où il traversait la galerie du cloître pour se rendre dans le bureau hexagonal, il croisa Robin Swinnerton qui arrivait en sens inverse. C'était un jeune homme bouclé, châtain roux, au bon sourire qui, ce jour-là, lui fendait la bouche jusqu'aux oreilles et induisit William Adamson en erreur. Il faillit renverser William et s'arrêta pour lui faire ses excuses et lui serrer la main tout en éclatant de rire. « Je m'en vais conclure une heureuse affaire, monsieur, j'étais plongé dans mes pensées – »

« Ce jeune homme, dit Harald Alabaster, quand William fut entré, désire épouser ma fille. Je lui ai donné ma permission, et il affirme savoir déjà ce qu'elle va dire – vous devez donc me présenter vos félicitations.

– Je vous les présente.

– Le premier oisillon à quitter le nid. »

William se détourna pour regarder par la fenêtre et dit : « Les autres suivront bientôt, dans le cours normal des choses.

– Je sais. C'est dans l'ordre. Je me fais du souci pour Eugenia, je dois le confesser. Je crains que cette nouvelle ne soit pas de nature à la rendre plus heureuse – mais peut-être la sous-estimé-je. »

Il fallut à William ce qui lui parut des heures pour saisir la signification de cette déclaration.

« Alors ce n'est pas – ce n'est pas Mlle Eugenia Alabaster – qui va se marier ?

– Quoi donc ? Oh non. J'allais presque dire, oh non hélas ! C'est Rowena. C'est Rowena qui va épouser M. Swinnerton.

– Je croyais que M. Swinnerton donnait des signes d'attachement envers Mlle Eugenia.

– Ma femme aussi était de cet avis – mais il s'avère que c'est Rowena. Eugenia n'appréciera peut-être pas que Rowena convole la première. Elle était fiancée, vous savez, mais le jeune homme est mort dans un tragique accident. Et depuis lors – je ne sais comme cela se fait – elle a eu de nombreux, de très-nombreux prétendants, si l'on considère notre entourage restreint – mais elle n'a pas – je ne sais si elle fait montre de froideur – ou bien si – c'est une gentille fille, William, une gentille fille, elle a très-bien supporté son chagrin, elle ne s'est pas mise à décliner, à se languir, elle a témoigné de son habituelle docilité – mais j'ai peur que la vie se soit retirée d'elle, dans une certaine mesure, et ne soit pas revenue.

– Elle est si belle, monsieur – si infiniment belle – et – et – parfaite – qu'elle ne restera pas longtemps sans trouver un digne compagnon.

– C'est aussi mon avis, mais sa mère s'inquiète. Je crois que sa mère ne sera pas des plus contentes si Rowena s'envole la première – ce n'est pas une bonne chose – mais je ne pense pas que le bonheur de Rowena puisse ou doive être empêché. A vrai dire, j'ai tort de vous ennuyer avec mon inquiétude pour Eugenia quand c'est un si heureux jour pour Rowena qui doit prendre le pas dans nos pensées.

– Je crois que votre inquiétude pour Eugenia est très-naturelle – qu'elle est judicieuse, comme vous l'êtes toujours – ce n'est pas mon rôle – moi aussi je… » – il allait ajouter « m'intéresse à Eugenia », mais la prudence le saisit.

« Vous êtes un jeune homme gentil, et une présence sympathique, dit Harald Alabaster. Je suis très-content que vous soyez parmi nous. Très. Vous avez bon cœur. C'est la chose la plus importante. »

William observait Eugenia avec une acuité nouvelle, quand il la voyait, cherchant à déceler des signes de tristesse. Elle paraissait tout aussi sereine que d'ordinaire, et il aurait cru que son père se trompait s'il n'avait assisté une fois à une curieuse petite scène dans la sellerie. Il passait tranquillement par là, pour aller dans son atelier, quand il remarqua, en jetant un coup d'œil par la fenêtre, qu'Eugenia était à l'intérieur, parlant à quelqu'un qu'il ne pouvait voir d'où il était embusqué, et qu'elle avait l'air émue, éplorée même. Elle paraissait supplier.

Puis il entendit des pas rapides et se déroba prestement, et Edgar Alabaster passa devant lui à grandes enjambées, le visage figé par la colère, en direction de la maison. Une ou deux minutes après, Eugenia sortit dans la cour et demeura immobile comme une statue, une ou deux minutes de plus, avant de s'éloigner d'un pas mal assuré en direction de l'enclos et du haha. Il sut, parce qu'il l'aimait, qu'elle était aveuglée par les larmes, et il devina, parce qu'il l'avait étudiée, parce qu'il l'aimait, que son orgueil serait blessé si elle se doutait que ses larmes avaient été vues. Mais il la suivit, parce qu'il l'aimait, s'arrêta à côté d'elle sur l'herbe, regardant le fossé du haha, la barrière entre la maison et le monde extérieur, invisible de la cour. C'était en fin d'après-midi. Les peupliers jetaient de longues ombres sur les prés.

« Je n'ai pu m'empêcher de voir que vous étiez affligée. Puis-je quelque chose ? Je ferai n'importe quoi pour vous aider, si je le peux.

– Il n'y a rien », dit-elle d'une voix morne, mais sans faire de geste pour le repousser.

Impossible de trouver quoi ajouter. Impossible de lui révéler qu'il était au courant de sa situation, dont elle n'était pas responsable. Impossible de dire « Je vous aime. Je veux vous consoler parce que je vous aime », et pourtant tout son corps palpitait du désir qu'elle se tourne vers lui et pleure sur son épaule.

« Vous êtes belle, vous êtes bonne – vous méritez d'être heureuse, dit-il sottement. Je ne peux pas supporter de vous voir pleurer.

– Vous êtes très-bon, mais je ne peux recevoir d'aide, personne ne peut rien pour moi. » Elle fixa, sans les voir, les longues ombres. « Je voudrais être morte, pour dire la vérité, je voudrais être morte, morte », dit-elle, ses larmes tombant à un rythme accru. « Je devrais être morte, ajouta-t-elle avec violence. Je devrais être morte, comme Harry.

– Je connais votre tragédie, mademoiselle. Je suis navré pour vous. J'espère que vous parviendrez à vous consoler.

– Je ne crois pas que vous sachiez vraiment, dit Eugenia. Pas tout. Nul ne le peut.

– Il faut qu'il en soit ainsi. Vous avez montré beaucoup de courage. Je vous en prie, ne soyez pas malheureuse. » Il essaya de trouver quoi ajouter. « Tant de gens vous aiment, vous ne pouvez pas être malheureuse.

– Pas réellement. Pas véritablement. Ils croient le faire, mais ne le peuvent. Je ne puis être aimée, monsieur, je ne suis pas capable d'être aimée, c'est ma malédiction, vous ne comprenez pas.

– Je sais, je sais, que cela n'est pas vrai, répondit-il avec passion. Je ne connais personne plus digne d'être aimée, personne. Vous devez vous être aperçue – je ne suis pas dans une position – si ma vie, si ma position dans la vie, était différente – en un mot – je ferais n'importe quoi pour vous, mademoiselle, vous devez le savoir. Les femmes savent ces choses-là, je l'ai constaté. »

Elle poussa un petit soupir, presque de réconfort, pensa-t-il, et cessa de fixer le haha d'un regard de marbre.

« C'est vous qui êtes gentil et bon, dit-elle avec une douceur nouvelle. Et brave, même si vous ne comprenez pas. Vous vous êtes montré gentil envers tout le monde, même les petites. Nous avons de la chance de vous avoir ici.

– Et moi je me croirais privilégié – et honoré – si vous pensiez pouvoir me laisser être votre ami – malgré les différences qui nous séparent – si vous pouviez me faire un peu confiance. Je ne sais ce que je dis – pourquoi donc me feriez-vous confiance ? Je veux tellement pouvoir faire quelque chose pour vous. N'importe quoi. Je ne possède rien au monde, comme vous savez. C'est donc insensé. Mais je vous en prie, je suis à vos ordres, si je puis vous aider le moins du monde, toujours. »

Elle s'essuyait les yeux et le visage avec un mouchoir en dentelle. Ses yeux étaient légèrement ourlés de rose et gonflés. Il trouva cela touchant et excitant. Elle eut un petit rire.

« Vous avez donné aux petites une fourmilière et une ruche en verre. Une fois, vous m'avez promis un nuage de papillons. L'idée était jolie. »

Elle tendit sa petite main – toujours gantée – et il l'effleura de ses lèvres, d'un baiser papillon qui pourtant enfiévra ses sens et fit battre ses veines.

Il résolut qu'elle aurait ses papillons.

L'avoir vue si malheureuse changea sa façon de la percevoir. Un sentiment nouveau de protection se mêla à ce qui jusqu'alors avait été de l'adoration pure et simple, l'amenant à remarquer des choses nouvelles : la brusquerie d'Edgar à son égard, la façon dont ses sœurs bavardaient allégrement entre elles des plans pour le mariage tandis qu'elle restait à distance, soit tenue à l'écart, soit peu désireuse de se joindre à elles, il ne savait qu'en penser. Il se mit à collecter des chenilles de différentes sortes, en différents lieux, et enrôla Matty Crompton et les petites, sans révéler pourquoi il voulait ces bestioles. Il donna ses instructions : elles devaient toujours lui être apportées avec les plantes dont elles se nourrissaient, les feuilles sur lesquelles elles étaient trouvées. Il emprunta des cages à lapins et des volières où, au fur et à mesure que les chenilles se transformaient en cocons, il les mit à éclore. Il s'avéra difficile de coordonner la genèse d'un nuage, mais il persévéra et réussit la nymphose de plusieurs petites lycènes bleues, un nombre considérable de grands blancs, quelques vulcains rouges, grandes tortues et damiers, en même temps qu'un ou deux papillons verdâtres des bois et toute une collection de papillons de nuit, hyponomeutes jaune chamois, rosettes, cossus gâte-bois et autres insectes nocturnes. Ce fut seulement quand il jugea que ses couvains donneraient assez de papillons pour composer un nuage qu'il eût quelque chance de maîtriser, qu'il demanda à Harald la permission de les lâcher dans la serre – « Je veillerai à ce qu'ils ne causent pas de dommage aux plantes, il n'y a aucun danger d'invasion de larves voraces. J'ai promis à Mlle Alabaster un nuage de papillons, et je crois en avoir un à présent.

– Vous vous êtes montré très-diligent, à ce que je vois. Ils sont certainement plus beaux en vol qu'embrochés sur une épingle. Elle sera enchantée.

– Je voulais la faire sourire et n'avais rien à offrir – »

Harald regarda William et resserra ses sourcils blancs.

« Vous vous inquiétez pour Eugenia.

– J'ai donné aux petites une ruche et une fourmilière en verre. Je lui ai promis, sottement, un nuage de papillons. J'espère que vous m'autorisez à lui offrir cet – éphémère – présent. Il ne vivra que quelques semaines, monsieur, tout au plus, comme vous le savez. »

Harald avait une façon de vous fixer d'un œil perçant et bienveillant, comme s'il lisait dans vos pensées. Il dit : « J'imagine qu'Eugenia sera ravie. Nous le serons tous, nous partagerons son moment de magie. La magie n'est pas une mauvaise chose, William. La transfiguration n'est pas une mauvaise chose. Les papillons sortent de créatures rampantes très-peu-prometteuses.

– Je n'espère pas –

« – Ne dites rien. Ne dites rien. Vos sentiments vous font honneur. »

Les papillons furent lâchés un matin de très bonne heure, avant qu'aucun membre de la famille ne fût levé. En descendant à six heures, William découvrit une population très différente de celle de la journée – une armée de jeunes femmes en noir, silencieuses et affairées, qui portaient des seaux de cendres, des seaux d'eau, des boîtes d'instruments à reluire, des brassées de balais, de brosses et de tapettes. Elles étaient descendues des combles comme un nuage de jeunes guêpes, le teint pâle et l'œil trouble, lui faisant une petite révérence silencieuse au passage. Certaines n'étaient guère que des enfants, différant à peine des fillettes de la nursery, à ceci près que les unes étaient enveloppées de jupons, de volants, de doux festons de mousseline, et que les autres, maigrichonnes pour la plupart, étaient serrées dans des corsages ajustés, dénués d'ornements, sur des jupes noires tourbillonnantes, et qu'elles avaient les cheveux couverts de coiffes blanches redoutablement empesées.

La serre reliait la bibliothèque au cloître, du côté de la chapelle opposé au bureau de Harald. C'était une construction solide, en verre et fer forgé, avec un toit élevé en forme de dôme et une fontaine dans le mur d'appui, entourée de pierres moussues et décorée d'une petite statue, une nymphe de marbre tendant une cruche vers l'eau. Il y avait des poissons rouges dans le bassin peu profond où l'eau s'épanchait. La végétation était abondante, vigoureuse par endroits – une série de grilles en fer forgé, en forme de feuilles et de branches de lierre entortillées, soutenait un mélange de plantes grimpantes et rampantes, formant une série de berceaux à demi cachés où pendaient d'immenses corbeilles en fil de fer toujours remplies de plantes fleuries, aux couleurs éclatantes et au parfum délicat. Des palmiers se dressaient çà et là dans des bacs en cuivre aux reflets dorés, et le sol était pavé de marbre noir luisant qui donnait l'impression, sous certains angles et certains éclairages, d'un profond et sombre lac à la surface réfléchissante.

William apporta ses boîtes d'insectes somnolents et les déposa soigneusement tous sur la terre humide, dans les corbeilles, parmi les feuilles. Le jeune aide-jardinier l'observa d'un air dubitatif, puis s'enthousiasma quand un ou deux des plus gros papillons, réchauffés par le soleil levant, voltigèrent paresseusement de corbeille en corbeille sous le toit. William le chargea de tenir les portes fermées et d'interdire l'entrée à tout membre de la famille, sous quelque prétexte que ce fût, jusqu'au moment où le soleil serait monté dans le ciel et les papillons en mouvement : les papillons se nourrissent de lumière, les papillons dansent quand ils sont réchauffés par le soleil. Quand ils danseraient, il amènerait Eugenia. « J'ai dit à Mlle Eugenia que je lui ferais un nuage de papillons », dit-il.

Le garçon répondit d'une voix morne et inexpressive : « Cela devrait lui plaire, monsieur, pour sûr. »

Il l'arrêta au passage dans l'escalier après son petit déjeuner. Comme elle le prenait tard, le soleil était alors haut dans le ciel. Il dut l'appeler par son nom à deux reprises : elle avait l'air préoccupée et très sérieuse. Elle répondit avec quelque impatience : « Qu'y a-t-il donc ?

– Venez avec moi, s'il vous plaît. J'ai quelque chose à vous montrer. »

Elle portait une robe bleue, garnie de rubans écossais. Il y eut un instant atroce où elle donna l'impression qu'elle allait refuser, puis son visage s'adoucit et elle sourit, fit volte-face et vint avec lui. Il la conduisit à la porte de la serre.

« Entrez vite, et fermez la porte.

– Il n'y a pas de danger ?

– Avec moi, aucun. »

Il ferma la porte derrière elle. D'abord, entre ces vitres ensoleillées aux miroitements verts, il crut avoir échoué, et puis, comme s'ils n'avaient attendu qu'elle, les papillons sortirent des feuillages, descendirent de la verrière, fusant, voltigeant, virevoltant, orange fauve, bleu foncé et bleu pâle, jaune soufre, blanc nuagé, incarnats et ocellés, et ils dansèrent autour de sa tête, se posèrent sur ses épaules, effleurèrent ses mains tendues.

« Ils prennent votre robe pour le ciel même », murmura-t-il. Elle se tenait parfaitement immobile, tournant la tête de droite et de gauche. D'autres papillons franchirent les airs, encore et encore, et se fixèrent en tremblant, encore et encore, sur le chatoiement azuré de l'étoffe, sur la blancheur nacrée de ses mains et de sa gorge.

« Je peux les chasser, dit-il, s'ils vous incommodent.

– Oh non, dit-elle. Ils sont si légers, si doux, comme de l'air coloré –

– C'est presque un nuage, presque –

– C'en est un. Vous avez fait un miracle.

« – C'est pour vous. Je n'ai rien de concret à vous offrir – ni perles ni émeraudes, je n'ai rien – mais je voulais vous offrir quelque chose –

– La vie, dit-elle. Ils sont en vie. Ce sont des joyaux vivants, ou mieux que des joyaux –

– Ils croient que vous êtes une fleur –

– En effet, ils le croient. » Elle se mit à tourner lentement sur elle-même, et les papillons s'envolèrent et se posèrent encore une fois en dessins ondulants.

La végétation n'appartenait à aucun lieu de la planète, et en un sens à tous. Des fleurs d'Angleterre, primevères et jacinthes, jonquilles et crocus, étincelaient au milieu des luxuriantes et toujours vertes plantes grimpantes tropicales, et leurs parfums suaves se mêlaient à l'exotique stephanotis et au jasmin odorant. Elle tournait sur elle-même sans s'arrêter et les papillons dansaient autour d'elle, et l'eau captive faisait rejaillir ses éclaboussures dans la petite vasque. Il pensa qu'il se souviendrait toujours d'elle ainsi, quoi qu'il leur arrive, à elle, à lui, à tous deux, dans ce palais scintillant où se rencontraient ses deux mondes. Et il en fut ainsi, de temps en temps, tout le reste de sa vie : la jeune fille en robe bleue, à la tête pâle et nimbée de soleil, parmi les plantes grimpantes et les fleurs printanières, et le nuage de papillons.

« Ils sont si fragiles – terriblement fragiles, dit-elle. Vous pourriez leur faire du mal rien qu'en les touchant, les pincer du bout des doigts sans précaution suffirait. Je ne voudrais pour rien au monde faire du mal à aucun d'eux. Pour rien au monde. Comment vous remercier ? »

Il l'engagea à revenir dans la soirée, quand à la place des papillons diurnes voleraient les nocturnes aux teintes subtiles, crayeuses et spectrales, citron pâle, chamois, argent duveteux. Toute la journée les fillettes entrèrent et sortirent en s'écriant, en s'exclamant au spectacle des couleurs et des envolées. Il ne les comprit pas dans son invitation vespérale. Il espérait qu'il pourrait s'asseoir seul avec elle au crépuscule, un petit moment, amicalement. C'était la récompense qu'il s'était promise, ce qui montre que les choses avaient un tout petit peu changé, que lui-même avait changé à l'égard d'Eugenia. Il repensa même une ou deux fois aux remarques de Harald, si chargées de sens, d'une certaine manière, si impénétrables dans leur ambivalence. « Ne dites rien. Ne dites rien. Vos sentiments vous font honneur. » Quels sentiments ? Son amour, ou son respect pour la différence, la position d'Eugenia ? Que dirait Harald s'il disait « J'aime Eugenia. Il me faut ou l'avoir ou mourir » – non, pas cela, c'était ridicule – « J'aime Eugenia ; il m'est douloureux de demeurer en sa présence, à moins de pouvoir espérer ce que je ne puis me croire en droit d'espérer – » Que dirait Harald ? Que dirait Harald ? Avait-il imaginé une paternelle bienveillance dans son regard ? La colère et l'indignation paternelles prendraient-elles la relève s'il se déclarait ? Était-ce sa patience ou sa discrétion que respectait Harald ?

Quand vint le soir, il y avait un gros cocon qui venait de commencer sa métamorphose, et il l'emporta avec lui dans la serre ; l'observer serait une manière raisonnable de s'occuper en attendant, en espérant sa venue. Il s'assit sur un banc bas surplombé de plantes grimpantes parmi lesquelles une passiflore s'était égarée. A la brune, le vitrage derrière son dos était froid. Il reflétait par endroits le halo chatoyant des lampes cachées parmi les rideaux de feuilles. Il était transparent à d'autres endroits, et William apercevait l'herbe sombre et incolore, le ciel vide et la mince pelure argentée de la lune. Les papillons de nuit voletaient – un petit nuage autour de chacune des lampes qu'il avait protégées par des cages grillagées. Il n'entrait pas dans ses projets de laisser son troupeau se brûler les ailes. Les couleurs étaient plus jolies qu'il ne s'y attendait. Vert gazon, blanc pur, jaune crème, gris lumineux. Le gros papillon nocturne – c'était un paon-de-nuit, l'unique saturnie britannique – travaillait à se libérer, fendant sa pupe, secouant la pellicule froissée de ses ailes, regardant de ses yeux énormes et de ses antennes plumeuses qui frémissaient faiblement. William succombait toujours à un sentiment de pur émerveillement au spectacle de cette opération. Une chenille alerte et accomplie, vert vif, cerclée de rayures brunes et de verrues jaunes et poilues, disparaissait à l'intérieur du cocon et se transformait en un genre de crème à la vanille informe. Et de cette crème sortait le paon-de-nuit aux ailes de velours brun ocellé, au gros corps de fourrure gris souris.

Il entendit le déclic de la porte qui s'ouvrait, il entendit Eugenia écouter s'il était là. Puis il entendit sur le marbre le bruit léger de ses souliers et le froufrou de ses jupes. Et puis elle fut là, en robe du soir argentée dont le jupon était lilas –

Morpho Eugenia. La nuit effaçait de son visage même la carnation qu'il avait d'ordinaire.

« Ah vous voilà. Vous faites toujours ce que vous promettez de faire. Vos papillons de nuit essaient de s'immoler.

– Comme vous voyez j'ai grillagé les lumières pour les protéger. Je ne sais ce qui les pousse ainsi à se sacrifier par le feu. Je ne sais si cela peut s'expliquer comme le fonctionnement d'une stratégie qui est normalement de sauvegarde de la vie et qui se trouve annulée par notre fâcheuse habitude d'installer de vives lumières artificielles. Je me suis demandé s'ils se dirigent grâce au clair de lune et prennent les bougies pour de très-brillants corps célestes. Je ne trouve pas cette hypothèse entièrement satisfaisante. Ne voulez-vous pas vous asseoir et voir si les papillons de nuit pensent que vous êtes la lune, comme les papillons de jour vous ont prise pour des fleurs et pour le ciel ? »

Elle s'assit à côté de lui sur le banc et sa présence le troubla. Il était prisonnier de l'atmosphère, ou de la lumière, ou de la senteur, qu'elle répandait, comme un navire est prisonnier du gouffre d'un maelström, comme une abeille est prise au lasso du parfum qui s'exhale du calice d'une fleur.

« Celui-ci, quel est-il ?

– Un paon-de-nuit juste éclos. Une femelle. Dans peu de temps, quand elle sera robuste, j'ôterai sa cage et la lâcherai.

– Elle semble très-faible.

– Briser la pupe exige beaucoup de force. Les insectes sont le plus vulnérables au moment de la métamorphose. Ils peuvent être facilement happés par un prédateur.

– Il n'y en a pas ici, j'espère.

– Oh non.

– Bien. Comme c'est joli, ce clair de lune et tous ces papillons qui volent si paisiblement.

– C'est ce que je m'étais promis, pour moi, si je vous faisais votre nuage de papillons. Ce court instant, assis tranquillement ici, avec vous. C'est tout. »

Elle inclina la tête, comme pour examiner attentivement le paon-de-nuit. Un papillon buta à plusieurs reprises contre la paroi, essayant d'entrer, semblait-il, et fut rejoint par un autre. La femelle frémissante palpita et secoua ses ailes.

« Ne me répondez pas – et ne croyez pas que mes paroles cherchent à vous effaroucher, à vous troubler – je veux juste dire – que vous ne pouvez pas savoir tout ce que ces minutes

66

brèves signifient pour moi – je m'en souviendrai toujours – votre présence si près de moi – votre quiétude. Si les choses étaient différentes, je vous dirais sans doute – des choses très-différentes – mais je sais ce qu'il en est, je suis raisonnable, je n'ai aucun espoir – aucun espoir – sinon peut-être de pouvoir vous parler un peu avec franchise, car je ne vois pas comment vous pourriez en souffrir – »

De gros insectes avançaient sur le sol noir, les ailes déployées. D'autres se frayaient un passage par un petit trou dans la vitre de la porte de la serre. D'autres encore s'élançaient du toit, fondant aveuglément dans la pénombre. Les petites percussions des insectes contre les parois et le toit de verre augmentaient en nombre et en volume. Ils avançaient, armée enflammée et désordonnée, tournoyant autour de la tête d'Eugenia, bruissant contre sa peau, trente, quarante, cinquante, les paons-de-nuit surgissant de l'ombre pour rejoindre la femelle engourdie. D'autres venaient encore. D'autres venaient toujours. Eugenia essaya de les repousser, elle secoua ses jupes, elle détacha ceux qui s'étaient égarés dans ses manches, dans les replis de sa robe. Elle se mit à pleurer.

« Emportez-les. Je ne les aime pas.

– Ce sont les paons-de-nuit mâles. Ils sont attirés par la femelle d'une manière mystérieuse. C'est elle que je vais emporter à l'autre bout de la serre – là – regardez – ils la suivent, ils vous quittent –

– Il y en a un autre, pris dans la dentelle. Je vais hurler. »

Il revint en fendant la foule des mâles qui luttaient aveuglément, et glissa les doigts sous le col de dentelle pour ôter l'intrus.

« Ce doit être le parfum – »

Eugenia pleurait. « C'était terrible, comme des chauves-souris, comme des fantômes, c'était répugnant –

– Là ! là ! Je ne voulais pas vous effrayer. »

Il tremblait. Elle mit les bras autour de son cou, posa la tête sur son épaule, et elle resta cramponnée ainsi, le laissant supporter son poids.

« Chère – »

Elle pleurait toujours.

« Je ne voulais pas – »

Elle s'exclama : « Ce n'est pas vous – vous avez essayé de m'aider. C'est tout le reste. Je suis si malheureuse.

« – Est-ce à cause du capitaine Hunt ? Vous désolez-vous toujours autant de sa perte ?

– Il ne voulait pas m'épouser. Il est mort parce qu'il ne voulait pas m'épouser. »

William la tenait tout contre lui pendant qu'elle pleurait.

« C'est absurde. Tout homme voudrait vous épouser.

– Ce n'était pas réellement un accident. C'est seulement ce qu'on raconte. Il l'a fait parce que – il ne voulait pas – m'épouser.

– Pour quelle raison ? » demanda William, comme l'on questionnerait un enfant qui a cru voir le croque-mitaine là où il n'y a rien.

« Comment le saurais-je ? Seulement, c'est ainsi. La seule chose qui soit claire pour moi – c'est qu'il ne voulait pas – le mariage était fixé – le trousseau, j'avais tout mon trousseau, absolument tout était acheté, les robes des demoiselles d'honneur, les fleurs, tout. Et lui – n'a pas pu supporter –

– Vous me torturez, en disant cela. Mon désir le plus cher au monde – vous devez le savoir – serait d'être en mesure de vous demander votre main. Ce que je ne pourrai jamais faire, car vous avez de la fortune, et je ne peux pas subvenir aux besoins d'une épouse, ni même aux miens. Je le sais. Mais cela me cause une douleur insupportable de vous entendre parler de la sorte et de ne pas pouvoir du tout – moi-même –

– Je n'ai pas besoin de faire un riche mariage, dit Eugenia. J'ai de la fortune. »

Il y eut un long silence. Plusieurs papillons tenaces fusèrent à l'aveuglette et se joignirent au tapis palpitant des corps mâles collés aux parois grillagées de la cage de la femelle.

« Que dites-vous ?

– Mon père est bon, et il croit à la communion des chrétiens, à l'égalité de tous devant Dieu. Il croit que vous êtes un homme doué de grands talents intellectuels qu'il juge très-précieux, aussi précieux que des terres, des fermages et le reste. Il me l'a dit. »

Elle le regarda avec les mêmes yeux ourlés de rose, gonflés et vulnérables.

« Il pourrait y avoir un double mariage, dit Eugenia. Je n'aurais pas à me marier après Rowena, si tant est que je me marie. »

Il déglutit. Un papillon effleura son front brûlant. Il sentit comme l'ombre des odeurs de la jungle et les effluves suaves et capiteux des gardénias. Un petit papillon, une rosette, était perché, juste sous son menton, dans les cheveux scintillants d'Eugenia. Son cœur battit à tout rompre.

« Parlerai-je à votre père ? Demain ?

– Oui », dit Eugenia, et elle leva les lèvres pour être embrassée.

William avait supposé que l'attitude de Harald à son égard changerait brusquement, dès l'instant où il soulèverait la question d'épouser Eugenia. Harald avait témoigné d'une vague bonté et paru parfois, à peu de chose près, singulièrement reconnaissant à William de sa conversation et de son attention. A présent, se dit William, tout allait changer. Le patriarche brandirait son épée protectrice. Il lui ferait sentir l'outrecuidance de son manque d'avenir et d'éducation. Il l'éconduirait presque à coup sûr. L'absolue conviction d'Eugenia qu'il n'en irait pas ainsi était seulement le reflet de sa confiance innocente. William était déchiré par des sentiments contraires. Je mourrai si je ne puis l'avoir, hurlait invariablement son désir. Et cependant il fit des rêves qui lui rappelèrent ceux que provoquait l'alcool de *caapi*, des rêves où il volait à tire-d'aile au-dessus des forêts, filait à toute allure sur la mer par grand vent, luttait contre les rapides du cours supérieur de l'Amazone, s'ouvrait un passage dans les lianes avec une machette.

Il dit à Harald qu'il aimait Eugenia en silence depuis longtemps, et que venait seulement de lui être révélé par accident qu'elle répondait, ou pouvait répondre, à son amour. Son intention n'avait jamais été d'agir dans le dos de son père mais de ne rien dire du tout, toutefois il apparaissait à présent qu'il devait se déclarer, et s'il essuyait un refus il partirait. « Je ne sais que trop cruellement que je n'ai rien à offrir qui puisse compenser mon manque d'avenir.

– Vous avez du courage, de l'intelligence, de la bonté, dit le père d'Eugenia. Toutes les familles ont besoin de ces qualités-là pour survivre. Et vous avez l'amour d'Eugenia, selon toute apparence. Je dois vous le dire, je donnerais beaucoup pour voir Eugenia heureuse. Elle a connu de grands malheurs et j'avais presque renoncé à l'espoir qu'elle retrouve la faculté de chercher activement à être heureuse en ce domaine. Elle a de la fortune – des biens inaliénables dont elle demeurera maîtresse – »

Soit peut-être par manque de courage, soit peut-être par bienséance, tact et délicatesse, William Adamson ne posa aucune question relative à la constitution d'une rente, aux conditions de vie de son ménage, à son propre avenir. Il semblait pire que vulgaire, de la part d'un homme qui n'apportait rien, de demander s'il recevrait quelque chose, et quoi. Harald continua à parler, d'abondance et dans le vague, formulant des promesses chaleureuses et imprécises. William était assez sagace pour se rendre compte de leur imprécision, mais il n'avait aucun désir, et de fait aucune raison, de discuter et de réclamer davantage de clarté.

« Vous pourriez demeurer ici, dit Harald, parmi nous, pour le moment, Eugenia et vous. Ainsi, lorsque vous souhaiterez, comme cela est fort probable, repartir en expédition, elle sera parmi les siens. Vous ne souhaiterez naturellement pas de changements dans l'immédiat, vous pouvez être très-heureux ici, je crois. J'espère que vous ferez d'autres voyages plus tard, si vous le souhaitez. J'espère qu'il en sera ainsi. J'espère pouvoir vous apporter une aide substantielle en ce cas. Et j'espère qu'en attendant vous consentirez à m'accorder de votre temps pour nos conversations, avec la générosité dont vous avez fait montre jusqu'ici. Je l'espère vivement. J'ai constaté que je me dépêtre beaucoup mieux de l'embrouillamini de la réflexion sur nous et sur le monde où nous vivons, grâce au bénéfice de votre clarté d'esprit. Nous pourrions peut-être même rédiger nos discussions plus ou moins sous la forme d'un dialogue philosophique. »

Il allait s'acquitter, il le comprit, avec ses pensées. Chose qu'il pouvait aisément se permettre, chose qu'il faisait comme il respirait, ou mangeait de la viande et du pain. Et dans l'intervalle entre le consentement d'Eugenia et leur mariage, intervalle qui devait être aussi bref que possible afin que les noces de Rowena ne fussent pas retardées, et qui laissait juste le temps de confectionner le trousseau, William parla avec Harald Alabaster. Il avait personnellement renoncé à la religion de son père, faite de tourments, de souffrances et d'ultime félicité, avec un soupir de soulagement – le sourire de Chrétien dans *Le Voyage du Pèlerin*, quand le fardeau tombe de ses épaules après le marais du Désespoir. Mais Harald était pour une part embourbé dans ce marais. Ses pensées étaient son tourment ; sa rigueur intellectuelle, une source de déperdition et de peine.

Il parlait souvent de l'inconséquence de ceux qui présentaient des preuves non convaincantes de l'existence de Dieu ou des vérités de la Bible – ce qui nuisait à leur propre cause. Comment William Whewell osait-il prétendre, comment avait-il le front de soutenir que la longueur des jours et des nuits était adaptée à la durée du sommeil de l'homme, demandait Harald. Il était d'une clarté évidente, éclatante, que toute la création vivait et se mouvait à un rythme qui répondait à la chaleur et à la lumière du soleil ainsi qu'à son retrait. La sève montait dans les arbres, les fleurs s'ouvraient et se fermaient, les bêtes sommeillaient ou chassaient, l'été faisait suite à l'hiver. Nous ne devions pas nous mettre au centre des choses à moins de percevoir vraiment que nous y étions effectivement. Nous ne devions pas faire Dieu à notre image, ou bien nous nous faisions paraître insensés. C'était parce qu'il espérait, qu'il espérait parfois au-delà de toute espérance, que l'existence d'un Créateur Divin serait prouvée à n'en pouvoir raisonnablement douter, qu'il ne pouvait souffrir les controverses sur les mamelons des mâles ou l'appendice caudal rudimentaire de l'embryon humain, controverses qui voyaient dans ce Créateur un artisan maladroit qui avait changé d'idée au milieu du gué. Un homme pouvait se conduire de la sorte ; un Dieu, non. Ils l'auraient compris si seulement ils pensaient avec un peu de clarté, en s'affranchissant de toute émotion, le moindrement. Et cependant il y avait des arguments inspirés par l'analogie entre l'esprit divin et l'esprit humain qu'il acceptait, des arguments qui allaient dans le même sens que lui et qu'il n'écartait pas.

« Que pensez-vous de la preuve de la beauté ? demanda-t-il à William.

– Quelle forme de beauté, monsieur ? La beauté des femmes, la beauté des forêts, la beauté des cieux, la beauté des créatures ?

– Elles toutes. Je voudrais faire valoir que notre capacité humaine à aimer la beauté en toutes choses – à aimer la symétrie, la lumière rayonnante, la complexe excellence de la forme des feuilles, des cristaux, des écailles de serpent et des ailes de papillon – démontre l'existence en nous de quelque chose de désintéressé et de spirituel. Un homme qui admire un papillon est plus qu'une bête brute, William. Il est plus que le papillon même.

– M. Darwin croit que la beauté du papillon existe pour attirer sa compagne, et que la beauté de l'orchidée est destinée à faciliter sa fécondation par l'abeille.

– Je rétorque à cela que ni l'abeille ni l'orchidée n'éprouvent notre exquise sensation de joie à la vue de la perfection de couleur et de forme de ces choses mêmes. Et il nous est possible d'imaginer un Créateur qui ait créé le monde entier en faisant ses délices d'inventer la variété des espèces, des pierres, de l'argile, du sable et de l'eau, n'est-il pas vrai ? Il nous est possible d'imaginer un tel Créateur avec une grande précision parce que nous ressentons nous-mêmes le besoin intime de fabriquer des œuvres d'art qui ne satisfassent aucun vil instinct de survie, ou de perpétuation de l'espèce, mais soient seulement belles et complexes, une nourriture pour l'esprit.

– Un sceptique, monsieur, rétorquerait que nos œuvres – telles que vous les évoquez – ne sont pas différentes de la montre de Paley, laquelle, disait-il, conduirait tout homme à déduire de son existence celle d'un horloger s'il en découvrait seulement deux rouages engrenés. Peut-être le sentiment d'émerveillement en présence de la beauté – de la forme – ce sentiment que vous évoquez – n'est-il guère autre chose que ce qui fait de nous des humains au lieu de bêtes brutes.

– Je crois, avec le duc d'Argyll, que la splendeur superflue des oiseaux de paradis est un argument puissant en faveur de l'idée selon laquelle, peut-être, en un certain sens, le monde a été originellement créé pour faire les délices de l'homme. Car ces choses ne peuvent faire leurs propres délices comme elles font les nôtres.

– Les paradisiers dansent pour leur compagne, comme le font les dindons et les paons.

– Mais n'éprouvez-vous pas que votre sentiment d'émerveillement correspond à quelque chose qui vous dépasse, William ?

– Certes. Mais je me demande aussi ce que ce sentiment d'émerveillement a à voir avec mon sens moral. Car la Création que nous admirons tant ne semble pas avoir un Créateur qui se soucie de ses créatures. La nature a effectivement croc et griffe ensanglantés, comme le dit M. Tennyson. La jungle amazonienne suscite en vérité un sentiment d'émerveillement à la vue de son abondance, de sa luxuriance. Mais il y existe un esprit – un esprit terrible de lutte irresponsable ou d'inertie apathique – une sorte de voracité végétale et de vaste putréfaction – qui rend une force naturelle irresponsable bien plus aisément crédible. Car je pense que vous n'accepterez pas les vieux arguments déistes qui prétendent que les tigres et les figuiers étrangleurs sont destinés à prévenir les misères de l'âge chez les daims et la corruption des troncs d'arbre, pas plus que vous n'acceptez les idées de Whewell sur le jour et la nuit.

– Le monde a tellement changé, William, durant ma vie. Je suis assez vieux pour avoir cru à nos premiers parents au Paradis, quand j'étais petit, pour avoir cru à Satan caché dans le serpent, et à l'archange brandissant son épée de feu et fermant les portes. Je suis assez vieux pour avoir cru sans poser la moindre question à la naissance divine par une froide nuit où le ciel retentissait du chœur des anges, les bergers levaient des yeux émerveillés, et les étranges rois traversaient le désert à dos de chameau pour apporter leurs offrandes. Et maintenant m'est proposé un monde où nous sommes tels que nous sommes à cause des mutations d'une gelée molle et d'une matière osseuse calcique au cours de millénaires inimaginables – un monde où les anges et les démons ne combattent plus dans les cieux pour faire triompher la vertu ou le vice, mais où nous mangeons et sommes mangés et absorbés par une autre chair et un autre sang. Toute la musique et toute la peinture, toute la poésie et toute la puissance ne sont qu'illusion. Je tomberai en poussière comme un champignon quand mon heure sera venue, ce qui ne saurait tarder. Il est vraisemblable que le commandement d'aimer notre prochain ne soit guère autre chose qu'un prudent instinct de sociabilité, de protection parentale, chez une créature apparentée au grand singe. J'aimais voir des peintures de l'Annonciation – l'ange aux ailes diaprées de toutes les couleurs de l'arc-en-ciel, dont le papillon et l'oiseau de paradis n'étaient que de pauvres échos imparfaits, l'ange qui tenait le lis blanc et or et s'agenouillait devant la jeune fille pensive qui allait devenir la Mère de Dieu, l'amour fait chair, la connaissance à nous donnée, ou prêtée. Et maintenant tout cela est pour ainsi dire effacé, et il y a une toile de fond noire sur une scène vide, et je vois un grand chimpanzé au regard inquiet, au front baissé et aux grandes vilaines dents, qui presse sa progéniture velue sur son sein fripé – et est-ce cela qui est l'amour fait chair ? – Je connais la réponse – ce l'est – si bel et bien Dieu œuvre, il œuvre dans le singe qui mène à l'homme – mais je ne puis mesurer ma perte, c'est l'abîme même du désespoir. J'ai commencé mon existence comme un petit garçon dont tout acte était inscrit en lettres de feu dans le livre d'or de ses bonnes et mauvaises actions, pour y être pesé et examiné par Celui dont le regard était miséricordieux, vers qui je cheminais, pas à pas, en chancelant. Je la termine comme un squelette de feuille destiné à l'humus, comme une souris broyée par une chouette, comme un veau de boucherie allant à l'abattoir, par une porte qui n'ouvre que dans un sens, vers le sang, la poussière et la destruction. Et puis, je crois, aucune bête brute ne saurait avoir de telles pensées. Aucune grenouille, aucun chien de chasse même, ne saurait avoir une vision de l'Ange de l'Annonciation. D'où cela peut-il venir ?

– C'est un mystère. Le mystère est peut-être un autre nom de Dieu. Il a été solidement argumenté – que le mystère est un autre nom de la matière – nous sommes – nous sommes, et nous accédons à la pensée, mais la matière est mystérieuse de par sa nature même, de quelque façon que nous choisissions d'analyser les lois de ses métamorphoses. Les lois de la transformation de la matière n'élucident pas ce mystère.

– Voilà que vous prenez mon parti à présent. J'ai toutefois l'impression que tous ces raisonnements ne sont rien, rien du tout, et que les mouvements de la pensée ne sont pas outillés pour les mener à terme. – Et il y a aussi l'espérance, tout comme l'épouvante. D'où viennent-elles donc, elles ? De notre pensée ? »

Hors du bureau hexagonal se vouait durant ce temps-là une grande attention aux mystères mondains et matériels. Eugenia et Rowena, ainsi que les autres jeunes filles, car il devait y avoir un essaim de demoiselles d'honneur, ne cessaient de se plier à des essayages. Un flot continu de couturières, modistes et lingères visitait nurseries et boudoirs. Les jeunes filles étaient entr'aperçues par-ci par-là, parfaitement immobiles, entortillées dans de la soie, tandis que de petites apprenties de mise simple et de mine modeste, la bouche hérissée d'épingles et les mains promenant avec zèle leurs ciseaux, tournaient autour d'elles sans trêve. De nouvelles chambres à coucher se préparaient pour William et Eugenia. Elle soumettait parfois des échantillons de twill soyeux, ou de damas, à son approbation. Il n'avait pas le sentiment que la désapprobation fût possible et, n'importe comment, il était assez indifférent à son confort matériel pour être légèrement amusé par ce débordement d'activité et de bon goût, mais il n'était pas comblé d'aise de se trouver l'objet des soins du tailleur et du valet de chambre de Lionel, qui l'équipaient d'une garde-robe comprenant non seulement son habit de noces, mais tous les vêtements nécessaires à la vie à la campagne, pantalons, vestons, bottes. Le temps passant, les cuisines se mirent à exhaler les délicieux arômes de la cuisson de fournées de gâteaux, gelées et entremets. William était désormais censé, ce qui n'avait pas été vraiment le cas jusque-là, aller s'asseoir au fumoir avec Edgar, Lionel, Robin Swinnerton et leurs amis, dont la conversation ne roulait que sur deux sujets, les mystères de l'élevage des chevaux et des chiens de chasse, et la pratique de lancer des paris et de relever des défis. Après plusieurs verres de xérès Edgar se mettait invariablement à raconter les grands moments de sa vie. Le jour où Sultan et lui avaient franchi le mur de l'enclos du fond et s'étaient presque brisé le cou. Le jour où il avait fait sauter Ivanhoé par la fenêtre de la grande salle, pour tenir un pari, et glissé d'un bout à l'autre sur un tapis d'Orient. Le jour où il avait descendu la rivière en crue sur Ivanhoé et avait manqué être emporté.

William aimait s'asseoir tranquillement dans son coin pendant ces récits, invisible, espérait-il, dans un nuage de fumée. Les veines saillaient sur les tempes d'Edgar et dans son cou. Il était d'une force brutale et d'un tempérament nerveux à la fois, comme son cheval. Sa voix fluctuait entre un marmonnement profondément mélodieux et une espèce de hurlement étranglé pénible à entendre. William le jugeait. Il le croyait susceptible de mourir d'apoplexie à assez brève échéance, et pensait que le fait serait sans conséquence, étant donné que son existence était entièrement sans objet ni valeur. Il imaginait le pauvre cheval, renâclant et glissant sur le sol de la salle, sa croupe soyeuse tordue par l'effort. Et l'homme riant ainsi qu'il le faisait dans l'action, et l'obligeant à danser sur les dalles comme il ne l'aurait jamais fait naturellement. William ne s'était pas entièrement défait de la religion portée vers la censure de son père. Il jugeait Edgar Alabaster aux yeux d'un Dieu auquel il ne croyait plus, et le trouvait insuffisant.

Un soir, une semaine seulement avant le mariage, il se rendit compte qu'Edgar le jugeait lui aussi. Il était assis en retrait, invisible, tandis qu'Edgar contait l'histoire d'un cabriolet qu'il avait fait passer par d'étroites brèches dans sept haies successives, et il avait dû laisser sa mine trahir ses pensées, car il se retrouva avec le visage rouge et enflammé d'Edgar désagréablement près du sien.

« Vous n'auriez sûrement ni le cran ni la force de faire ça, vous, monsieur. Vous êtes assis là avec un sourire niais, mais vous ne seriez pas capable de réussir une chose pareille.

– Certes non », dit William pacifiquement, les jambes allongées, les muscles détendus, dans la position qu'il savait prescrite en présence d'une telle agression.

« Je n'aime pas votre attitude. Je ne l'ai jamais aimée. Je crois que vous ricanez dans le fond de votre cœur.

– Ricaner n'est pas mon intention. Puisque nous allons être frères, j'espère ne pas en avoir donné l'apparence. Ce serait très-déplacé.

– Ha ! Frères ! Frères, dites-vous ! Cela ne me plaît pas. Vous n'êtes pas de race, monsieur, vous n'êtes pas un bon parti pour ma sœur. Un sang vil coule dans vos veines, un sang vulgaire.

– Je n'accepte ni " vil " ni " vulgaire ". Je suis bien conscient de n'être pas un bon parti, dans la mesure où je n'ai que peu d'avenir et pas de fortune. Votre père et Eugenia m'ont fait l'extrême grâce de ne pas en tenir compte. J'espère que vous en viendrez à accepter leur décision.

– Vous devriez plutôt vouloir vous battre avec moi. Je vous ai insulté. Vous êtes un être misérable sans lignée ni courage. Vous devriez vous lever, monsieur, et me faire face.

– Je ne crois pas. Pour ce qui est de la lignée, je tiens mon père pour un homme bon, un homme honnête, un homme charitable, et je ne connais pas d'autres bonnes raisons de respecter un homme, sinon ses œuvres. Pour ce qui est du courage, je crois être en droit de prétendre qu'avoir vécu dix années de terribles épreuves en Amazonie et survécu à des complots pour me tuer, à des serpents venimeux, à un naufrage et quinze jours dans une chaloupe au milieu de l'Atlantique, peut raisonnablement se comparer à l'exploit qui se borne à faire sauter un malheureux cheval dans une maison par une fenêtre. Je crois savoir ce qu'est le véritable courage, monsieur. Il ne consiste pas à user de ses poings pour répondre à des insultes.

– Bien dit, William Adamson, dit Robin Swinnerton. Bien dit, mon compagnon. »

Edgar Alabaster agrippa William par le col de sa veste. « Vous ne l'aurez pas, entendez-vous ? Elle n'est pas pour quelqu'un comme vous. Levez-vous donc.

– Ne me soufflez pas dans la figure, s'il vous plaît. Vous ressemblez à un dragon furieux. Vous ne me provoquerez pas à déshonorer une maison et une famille auxquelles j'espère appartenir.

– Le-vez-vous !

– En Amazonie, les jeunes gens des tribus qui s'abrutissent

76

d'alcool se conduisent comme vous. Ils finissent souvent par se tuer par inadvertance.

– Que vous soyez tué ne me soucierait guère.

– Non. Il vous soucierait de l'être. Et sans doute Eugenia se soucierait-elle énormément que je le fusse. Elle a déjà – »

Il n'avait pas prévu ce qu'il allait dire. Il fut atterré de s'être laissé emporter, même par la colère, jusqu'à mentionner le fiancé défunt d'Eugenia. L'effet sur Edgar de cette simple demi-allusion, vite étouffée, fut saisissant. Il blêmit, se redressa maladroitement et essuya gauchement son pantalon à maintes reprises, de ses deux mains. William pensa : « Maintenant il va réellement essayer de me tuer », et attendit l'attaque, en se tournant pour l'esquiver, sauter de côté et frapper à l'aine. Mais Edgar Alabaster fit seulement entendre un son étranglé et incohérent, et sortit de la pièce en continuant à frotter ses vêtements à deux mains. Lionel dit : « Je vous prie de ne pas – faire trop grand cas d'Edgar. Il a le vin mauvais, après quoi il se calme, souvent il ne se souvient pas de ce qui s'est passé. C'est le vin qui vous a insulté.

– J'accepte volontiers cette explication.

– Vous êtes un homme bien, mon compagnon, dit Robin. Un homme civilisé. Nous ne sommes pas des guerriers en armes, hein ? Des hommes civilisés en smoking, c'est ça que nous sommes, et nous restons assis comme il se doit. Je vous admire, William. Edgar est un anachronisme. Vous ne vous doutiez pas que je connaissais un tel mot, avouez-le.

– Au contraire. Merci de votre gentillesse.

– Nous devons nous voir souvent à cause de nos mariages.

– Avec grand plaisir. »

Il trouva difficile, par la suite, de se rappeler les émotions exactes du jour de son mariage. Il observa que toutes les cérémonies apportaient avec elles, en plus du sentiment fortement coloré de leur signification, un sentiment accru d'irréalité, comme s'il eût été un spectateur et non un participant. Il attribua ce sentiment d'être un témoin oculaire à son manque de simple foi dans le récit chrétien, le monde chrétien tel que Harald le lui avait décrit de si touchante manière. Des analogies saugrenues vinrent soulever les rideaux de sa vision intérieure, même en ces minutes les plus sacrées, de sorte que, debout à côté de Robin Swinnerton, dans le grondement des orgues de l'église paroissiale de St. Zacharie, et tout en regardant Eugenia et Rowena s'avancer dans la nef au bras d'Edgar et de Lionel, il songea aux fêtes religieuses de Pará et de Barra, aux marionnettes de la Vierge, décorées de dentelles, bourre de soie et rubans argentés, souriant perpétuellement sur le chemin de l'église, et outre cela aux danses dans les villages indiens, où il paraissait minuscule au milieu d'êtres masqués à tête de chouette, d'ibis ou d'anaconda.

Et pourtant ce fut un mariage très anglais, très bucolique. Eugenia et Rowena étaient vêtues comme des sœurs, mais pas comme des jumelles. Leurs robes de soie blanche à longue traîne de dentelle étaient entièrement parsemées de boutons de rose, de teinte, l'une rose, et l'autre – celle d'Eugenia – crème et or. Chacune portait une couronne de ces mêmes boutons de rose, et un collier de perles. Chacune tenait un bouquet de lis et de roses – dont le parfum l'entêta quand le cortège arriva là où il se tenait pour accueillir son épousée. Derrière elles venait un essaim de petites filles, tout bouffettes et longs rubans rose et or, en robes de tulle blanc à larges ceintures de satin, et portant des corbeilles de pétales de rose destinés à être lancés. L'église était comble. L'absence de tout parent ou ami de son côté était plus que compensée par les travées d'Alabaster et de Swinnerton, d'amis et de connaissances du voisinage, dodelinant sous leurs chapeaux fleuris et enrubannés. Rowena était rouge d'excitation, et Eugenia blanche comme un linge. Sa plus vive couleur était l'or de ses cils abaissés, ses lèvres étaient pâles, ses joues étaient unies, lisses et incolores. Ils prononcèrent leurs vœux devant Harald, qui maria ses deux filles avec un plaisir qui sonnait dans la répétition des formules. Il dit quelques mots sur la nature émouvante d'un double mariage qui rendait plus clair encore que de coutume le fait qu'une famille s'agrandissait par adjonction, au lieu de se voir enlever l'un de ses enfants. Car Rowena demeurerait dans la paroisse, et Eugenia, pour le moment, dans son foyer, celui de William Adamson désormais, ce qui était un motif de se réjouir.

Il aurait dû être conscient, pensa-t-il, de deux âmes prononçant leurs vœux conjointement, mais il ne le fut pas. Il le fut de la belle parure qui enveloppait le corps d'Eugenia, du parfum des fleurs, de la perfection et de la clarté avec lesquelles elle fit ses réponses, à la différence de Rowena qui buta, bafouilla, mit la main devant sa bouche et sourit à son mari pour lui demander pardon. Eugenia regardait droit devant elle, vers l'autel. Quand il lui prit la main, pour glisser l'anneau, il lui fallut pousser, manœuvrer, comme si son doigt était sans volonté ni vie propre. Et il pensa, debout dans l'église à la circonférence de ses jupes : sera-t-elle aussi transie au lit ce soir, et que ferai-je ? Et puis il pensa que de nombreux hommes dans sa situation avaient dû avoir les mêmes secrètes pensées, toujours inexprimées, toujours inexprimables. Et il pensa encore, tout en descendant la nef, entre les dames respectables en chapeau richement fleuri et les messieurs en habit noir et cravate de soie, entre les servantes modestement vêtues et coiffées de chapeaux de paille et les rares ouvriers agricoles parqués dans le fond de l'église, – il pensa que tous les gens de la noce avaient la même pensée secrète à leur sujet à tous deux : comment se comporteraient-ils quand ils seraient enfin seuls et livrés à eux-mêmes ? L'imagination de chacun, il le sentit, le chatouillait, le pinçait, le palpait sur son passage. Elle, elle était trop innocente pour le savoir, pensa-t-il. Il essaya d'imaginer Lady Alabaster en train de donner des explications à sa fille, et n'y parvint pas. Elle était là, au premier rang, souriant béatement en mauve chatoyant.

On survit toujours à sa nuit de noce, pensa-t-il au sortir de l'église, clignant des yeux à la lumière du jour, tandis que dans le cimetière les oiseaux jacassaient dans les arbres et que les petites filles poussaient des cris stridents. L'espèce se perpétue, elle continue, d'innocentes jeunes filles deviennent des épouses et des mères, en tout lieu, à toute heure. La main d'Eugenia était parfaitement immobile dans la sienne, le visage d'Eugenia était blanc, la respiration d'Eugenia était faible. Il n'avait aucune idée de ce qu'elle pensait ou ressentait.

Les petites filles les bombardèrent de pétales qu'une bouffée de vent souleva en un nuage d'ailes roses, dorées et blanches. Elles s'agglutinèrent autour des deux couples, poussant leurs cris aigus et lançant leurs délicats projectiles.

La journée s'écoula à manger, à écouter des discours, à courir sur la pelouse, et finalement à danser. Il dansa avec Eugenia, qui demeura blanche et silencieuse, grave et attentive. Il dansa avec Rowena, qui rit, et avec Enid, qui jacassa en évoquant son arrivée au manoir d'étranger naufragé. Il vit Eugenia passer dans les bras d'Edgar, puis de Lionel, puis de Robin Swinnerton, et tout le monde lui parut tournoyer vertigineusement même quand la musique s'arrêtait. Quand, finalement, une voiture

emporta les jeunes Swinnerton et que les Alabaster commencèrent à se préparer pour la nuit, il ne sut pas où aller et
personne ne s'offrit à le guider. Edgar et Lionel traînaient dans
le fumoir et il ne pensa pas qu'il y serait le bienvenu, même
s'il avait eu envie d'y aller, ce qui n'était pas le cas. Harald le
croisa dans le corridor, l'arrêta et lui dit : « Dieu vous bénisse,
mon garçon », mais ne lui donna aucun conseil. Lady Alabaster
s'était retirée de bonne heure. Les affaires de William avaient
été transportées de sa petite chambre mansardée dans son
nouveau dressing-room, qui donnait sur la nouvelle chambre à
coucher aménagée pour Eugenia et lui. C'est là qu'il se rendit,
nerveux et solitaire – Eugenia était déjà montée – ne sachant
pas si un cérémonial, et lequel, était requis.

Dans son dressing-room, un valet de chambre était en train
de faire la couverture et de bassiner les draps, tâche qui pouvait
assurément passer pour superflue. Une chemise de nuit neuve
était préparée, ainsi qu'une paire de pantoufles de soie, neuves
elles aussi, brodées par Eugenia. Le valet de chambre, homme
mince en veste noire, aux longues mains blanches et aux favoris
roux et soyeux, versa l'eau d'une cruche bleue dans la cuvette
et lui tendit un savon et une serviette. Il montra d'un geste les
brosses à cheveux neuves, à dos d'ivoire, présent d'Eugenia, et
se retira en s'inclinant, doucement, rapidement. William se
rendit à la porte de communication et frappa. Il n'avait aucune
idée de la disposition ni de l'état dans lesquels elle était ou de
ce que lui-même devait faire. Il croyait vaguement qu'ils
pourraient se consulter.

« Entrez », dit la voix claire, et il ouvrit la porte et la trouva
debout dans le cercle replié et chiffonné de sa robe aux dentelles
éparpillées, ses épaules jaillissant de sa lingerie dans toute leur
blancheur, marmoréennes et intouchables, telles qu'il les avait
vues le premier soir. Sa couronne était jetée sur sa coiffeuse et
avait commencé à se flétrir. Sa femme de chambre lui enlevait
ses épingles, et ses cheveux se répandaient en cascades ondu-
leuses sur ses épaules. La femme de chambre, mince fille en
robe noire, la brossait à longs coups répétés et soyeux, et ses
cheveux se soulevaient électriquement vers la brosse et demeuraient comme suspendus, ballonnés, avant la prochaine caresse
de la brosse. Ils crépitaient.

« Pardonnez-moi, dit-il. Je vais revenir.

– Martha n'a plus qu'à me dégrafer et à finir mes cheveux
– il me faut au moins deux cents coups de brosse chaque soir

pour leur donner un peu de vie. J'espère que vous n'êtes pas trop fatigué.

– Oh non », dit-il dans l'embrasure de la porte. Elle était entièrement blanche. Même le bout de ses seins devait être blanc. Il se rappela Ben Jonson. « O si blanche, o si douce, o si suave est-elle ! » Alors il eut l'impression d'être un intrus, dans tous ses vêtements, devant Martha, la femme de chambre, qui partagea son embarras, détourna la tête et brossa, brossa, brossa, avec une attention accrue.

Eugenia n'était pas embarrassée. Elle sortit du cercle abandonné de ses traînes de dentelles et soies flottantes. Elle dit : « Comme vous voyez, nous avons presque fini. Occupez-vous de ces dentelles, Martha, cessez de me brosser tant que vous ne les aurez pas serrées. Je ne crois pas que tout ceci puisse être exactement tel que vous pensiez le trouver. Votre appartement vous plaît-il ? J'ai prêté une attention particulière aux couleurs que vous semblez préférer – du vert parsemé de touches rouge cramoisi. J'espère que tout est à votre goût.

– Oh oui. C'est très-beau, très-confortable.

– Ne tirez pas, Martha. Dégrafez-moi, là et là. Je n'en ai plus que pour un tout petit moment, William, à présent. »

C'était le congédier. Il retourna dans son dressing-room, laissant la porte entrebâillée, et mit sa chemise de nuit et ses jolies pantoufles. Puis il attendit, debout, à la lueur de la bougie, le clair de lune par-derrière, étrange silhouette ainsi drapée, attentif aux menus bruits. Il entendit la femme de chambre aller et venir, il entendit le lit grincer quand Eugenia y monta. Puis il entendit la femme de chambre approcher de sa porte, y frapper doucement, et l'ouvrir. « Madame est prête et vous attend, monsieur. Si vous voulez bien venir, tout est prêt. »

Et elle lui tint la porte, lui fit une petite révérence, rabattit le coin du drap et quitta prestement la chambre, d'un pas léger, les yeux baissés.

Il avait peur de faire mal à Eugenia. Il avait peur, aussi, de manière plus obscure et plus insistante, de la souiller, comme le sol souillait la neige dans le poème. Il ne venait pas à elle pur. Il avait appris des choses – beaucoup de choses – dans les bals débraillés de Pará, durant les heures de repos après la danse dans les villages des mulâtres – des choses auxquelles mieux valait ne pas songer maintenant, mais dont la connaissance pouvait avoir son utilité. Il la vit assise dans le lit, un lit immense, entouré de courtines et garni d'un monceau de couvre-pieds de duvet, de taies d'oreiller ornées de dentelle blanche et de doux polochons, un doux nid dans un écrin sévère et rébarbatif. Comme la femelle innocente doit redouter la puissance du mâle, pensa-t-il, non sans raison, tant elle est douce, et blanche, intacte et intouchable. Il resta immobile, les bras ballants.

« Eh bien, dit Eugenia. Me voilà, vous voyez. Nous voilà.

– O mon aimée. Je ne puis croire à mon bonheur.

– Vous allez attraper froid, si vous n'y croyez pas assez pour venir – pour entrer. »

Elle portait une chemise de nuit en broderie anglaise, et ses cheveux bien brossés étaient déployés sur ses épaules. Son visage dansait devant les yeux de William à la lueur de la bougie, autour de laquelle un unique papillon voltigeait et s'élançait, un hyponomeute chamois. Quand il s'approcha d'Eugenia, lentement, lentement, craignant la science indue, la puissance dont il était doué, elle laissa fuser un petit rire, souffla brusquement la bougie, et plongea sous les couvertures. Quand il s'y glissa, elle ouvrit d'invisibles bras et il s'enfouit vers sa douceur, la découvrant en la touchant. Il la pressa très fort contre lui, pour calmer leurs tremblements à tous deux, et dit, le visage dans ses cheveux : « Je vous ai aimée dès l'instant où je vous ai vue. »

Elle répondit par une série de bruits doux, inarticulés, gémissants, à demi effrayés, un peu comme un oiseau qui se pose. Il lui caressa les cheveux, les épaules, il sentit que les bras d'Eugenia l'enlaçaient, étonnamment forts et sûrs d'eux, et puis il sentit la vibration des jambes d'Eugenia contre les siennes. Elle s'enfonça plus profondément, l'attirant avec elle, dans le nid noir et chaud, presque suffocant, toujours plus échauffé, et avec cette chaleur une moiteur perla sur sa peau à lui, sur sa peau à elle, entre eux deux.

« Je ne veux pas vous faire mal », dit-il, et il entendit ses faibles gémissements et ses petits cris, indices de plaisir et d'invite, s'aiguiser, tandis qu'elle se tortillait, en riant, d'abord tout contre lui, et puis en s'écartant. Il se modela sur elle pendant un certain temps, imitant ses petites mains brûlantes, rassemblant assez de courage pour toucher ses seins, son ventre, ses reins, et elle répondit par des petits soupirs – de peur, de contentement, il ne le savait pas. Et quand, à la fin, emporté par son propre désir, il pénétra en elle avec un cri frémissant, il sentit ses petites dents pointues lui mordre l'épaule, tout en le recevant, palpitante, endolorie, affaissée.

« Oh, dit-il, dans la chaleur et la moiteur, tu es de miel, tu es si douce, si douce, mon aimée. » Il entendit un étrange gloussement, où se mêlaient rires et pleurs, dans la gorge de sa femme. Il pensa aux mystères de la connaissance, à ce que les hommes et les femmes, non moins que les animaux, sont capables de faire s'ils suivent leur instinct, sans peur. Elle enfonçait un visage brûlant, la blanche et froide Eugenia, dans son cou, et couvrait de baisers l'endroit où la veine battait. Elle entremêlait les doigts dans ses cheveux, elle enlaçait les jambes dans les siennes, et c'était Eugenia, dont il avait dit qu'il mourrait s'il ne pouvait l'avoir.

« Oh ma bien-aimée, dit-il, nous allons être si heureux, nous allons être si heureux ensemble, le bonheur coule à flots. »

Et elle gloussa, roula sur le dos, l'attira vers elle, et en voulut davantage. Et quand ils se furent endormis, d'un sommeil agité, il se réveilla dans la pénombre de l'aube, vit qu'elle le regardait de ses yeux immenses, et s'aperçut qu'elle posait les mains sur ses organes génitaux et que les petits bruits de sanglots recommençaient, en voulant davantage, encore davantage, encore et toujours davantage.

Et puis la femme de chambre frappa à la porte, apportant l'eau chaude, et le thé du matin avec ses biscuits, et Eugenia se détacha de lui, vive comme un lézard sur une pierre brûlante, et s'installa, immobile, comme une belle au bois dormant, son visage rose paisible sous ses cheveux.

Et ainsi vécut-il heureux pour toujours ? Entre la fin du conte de fées avec son apothéose nuptiale, entre la fin du roman avec sa vision morale durement gagnée, et leur bref aperçu de la mort et de la légitime succession, prend place une placide, une paisible pseudo-éternité faite d'harmonie, d'affection grandissante, de poupons qui fleurissent et qui gazouillent, de vergers aux fruits mûrs et de champs de blé aux épis lourds, récoltés par de chaudes nuits. William, comme la plupart des êtres humains, escomptait pareille chose dans un recoin tranquille de ses émotions, et, bien qu'il ne l'eût pas avoué si on le lui avait demandé, il se serait méfié comme il se doit de l'avenir et de ses impondérables. Assurément il escomptait qu'une forme de langage nouveau, intime, fleurisse entre sa femme et lui, et il escomptait, vaguement, qu'elle en prendrait l'initiative. Les femmes étaient expertes en matière d'émotions, et la plupart de ses préoccupations – son ambition, son désir d'accomplir des découvertes, son envie de voyager – paraissaient mal se prêter à de si délicates explorations. Pendant les premières semaines de son mariage il sentit que leurs corps dialoguaient, comme dans un bassin palpitant d'or en fusion, comme sous une radieuse tente d'attouchements soyeux et de chatoiements suaves, de sorte que de longs et tendres silences étaient une forme naturelle de communion durant les grises et mondaines heures du jour. Puis, un après-midi, sa femme vint le trouver, les yeux baissés, et lui murmura posément qu'elle était enceinte, qu'elle croyait qu'ils pouvaient s'attendre à un heureux événement. Si sa première émotion fut la peur, comme un coup de poignard, il fut prompt à le cacher, et à la caresser, la féliciter, tourner autour d'elle en riant, et lui dire qu'elle avait l'air complètement différent d'une créature nouvelle, merveilleusement mystérieuse. Elle eut pour elle-même un sourire rapide et passager, puis dit qu'elle ne se sentait pas très bien, qu'elle était un peu souffrante, assez nauséeuse, fort naturellement sans doute. Et aussi vite qu'elle s'était ouverte pour lui, la porte de sa félicité se referma brusquement, et avec elle le jardin doré des nuits, le miel et les roses. Il dormit seul, et sa femme dormit seule dans son nid blanc, gonfla lentement, acquit des seins volumineux, un double menton crémeux, augmentant avec le mont qu'elle portait devant elle.

Avec sa grossesse, Eugenia disparut dans un univers de femmes. Elle dormit beaucoup, se leva tard, se retira à nouveau dans sa chambre l'après-midi. Elle s'occupa à la confection de petits habits ornés de dentelles, de châles diaphanes comme des fils de la vierge, de bonnets à ruchés et de minuscules bas. Elle resta des heures devant son miroir à contempler la rondeur crémeuse de son visage, tandis que derrière elle sa femme de chambre lui brossait interminablement les cheveux, que chaque long coup de brosse rendait plus onctueux. Ses chevilles enflèrent ; elle resta allongée sur des canapés, un livre non ouvert à la main, le regard dans le vide. Le moment venu, l'attente prit fin, le médecin fut appelé et Eugenia se retira dans sa chambre, entourée d'une foule d'infirmières et de femmes de chambre, dont l'une, après un délai d'environ dix-huit heures, annonça à William qu'il était l'heureux père, non pas d'un, mais de deux enfants bien vivants, deux filles qui allaient très bien. Des femmes affairées défilèrent devant William pendant qu'il recevait cette nouvelle, portant des seaux d'eaux usées non identifiables, des paniers de linge souillé. Quand il entra voir Eugenia, elle reposait sur des oreillers amidonnés de frais, les cheveux retenus par un ruban bleu, tout le reste de son corps depuis le menton dissimulé sous des courtepointes immaculées. Ses filles étaient couchées à côté d'elle dans un moïse, tels deux œufs dans une boîte, emmaillotées comme de minuscules momies, leurs petits visages portant des traces éphémères de rouge, d'ivoire, de bleu ardoise, tout froissés sous leurs bonnets bien épinglés. Il y avait un parfum de lavande, qui montait des draps, et toute une variété d'odeurs d'accouchement, comme clandestines, et combattues, des odeurs de lait et de sang, qui flottaient encore. William se pencha pour baiser la joue de sa femme, qui était froide, et pourtant des gouttes de sueur perlaient encore à la racine de ses cheveux et au-dessus de sa lèvre supérieure. Eugenia ferma les yeux. Il eut l'impression d'être énorme, sale, bouffi, et surtout déplacé, dans cette chambre, parmi ces odeurs. Eugenia poussa un petit soupir – sans dire un mot.

« Je suis très-fier de vous, dit William, sentant sa voix mâle croasser, grincer, dans ces tendres empilements.

– Il faut vous en aller maintenant, elle est épuisée », lui dit la sage-femme.

Les nouvelles-nées furent nommées Agnès et Dora, et baptisées par Harald dans la chapelle. A ce moment-là elles avaient acquis des visages. Des visages identiques, des bouches identiques qui s'ouvraient à des moments identiques, des pommettes et des yeux bleus identiques. Elles ressemblaient à Harald et ressortissaient au type familial. Un léger duvet blanc palpitait sur leurs petites têtes. « Des bébés cygnes », dit William à Eugenia un jour où il se trouvait, contre son habitude, assis auprès d'elle au salon à l'heure où la bonne d'enfants descendait les jumelles pour leur visite quotidienne à leur mère. « Vous êtes comme le duvet du cygne et elles sont les petits poussins. Elles ne semblent pas me ressembler du tout. »

Eugenia, emmitouflée dans des châles de soie, en sortit la main et prit celle de William.

« Elles vous ressembleront, vous savez, dit-elle avec sa science neuve de matrone. J'ai vu tant de bébés, ils changent de semaine en semaine, de jour en jour même. Les ressemblances passent sur leurs petits visages comme des nuages, papa aujourd'hui, grand-papa demain, la tante Ponsonby mardi, l'arrière-grand-maman vendredi à l'heure du dîner. C'est parce qu'elles sont si tendres, les chéries, si malléables, vous apercevrez subitement votre menton sur Agnès, et l'une ou l'autre de vos grand-mères sourire par les yeux de Dora, si vous êtes patient.

– Je suis sûr que vous avez raison », dit William en notant avec surprise et plaisir que la petite main ronde était toujours dans la sienne, que le bout des doigts si doux était toujours dans sa paume.

Les fillettes étaient allaitées par une nourrice, Peggy Madden, qui ne ressemblait pas aux idées que William s'était forgées d'une personne remplissant un tel office, à savoir une Junon aux formes uniformément abondantes et généreuses, bras opulents, ample giron, poitrine plantureuse. Peggy Madden était une mince créature au long cou de héron et aux bras musclés. Elle portait une robe brunâtre boutonnée jusqu'au menton, en général sous un tablier bleu foncé. Ses seins sous cette étoffe discrète et sobre avaient l'air de globes proéminents et disproportionnés, sans relation avec sa taille mince et ses maigres épaules. Leur vue rendait William inconfortablement conscient d'une réaction turgescente en lui-même. Cependant, l'existence de Peggy avait rendu son usage au corps d'Eugenia, et William, en se retirant pour la nuit, trouva en guise d'invitation la porte de la chambre d'Eugenia ouverte et un feu qui dansait dans le fond de la pièce. Il pénétra dans sa lumière rayonnante, et fut reçu dans le lit avec les mêmes manières de se blottir douillettement contre lui, les mêmes transports extatiques, les mêmes petits cris qu'auparavant, à la différence que la peau était plus douce et plus étirée, que les seins sur lesquels il posa triomphalement la tête étaient plus gros et succulents, que le centre était plus doux et plus enveloppé. Et tout le processus se déroula une seconde fois, les brèves semaines de plaisir, les longs mois de langueur exclusivement vouée à la gestation, la nidification, la naissance de son fils, autre petit cygne blanc, et puis encore une fois exactement le même processus, jusqu'à l'arrivée d'une autre paire de jumelles, Meg et Arabella. Eugenia dit que le nom du garçon devait être Edgar, et ce fut la seule fois où il éleva une objection, ou tenta de faire valoir ses droits. Il y avait un Edgar à chaque génération chez les Alabaster, dit Eugenia, en avançant les lèvres avec fermeté et en rentrant son volumineux menton. William dit que son fils n'était pas un Alabaster mais un Adamson, et qu'il voulait donner à son enfant un nom de sa propre famille, si peu distinguée fût-elle.

« Je ne vois pas pourquoi, dit Eugenia. Nous ne sommes pas en relations avec votre famille, nous ne la fréquentons pas et ne semblons guère devoir le faire. Votre famille ne vient jamais ici, et Edgar ne la connaîtra pas, ce me semble. C'est nous qui sommes votre famille, et je crois que vous devez admettre que nous nous sommes montrés bons envers vous.

– Mieux que bons, ma chère, mieux que bons. Seulement –

– Seulement ?

– Je voudrais quelque chose à moi, bien à moi. Et mon fils est à moi, d'une certaine manière. »

Elle médita sur ces paroles, perplexe. Puis elle dit pour faire la paix : « Nous pourrions l'appeler William Edgar.

– Non, pas mon nom. Celui de mon père. Robert. Robert est un nom bien anglais.

– Robert Edgar. »

William eût été malvenu à contester Edgar après cela. Et le garçon répondit au nom de Robert, et parfois William croyait voir son propre air éveillé sur le visage de ce petit être, mais l'enfant était essentiellement, comme les quatre autres, un Alabaster, pâle, fin et nerveux. Cinq en trois ans, c'était, même pour l'époque, une famille nombreuse fondée à un rythme accéléré, une masse de bambins qui s'ébattaient comme une portée de chiots, ainsi que se surprit William à le penser un jour. Car il n'était pas heureux. Il n'avait peut-être jamais été vraiment heureux, et pourtant il avait obtenu ce qu'il désirait, ce qu'il avait écrit dans son journal qu'il désirait.

Il était malheureux pour de nombreuses raisons. Par-dessus tout, et chaque jour, il se rongeait de la pensée d'avoir perdu son objectif, sa vocation même. Il ne pouvait demander à Harald de l'aider à organiser une nouvelle expédition, ses enfants étaient si jeunes, si petits – c'eût été malvenu. Il se remit à cataloguer la collection de Harald, et consacra des heures, des jours, des semaines de travail à monter des spécimens, à inventer d'ingénieux systèmes d'entreposage, et même à comparer, au microscope, des fourmis et des araignées africaines avec des malaises et des américaines. Mais la collection était tellement disparate, tellement lacunaire, qu'il tombait souvent en proie au découragement. Et ce n'était pas pour ce type de travail qu'il était taillé. Il voulait observer la vie et non des enveloppes mortes, il voulait connaître le mécanisme des êtres vivants. Il établissait une analogie, quelquefois, presque amèrement, entre les collections de Harald – élytres, cages thoraciques vides, pieds d'éléphant, plumes de paradisier – et le livre de Harald sur les Desseins de Dieu, l'ouvrage de Harald qui tournait interminablement en rond, sautait d'une difficulté à une autre difficulté, d'une clairière momentanément illuminée à un fourré épineux d'honnête doute.

Plus ils examinaient ensemble pelages, dentures, fleurs, becs et trompes, plus William se persuadait de l'existence d'une colossale, inexorable et incertaine force constructive, qui n'était ni patiente, car elle éliminait sans remords les incapables ou les infirmes, ni artistique, car elle n'avait pas besoin de l'émerveillement pour nourrir ses subtiles et brutales énergies, mais complexe, mais belle, mais terrible. Et plus il se ravissait de ses propres observations sur ces mécanismes progressifs, plus il trouvait pathétiques et vaines les tentatives de Harald pour prendre cette force à la nasse de la théologie, pour chercher dans ses rouages et ses bouillonnements le miroir de sa propre pensée, pour réclamer d'elle charité ou justice. Il avait quelquefois des discussions presque virulentes avec Harald – il se sentait toujours comme empêché d'exprimer avec une parfaite clarté ce qu'il pensait, car il reconnaissait sa dette envers le vieil homme, il lui devait gratitude, déférence et protection. Et il avait assez d'arrogance pour croire que s'il disait effectivement tout ce qu'il pensait vraiment, il précipiterait son bienfaiteur et beau-père dans un désespoir total. Or il avait assez d'humanité pour y répugner.

Mais ce silence forcé s'ajoutait à la solitude qui était son autre problème. Il avait connu la solitude dans les forêts amazoniennes. Il s'était assis près du feu dans une clairière, à écouter les singes pleureurs, les ailes bourdonnantes, et à se dire qu'il donnerait n'importe quoi pour entendre une voix humaine, une question banale, « Comment ça va ? », un commentaire affable sur le temps ou la fadeur des mets. Mais il avait aussi là-bas une certaine conception de lui-même en tant qu'être pensant, vivant de son intelligence aiguisée, un esprit dans un corps fragile, sous le soleil et sous la lune, baignant dans sa propre sueur et dans la brume qui montait du fleuve, criblé de morsures de moustiques et de mouches, les sens à l'affût des serpents et des bêtes dont il pouvait se nourrir. Mais ici, au sein de la communauté complexe et close sur elle-même du Manoir, il était solitaire d'une autre façon, tout en n'étant presque jamais véritablement seul. Il n'y avait pas de place pour lui dans l'univers féminin de la cuisine, de la nursery et du joli salon. Ses petits passaient de mains en mains, de la nourrice à la nurse et à la bonne d'enfants, ils étaient promenés en landau et nourris au biberon et à la cuillère. Sa femme sommeillait et cousait, ses suivantes lui faisaient ses repas et sa toilette. Les sœurs sortaient faire ceci ou cela, elles s'habillaient, elles se déshabillaient, elles jouaient le soir à des jeux compliqués de jonchets, de lettres, de damiers et de dés. Les frères n'étaient pas souvent là et, quand ils l'étaient, ils s'enfermaient bruyamment dans le fumoir. Il avait de la sympathie pour Robin Swinnerton, qui semblait lui rendre la pareille, mais les relations entre Eugenia et Rowena s'étaient refroidies depuis que Rowena était restée sans enfant tandis qu'Eugenia goûtait aux joies de la maternité, et les Swinnerton partaient souvent en voyage, dans la région des Lacs, à Paris, dans les Alpes.

Les domestiques étaient toujours occupés, et silencieux la plupart du temps. Ils s'éclipsaient derrière leurs propres portes et s'enfonçaient dans des régions mystérieuses où lui-même n'avait jamais pénétré, et pourtant il les croisait à chaque tournant dans les lieux où se déroulait son existence. Ils lui préparaient son bain, ils lui faisaient sa couverture, ils lui servaient ses repas et débarrassaient les plats. Ils emportaient ses vêtements sales et en rapportaient des propres. Ils étaient aussi actifs et diligents que les enfants de la maison étaient désœuvrés. Un jour où il s'était levé à cinq heures et demie parce qu'il n'arrivait pas à dormir, il avait franchi une porte en direction de la cuisine avec l'intention de se couper du pain et de descendre jusqu'à la rivière pour voir le soleil se lever sur l'eau. Il avait surpris une fille de cuisine, une minuscule petite sylphide en robe noire et bonnet blanc, qui portait un balai et deux grands seaux, et qui, en le voyant inopinément, poussa un petit cri et lâcha l'un de ses seaux avec fracas. Apercevant que quelque chose y remuait, il regarda dans ce seau et vit une masse en effervescence, épaisse de plusieurs centimètres, de cafards trébuchant les uns sur les autres, agitant leurs pattes et leurs antennes, englués dans quelque chose de visqueux.

« Que faites-vous donc là ? avait-il demandé.

– Je viens de vider les pièges », répondit l'enfant. Elle n'était guère qu'une enfant. Sa bouche tremblait. « Quand je descends, la souillarde en grouille de partout, monsieur. Il faut que je pose des pièges le soir, Mlle Larkins m'a montré comment faire, vous mettez de la mélasse dans ces grands seaux en fer-blanc, et ils tombent et ne peuvent pas ressortir. Et puis je dois les emmener dehors et leur verser de l'eau bouillante dessus. Vous seriez étonné, monsieur, de voir comme ils reviennent, malgré les quantités qui meurent ébouillantées. L'odeur me dégoûte », dit-elle, et puis, comme effrayée de cette parole humaine, elle empoigna vivement son seau. « Je vous demande pardon », ajouta-t-elle, vaguement, sûre d'être dans son tort d'une manière ou d'une autre.

L'idée lui traversa l'esprit de faire une étude de ces cafards si abondants et si indésirables.

« Je me demande s'il y a un moyen d'observer comment ils se reproduisent. Croyez-vous que vous pourriez m'en procurer deux douzaines de grands et forts – contre rémunération, naturellement –

– Ils mangent à peu près n'importe quoi, dit-elle, je crois bien. Ce sont des bêtes dégoûtantes, elles craquent sous les pieds au petit jour. Je ne crois pas du tout que Mlle Larkins aimerait que j'en attrape des vivantes si ça ne vous fait rien, elle veut qu'elles soient ébouillantées, et plus vite que ça, avant que les maîtres ne soient levés. Je lui demanderai de votre part, mais je ne crois pas que ça sera bien vu. »

Son haleine avait une légère odeur, perceptible à une certaine distance. La mélasse et les insectes qui craquetaient et se débattaient avaient un fumet âcre et écœurant. Il recula, oubliant son pain. Elle souleva les seaux et ses muscles se tendirent sur ses épaules frêles et le long de son cou maigre. Son dos était déformé. C'était une pauvre gamine. Il était à cent lieues d'imaginer sa vie, ses habitudes de pensée, ses espoirs et ses craintes. Elle se confondit dans son souvenir avec les coléoptères captifs qui se débattaient sans espoir.

Si lui avait une place, elle était située dans ces zones comprises entre les douceurs capitonnées de la famille et les hiérarchies de la domesticité reléguée dans ses mansardes, celliers et arrière-salles. Dans la salle d'étude, par exemple, où il se retrouvait parfois à observer pour passer le temps les habitantes de la ruche de verre et de la fourmilière inversée dans sa cuve, toutes deux établies avec succès et en état d'activité intense. Il s'y rendait quand il savait que les enfants étaient sorties jouer ou se promener, et là, le cas échéant, il rencontrait Matty Crompton, dont la position dans la maison, pensait-il parfois pitoyablement, était aussi incertaine que la sienne. Ils étaient tous deux pauvres, tous deux à moitié des employés, tous deux, désormais, apparentés aux maîtres sans être des maîtres. Il ne disait rien de cela à Mlle Crompton, qui était plus réservée à son égard depuis son mariage et s'adressait à lui avec un respect sourcilleux. Il commençait toutefois à se demander à quoi elle passait ses jours, de même qu'il commençait à se rendre compte du dur labeur de créatures comme la sylphide préposée aux cafards, et il en vint à la conclusion que Matty Crompton était censée « se rendre utile » sans occuper de fonction à l'étiquette dégradante. Les femmes s'y entendaient mieux pour se rendre utiles, supposait-il. Les maisons comme le Manoir étaient tenues par les femmes et pour les femmes. Harald Alabaster était le maître, mais en ce qui concernait le ronron des horloges et rouages domestiques, c'était un *deus absconditus,* qui mettait la mécanique en marche et pouvait au besoin l'arrêter, mais qui n'avait pas grand-chose à voir avec sa dépense d'énergie.

Ce fut une suggestion accidentelle de Matty Crompton, cependant, qui le remit sur le chemin d'une activité qui ne fût plus sans objet. Il la trouva, par un matin de la fin du printemps, assise à la table devant la fourmilière, avec une soucoupe en porcelaine emplie de parcelles de fruits, gâteaux et viande, et un grand cahier, dans lequel elle écrivait avec ardeur.

« Bonjour. J'espère que je ne vous dérange pas.

– Pas le moins du monde. Je me livre à une expérience sur le comportement de ces fascinantes créatures. Vous jugerez certainement mes recherches rudimentaires – »

Il protesta et demanda ce qu'elle étudiait.

« J'ai mis diverses nourritures sur la terre à la surface de la cuve et je dénombre les fourmis qui se précipitent pour en profiter, et observe la vitesse à laquelle elles en disposent, ainsi que la méthode utilisée. Venez voir – elles sont très-attirées par les débris de melon et de raisin – il leur a fallu une demi-heure à peu de chose près pour que cette parcelle de fruit sucré se transforme en une pelote d'épingles vivante. Elles commencent toujours de la même façon, par mordre dans le fruit et l'ingurgiter – elles y enfoncent le corps si c'est faisable – par en dessous, et le sucent lentement jusqu'à la dernière goutte. Tandis que les parcelles de jambon sont soulevées tout d'une pièce – par plusieurs fourmis à la fois – et introduites dans le nid par les fentes à la surface – après quoi d'autres fourmis en prennent livraison. On ne peut qu'admirer leur esprit de coopération. On ne peut qu'admirer leur manière de se communiquer les unes aux autres l'existence du melon ou du jambon, ainsi que le nombre de fourmis nécessaires pour sucer l'un ou transporter l'autre. Elles ont l'air de procéder au petit bonheur la chance, mais savent très-bien ce qu'elles veulent, en fait – tout ce pullulement peut, je le crois vraiment, se traduire en messages envoyés et reçus. J'espère que ma formica prima ne va pas se noyer dans le jus. Elle n'a pas bougé depuis deux minutes.

– Vous en êtes au stade où vous reconnaissez les sujets individuellement ?

– J'arrive à suivre la même fourmi plusieurs heures de suite – à supposer que je dispose de plusieurs heures – mais je ne parviens pas à imaginer une méthode de marquage qui me permettrait de la reconnaître ultérieurement. J'ai, je crois, observé que certaines sont éminemment plus actives que d'autres, elles les incitent à agir, elles changent de tâche ou de direction. Mais je ne puis jamais rester assez longtemps de suite.

– Si nous en marquions une au carmin – ses compagnes pourraient la rejeter...

– Ce serait un moyen, peut-être – mais distinguerait-on la couleur ?

– Puis-je voir votre cahier ? »

Il regarda ses dessins soigneux et perspicaces, au crayon, à l'encre de Chine, de fourmis qui s'alimentaient, de fourmis qui se battaient, de fourmis qui se dressaient pour régurgiter le nectar et en faire profiter d'autres, de fourmis qui caressaient des larves et transportaient des cocons.

« Vous me faites honte, mademoiselle. Cela fait un certain temps que je me ronge en secret – de l'interruption de mes projets de recherche sur la vie des insectes dans le bassin amazonien – en conséquence de mon bonheur actuel – et vous voici en train de faire ce que je devrais, d'observer le monde inconnu qui se trouve à portée de la main.

– Mon domaine est naturellement plus limité. Je regarde naturellement plus près de moi ! »

Il sentit son regard le jauger, le juger. Elle ajouta : « Si vous souhaitiez effectuer une étude de la grande fourmilière dont notre colonie est issue – par exemple – je suis sûre que les enfants et moi pourrions être cooptées comme humbles assistantes et compteuses –

– J'ai remarqué des nids d'Acanthomyops fuliginosus et de

Formica sanguinea esclavagiste près de notre citadelle originelle. Une étude comparative pourrait être du plus grand intérêt –

– Nous ne pouvons pas voir ce qui se passe dedans, comme ici –

– Non, mais nous pouvons élaborer différents moyens de voir beaucoup de choses. Je vous suis reconnaissant, mademoiselle. » Il allait ajouter : « Vous m'avez redonné une sorte d'espoir », mais se rendit compte à temps que la formule était malvenue, et même légèrement déloyale.

Cette conversation eut lieu, pour autant qu'il s'en souvint par la suite, au printemps de 1861, peu après la naissance d'Agnès et de Dora. Il était à Bredely depuis un an presque jour pour jour. Par la suite, il devait voir en cette conversation l'origine de l'étude de plus en plus ambitieuse qu'il mena sur les communautés de fourmis et, dans une moindre mesure, les ruches du domaine de Bredely, étude qui devait être accomplie pendant les trois années qui suivirent par lui-même et une équipe d'assistants – les fillettes et Mlle Mead, l'aide-jardinier et son jeune frère, ainsi que la vigilante et efficace Matty Crompton. Les fourmis sont des insectes saisonniers qui vivent intensément durant les mois d'été et dorment à la saison froide. William commençait juste à découvrir en 1861 que sa propre existence allait être soumise à des fluctuations tout aussi saisonnières. Le regain d'intérêt d'Eugenia pour lui, après que les jumelles furent en sécurité dans la nursery avec Peggy Madden et ses seins épanouis, coïncida ainsi avec les grands événements dans le domaine auquel Mlle Crompton l'invitait à s'intéresser. Eugenia, jeune matrone, n'était plus disposée à se joindre aux expéditions familiales au bord de la rivière, encore moins à fouiller dans la terre du taillis d'ormeaux, mais elle faisait tout de même une ou deux apparitions, délicieuse et vulnérable en robe de mousseline blanche ornée de rubans bleu ciel, une petite ombrelle blanche à la main, attendant de capter l'attention de son époux, qu'elle récompensait d'un petit sourire lent et secret. La plupart du temps elle s'en retournait lentement vers la maison, sachant qu'il ne manquerait pas de la suivre, qu'il lâcherait son déplantoir pour se hâter de la rejoindre, et poserait amoureusement sur la ceinture bleue une main désormais autorisée à un tel geste, tandis qu'avec une certaine conscience d'être observés ils regagnaient la maison et leurs appartements. Néanmoins, un peu au hasard, plusieurs nids furent, au cours de cette première année, découverts et baptisés.

Il y eut la Maison Mère, butte de près d'un mètre quatre-vingts de haut, dont la cité souterraine fut estimée avoir un mètre vingt de profondeur, et à laquelle fut donné avec verve par Margaret le surnom de Château-d'Osborne, d'après la résidence d'été de la reine Victoria. Il y eut ses satellites ou colonies, le Tronc-de-l'Orme, la Colonie de la Ronceraie et le Nid du Mur-de-Pierres, ainsi qu'une fourmilière tombée en désuétude que Mlle Mead, qui avait la veine poétique, appela le Village Abandonné, en hommage à Goldsmith. Ce fut Mlle Mead aussi qui trouva le nom du Tronc-de-l'Orme, défi-nition adéquate du jeune nid florissant installé autour de la souche, mais également référence au poème de Robert Brown-ing, « Pensées du pays en terre étrangère », qui décrit la nostalgie du printemps anglais que ressent le poète expatrié, et qu'avait éprouvée avec tant de force William sous les Tropiques, dans la chaleur qui ignorait les saisons.

> Oh ! être en Angleterre
> Maintenant qu'avril est là-bas
> Et qu'en se réveillant en Angleterre
> Chacun voit, un matin, soudain,
> Que les basses branches et bouquets de broussailles
> Autour du tronc de l'orme ont de petites feuilles,
> Tandis que le pinson chante dans le verger
> En Angleterre – maintenant !

Ce ne fut pas avant le printemps suivant, en 1862, que ses regrets des odeurs tropicales, des singes pleureurs, de la vastitude du fleuve et des gens faciles à vivre qu'il avait connus, devaient commencer à exercer leur puissance contraire. En 1861 il dit à Mlle Mead et à Matty Crompton à quel point ce poème avait compté pour lui, et comment les petites feuilles, la fraîcheur printanière, s'étaient gravées dans son imagination, et elles remarquèrent comme tout cela était intéressant. La Maison Mère et ses satellites étaient tous des cités de fourmis rousses des bois, Formica rufa. Furent aussi découvertes des cités de fourmis noires – Acanthomyops fuliginosus – de fourmis jaunes – Acanthomyops umbratus – et d'esclavagistes rouges – Formica sanguinea. Mlle Mead voulut donner aux citadelles de ces dernières le nom de Pandémonium, d'après la cité des démons dans Milton et, debout dans la clairière, ses lunettes brillant au soleil, elle récita le *Paradis perdu*.

« … mais surtout l'immense salle…
Un grouillement épais sur la terre et dans l'air
Froissé du sifflement de leurs bruissantes ailes.

– Mais c'étaient des abeilles, dit Matty Crompton. La suite est :

> Ainsi que les abeilles
> Au printemps, le soleil chevauchant au Taureau,
> Répandent leur populeuse jeunesse en grappes
> Autour de la ruche, et que dans fraîches rosées
> Et fleurs elles volent, ou sur la planche unie,
> Faubourg de leur fière citadelle de paille,
> Nouvellement frottée de baume, elles discourent
> Et délibèrent de leurs affaires d'État ;
> Ainsi la foule aérienne grouillait, épaisse
> Et resserrée, jusqu'à cet instant du signal.
> Observez cette merveille ! Ceux qui semblaient
> Surpasser en grandeur les géants de la terre,
> Paraissent plus réduits que les plus petits nains ;
> Ils s'entassent sans nombre en un espace étroit,
> Comme la race des Pygmées dont le séjour
> Se rencontre au-delà des montagnes de l'Inde,
> Ou comme les lutins en fête à la minuit,
> A la frange d'un bois, au bord d'une fontaine,
> Qu'un manant attardé voit ou rêve qu'il voit
> Tandis que dans le ciel siège la lune, arbitre,
> Inclinant de plus près la pâleur de sa course ;
> Par leurs jeux et leurs ris absorbés, ces esprits
> De leurs joyeux accords charment l'ouïe du rustre ;
> Son cœur bat à la fois de liesse et de terreur.

C'est la ruche que nous devrions rebaptiser Pandémonium si nous voulons faire référence à Milton. »

William observa que Milton faisait une description exacte de ses abeilles et que Mlle Crompton connaissait son Milton d'une manière extraordinairement parfaite.

« On m'a fait apprendre ce passage par cœur comme exemple de comparaison héroïque, dit Mlle Crompton. Je ne peux ni dire que je le regrette – c'est un très-beau passage – ni prétendre que l'apprendre ait été ardu. J'ai une bonne mémoire qui retient vite. Mais si nous appelons la ruche Pandémonium, quel nom donner à la demeure des esclavagistes rouges ?

– C'est un commerce abominable, dit Mlle Mead avec une véhémence inattendue. Je n'ai jamais autant pleuré sur un livre que je l'ai fait en lisant *La Case de l'oncle Tom*. Je prie chaque soir pour la victoire de la cause du président Lincoln. »

Les premiers coups de feu venaient juste d'être tirés dans la guerre entre les États. Les opinions étaient divisées au Manoir de Bredely quant à l'issue de la guerre – une grande partie de la fortune familiale provenait de l'industrie du coton dans le Lancashire – en conséquence de quoi l'on n'en discutait pas beaucoup en règle générale. William dit à Mlle Mead qu'il avait vu l'esclavage à l'œuvre dans les plantations de caoutchouc au Brésil, et convint que c'était un fléau, bien que le système fonctionnât différemment dans ce pays où peu de gens étaient de race pure, qu'elle fût blanche, noire ou indienne.

« Plusieurs de mes compagnons les plus agréables là-bas, dit-il, étaient des nègres affranchis, hommes aux fermes principes et à l'aimable caractère.

– Comme c'est intéressant, dit Matty Crompton.

– Et il existe une loi interdisant aux Portugais de réduire les Indiens en esclavage en les achetant tout jeunes aux chefs de tribu. Cela a conduit à un curieux euphémisme utilisé par les négociants portugais en matière de chair humaine. Ils emploient le mot " rançonner " – *resgatar* – pour dire qu'ils achètent des gens. La tribu des Mañaos est très-guerrière et fait de ses prisonniers des esclaves, qu'elle cède moyennant rançon aux Portugais qui les emploient comme tels. De sorte que *resgatar* est le terme communément en usage pour l'achat d'enfants dans les villages au bord du fleuve. Et le concept de rançon – dans sa double acception théologique et humaine – est ainsi dégradé.

– C'est absolument terrible, dit Mlle Mead. Et vous avez été témoin de pareilles pratiques ?

– J'ai vu des choses que je ne songerais jamais à vous raconter, dit William, de peur de vous donner des cauchemars. J'ai également vu des actes de charité et de fraternité inconcevables, surtout parmi les gens de race noire ou métisse. »

Il sentit à nouveau le regard pénétrant de Mlle Crompton. Elle était comme un oiseau, l'œil perçant, vigilant. Elle dit : « Je voudrais que vous nous en disiez davantage. Nous ne devrions pas vivre dans l'ignorance du reste du monde.

– Je garderai mes récits de voyageur pour les soirées d'hiver au coin du feu. Et maintenant, il faut trouver un nom au nid des fourmis rouges.

– Nous pourrions l'appeler Athènes avec une parfaite justice,

96

dit Mlle Crompton, étant donné que la civilisation grecque que nous admirons tellement était fondée sur l'esclavage, et que sans l'esclavage elle n'aurait probablement pas brillé avec autant d'éclat. Mais son architecture – si l'on peut la nommer ainsi – est moins merveilleuse. »

Les petites habitantes du lieu se hâtaient sous leurs pieds, entre leurs pieds, nerveuses et irritables, transportant des parcelles et des filaments de ceci et de cela.

« Je propose le Fort-Rouge, dit William. Le nom est suffisamment guerrier et inclut la couleur des sanguinea.

– Va pour le Fort-Rouge, dit Matty Crompton. Je vais entreprendre l'étude de sa géographie et de son histoire, si ce n'est *ab urbe condita*, du moins à partir de la découverte que nous en avons faite. »

Et une ou deux fois de plus il la trouva diligemment au travail, notant les épisodes de la vie de la ruche et de la fourmilière. Les fourmis rousses dans toute cette partie du Surrey élirent la nuit de la Saint-Jean pour leur vol nuptial. Nul n'y était préparé en 1861 – de fait, tous les enfants Alabaster, grands et petits, prenaient part à un pique-nique de fraises sur la pelouse lorsque le pullulement commença et que des fourmis ailées, mâles et femelles, tombèrent du ciel, en une mêlée frénétique, dans les sandwiches au concombre et les pots de crème en argent, s'enfuyant en couples soudés, se noyant dans le jus de fraise et l'Orange Pekoe, escaladant les cuillères et les napperons de dentelle. Eugenia en fut très incommodée et arracha plusieurs mâles égarés sur son col avec une moue de dégoût extrême, aidée par William, qui détachait les pattes accrochées à sa chevelure et à son ombrelle. Les petites filles couraient en tous sens, poussaient des cris aigus et battaient des mains. Mlle Crompton prit son carnet de croquis et dessina. Quand Elaine voulut jeter un coup d'œil sur ses dessins, elle referma le carnet d'un coup sec et le rangea dans son panier, dirigeant son attention sur la bataille entre les Alabaster et les fourmis, secouant la nappe en la faisant claquer énergiquement et mettant le beurre à l'abri. Les morts et les vivants gisaient en monceaux soyeux et rigides d'argent et de noir. La cuisinière les époussetait du rebord de la fenêtre avec un balai. Tandis que les domestiques se hâtaient de rentrer le pique-nique, William aperçut sa sylphide des cafards qui trottait désespérément sur la pelouse en transportant la lourde fontaine à thé. Mlle Crompton, dégagée de responsabilité, ressortit son carnet de croquis. William – c'était la fin de sa deuxième lune de miel – suivit Eugenia dans la maison pour l'aider à changer de robe et veiller à ce qu'aucun insecte pullulant ne restât pris dans aucun ruché ni aucun pli de coton amidonné.

Durant l'hiver, travaillé par le froid – la froideur d'Eugenia autant que la froidure de la saison – William eut son premier véritable différend avec Harald Alabaster. Le froid ne valait rien à Harald non plus. Le bureau était aussi éloigné de la cuisine et de ses appareils de chauffage que possible, afin de protéger le maître de la maison des odeurs et de la fumée, mais en conséquence, même avec un feu dans l'âtre, il y faisait froid pour étudier. L'hiver rendait pleins d'allant les plus jeunes hommes de la maison. Edgar et Lionel étaient perpétuellement dehors, à tirer le gibier ou à suivre la chasse à courre, et ils revenaient avec de lourds fardeaux de bêtes sanglantes aux plumes ou à la fourrure éclaboussées de sang, et souvent les mains et les vêtements ensanglantés aussi. Leur allant faisait apparaître l'isolement de leur père plus prononcé. Il semblait presque confiné dans son bureau, et presque invisible s'il se promenait dans les couloirs ou rôdait dans les parages du petit nid chaud de sa femme. Il envoya un domestique demander à William de venir examiner un nouveau passage qu'il avait composé sur les preuves de la divine providence.

« J'ai pensé que vous aimeriez parcourir ceci, d'autant plus que s'y trouvent certains arguments – certaines illustrations – qui sont tout à fait de votre ressort. J'en suis arrivé à l'argument de l'orientation du mystère et de la certitude de l'amour. Peut-être auriez-vous la bonté de le parcourir ? »

Il tendit ses pages, rédigées d'une petite écriture nette, qui commençait juste à trahir des signes de tremblement d'une main âgée, l'affaiblissement des nerfs et des muscles. Le texte, maintes fois remis sur le métier, ressemblait à une espèce de patchwork cousu à gros points, avec des paragraphes barrés de croix noires, réinsérés plus haut ou plus bas, encerclés et fractionnés. William s'assit dans le fauteuil de son beau-père et essaya de trouver un sens à ce qu'il lisait, avec une irritation croissante. C'était une nouvelle mouture de vieux arguments, dont Harald avait déjà, dans la conversation, rejeté certains comme intenables.

« Je te célébrerai », s'écrie l'auteur du Psaume 139, « de ce que j'ai été fait d'une étrange et admirable manière ; tes œuvres sont merveilleuses, et mon âme le connaît bien. » Et le psalmiste de poursuivre exactement comme s'il était au fait des débats actuels sur l'origine des créatures vivantes et le développement des embryons. « L'agencement de mes os ne t'a point été caché, lorsque j'ai été formé dans un lieu secret, et tissu dans les lieux bas de la terre. Tes yeux m'ont vu, lorsque j'étais comme un peloton, et toutes ces choses s'écrivaient dans ton livre, au jour qu'elles se formaient, même lorsqu'il n'y en avait encore aucune. C'est pourquoi, ô Dieu fort ! que tes pensées me sont précieuses, et que la multitude en est grande ! Les veux-je compter ? Elles sont en plus grande quantité que le sable. Suis-je éveillé ? Je suis encore avec toi. »

Nous avons tous eu de semblables intuitions, de semblables bouffées de crainte révérencielle, en pensant que nous étions *des créatures si merveilleuses,* et notre instinct naturel est de supposer un *créateur* à une semblable complexité, dont nos esprits développés ne peuvent guère imputer l'existence à un hasard aveugle. Le psalmiste devance ici les théoriciens du développement par sa connaissance de la *perfection de la substance* et du *modelage continu* qui contribue à la fabrication d'êtres vivants. Il parle auparavant des soins aimants que Dieu prodigue à l'enfant encore à naître dans le verset 13. « Car tu as possédé mes reins, dès que tu m'as enveloppé dans le sein de ma mère. » Il n'est pas déraisonnable de demander de quelle manière une telle Divinité diffère de cette force que M. Darwin appelle la Sélection Naturelle, quand il écrit : « On peut dire que la sélection naturelle examine chaque jour, à chaque heure, de par le monde entier, toute variation, si infime soit-elle ; rejetant ce qui est mauvais, préservant et additionnant tout ce qui est bon ; œuvrant silencieusement et imperceptiblement, où et quand l'occasion se présente, à l'amélioration de chaque être organique... »

Ce soin attentif n'est-il pas une autre manière de décrire les providences de la grâce de Dieu, en quoi il nous est traditionnellement enseigné de croire ? Ne pourrions-nous en vérité avancer que la nouvelle interprétation que propose M. Darwin des moyens par lesquels ces changements providentiels sont produits, n'est pas en soi une *nouvelle providence* contribuant à la fois au progrès et au développement humains, et à notre capacité à admirer, savoir, seconder et réparer ces forces que Dieu a mises en branle, et que M. Richard Owen a décrites comme « l'opération continue d'un avenir préordonné » ? Notre Dieu n'est pas un *Deus absconditus,* qui nous a laissés dans les ténèbres d'un désert aride, et Il n'est pas non plus un Horloger indifférent, qui a remonté un ressort et le regarde sans passion se dérouler lentement jusqu'à son ultime inertie. C'est un artisan aimant, qui invente constamment de nouvelles possibilités à cette abondance de grâces et de matériaux bruts qu'il leur a donnée.

Point ne nous est besoin d'être Pangloss pour croire à la beauté, à la vertu, à la vérité et au bonheur, et par-dessus tout à la fraternité et à l'amour, humain et divin. Il est clair que tout n'est pas pour le mieux dans le meilleur des mondes, et c'est le comble de la folie, c'est prendre on ne peut plus manifestement ses désirs pour des réalités, que de tenter de déduire l'existence de Dieu des folâtres gambades des agneaux, de l'éclat des boutons d'or, ou même de la promesse de l'arc-en-ciel dans un ciel orageux, quoique l'auteur de la Genèse offre à tous les hommes l'image de l'arc apparaissant dans les nuages pour promettre que tant que la terre durera, semailles et moissons, froid et chaud, été et hiver, jour et nuit, ne cesseront pas. La Bible nous dit que la terre est maudite, depuis la Chute de l'Homme ; la Bible nous dit que la malédiction est levée, en partie, après le déluge ; la Bible nous dit que notre propre nature destructrice peut être rachetée, *est* rachetée, par la rançon versée par Notre Seigneur Jésus-Christ. La face de la terre n'est pas toujours riante, même si elle dit Dieu par la bouche des pierres et des fleurs, des tempêtes et des tornades, ou même par l'humble diligence des fourmis et des abeilles. Et il nous est loisible de discuter, à notre gré, une *amélioration* de notre nature maudite, à l'œuvre dans notre vie quotidienne, avec force revers, force combats, depuis le jour où Notre Seigneur nous a commandé : « Tu aimeras ton prochain comme toi-même », et s'est révélé comme le Dieu d'Amour aussi bien que de Puissance et de Providence spéciale.

Parlons, comme lui, par paraboles. Ses paraboles sont tirées des mystères de la Nature, dont, si nous devons en croire Son Évangile, Il est le Créateur et le Soutien. Il nous parle du passereau qui tombe à terre et des lis des champs qui ne travaillent ni ne filent. Il nous parle – même Lui – de cette prodigalité de la Nature qui épouvante tant le Poète Lauréat, dans sa Parabole de la semence qui tombe parmi des épines ou sur des endroits pierreux. Si nous considérons l'humble vie des insectes sociaux, je crois que nous pouvons discerner des vérités qui sont des *paradigmes énigmatiques* de notre propre compréhension des choses. Nous avons été accoutumés à penser que l'*altruisme* et le *sacrifice de soi* sont des vertus humaines, des vertus essentiellement humaines, mais il n'en est apparemment rien. Ces menues créatures manifestent ces deux vertus, à leur manière.

Il est depuis longtemps connu que, parmi les nations des abeilles comme des fourmis, il n'existe qu'*une seule* véritable femelle, la Reine, et que le travail de la communauté est exécuté par des femelles stériles, des nonnes, qui veillent à l'approvisionnement, la construction et l'élevage de toute la société et de sa cité. Il est depuis longtemps connu aussi que les insectes semblent capables de déterminer par eux-mêmes le sexe de l'embryon, ou de la larve, suivant les soins qu'ils lui prodiguent. Chambers nous dit que les stades préparatoires de la Reine des Abeilles prennent seize jours ; ceux des neutres, vingt jours ; ceux des mâles, vingt-quatre jours. Les abeilles semblent augmenter la cellule de la larve femelle, façonner un creux pyramidal afin de lui permettre de prendre une position verticale au lieu d'horizontale, la tenir plus au chaud que les autres larves et lui fournir une nourriture spéciale. Ces soins, qui incluent la réduction de l'état embryonnaire, produisent une véritable femelle, une Reine destinée, selon la remarquable formule de Kirby et Spence, « à connaître l'amour, brûler de jalousie et de colère, s'enflammer de vengeance, et mener une existence dispensée de travail ». M. Darwin a confessé son désarroi devant la férocité avec laquelle les jalouses Reines épient et tuent leurs semblables à leur apparition dans la ruche. Il s'est demandé si cette tuerie des nouveau-nées, ce véritable massacre des innocents, ne prouvait pas que la Nature est en soi cruelle et prodigue. On pourrait à l'inverse supposer qu'une providence spéciale réside dans la survie de la Reine la plus apte à fournir à la ruche de nouvelles générations, ou bien un essaim et sa nouvelle souveraine. Quoi qu'il en soit, il est certain que le développement plus long de l'ouvrière produit une créature très-différente et qui, pour citer à nouveau Kirby et Spence, « se voue avec ardeur au bien de la communauté, à la défense des droits publics, et jouit d'une immunité contre le stimulus de l'appétit sexuel et les douleurs de la parturition ; elle est laborieuse, industrieuse, patiente, ingénieuse, habile ; elle est incessamment occupée à l'élevage des jeunes, la récolte du miel et du pollen, la fabrication de la cire, la construction des alvéoles, et ainsi de suite ! – et consacre son attention la plus respectueuse comme la plus assidue aux objets que, si ses ovaires s'étaient développés, elle eût haïs et pourchassés avec la furie la plus vengeresse jusqu'à leur complète destruction ! »

Je ne crois pas qu'il soit insensé d'avancer que la société des abeilles a favorisé chez les patientes nonnes qui accomplissent tout le travail une forme primitive d'altruisme, de sacrifice de soi, d'amour du prochain. La chose est encore plus frappante dans la communauté sororale des fourmis ouvrières, qui s'accueillent avec de grandes manifestations d'affection et de tendres caresses, se donnent toujours à boire une gorgée du calice où elles ont récolté leur nectar, avant de se hâter de l'apporter aux faibles et dépendants hôtes des couvains. Les fourmis aussi sont capables de déterminer, on ignore comment, le sexe des hôtes des couvains, de sorte que la communauté se renouvelle en nombre voulu d'ouvrières, de mâles ou de Reines fécondes à diverses époques. Le soin que chacune prend de ses congénères pourrait apparaître comme une Providence spéciale, s'il était tenu pour un soin conscient, le fruit d'un véritable *choix moral*. On a consacré beaucoup d'efforts à tenter de distinguer la voix de l'autorité dans ces communautés – est-ce la Reine – ou les ouvrières – ou quelque Esprit de la Cité, plus diffus, dont le siège est partout et nulle part – qui choisit en ces matières ? *Qu'est-ce* donc qui dicte le mouvement cohérent de toutes les cellules de mon corps ? Ce n'est pas moi, et pourtant je suis doué de Volonté, d'Intelligence et de Raison. Je crois et je décline selon des lois que je subis et ne puis altérer. Ainsi font les moindres créatures de la terre. Comment nommerons-nous la Force qui les gouverne ? Le Hasard Aveugle, ou la Providence aimante ? Nous autres hommes d'Église avons toujours dans le passé donné une réponse. Nous laisserons-nous aujourd'hui démonter ? Les hommes de science, en tentant d'« expliquer » des phénomènes tels que la croissance des embryons de fourmi, ont eu recours à l'idée d'une *« forma formativa »*, une Force Vitale, résidant peut-être dans une infinité de gemmules. Ne pouvons-nous raisonnablement demander ce qui se cache derrière le pouvoir formateur, la Force Vitale, la physique ? Certains physiciens en sont venus à parler d'un x ou y inconnu. N'est-il possible que cet x ou y soit le Mystère qui gouverne les actions des fourmis et des hommes, qui meut le soleil et les autres astres, comme Dante l'a écrit, à travers les Cieux – l'Esprit, le Souffle de Dieu, l'Amour Fait Homme.

Qu'est-ce donc qui conduit l'Humanité à cette aspiration vers le Réconfort Divin, la certitude du Soin Divin et la main organisatrice du Créateur et Perpétuateur Divin ? Comment aurions-nous l'intelligence d'*envisager* un si formidable concept si nos petits esprits ne correspondaient pas à une véritable Présence dans l'Univers, si nous ne percevions vaguement l'existence d'un tel Être, et même en éprouvions plus crucialement encore le BESOIN ? Quand nous voyons l'amour des créatures pour leur progéniture, ou le tendre regard d'une femme penchée sur son petit enfant dépendant qui sans ses soins aimants serait tout à fait incapable de survivre à une journée de faim et de soif, n'avons-nous pas le *sentiment* que l'amour est l'ordre des choses, dont nous sommes une merveilleuse partie ? Le Poète Lauréat pose sans barguigner ces questions terriblement négatives dans son grand poème. Il nous permet d'apercevoir la nouvelle face d'un monde poussé sans but par le Hasard et l'aveugle Destin. Il présente, dans son chant douloureux, la possibilité que Dieu puisse n'être rien de plus que notre propre invention, et le Ciel une pieuse chimère. Il donne au Doute né du démon la part qui lui est due, et fait trembler ses lecteurs de cette angoisse impuissante qui est une part de l'Esprit de notre Temps.

> Mais notre espoir est que le bien
> Sera du mal le but final –
> Affres du corps, vouloir fautif,
> Doute infâme, taches du vice ;
>
> Que rien sans objet ne progresse,
> Qu'aucune vie n'est supprimée,
> Jetée au rebut du néant,
> Quand Dieu achève l'édifice ;
>
> Qu'aucun ver ne se scinde en vain ;
> Qu'aucun papillon ne se brûle
> Par vain désir au feu stérile,
> Ou n'aide qu'au profit d'autrui.
>
> Voyez ! nous ne savons pas tout ;
> Mon seul espoir est que le bien
> Viendra pour tous – là-bas – enfin,
> Et que l'hiver sera printemps.
>
> Tel est mon rêve. Mais que suis-je ?
> Un enfant pleurant dans la nuit,
> Un enfant qui a peur du noir
> Et n'a que ses cris pour langage.

Dans le poème qui vient ensuite M. Tennyson traite avec plus de force encore de la cruauté et du manque de soin de la Nature, quand elle s'écrie : « Rien ne me chaut, tout périra », ainsi que du Pauvre Homme :

> Espérant que Dieu est amour ;
> L'amour, loi de la Création –
> Mais, croc et griffe ensanglantés,
> La Nature effare sa foi –

Et comment répond-il à cette accusation terrible ? Il répond avec *la vérité du sentiment* auquel nous ne devons pas être

103

indifférents, si puérilement simple, naïf et presque impuissant qu'il puisse paraître. Ne pouvons-nous accepter la vérité de ce *sentiment* qui monte des profondeurs de notre nature humaine, quand nos intelligences ont été étourdies, émoussées, par des questions ardues ?

> Dieu ne vis dans le monde ou l'astre,
> Ou l'aile d'aigle, ou l'œil d'insecte,
> Ou les questions que l'homme pose,
> Frêles toiles que nous tissons ;
>
> Si jamais, ma foi endormie,
> J'entendis crier " Ne crois plus ! "
> Et les houles sur le rivage
> Rouler dans l'abîme sans Dieu,
>
> Une ardeur en mon sein fondit
> Le gel de ma froide raison,
> Tel un homme en furie mon cœur
> Se dressa, criant " J'ai senti ! "
>
> Non, j'étais l'enfant apeuré :
> Mon cri aveugle m'assagit
> Et puis je fus l'enfant qui pleure,
> Sachant son père auprès de lui ;
>
> Ce que je suis revit encore
> Ce qui *est*, incompris de tous ;
> De la nuit sortirent les mains
> Qui se tendent pour pétrir l'homme.

N'était-ce pas une véritable inspiration qui a permis à M. Tennyson de redevenir un petit enfant, et de *sentir* la Paternité du Dieu des Armées ? N'était-il pas révélateur que les *ardentes cellules organisées* de son cœur et de son sang en circulation se soient dressées contre « le gel de [sa] froide raison » ? L'enfant pleurant dans la nuit ne reçoit d'autre éclaircissement que le chaud contact d'une *main* paternelle, et ainsi il croit, et ainsi il vit sa croyance. Nous sommes terriblement et merveilleusement faits, à Son Image, père et fils, fils et père, de génération en génération, dans le mystère et l'ordre préétabli.

Harald avait mis le capuchon de sa coule pour se protéger du froid. D'un long visage emmanché d'un cou décharné, il fixait William pendant que celui-ci lisait, évaluant la lueur de son regard, la contraction de ses lèvres, le hochement approbateur ou le signe de dénégation que faisait parfois sa tête. Quand William eut terminé, Harald dit : « Vous n'êtes pas convaincu. Vous ne croyez pas –

– Je ne sais si je puis croire ou ne pas croire. C'est, comme vous le dites si éloquemment, une affaire de sentiment. Et je ne parviens pas à éprouver le sentiment que ces choses sont ainsi.

– Et mon argument de l'amour – de l'amour paternel ?

– Il est vibrant. Mais je répondrais comme Feuerbach " *Homo homini deus est* ", notre Dieu est nous, c'est nous que nous vénérons. Nous avons fabriqué Dieu par une analogie spécieuse, monsieur – je ne voudrais pas vous blesser, mais cela fait plusieurs années que je réfléchis à ce problème – nous fabriquons des images parfaites de nous-mêmes, de nos vies et de nos destinées, comme les peintres en font de l'Homme de Douleur, ou de la scène dans l'Étable, ou comme vous l'avez vous-même dit une fois, d'une créature ailée, au visage grave, qui parle à une jeune fille. Et nous vénérons ces images, comme les peuplades primitives le font de masques terrifiants, l'alligator, l'aigle, l'anaconda. On peut tout démontrer avec l'analogie, monsieur, et par conséquent ne démontrer rien. Telle est ma pensée. Feuerbach a compris une chose fondamentale à propos de notre esprit. Nous avons besoin d'une bonté aimante dans la réalité – et souvent ne la trouvons pas – alors nous inventons un Père divin à l'enfant qui pleure dans la nuit, et nous nous convainquons que tout est bien. En réalité, beaucoup de cris restent sans réponse, à perpétuité.

– Ce n'est pas une réfutation.

– Ce ne peut l'être en l'espèce, et laisse la question exactement en l'état. Nous désirons que les choses soient ainsi, et donc créons un conte, ou un tableau, qui dit : Nous sommes ceci et cela. Vous pourriez aussi bien dire : Nous sommes comme les fourmis – que : Les fourmis peuvent évoluer et devenir comme nous.

– Je le pourrais assurément. Nous sommes tous une même et seule vie, je le crois, que transperce Son amour. Je le crois, je l'espère. »

Harald reprit soigneusement ses papiers qui frémirent entre ses mains. Elles étaient d'ivoire, la peau entièrement couverte de rides, comme la croûte d'une flaque de cire, et sous la peau apparaissaient des tavelures livides, des nodosités arthritiques, des taches irrégulières couleur de thé. William regarda ces mains replier les feuilles tremblotantes et se sentit empli de pitié pour elles, comme pour des créatures malades et mourantes. La chair sous la corne des ongles était cireuse et anémique.

« C'est peut-être une affectivité déficiente, monsieur, qui m'empêche de sentir la force de l'argument. Mon mode de vie, mes travaux, m'ont beaucoup changé. Mon père était tout à fait à l'image d'un juge terrible, qui prêchait les fleuves de sang et la destruction, et dont la profession était sanglante, elle aussi. Et puis il y a eu le vaste désordre – l'indifférence à l'égard de l'échelle et des préoccupations humaines – en Amazonie – il ne m'en est pas resté de propension à trouver de la bonté dans la face des choses.

– Mais j'espère que vous l'avez trouvée ici. Car vous devez savoir qu'en ce qui nous concerne, nous regardons votre venue comme une providence spéciale – pour donner une nouvelle vie à Eugenia, et maintenant à vos chères petites –

– Je suis très-reconnaissant –

– Et heureux, je l'espère, et content, je l'espère, insista la vieille voix fatiguée dans l'air glacé où elle resta en suspens comme une question.

– Très-heureux, bien sûr, monsieur. J'ai tout ce que je désirais, et davantage. Et lorsque j'en viens à penser à mon avenir –

– Il y sera pourvu, ainsi que vous l'avez bien mérité, n'ayez aucune crainte. Il ne peut être question de quitter déjà Eugenia – vous ne voudriez pas lui causer une telle déconvenue – son bonheur est encore récent – mais, le moment venu, vous découvrirez que tous vos vœux pourront être exaucés, et amplement, n'ayez aucune crainte. Je vous considère et vous aime comme mon fils, et j'ai l'intention de subvenir à vos besoins. Le moment venu.

– Je vous remercie, monsieur. »

Du givre s'était formé sur les vitres, et une moiteur larmoyait involontairement sur le bord rouge des yeux embués.

William n'était pas invité à prendre part aux amusements de Lionel et d'Edgar, mais Eugenia suivait la chasse à courre, en habit de velours, et en revenait le teint vermeil et la mine souriante. Il y avait une conspiration tacite, il aurait presque pu l'appeler une conspiration, pour présumer que, n'étant pas bien né, il n'aurait eu ni l'adresse ni la bravoure requises pour de si nobles activités, quelques ressources qu'il eût manifestées en endurant les rigueurs de l'Amazonie. Il faisait de longues promenades à pied, seul le plus souvent, quelquefois en compagnie de Matty Crompton et des enfants. Il était censé prendre part aux jeux de société, lors des veillées au salon, où Lady Alabaster aimait jouer aux dominos, aux jonchets, au pouilleux, et où parfois des charades étaient montées avec beaucoup d'ambition. Il déchaîna de grands rires, une fois, en comparant ces charades aux fêtes villageoises des Indiens, où chacun était fantastiquement vêtu, et où il avait une fois rencontré un danseur basané, en chemise à carreaux rouges et chapeau de paille, muni d'un filet et d'une boîte, dans lequel il reconnut une parodie de lui-même. De grandes tempêtes de rire furent également soulevées par une représentation particulièrement spirituelle de AM A ZONE, où AM était figuré par Lionel en Moïse écoutant la voix de Dieu dire I AM THAT I AM – JE SUIS CELUI QUI SUIS – dans le buisson ardent, merveilleuse création de branches d'if, de soie rouge et de papier d'argent, œuvre de Matty Crompton. A était figuré par les enfants et Mlle Mead mimant une leçon de lecture de l'alphabet au cours de laquelle des abeilles sortaient d'une ruche, des bananes étaient cueillies sur un arbre en papier, et un crocodile articulé essayait de mordre tout le monde au talon. ZONE était une scène d'amour où Edgar, en habit de soirée, attachait une belle ceinture (zone) d'argent autour de la taille d'Eugenia – elle portait une robe de bal neuve, argent et citron, et son apparition suscita des applaudissements sans fin. AMAZONE était William, qui pagayait dans un canoë fait d'un banc posé à l'envers derrière des roseaux en papier et des lianes en laine qui tombaient du plafond, et qu'épiait une tribu de petits Indiens peinturlurés et emplumés, conduits par Matty Crompton vêtue d'une imposante cape peinte de plumes et d'un masque représentant un épervier. Des papillons en papier de soie dansaient parmi les plantes de serre entassées sur la scène, et des serpents colorés, en ficelle et en papier, sifflaient et se tortillaient spectaculairement.

William félicita Mlle Crompton pour le tour de force de ces décors, quand il la trouva le lendemain en train d'enrouler les rubans cramoisis et de plier le papier d'argent du buisson ardent.

« Il était facile de voir qui était l'esprit inventif derrière tous ces beaux objets, dit-il.

– Je fais ce qui se présente, de mon mieux, dit-elle. De telles activités trompent l'ennui.

– Vous ennuyez-vous souvent ?

– J'essaie de ne pas le faire.

– Ce n'est pas une réponse.

– Je gage que nous nous sentons tous de plus grandes capacités que celles qui nous sont nécessaires dans notre vie de tous les jours. »

Elle lui lança son habituel regard perçant en disant cela, et il eut la désagréable impression qu'elle n'avait répondu à sa question importunément indiscrète que pour le faire sortir de sa coquille. Il commençait à avoir un peu peur du regard perçant de Matty Crompton. Elle ne l'avait jamais traité autrement qu'avec bienveillance, et ne s'était jamais mise en avant d'aucune façon. Mais il sentait en elle une sorte de violence contenue dont il n'était pas tout à fait certain de vouloir savoir davantage. Elle se dominait parfaitement, et il pensa qu'il préférait en rester là. Cependant il répondit, parce qu'il avait besoin de parler, et ne pouvait parler de ces choses ni à Harald ni à Eugenia. C'eût été malvenu. Malvenu pour l'instant, tout du moins, malvenu à ce moment précis.

« J'éprouve aussi quelque chose de cet ordre, de temps en temps. Il est étrange qu'en Amazonie je m'éveillais chaque jour après avoir rêvé au soleil clément d'Angleterre, à des choses simples et merveilleuses telles que le pain, le beurre, au lieu du sempiternel manioc. Et maintenant, quand je m'éveille, j'ai rêvé au rideau forestier, au mouvement du fleuve, et surtout, mademoiselle, à mon travail. Je n'ai pas mon travail, mon travail à moi, ici, et pourtant ma vie ne saurait être plus agréable, ni ma nouvelle famille plus gentille.

– Vous travaillez, je crois, avec Sir Harald, à son livre.

– Certes, mais je ne lui suis pas vraiment nécessaire, et mes vues – en un mot, mes vues ne concordent pas entièrement avec les siennes. Il désire que je joue l'avocat du diable vis-à-vis de ses arguments, mais j'ai bien peur de l'affliger et de fort peu contribuer au progrès de son travail –

– Peut-être devriez-vous écrire votre propre livre ?

– Je n'ai pas d'opinions arrêtées à avancer, et ne souhaite convertir personne à mes vues assez incertaines.

– Je ne pensais pas à des opinions. » Il y avait peut-être une inflexion de mépris – il ne put en décider – dans la voix incisive. « Je pensais à un livre de faits. Un livre de faits scientifiques, le genre d'ouvrage que vous êtes exceptionnellement qualifié pour écrire.

– J'ai eu le projet d'écrire un livre sur mes voyages – de tels livres ont rencontré un grand succès, je le sais – mais mes notes détaillées, tous mes spécimens, ont été perdus dans le naufrage. Je n'ai pas le cœur d'inventer, si j'en étais capable.

– Mais plus près de vous – plus près de vous se trouvent des choses que vous pourriez observer, et sur lesquelles vous pourriez écrire.

– C'est une suggestion que vous avez déjà faite. Je suis sûr que vous avez raison – je vous en suis très-reconnaissant. J'ai effectivement l'intention de commencer une étude précise des fourmilières du taillis d'ormeaux dès qu'elles renaîtront à la vie au printemps – mais une étude scientifique demandera de nombreuses années, et beaucoup de rigueur, et j'avais espéré –

– Vous aviez espéré –

– J'avais espéré être en mesure de repartir en expédition pour collecter de plus amples renseignements sur le monde inexploré – je souhaite le faire – Sir Harald a laissé entendre, a plus ou moins promis – qu'il serait tout disposé – »

Matty Crompton serra fortement ses lèvres effilées. Elle dit : « Le livre que j'aimerais vous voir écrire n'est pas une grande étude scientifique. Pas l'œuvre d'une vie. C'est un livre dont je crois qu'il serait utile – et oserai-je le dire – profitable pour vous, dans un très-proche avenir. Je crois que si vous écriviez une histoire naturelle d'une année de nos colonies – ou de deux années, si vous en ressentez le besoin absolu – vous auriez là une chose très-intéressante pour un vaste public, et cependant d'une valeur scientifique. Vous pourriez appliquer vos connaissances très-étendues au mode de vie spécifique de ces fourmis – inclure leurs cousines d'Amazonie – mais dans un style populaire, avec des anecdotes, des références au folklore, et l'histoire des conditions dans lesquelles les observations furent faites – »

Elle le regarda droit dans les yeux. Ses propres yeux noirs brillaient. Il sauta sur son idée.

« Ce pourrait être intéressant – ce pourrait être amusant –

– Amusant, dit Mlle Crompton. Les enfants seraient utilement occupées. Je serais moi-même fière de vous aider. Mlle Mead ferait ce qu'elle pourrait. Je vois les enfants comme des personnages de l'intrigue. Il doit absolument y avoir une intrigue dramatique, vous savez, si l'ouvrage doit plaire au grand public.

– Vous devriez l'écrire vous-même, je crois. L'idée est entièrement vôtre et le mérite devrait vous en revenir.

– Oh non. Je n'ai pas les connaissances requises – ni le temps libre, quoiqu'il soit difficile de dire à quoi se passent mes jours – je ne me vois pas en auteur. Mais en assistante, monsieur, si vous m'acceptiez. J'en serais honorée. Je peux dessiner – prendre des notes – recopier si nécessaire –

– Je vous suis extraordinairement reconnaissant. Vous avez transfiguré mon avenir.

– Pas précisément. Mais je crois que cela peut réussir. Avec de la bonne volonté et un travail acharné. »

Au printemps de 1862, donc, à peu près au moment de la naissance de Robert Edgar, l'observation méthodique des fourmis débuta. La cité et ses faubourgs ou satellites furent cartographiés et toutes leurs entrées et sorties soigneusement enregistrées. Des dessins furent exécutés, montrant la manière dont les portes de la cité étaient fermées la nuit au moyen de barricades de brindilles derrière lesquelles dormaient des sentinelles. Des cartes furent dressées, retraçant les itinéraires des fourmis à la recherche de nourriture, et de judicieuses enquêtes furent menées sur les chambres de ponte, les œufs, les larves et les cocons qui formaient tout à la fois la population de la cité et son vivant trésor. Une sorte de recensement des hôtes et des parasites de la communauté fut établi. Il y avait dans le Tronc-de-l'Orme un « troupeau » florissant de pucerons, assidûment stimulés et cajolés par leurs gardiennes pour provoquer la sécrétion de gouttes de miellée sucrée avidement bue et emmagasinée. Il y avait un grand nombre d'hôtes de passage dont la présence était encouragée ou tolérée – un coléoptère, l'amphotis, qui mendiait une gorgée de nectar au retour des ouvrières, mais qui, à son tour, paraissait sécréter une merveilleuse manne que ses hôtesses grattaient et léchaient énergiquement sur ses élytres et son thorax, et un autre coléoptère, le dinaida, qui semblait demeurer paresseusement dans les galeries, engloutissant quelques œufs quand personne ne le surveillait. Toute la procédure du nettoyage du nid fit l'objet d'observations et de notes, tandis que des convois de fourmis s'écoulaient vers l'énorme tas d'immondices où elles transportaient les mets avariés, les chiures nauséabondes et le cadavre de leurs sœurs mortes ou moribondes. Bien des procédures internes du nid – la parturition industrieuse de la reine, les soins de propreté et d'alimentation que les ouvrières lui prodiguent sans trêve, l'enlèvement et l'élevage des œufs par ces mêmes ouvrières, le transport des œufs et des larves dans des chambres tantôt plus chaudes tantôt plus froides – pouvaient être observées dans le nid en verre de la salle d'étude, où les fillettes, quand elles étaient de bonne humeur, se voyaient assigner la tâche de prendre des notes sur une loge de couvains ou sur la reine, pendant une ou deux heures de suite. William effectua une étude des aliments introduits par deux entrées spécifiques sur toute la période, et crut discerner de sensibles variations saisonnières dans ce qui était choisi, et proposé, suivant le besoin que les larves avaient de sécrétions, et plus tard de chair d'insecte, et la nécessité décroissante, durant la seconde partie de l'année, de nourrir ces myriades de bouches dépendantes. William et Mlle Crompton commencèrent ensemble à bâtir une histoire militaire de toute cette société, qui s'avéra posséder une ressemblance remarquable, à maints égards, avec les guerres du genre humain et l'assaut lancé par surprise par une armée contre la forteresse avoisinante d'une autre communauté. Ils observèrent des sièges victorieux et des batailles qui se terminaient par des impasses et des retraites simultanées. Matty Crompton exécuta quelques dessins pleins de verve de fourmis au combat ; elle s'assit sur un monticule herbu tandis que William, étendu de tout son long, identifiait les vagues d'assaillantes et de défenseurs.

« Comment l'on peut survivre avec un cheveu en guise de taille me laisse perplexe, dit-elle. Elles paraissent si vulnérables, avec leurs petites pattes hérissées et leurs délicates antennes, pourtant elles sont armées d'aiguillons, de féroces mâchoires, et elles pourfendent et transpercent aussi bien qu'un chevalier en armure, et en ont elles-mêmes une, qui plus est. Que diriez-vous de quelques dessins humoristiques pour illustrer votre texte – regardez, j'en ai dessiné une avec un stylet, et une autre avec un casque à l'antique et un genre de grosse clé anglaise.

– Je pense que cela ajouterait beaucoup à la dimension humaine, dit William. Avez-vous observé avec quelle promptitude elles sont capables de sectionner antennes et pattes et de trancher l'ennemie en deux ? Et avez-vous observé aussi le nombre de combattantes qui s'avancent à la rencontre d'une adversaire avec plusieurs auxiliaires accrochées à leurs pattes ? Quel avantage peut-il donc y avoir dans une telle assistance ? N'est-ce pas plutôt une entrave ?

« – Laissez-moi voir, dit-elle en se mettant à genoux à côté de lui. Eh oui. Elles sont d'un intérêt inépuisable. Voyez cette pauvre petite se retourner pour piquer une ennemie qui porte sur la tête de si terribles tenailles. Toutes deux vont périr, comme Balin et Balan, je pense. »

Elle portait une jupe de coton brun et un corsage à rayures dont elle avait roulé les manches jusqu'aux coudes. Son visage était protégé par un chapeau de paille assez avachi dont le ruban cramoisi pendait, flasque. C'était sa tenue ordinaire pour aller observer les fourmis. Il connaissait toute sa garde-robe à présent ; elle n'était pas abondante ; deux jupes de coton, une robe du dimanche, pour l'été, en popeline bleu marine, avec un choix de cols empesés, et peut-être quatre corsages différents dans des tons fauves ou gris variés. Elle était mince et osseuse ; il se mit à étudier abstraitement les os de ses poignets et les tendons sur le dos de ses mains brunes, pendant qu'elle dessinait. Ses gestes étaient rapides et décidés ; un trait, un arc de cercle, une série de petits crochets et de menues courbes, et un croquis exact représentant des mâchoires broyant des pattes, des thorax et des gastres qui se tordaient sous l'effet de la douleur ou de l'effort pour l'infliger. A côté de ces images instructives trotti-naient des guerrières anthropomorphes avec épée, bouclier, trident et casque. Elle était absorbée par son travail. William s'aperçut soudain qu'il était en train de respirer ce qui devait être son odeur spécifique, une odeur légèrement acide d'aisselle, sous les manches de coton, au soleil, mêlée à quelque chose comme de la teinture de citronnelle et à des effluves de lavande dus soit à son savon, soit à un sachet dans le tiroir où ses corsages étaient rangés. Il respira plus à fond. Le chasseur en lui, le chasseur condamné à l'inaction à présent, avait un odorat extrêmement développé. Il y avait des animaux dans la jungle dont il percevait la présence grâce à toutes sortes de sens non développés chez les citadins anglais, à ce qu'il supposait – un picotement subit de la peau, une vibration de la fine muqueuse nasale, un frémissement du cuir chevelu, une perturbation du sens de l'équilibre. Ces réactions l'avaient mis au supplice dans les rues de Londres où elles s'étaient déchaînées au voisinage d'oignons frits ou d'égouts, de vêtements de citadins pauvres ou de parfums de belles dames. Il huma une seconde fois, secrètement, paisiblement, cette odeur qui individualisait la personne de Mlle Crompton en plein air. Plus tard, dans la chambre d'Eugenia, quand elle fut venue le chercher et qu'il se fut enfoui dans les senteurs de ses draps frais et son sexe fluide, de sa chaude chevelure et sa bouche pantelante, cette petite odeur piquante lui revint passagèrement comme un spectre du plein air, et il se demanda un instant, tout en pressant Eugenia dans le matelas bien rembourré, ce qu'elle pouvait bien être, et se souvint des antennes tranchées et des poignets en action de Matty Crompton.

Matty Crompton donna un nom, ou du moins un prénom, à l'enfant qu'il appelait sa sylphide des cafards, et qu'elle enrôla pour surveiller le nid des fourmis rouges pendant ses après-midi de congé. Le prénom s'avéra être Amy, et Mlle Crompton assura que cela lui ferait du bien de s'aérer, étant donné qu'elle n'avait ni famille ni endroit où aller, et de gagner quelques sous de plus. Elle s'asseyait avec l'aide-jardinier, qu'il fallait empêcher de lui jeter des lucanes dans le cou, mais qui était observateur. Ce furent eux qui donnèrent l'alerte à William et Mlle Crompton quand un changement se produisit dans les activités des esclavagistes. Tom dit qu'il avait remarqué plusieurs fourmis rouges qui, selon ses propres termes, « rôdaient, comme qui dirait », dans les parages du Nid du Mur-de-Pierres, et, un beau jour, dépêchée par Tom, Amy traversa la pelouse à toutes jambes en criant : « Venez vite, venez vite, Tom dit qu'une armée de sanguinaires rapplique à toute vitesse, qu'y dit, y dit venez vite, il y a quelque chose qui se mijote, qu'y dit. Je les ai vues, moi aussi, on dirait de la sauce de rôti qui bouille, il faut venir. » C'était une gosse malingre, courbée, chétive, mais cette occupation ainsi que Tom lui avaient donné un peu de couleurs, et elle commençait à avoir une joliesse d'oiseau dont elle était totalement inconsciente.

William et Matty se précipitèrent, armés de pliants et de carnets, et arrivèrent à temps pour observer les soldates esclavagistes agiter frénétiquement leurs antennes et courir dans toutes les directions sans motif apparent, se mettre soudain en marche, avec une intention bien arrêtée, sous la conduite d'une avant-garde d'éclaireuses particulièrement surexcitées, et franchir les trente mètres ou plus qui séparaient du Tronc-de-l'Orme leurs monticules plus modestes. Elles s'élancèrent en plusieurs régiments, accompagnées, comme William ne manqua pas de l'observer, d'une force assez considérable d'esclaves rousses dont le comportement paraissait identique à celui de leurs maîtresses.

William nota ce qu'ils observèrent et en fit plus tard la lecture à Matty Crompton et aux autres habitantes de la salle d'étude.

La Grande Razzia, ou l'Enlèvement des Esclaves, eut lieu par une chaude journée de juin, alors que la température était en augmentation constante depuis un certain temps et, avec elle, les activités des fourmis rouges, selon le rapport fait à nos historiens par nos guetteurs et factionnaires. Le fait nous a conduits à nous demander si les razzias, de même que les autres exodes et mouvements de population, sont suscitées par la chaleur du soleil. Les fourmis ne bougent pas quand il fait froid, et elles dorment la nuit, même par les jours d'été les plus embaumés ; ce sont des animaux à sang froid qui ont besoin de la chaleur ambiante pour que se déclenchent leurs désirs et leurs desseins. Quoi qu'il en soit, l'approche de la Saint-Jean provoqua dans le Fort-Rouge un bourdonnement croissant de conversations et d'activités. Des messages arrivaient à une vitesse et une fréquence accrues. On voyait un toujours plus grand nombre d'éclaireuses épier les fourmis rousses paisiblement en quête de nourriture, ou s'affairer à ouvrir des pistes entre leur nid et celui de leurs victimes qui ne se méfiaient de rien.

Finalement, à un certain signal impatiemment attendu par les foules effervescentes et volubiles qui s'étaient massées, prêtes à agir, dans l'*agora* au sommet de la butte, les armées rouges se divisèrent en quatre groupes qui avancèrent en droite ligne sur le terrain, suivant des itinéraires clairement tracés, déjà utilisés, nous le soupçonnâmes, lors de précédentes razzias. Quand les quatre régiments eurent gagné leurs positions autour du Nid du Tronc-de-l'Orme, on put voir leurs chefs respectifs se comporter en petits Napoléon, passant leurs troupes en revue dans un état de grande exaltation, enflammant la valeur et la détermination des combattantes en les touchant de leurs antennes et en se livrant devant elles à de fébriles contorsions. Soudain le 1er Régiment de Cavalerie Rouge chargea, en un mouvement concerté, et prit d'assaut les accès – si soigneusement barricadés la nuit, mais à cette heure grands ouverts au soleil stimulant. Les 2e, 3e et 4e Régiments patrouillaient les positions qu'ils avaient emportées avec une furia et une férocité croissantes.

Les Rousses firent une sortie courageuse pour repousser voleuses et ravisseuses. Agitant leurs antennes, elles se ruèrent farouchement, mordant les pattes, la tête et les antennes des Sanguinaires affairées, tentant, souvent avec succès, d'attraper les envahisseuses et de les piquer à mort. Nous avons observé que les Rouges ne ripostaient que si elles se trouvaient complètement empêchées d'aller de l'avant. Elles n'avaient qu'un seul but – s'emparer des œufs non éclos dans les couvains et les emporter entre leurs fines mâchoires dans leur propre forteresse. Tandis que, parmi les Rousses, les guerrières bataillaient pour ralentir l'ennemi, les gardiennes des larves impuissantes saisissaient leurs petites sœurs et tentaient de les mettre en sûreté. Des plus étranges fut le spectacle de fourmis rousses, d'apparence identique à celle des habitantes du Tronc-de-l'Orme, s'élançant dans les galeries du château, s'emparant de cocons et les emportant, non pas en sûreté, mais hors des remparts, où attendaient les troupes de protection des *sanguinea* dont l'arrière-garde assurerait la sécurité du repli vers le Fort-Rouge. Nous étions un assez grand nombre d'observateurs pour constater sans aucun doute possible, après avoir suivi à la trace de nombreux sujets parmi les *sanguinea* et les Rousses, que les résidentes du Tronc-de-l'Orme ne faisaient aucune différence entre les vermeilles étrangères et les esclaves issues de leur propre race, et les attaquaient les unes comme les autres avec une égale impartialité.

Tout fut terminé avec une remarquable promptitude. Les pertes ne furent pas nombreuses. Les Rouges n'étaient pas venues pour tuer et avaient agi avec tant de vitesse et de concentration sur un unique dessein que la défense rousse – réagissant comme elle l'eût fait si son territoire avait été envahi par des assaillantes de sa propre espèce – en avait été déconcertée et stupéfaite, et avait laissé les attaquantes se livrer à leur offensive limitée sans opposer de résistance très-efficace. Les envahisseuses victorieuses s'en retournèrent en transportant soigneusement les larves captives dont le sort allait être de vivre et de mourir en *sanguinea*, et non en véritables fourmis rousses, d'alimenter et de nourrir les petites *sanguinea,* et de réagir à la chaleur du soleil estival en se massant pour attaquer leurs parentes et sœurs oubliées. Les Rouges ne semblent pas avoir réduit le nombre des couvains assez gravement pour perturber le mode de vie du Tronc-de-l'Orme, qui a repris, une fois l'excitation retombée, tout à fait comme auparavant. Elles ne se sont pas livrées, comme le font les hommes dans leurs guerres, au viol, au pillage, à la rapine et à la destruction. Elles sont venues, elles ont vu, elles ont conquis et ont accompli leur dessein, et puis s'en sont retournées. On croit que de telles razzias ne se produisent pas plus d'une fois par an – aussi avons-nous de la chance de disposer – à l'égal des fourmis rouges – de bons guetteurs pour nous donner l'alerte et nous permettre d'observer cet intéressant événement.

Les esclavagistes anglaises ne sont pas aussi spécialisées que certaines autres esclavagistes de plus grande taille. On les connaît sous le nom d'Amazones, bien qu'elles ne soient pas originaires du bassin amazonien et qu'elles se rencontrent communément en Europe et en Amérique du Nord. Les Amazones – par exemple *Polyergus rufescens* – ne creusent jamais de nid et ne prennent nul soin de leurs couvains. Elles doivent probablement leur nom au fait que, comme les guerrières Amazones de l'Antiquité classique qui étaient toutes des femmes sous la conduite d'une féroce reine, elles ont substitué le bellicisme aux délicates vertus domestiques associées au sexe féminin. A la différence des Rouges, les Amazones ont acquis de tels outils et armes de combat et de pillage qu'elles sont dans l'incapacité d'accomplir aucune autre fonction, et dépendent entièrement de leurs esclaves pour les nourrir et polir leur armure vermeille. Leurs mâchoires ne peuvent pas saisir de proies ; elles doivent quémander leur nourriture auprès de leurs esclaves ; mais elles savent tuer, ainsi que transporter. On pourrait soutenir que la Sélection Naturelle a fait d'elles de parfaites machines de guerre, mais, ce faisant, les a irrévocablement réduites à un état de dépendance et de parasitisme. Nous pouvons nous demander s'il n'y a pas pour nous de leçons à apprendre de cet état social aussi curieux qu'extrême.

« La nature nous offre effectivement ses enseignements, dit Mlle Mead. Une terrible guerre fait actuellement rage Outre-Atlantique, pour garantir non seulement la libération des infortunés esclaves, mais encore le salut moral de ceux dont l'oisiveté et l'enrichissement sont entretenus par leurs cruels labeurs.

– Et il nous est enjoint, dit Matty Crompton, de combattre aux côtés des esclavagistes, pour préserver le travail, c'est-à-dire le pain quotidien des ouvriers de notre industrie cotonnière. Et nos philanthropes à leur tour cherchent à sauver ces esclaves mécanisés de leur labeur spécialisé. Je ne sais pas où toutes ces façons de penser peuvent nous conduire.

– L'analogie est un outil qui glisse entre les mains, dit William. Les hommes ne sont pas des fourmis. »

Néanmoins, durant les journées chaudes qui suivirent la Saint-Jean, période où nos observateurs redoublèrent de vigilance de façon à être témoins, si possible, du vol nuptial des reines et de leurs prétendants, William eut beaucoup de mal à ne pas considérer sa propre vie selon une analogie réductrice avec ces minuscules bestioles. Il avait tellement travaillé, observant, dénombrant, disséquant, traquant, que ses rêves foisonnaient d'antennes convulsées, d'armées en marche, de mandibules qui broyaient et de complexes yeux noirs qui jetaient des regards impénétrables. Sa vision de ses propres processus biologiques – son frénétique et délicieux accouplement si brutalement interrompu, sa consommation régulière de repas préparés par les troupes obscures et pacifiques derrière leurs portes matelassées, la régularité même de son travail d'observation, dictée par la régularité des rythmes de la fourmilière – le conduisait insensiblement à se considérer comme la somme complexe de ses cellules nerveuses et désirs instinctifs, de ses réactions sociales automatiques de déférence, de gentillesse prescrite ou d'amour paternel. Une fourmi dans une fourmilière n'avait aucun rapport, on pouvait se passer d'elle, elle n'était rien. Bien qu'il en reconnût le caractère sinistrement comique, cette réaction était encore intensifiée par le souvenir du sort des fourmis mâles. Le passage qui suit ne fut pas lu à son équipe de chercheurs au grand complet ; il le montra, pendant l'hiver, après l'avoir plusieurs fois remanié, à sa principale collaboratrice, Matty Crompton.

Nous avons également eu la chance, en 1862, de pouvoir observer la danse nuptiale de milliers de Reines ailées et des prétendants qui aspirent à devenir leur époux. Tous se massèrent au Château-d'Osborne et au Tronc-de-l'Orme comme à un signal donné, une fanfare ou la vibration sonore d'un gong. De jeunes yeux vigilants avaient observé que des jeunes mâles tentaient de quitter le nid quelques jours plus tôt, et qu'ils étaient retenus par des gardiennes déterminées jusqu'au moment idoine. Nous nous étions formé une idée de cet instant, car nous avions noté la date exacte des cérémonies nuptiales de l'été précédent, quand les couples tourbillonnants avaient coulé à pic, comme autant d'Icare ou d'anges déchus, s'étouffant dans la crème ou se noyant dans un chaudron fumant de thé parfumé de Mysore, au milieu de notre pique-nique de fraises. Le moment choisi en 1862 fut le 27 juin, et les Reines et leurs cavaliers se formèrent en nuages de gaze et s'envolèrent en spirales fragiles. Beaucoup de fourmis consomment leur union en plein vol, s'étreignant très-au-dessus de la terre. Les fourmis rousses paraissent, quant à elles, s'accoupler sur la terre – les mâles de cette espèce sont d'une taille plus proche de celle des Reines que dans la plupart des autres, où la Reine peut être plus de vingt fois plus grosse que son prince consort, et aisément transporter son amant dans l'empyrée. Nous n'avons pu, cette fois-là, observer si la Reine des fourmis rousses pratique la polyandrie, bien que d'autres espèces soient connues pour le faire – nous espérons pouvoir effectuer nos observations de plus près l'an prochain. Mais nous avons effectivement observé des monceaux de corps noirs qui luttaient et bataillaient furieusement, enveloppés de voiles diaphanes, chaque Reine étant briguée par dix ou vingt prétendants déterminés, qui se suspendent farouchement aux pattes les uns des autres, pour prendre appui là où ils le peuvent – ce qui ressemble plus aux mêlées du jeu de rugby qu'à l'élégant menuet pour lequel leurs habits de soie sembleraient taillés. Les petites ouvrières se tiennent à l'écart et observent, tirant parfois par les pattes tel ou tel acteur de ce drame passionné. Nous pourrions imaginer en elles un certain contentement de soi, dû à leur immunité à ce terrible désir, meurtrier et suicidaire autant qu'amoureux, qui pousse leurs congénères ailés et sexués. Les ouvrières semblent aussi éprouver un certain intérêt à organiser les choses de façon qu'elles se passent bien, et on les verra tirer, pousser, pincer tel ou tel des combattants qui s'étreignent – nous n'avons pu établir la signification de ces interventions, mais chez d'autres espèces de fourmis plus primitives, où l'accouplement a lieu à l'intérieur du nid, on sait que les ouvrières contrôlent l'accès des mâles auprès des Reines, choisissant qui sera admis en leur présence et qui sera tenu à distance sous la menace de leurs mâchoires et de leur aiguillon.

Que le bal paraissait animé, gai, heureux! Que son issue fut tragique pour presque tous les participants! Le vol nuptial des fourmis rousses offre un exemple suprêmement émouvant de l'inexorable et secret office de la Sélection Naturelle, si bien que quiconque l'observe doit éprouver à quel point les idées de M. Darwin semblent aptes à l'expliquer. Les mâles luttent énergiquement pour posséder les Reines ailées; ils doivent prouver la force de leur vol, leur adresse au combat, leur capacité à attirer et à gagner la confiance de la circonspecte femelle, comblée par la possibilité de choisir entre un nombre pratiquement infini d'amants empressés. Et les Reines aussi, qui sortent du nid par milliers, doivent posséder force et adresse, astuce et ténacité, pour survivre plus de quelques instants après l'accomplissement de leur fécondation, encore plus pour fonder un nid. Le bal dans le ciel bleu, les tournoiements vertigineux en beaux habits de gaze, ne durent que quelques heures. Après quoi elles doivent s'arracher les ailes, comme une jeune épousée quittant son voile de mariée, et se sauver à toutes jambes à la recherche d'un lieu propice à la fondation d'une nouvelle colonie. La plupart périssent, en proie aux oiseaux, à d'autres insectes, aux grenouilles et aux crapauds, aux hérissons, et aux hommes qui les écrasent sous leurs pas. Rares sont celles qui réussissent à retourner sous terre, où elles pondront leurs premiers œufs, nourriront leur première nichée de filles – piètre et rabougrie, fragile et lente est cette première progéniture – et en temps voulu, au fur et à mesure que les ouvrières prennent en charge l'élevage et l'approvisionnement, les Reines oublieront qu'elles ont jamais vu le soleil, pensé par elles-mêmes, choisi un chemin à suivre ou volé dans le ciel de la mi-juin. Elles deviennent des machines à pondre, obèses et luisantes, interminablement léchées, caressées, tranquillisées et lissées – de véritables Prisonnières de l'Amour. Telle est la vraie nature de Vénus captive sous la Montagne, dans ce monde miniature une créature immobilisée par sa fonction de génitrice, par la violence aveugle de ses passions.

Et que dire des mâles ? Leur destin offre un exemple encore plus poignant de la résolution implacablement aveugle de Dame Nature, de la Sélection Naturelle. On croit que les premiers mâles des fourmis primitives étaient aussi en un certain sens des ouvriers, des membres de la communauté. Mais au fur et à mesure que les Sociétés d'insectes gagnaient en complexité, en véritable interdépendance, les formes sexuelles des créatures qui les composaient se spécialisaient toujours davantage. On ignore généralement que les ouvrières sont capables de pondre, et le font effectivement parfois. De leurs œufs naissent, semble-t-il, exclusivement des mâles. Mais les ouvrières paraissent n'agir ainsi que si la Reine est malade ou le nid menacé. En général les Reines donnent naissance à toute la communauté, et leur corps s'est modifié à cet effet, il s'est gonflé d'œufs, d'assez d'œufs fécondés au cours de cette unique rencontre matrimoniale pour toute une génération. Les changements de forme corporelle selon la fonction accomplie existent dans toutes les sociétés d'insectes. Il y a des fourmis dont la tête est exactement de la taille voulue pour boucher les trous dans les tiges des plantes à l'intérieur desquelles elles vivent, trous qui, lorsqu'ils ne sont pas bouchés, servent d'entrées et de sorties. Il y a des fourmis connues sous le nom de « bonbonnes », suspendues dans les celliers comme des outres à vin, ballonnées de nectar emmagasiné. Et les mâles eux aussi sont devenus spécialisés, comme des ouvriers peuvent être dits spécialisés dans la fabrication de têtes d'épingle ou de taquets. Toute leur existence est exclusivement tournée vers la danse nuptiale et la fécondation des Reines. Leurs yeux sont énormes et perçants. Leurs organes génitaux, à l'approche du jour fatal, occupent presque tout leur corps. Ce sont des projectiles amoureux, rien d'autre en vérité que les flèches ardentes du dieu ailé, aux yeux bandés, de l'Amour. Et après leur jour de gloire, ils sont inutiles et superflus. Ils courent çà et là, sans but, les ailes traînant dans la poussière. Ils sont pour la plupart refoulés à l'entrée du nid natal et, chassés de la sorte, se morfondent et meurent par une fraîche soirée de la fin de l'été ou du début de l'automne. Comme les faux-bourdons, ils ne travaillent ni ne filent, mais, comme les faux-bourdons encore, ils sont choyés durant les premiers stades de leur existence, gracieux parasites tolérés qui souillent et perturbent les calmes travaux du nid, qui doivent être nourris de miellée, et qui obligent les gardiennes à nettoyer les galeries derrière eux. Les faux-bourdons aussi, à l'approche de l'automne, connaissent un sort effroyable. Un matin, dans l'essaim, une Autorité mystérieuse arme et alerte les ouvrières, qui fondent sur les hordes endormies de ces rois fainéants parés de velours, les transpercent, les pourfendent, les aveuglent, les jettent dehors tout en sang, et leur refusent implacablement le droit de rentrer. Que la Nature est prodigue de ses semences, de ses fils, dont elle crée des milliers, afin qu'*un seul* transmette son hérédité à des fils et des filles.

« Très-éloquent, commenta Matty Crompton sèchement. Je succombe à la pitié envers ces pauvres mâles inutiles. Je dois avouer que je ne les avais jamais considérés sous ce jour auparavant. Ne croyez-vous pas vous être un peu laissé aller à l'anthropomorphisme dans le choix de votre rhétorique ?

– Je pensais que telle était notre intention, dans cette Histoire. Pour plaire à un vaste public, en exprimant des vérités – des vérités scientifiques – avec une touche de fabuleux. J'ai peut-être exagéré. Je pourrais l'atténuer.

– Je suis persuadée du contraire – cela fera excellemment l'affaire ainsi – cela flattera grandement les émotions dramatiques – j'ai eu l'idée d'écrire une véritable fable de mon côté, pour accompagner mes petits dessins d'insectes métissés de fées. Je voudrais imiter La Fontaine – l'histoire de la cigale et de la fourmi, vous savez – mais avec une plus grande précision. Et j'ai recueilli dans un cahier des citations littéraires qui pourraient être mises en tête de vos chapitres. Il est important que le livre ait autant de charme que de profondeur et de vérité, vous ne croyez pas ? J'ai trouvé de ce malheureux fou de John Clare un merveilleux sonnet qui, comme le Pandémonium de Milton, semble suggérer que notre vision des fées peut n'être qu'une image anthropomorphique des insectes. J'aime votre Vénus captive sous la Montagne. Elle est associée au Petit Peuple sous la Colline de tout le folklore britannique. Je suis convaincue que beaucoup de ces démons qui volent sur les murs de nos églises sont inspirés par les lucanes et leurs mandibules ramifiées. Mais comme je vais ! Voici le Clare. Dites-moi ce que vous en pensez. Dirigeants et ouvriers étaient pareillement des hommes à ses yeux, comme vous l'allez voir. »

> Que s'émerveille le curieux, en observant
> La cité des fourmis près d'un arbre pourri
> Ou la butte d'un pré ! Ignorants, nous songeons ;
> Perplexes, ne savons ce que là nous voyons ;
> Gouvernement, entendement, semblent présents ;
> D'aucunes aux corvées exhortent leurs compagnes
> Qui peinent à la tâche ainsi que des esclaves ;
> Plus merveilleux encor, si de trop lourdes charges
> Triomphent des forces d'un portefaix ou deux,
> Une équipe accourue leur donnera main forte.
> Leur langage parlé est un chuchotement
> Trop ténu pour notre ouïe ; leurs mœurs, assurément,
> Prouvent qu'elles ont rois et lois, et qu'elles sont
> Les restes déformés des époques des fées.

Elle est enthousiaste, elle est pleine de ressources, pensa William. Il était à moitié désireux de se confier à elle, de lui parler de cet état de faux-bourdon dans lequel il se voyait de plus en plus, mais la chose était naturellement impossible pour toutes sortes de raisons. Il ne pouvait être question de trahir Eugenia, ou de s'abaisser à se plaindre d'Eugenia. En outre, se plaindre ainsi le rendrait ridicule. Il avait brûlé pour Eugenia, et maintenant il l'avait, Eugenia, il était physiquement son esclave, comme cela devait être évident, dans une communauté aussi restreinte, même pour un être asexué comme Matty Crompton.

La penser asexuée retint son intérêt. Cette pensée pouvait avoir été inspirée par une analogie avec les fourmis ouvrières. Elle était sèche, voilà ce qu'elle était, Matty Crompton. Elle ne supportait pas facilement, il commençait à le comprendre, le ridicule en autrui. Il commençait à penser que toutes sortes d'ambitions insatisfaites étaient renfermées dans ce corps anguleux, osseux, derrière ces vigilants yeux noirs. Elle avait à l'égard du livre de la détermination et de l'invention. Elle était farouchement résolue, non seulement à ce qu'il soit écrit, mais à ce qu'il soit un succès. Pourquoi donc ? Lui-même avait une vision muette et presque inavouée, gagner assez d'argent pour être en mesure de repartir pour l'Hémisphère Sud sans avoir besoin ni de Harald ni d'Eugenia, mais Mlle Crompton ne pouvait pas vouloir la même chose, ne pouvait pas savoir que c'était cela qu'il voulait, ne pouvait pas vouloir qu'il s'en aille, quand il ajoutait tellement à l'intérêt de sa propre existence. Il ne la jugeait pas altruiste.

La fin de l'été le fit songer assez aigrement à la destinée des faux-bourdons, non seulement à propos de lui-même et des fourmis, mais aussi à propos des autres mâles de la maison. Harald était empêtré dans les problèmes de l'instinct et de l'intelligence, et ses facultés intellectuelles semblaient paralysées. Lionel s'était fêlé la cheville en sautant par-dessus un mur du parc pour tenir un pari ; étendu sur la terrasse, sur une chaise longue en rotin, il se plaignait bruyamment de son immobilité. Edgar sortait à cheval et faisait de longues visites à divers hobereaux du pays. Robin Swinnerton et Rowena étaient de retour dans le voisinage, toujours sans enfant. Robin invita William à une promenade à cheval et lui dit qu'il lui enviait sa chance. « Un homme se sent ridicule, vous savez, si un héritier tarde à paraître – et à la différence d'Edgar je n'ai pas d'enfants de l'amour dans tout le comté pour montrer que je suis capable de procréer si je le veux.

– Je ne sais rien de la vie privée d'Edgar.

– Un véritable centaure, ou bien est-ce un satyre que je veux dire ? Un homme aux appétits insatiables – aucune fille n'est en sécurité, à ce qu'on dit, sauf les jeunes demoiselles d'une impeccable respectabilité qui jettent innocemment leur dévolu sur lui et qu'il évite comme la peste. Il aime culbuter les filles, dit-il. Je ne pense pas que l'on doive se comporter ainsi, bien que beaucoup le fassent, peut-être la majorité. »

William, prêt à éclater d'indignation vertueuse, se souvint de diverses belles à la peau couleur d'ambre ou de café au lait qu'il avait aimées durant les nuits chaudes – et sourit gauchement.

« Les fleurs des champs, dit Robin Swinnerton, sont, selon

Edgar, plus robustes et plus savoureuses que les plantes de serre. J'ai toujours voulu me réserver, me destiner – à une seule.

– Vous n'êtes pas marié depuis longtemps, dit William mal à son aise. Il ne faut pas désespérer, j'en suis sûr.

– Je ne désespère pas, dit Robin. Mais Rowena est démoralisée et regarde avec une certaine envie le bonheur d'Eugenia. Vos enfants ont hérité le type familial – ce sont de véritables Alabaster.

– C'est comme si le milieu était tout et l'hérédité rien, me semble-t-il parfois. Ils tètent la substance des Alabaster et poussent en parfaits petits Alabaster – il est très-rare que j'aperçoive quelque chose de moi dans leurs expressions – »

Il pensa aux fourmis rousses réduites en esclavage par les *sanguinea* et qui croyaient être des *sanguinea,* et il se secoua. Les hommes ne sont pas des fourmis, se dit William Adamson, et qui plus est, cette analogie est impropre, une fourmi rousse en esclavage a bien l'apparence d'une rousse, même si pour une *sanguinea* elle a l'odeur d'une rouge. Je suis convaincu que leurs modes de reconnaissance sont presque entièrement olfactifs. Pourtant il est possible qu'elles se guident d'après la position du soleil, et cela, c'est une affaire de vision.

« Vous rêvez, dit Robin Swinnerton. Je propose un galop si ça vous va. »

Un matin de bonne heure, cet automne-là, un incident déplaisant révéla à William le centaure ou le satyre en Edgar. William s'était levé tôt et se dirigeait vers la cour des écuries, lorsqu'il entendit une sorte de bruit étranglé dans une souillarde d'un côté du couloir, et alla voir ce dont il s'agissait. Dans la souillarde se trouvait Edgar, penché sur l'évier, le dos tourné à William. Sous l'étreinte d'Edgar, William reconnut lentement sa petite sylphide des cafards, Amy, dont les boucles étaient devenues plus brillantes et plus épaisses durant l'été, bien que son visage demeurât pâle et pointu. Edgar la tenait renversée en arrière, une main posée sur sa bouche, l'autre plongée dans son corsage. Les fesses d'Edgar se soulevaient derrière lui et ses organes génitaux se dressaient contre les jupes d'Amy. William dit : « Amy ? »

Il se demanda s'il devait battre en retraite. Amy poussa un cri inarticulé. Edgar dit : « Je ne savais pas que vous vous intéressiez à cette gamine.

– Pas comme cela. Pas un intérêt personnel. A son bien-être en général –

– Ah ! Son bien-être en général. Dis-lui donc, Amy. Est-ce que j'étais en train de te faire mal ? Mes avances étaient malvenues, peut-être ? »

Amy était toujours renversée sur l'évier. Edgar retira le bras de ses vêtements avec la lenteur délibérée d'un homme qui le sort d'une rivière où il pêche la truite à la main. La marque de ses doigts était visible sur la peau d'Amy, autour de sa bouche et sur son menton. Elle haleta. « Non, monsieur. Non, monsieur. Aucun mal. Je vais très-bien, monsieur. Je vous en prie. »

William ne saisit pas exactement le sens de cette prière. Peut-être ne le saisissait-elle pas elle-même. Quoi qu'il en soit, Edgar s'écarta et elle se redressa, la tête basse, et, avec des gestes nerveux, se reboutonna et rajusta sa ceinture.

« Je crois que vous devriez présenter vos excuses, monsieur, et nous laisser, martela froidement Edgar.

– Je crois qu'Amy ferait mieux de s'en aller, dit William. Je crois que c'est ce qu'elle a de mieux à faire.

– Monsieur ? dit Amy d'une toute petite voix, à Edgar.

– Allons, file, petite, dit Edgar. Je sais où te trouver quand j'en aurai envie. »

Sa grande bouche pâle ne souriait pas en disant cela. Il énonçait un simple fait. Amy fit une vague révérence aux deux hommes et s'enfuit en courant.

Edgar dit : « Les domestiques dans cette maison ne sont pas votre affaire, Adamson. Ce n'est pas vous qui leur versez leurs gages, et je vous serai reconnaissant de ne pas vous mêler de ce qui les concerne.

– Cette fillette n'est qu'une enfant, dit William. Et qui n'a jamais eu d'enfance –

– Taratata. C'est une jolie petite caille, son cœur bat plus vite quand je le tâte, et sa petite bouche s'ouvre avec autant de douceur que d'ardeur. Vous ne comprenez rien, Adamson. J'ai déjà remarqué que vous ne comprenez rien à rien. Retournez à vos cafards et à votre vermine. Je ne ferai aucun mal à cette petite chatte, croyez-moi. Je mettrai juste un peu d'agrément naturel dans son existence. En tout cas, ça ne vous regarde pas. Vous êtes un parasite.

– Et il me reste encore à découvrir à quoi vous, vous êtes bon, en ce monde, et à qui vous êtes utile », dit William en perdant son calme. Étonnamment, Edgar se mit à rire à ces paroles, un bref instant, et sans sourire.

« Je vous l'ai dit, fit-il. J'ai remarqué que vous ne comprenez rien à rien. »

Et il écarta William et partit pour les écuries.

Le livre fut composé, provisoirement, pendant l'hiver de 1862. Son titre définitif devait être

LA CITÉ INNOMBRABLE

Histoire naturelle d'une communauté forestière
constitution politique, industrie, armes et défenses,
origine, expansion et déclin

William y travailla assez régulièrement, et Matty Crompton lut et révisa les brouillons, puis fit des copies au net de la version définitive. Ils avaient toujours eu l'intention de consacrer un été de plus à la vérification et à la révision des observations de l'été précédent. Deux ans de données valaient mieux qu'un, et William rédigeait avec des questions sur les observations comparatives de diverses parties myrmécologiques du monde. Le projet d'un livre publiable était, par accord tacite, partagé seulement par William et Mlle Crompton. Il n'y avait en fait aucune raison ostensible pour qu'il en fût ainsi, mais tous deux se comportaient depuis le début comme des conspirateurs, comme si la famille devait voir en l'étude des fourmis une récréation éducative familiale, une utilisation de bon aloi des heures de loisir de William, tandis qu'eux, et eux seuls, les auteurs, savaient qu'il en allait autrement.

Le livre prit forme. La première partie était narrative, un genre de voyage d'enfants partis à la découverte des mondes mystérieux qui s'étendaient autour d'eux. Le chapitre premier devait être

LES EXPLORATEURS DÉCOUVRENT LA CITÉ

et William écrivit des saynètes où les enfants, Tom et Amy, ainsi que Mlle Mead et ses comparaisons poétiques, jouaient un rôle, mais où il se découvrit incapable de faire figurer Matty Crompton et lui-même. Il usa pour la voix narrative d'une espèce de *nous* de majesté, ou de *nous* scientifique, afin de les inclure tous deux, ou seulement l'un des deux, à divers moments

126

du récit. Mlle Crompton rehaussa considérablement ce passage avec de petits détails oubliés, rivalité amicale entre les petites filles, débris de pique-nique emportés par les fourmis.

Le deuxième chapitre fut

DÉNOMINATION ET CARTOGRAPHIE DES COLONIES

puis suivit le travail sérieux de la description de leurs activités :

Bâtisseuses, balayeuses, tunnelières.
Le couvain, le dortoir, la cuisine.
Autres habitants : animaux familiers, nuisibles, prédateurs,
visiteurs temporaires et troupeau de la fourmilière.
La défense de la Cité. Guerre et invasion.
Les prisonniers de l'amour : les reines, les faux-bourdons,
le vol nuptial et la fondation
de nouvelles colonies.
Ordre et autorité civiques : quelle est la source
du pouvoir et des décisions ?

Après quoi William avait le projet de chapitres plus abstraits et dialectiques. Il délibéra avec lui-même de plusieurs titres possibles.

Instinct ou Intelligence
Dessein ou Hasard
L'individu et la communauté
Qu'est-ce qu'un individu ?

C'étaient là des questions qui le troublaient personnellement, aussi profondément que les questions du Dessein de Dieu troublaient Harald Alabaster. Il délibéra avec lui-même sur le papier, sans vraiment savoir si ses rêveries méritaient d'être publiées.

Nous pourrions faire remarquer qu'une controverse oppose sans trêve les hommes qui étudient ces intéressantes créatures, sur la question de savoir si elles possèdent ou non, individuellement ou collectivement, quoi que ce soit qui mérite le nom d'« intelligence ». Nous pourrions également faire remarquer que l'attitude de chacun de ces savants est souvent teintée par ce qu'il *souhaiterait* croire, par son attitude à l'égard de la Création en général, c'est-à-dire par une tendance très-générale à voir toute chose, vivante ou inanimée, en des termes anthropomorphiques. Nous nous interrogeons sur l'utilité pour les hommes de tous les autres êtres vivants, et l'un des usages que nous en faisons consiste à essayer d'en user comme de miroirs magiques qui nous renvoient notre propre visage différemment. Nous étudions leurs sociétés pour y discerner des analogies avec les nôtres, des structures de commandement, un langage pour communiquer. Autrefois, les fourmis et les abeilles étaient supposées avoir des rois, des généraux et des armées. Aujourd'hui, nous en savons davantage et comparons les laborieuses fourmis femelles à des esclaves, des nourrices, des nonnes ou des ouvrières d'usine, à notre guise. Ceux d'entre nous qui en concluent que les insectes ne possèdent ni langage, ni faculté de penser, ni « intelligence », mais seulement un « instinct », ont tendance à décrire leurs actions comme celles d'automates, que nous nous figurons comme de petites inventions mécaniques qui tournent en rond à la façon d'une horloge remontée.

Ceux qui souhaitent croire qu'il existe une forme d'intelligence dans la fourmilière et la ruche peuvent arguer d'autres choses que des mathématiques merveilleuses des alvéoles hexagonales des abeilles, que certains penseurs ont récemment décrites comme une simple fonction des mouvements qu'elles font pour construire, ainsi que de la forme de leur corps. Personne, après avoir passé de longs moments à observer des fourmis résoudre le problème du transport d'un brin de paille difficile à manier, ou du passage d'une volumineuse chenille morte par les interstices d'un sol boueux – personne, dis-je, ne se croira en droit de soutenir que leurs mouvements obéissent au hasard et qu'elles ne se concertent pas pour résoudre des problèmes. J'ai vu une équipe d'une douzaine de fourmis déplacer une tige qui était par rapport à elles aussi haute qu'un arbre par rapport à nous, avec autant de fausses manœuvres qu'en commettrait vraisemblablement une équipe similaire d'écoliers, avant de découvrir quelle extrémité insérer sous quel angle. *S'il s'agit là d'instinct*, il ressemble à l'intelligence, en ce qu'il découvre une méthode particulière pour résoudre un problème particulier. M. Michelet, dans un livre récent, *L'Insecte,* nous a donné une page très-bien venue sur la façon dont les abeilles réagissent aux attaques et aux pillages d'un pesant papillon de nuit, le Sphinx Atropos, introduit en France à l'époque de la Révolution américaine, probablement sous forme de chenille, avec la pomme de terre que Louis XVI protégeait et promulgua. M. Michelet parle avec éloquence de l'apparence terrible de cet « être sinistre », « marqué assez nettement en gris fauve d'une vilaine tête de mort » – il s'agit en fait de notre Épervier Tête-de-Mort. Il est glouton de miel et pille les ruches, avalant œufs, nymphes et pupes au cours de ses déprédations. Le grand Huber ayant pris la décision de protéger ses abeilles, son assistant lui apprit que celles-ci avaient déjà résolu ce problème, grâce, par exemple, à une variété de barrières expérimentales – elles avaient édifié de nouvelles fortifications aux fenêtres étroites qui ne laissaient pas pénétrer le *gros* envahisseur – ou établi derrière leurs étroites entrées une série de chicanes qui formaient une sorte de labyrinthe en zigzag où le Tête-de-Mort ne pouvait introduire sa volumineuse personne. M. Michelet est charmé par cette initiative – qui apporte, selon lui, une preuve concluante de l'intelligence des abeilles. Il l'appelle « le coup d'État des bêtes, la révolution des insectes », une riposte non seulement au Tête-de-Mort, mais aussi à des penseurs tels que Malebranche et Buffon, qui déniaient aux abeilles toute faculté de penser, toute capacité à tourner leur attention dans de nouvelles directions. Les fourmis, elles aussi, savent bâtir des labyrinthes et s'adapter à des labyrinthes bâtis par l'homme – certaines fourmis mieux que d'autres. Ces faits prouvent-ils que ces insectes sont capables d'une évolution consciente ? L'organisation de leurs sociétés est infiniment plus ancienne que la nôtre. Des fourmis fossiles se trouvent dans les pierres les plus anciennes ; elles se comportent comme elles le font depuis un nombre inimaginable de millénaires. Sont-elles figées dans leurs mœurs – si complexes et subtils que ceux-ci puissent être – suivent-elles une force motrice, un modèle instinctuel aussi rigide et invariable que les stries creusées par les gouttes d'eau en tombant sur la pierre – ou sont-elles souples, ductiles, flexibles, malléables au changement et à leurs propres volontés ?

Beaucoup, tellement, presque tout, dépend de ce que nous croyons être cette force, ce pouvoir, cette disposition intime que nous nommons « instinct ». Nous devons tous admirer le miracle des *aptitudes innées,* du *savoir inné,* que possède la reine fondatrice d'une nouvelle colonie de fourmis, elle qui n'a jamais quitté le nid où elle est née, qui n'a jamais creusé, jamais cherché sa nourriture, et qui est cependant capable d'élever sa progéniture, de lui prodiguer aliments et soins, de bâtir sa première demeure, d'ouvrir les chrysalides. Il s'agit là de l'intelligence innée, et c'est une part de la réflexion et de l'intelligence générales diffuses dans toute la communauté, qui donne à chaque individu le savoir qui lui permet de pourvoir aux besoins de tous de la manière la plus appropriée. La controverse entre les tenants de l'instinct et ceux de l'intelligence est à son comble lorsqu'elle envisage la vigilance dont témoigne l'ensemble de la communauté en décidant du nombre d'ouvrières, de guerrières, d'amants ailés et de reines vierges dont elle peut avoir besoin à un moment donné. De telles décisions prennent en compte la nourriture disponible, la taille des couvains, la force des reines actives, la mort des autres, les saisons, les ennemis. Si ces décisions sont prises au hasard, alors ces communautés laborieuses et efficaces sont gouvernées par une suite d'accidents heureux, si complexes que le hasard doit apparaître aussi sage que maintes divinités locales. S'il s'agit d'une réaction automatique, qu'est-ce alors que l'intelligence ? L'intelligence qui dirige les activités de la reine fondatrice, ou celles de l'ouvrière à sa maturité, est l'intelligence de la Cité même, du conglomérat qui veille au bien-être de l'ensemble, et assure sa continuité, dans le temps et dans l'espace, tant et si bien que la communauté est infinie et éternelle, même si reines et ouvrières sont également mortelles.

Nous ne savons pas parfaitement ce que nous voulons dire par les mots « instinct » et « intelligence ». Nous divisons nos actes entre ceux contrôlés par l'« instinct » – le nouveau-né qui tète le sein, le coureur qui fait un écart pour éviter un obstacle, notre habitude de sentir le pain et la viande pour déceler des signes de putréfaction – et ceux contrôlés par l'« intelligence » – prévoyance, analyse rationnelle, pensée réflexive. Cuvier et d'autres penseurs ont comparé le travail de l'« instinct » à celui de l'« habitude », et M. Darwin a fait subtilement observer que chez les êtres humains « la comparaison rend un compte remarquablement approprié de l'état d'esprit dans lequel une action instinctive est accomplie, mais pas de son origine. Combien d'actions habituelles sont accomplies inconsciemment et, de fait, il n'est pas rare qu'elles le soient en opposition directe avec notre volonté consciente ! et pourtant elles peuvent être modifiées par notre volonté ou notre raison. » Devons-nous tenir les actions des fourmis et des abeilles pour contrôlées par une combinaison de tels instincts, d'habitudes acquises, et d'une intelligence directrice, qui ne réside en nulle fourmi individuelle, mais qui lui est accessible, ainsi qu'à toutes les autres, en cas de nécessité ? Nos propres corps sont contrôlés par une telle combinaison. Nos propres cellules nerveuses réagissent aux stimulus, et réagissent très-fortement à l'excitation de la peur, de l'amour, de la douleur, de l'activité intellectuelle, quand ceux-ci sont intenses. Se trouve alors souvent suscitée en nous la possibilité d'exercer nos talents de façon neuve et ignorée jusqu'alors. Ce sont là des questions profondes, sur lesquelles chaque génération de philosophes a réfléchi, mais qui n'ont jamais reçu de réponses satisfaisantes. Où l'âme et la pensée résident-elles dans le corps humain ? Dans le cœur ou dans la tête ?

Et trouvons-nous l'analogie avec nos *moi* individuels la plus utile, ou bien est-ce celle avec les cellules coopératives de notre corps qui l'est, pour comprendre les fourmis ? Je crois avoir été en mesure d'observer chez les fourmis des sujets individuels qui se mouvaient plus énergiquement et nerveusement que d'autres, menaient plus loin leurs explorations, abordaient d'autres fourmis pour les intéresser à de nouvelles activités ou les exhorter à de plus grands efforts. Ces sujets individuels remuants et inventifs sont-ils des *personnes* dans leur société, ou bien de grandes cellules bien nourries dans le centre des ganglions ? J'aurais personnellement tendance à souhaiter pouvoir les penser en tant que créatures individuelles, remplies d'amour, de peur, d'ambition, d'angoisse, et pourtant je sais aussi que leur nature tout entière peut être modifiée par les circonstances. Secouez une douzaine de fourmis dans une éprouvette, et elles se jetteront les unes sur les autres et se battront avec furie. Isolez une ouvrière de sa communauté, et elle tournera en rond, sans objet, ou bien s'accroupira, morose, dans le coma, et attendra la mort ; elle ne survivra que quelques jours tout au plus. Ceux qui soutiennent que les fourmis doivent se comporter aveuglément, comme l'« instinct » le leur dicte, font de l'« instinct » un Dieu calviniste, autre nom de la Prédestination. Et ceux qui observent des réactions similaires chez les créatures humaines, susceptibles de perdre leur volonté et leur mémoire à la suite de blessures ou de traumatismes corporels, ou bien de naître sans la faculté de raisonner qui fait de nous des humains – ou bien même de perdre ladite faculté sous la pression d'un désir extrême, ou d'une peur extrême de la mort – ceux-là substituent la Prédestination du corps et de l'instinct au contrôle de fer d'une Divinité aimante et vengeresse, assise sur un inaltérable Trône d'or dans un Ciel de Cristal.

L'idée terrible – terrible pour certains, terrible peut-être pour tous – que nous sommes *biologiquement prédestinés* comme les autres créatures, que nous ne différons d'elles que par notre capacité d'invention et notre faculté de réflexion sur notre destinée – cette idée avance à pas feutrés à la suite du jugement arrogant qui fait de la fourmi un automate saccadé.

Et que pouvons-nous apprendre, ou peut-être craindre d'apprendre, ou encore refuser d'apprendre, en comparant nos propres sociétés à celles des insectes sociaux ?

Nous pouvons considérer leurs communautés comme les véritables individus, dont les créatures indépendantes, accomplissant leurs fonctions, vivant et mourant, ne sont rien d'autre que des cellules, interminablement remplacées et renouvelées. Ce qui correspondrait à la fable de Menenius, dans *Coriolan*, selon laquelle l'État est un corps dont tous les membres contribuent à la continuation de l'existence et du bien-être, depuis les ongles des orteils jusqu'au vorace ventre. Le professeur Asa Gray, de l'Université de Harvard, a démontré de façon convaincante que dans le cas du monde végétal ainsi que dans les communautés animales ramifiées des coraux, c'est la *variété* qui est individuelle, puisque les créatures peuvent être divisées et reproduites asexuellement, sans perdre la vie. La communauté des fourmis est plus variée que les coraux, dans la division du travail, et la variété des formes prises par les sujets, mais il est possible de croire que ses fins sont plus complexes et ne diffèrent pas. Elles sont la *perpétuation de la cité, de la race, de l'espèce.*

Pendant mes voyages en Amazonie je m'étais lié d'amitié avec un Belge, naturaliste distingué, poète dans sa langue maternelle, et très-enclin à la méditation sur les choses profondes de la vie. Il écrivait des réflexions désabusées sur les effets que produit sur les animaux sociaux l'*élaboration très-poussée* de l'instinct social qui se développe, selon lui, principalement à partir de la famille, la relation entre la mère et l'enfant, le rassemblement protecteur des groupes primitifs. Lui-même vivait dans la jungle parce qu'il n'était pas sociable, mais de nature solitaire, aussi romantiquement que prétendument un Sauvage, mais ses observations sur ces sujets ne sont pas dénuées d'intérêt. Plus la relation est poussée, disait-il, et plus grande est la probabilité que se développent de violents systèmes d'autorité, d'intolérance, de contraintes, une prolifération de règles et de règlements. Les sociétés organisées, disait-il, inclinent vers les conditions qui se rencontrent dans les fabriques, les casernes, les galères, sans loisir ni délassement, utilisant impitoyablement les individus pour leur *profit fonctionnel,* jusqu'à leur épuisement et leur rejet. Sa définition mémorable d'un tel être social était « une sorte de désespoir collectif », et il considérait que les cités des termites, où des congénères sont rationnellement transformés en nourriture quand ils ont cessé d'être utiles, étaient une parodie des Paradis terrestres à l'établissement desquels les promoteurs sociaux des cités et communautés humaines œuvrent avec tant d'espoir. La nature, disait-il, ne désire pas le bonheur. Quand je lui rétorquais que les communautés de Fourier étaient fondées sur la poursuite rationnellement assouvie des plaisirs et des inclinations (mille six cent vingt passions, pour en donner le compte exact), il répondait lugubrement que ces groupes étaient voués à l'échec, soit qu'ils se désintégrassent en un chaos belliqueux, soit que l'organisation rationnelle substituât le militarisme à l'Harmonie, tôt ou tard.

Je répliquais alors que Réaumur prétendait avoir observé des fourmis se livrer à des jeux comme les Grecs de l'Antiquité, à des luttes inoffensives, par des journées ensoleillées. J'ai depuis, je dois le confesser, observé plusieurs fois ce que je croyais être ce phénomène ludique, mais seulement pour en conclure, à y regarder de plus près, que ce que je contemplais n'était pas un jeu, mais une véritable guerre, menée, comme le sont habituellement les guerres chez les fourmis, pour des objectifs limités et sans folie meurtrière généralisée. Alfred Wallace, qui voyageait dans la même région à l'époque, et qui est un socialiste convaincu, très-marqué par la vision et le succès pratique des expériences réussies de Robert Owen à New Lanark, tentait de placer ce problème sous un éclairage plus doux et plus charitable. Owen, soutenait-il, avait démontré par ses expérimentations sociales que le milieu peut considérablement modifier le caractère *dans un sens positif* – « qu'aucun caractère n'est si mauvais qu'il ne puisse être considérablement amélioré par un vraiment bon milieu agissant sur lui depuis la petite enfance, et que la Société a le pouvoir de créer un tel milieu ». L'extension limitée qu'accordait Owen à la responsabilité *individuelle* de ses ouvriers, ainsi que le souci qu'il prenait de leur éducation *individuelle*, amélioraient leur volonté, c'est-à-dire leur nature individuelle. Wallace écrivait (je cite une lettre inédite) : « L'hérédité, par laquelle on sait que les caractères ancestraux réapparaissent sans solution de continuité, donne cette diversité infinie de caractères qui est le sel même de la vie sociale ; par le milieu, qui inclut l'éducation, nous pouvons modifier et améliorer le caractère afin qu'il soit en harmonie avec le cadre de vie effectif de l'individu en question, ce qui a pour conséquence de l'adapter à l'accomplissement d'une fonction utile et agréable dans la grande organisation sociale. »

Mes digressions m'ont mené très loin, penserez-vous,

du Tronc-de-l'Orme et d'Osborne, du Fort-Rouge et de la Cité du Mur-de-Pierres. De fait, ces questions fondamentales sur l'influence de l'hérédité, de l'instinct, de l'identité sociale, de l'habitude et de la volonté, se posent à tout moment de notre étude. Nous découvrons des paraboles où que nous regardions dans la Nature, et nous le faisons avec une plus ou moins grande sagesse. Les penseurs religieux ont vu dans l'amour de la mère et l'enfant, du Père et du Fils, un reflet des relations éternelles de l'Être Suprême avec le Monde de la Création et avec l'Homme lui-même. Mon ami belge voyait cet amour, d'un autre côté, comme une réaction instinctive conduisant à la formation des sociétés qui accordent une identité encore plus restreinte et fonctionnelle à leurs membres. J'ai mentionné le rôle de l'Instinct en tant que Prédestination, et de l'Intelligence en tant qu'elle réside dans les communautés plutôt que dans les individus. Demander ce que sont les fourmis dans leur monde laborieux revient à demander ce que nous sommes, quelle que soit la réponse que nous puissions donner à cette question...

William contempla sa page. Il avait discouru tout son soûl sans vraiment penser à la publication, car en ce cas, songeat-il avec regret, s'agissant tout du moins du vaste et jeune public dont Matty Crompton envisageait qu'il pût le lire pour son profit, il aurait dû prêter plus d'attention à la susceptibilité religieuse des parents et des tuteurs. Il projeta d'ajouter cette utile maxime du *Vieux Marin* de Coleridge :

> Il sait prier, qui sait aimer
> Homme, oiseau et bête.

Il décida de montrer ses pages à Mlle Crompton et de jauger sa réaction, si possible. Il se rendit compte avec surprise qu'il ne savait rien de ses convictions religieuses. Un ami de Charles Darwin lui avait dit une fois qu'il n'existait pratiquement pas de femmes disposées à mettre en doute les vérités de la religion. Il pensa alors que tout ce qu'il venait d'écrire était plus ou moins dirigé contre ce que Harald Alabaster essayait de dire – plus encore qu'il ne le semblait superficiellement, car comme presque tous ses contemporains il avait à moitié peur d'exprimer complètement, même pour lui-même, son sentiment très réel que l'Instinct était effectivement la Prédestination, et qu'il était lui-même un être aussi animé, aussi déterminé, aussi restreint que n'importe quelle bestiole volante ou rampante. Il écrivait sur la volonté et la raison, mais elles ne lui donnaient pas – dans le plus profond de son être, dans le sentiment qu'il avait de son propre poids dans la masse de vie en lutte sur la terre, – elles ne lui donnaient pas l'*impression* d'être des entités ni très puissantes ni très importantes, comme elles l'étaient pour un théologien du XVIIe siècle sous le regard de Dieu, ou pour un découvreur d'étoiles nouvelles exultant de sa propre puissance. Ses cellules nerveuses le picotaient, sa main lui faisait mal, sa tête était envahie d'une brume noire. Sa vie lui apparaissait comme un bref combat, une fuite le long de corridors obscurs, sans issue en pleine lumière.

Quand il donna à lire les derniers éléments de ses rêveries à Mlle Crompton, il découvrit qu'il attendait anxieusement son avis. Elle emporta les feuillets un certain jour et les rapporta le lendemain, disant que c'était exactement ce qu'il fallait, que des considérations générales juste aussi scrupuleuses augmenteraient de beaucoup l'attrait du livre pour un vaste public et conduiraient à sa discussion dans tous les cercles. Elle ajouta : « Croyez-vous concevable qu'il puisse exister dans l'avenir des générations composées d'individus qui soient *heureux* de se croire des êtres finis, sans vie dans l'au-delà – ou que leur nature puisse se satisfaire du rôle qu'ils jouent dans la vie de la communauté dans son ensemble ?

– De tels êtres existent à présent, je crois. C'est un résultat curieux du fait de voyager, que toutes les croyances en viennent à paraître plus... plus relatives, plus ténues. J'ai été très-frappé par l'incapacité universelle des Indiens amazoniens à imaginer une communauté qui ne résidât pas sur les berges d'un large fleuve. Ils sont incapables de demander : "Vis-tu près d'un fleuve ? " – mais seulement : " Comment est ton fleuve ? Ton fleuve est-il rapide ou lent, vis-tu près de rapides ou sous la menace de glissements de terrain ? " Ils se figurent que l'océan est un fleuve, je le sais, en dépit de toutes les tentatives pour le leur décrire avec clarté et précision. Cela équivaut à expliquer les principes de la perspective à un aveugle, ce que j'ai une fois tenté. Et cela m'a conduit à m'interroger sur ce à quoi je ne songe pas, à me demander quels faits importants je méconnais dans l'image que je me forge du monde.

« – Bien des gens – la majorité d'entre eux – n'auraient pas votre prudence et votre humilité intellectuelles.

– Vous croyez ? Ceux qui refusent d'accepter les découvertes de M. Darwin se divisent entre ceux qui sont très-irrités et persuadés d'être dans le vrai – qui jettent des pierres en pensée, comme le Dr Johnson réfutant Berkeley – et ceux, comme Sir Harald, qui dans leur quête pour assurer – pour rassurer – leur Foi, sont criblés d'inquiétude et, à dire vrai, d'angoisse.

– La prudence du serpent pourrait suggérer que vous consolidiez votre argument en faveur d'une explication possible, de façon qu'il puisse s'accorder avec la Providence.

– Vous croyez que je devrais le faire ?

– Je crois qu'il faut être véridique, autant qu'il est possible, sinon l'entière vérité ne sera jamais découverte. Vous ne devez rien dire que vous ne pensiez. »

Un silence se fit. Matty Crompton feuilleta les pages. Elle dit : « J'ai aimé votre passage sur Michelet et les déprédations du Sphinx Atropos. Il est stupéfiant de considérer combien de mystère – de séduction féerique – est ajouté aux insectes par le nom que nous leur attribuons.

– Je pensais à Linné, dans la forêt, constamment. Il a si fortement lié le Nouveau Monde à l'imagination de l'Ancien Continent quand il a donné aux porte-queues le nom des héros grecs et troyens, et aux héliconies celui des Muses. Je me trouvais dans une contrée où jamais aucun Anglais n'avait encore pénétré, et autour de moi voletaient Hélène et Ménélas, Apollon et les Neuf Muses, Hector, Hécube et Priam. L'imagination du savant avait colonisé la jungle inexplorée avant que j'y eusse mis le pied. Il y a quelque chose de merveilleux dans le fait de donner un nom à une espèce. De prendre une chose sauvage et rare, jamais encore observée, au filet de l'observation et du langage humains – et dans le cas de Linné, avec tant de subtilité et de suite, une utilisation si vive des mythes, légendes et personnages de notre patrimoine culturel. Il voulait appeler l'Atropos le Caput mortuum, savez-vous, le Tête-de-Mort exactement – mais le système de nomenclature exigeait une monosyllabe.

– Alors il a choisi l'aveugle Furie aux ciseaux abhorrés. Pauvre insecte innocent, voir sa chétive vie accablée d'une signification aussi considérable. J'ai été pour une part frappée par le Sphinx Atropos, parce que moi aussi je me suis mêlée d'écrire – et ce que j'écrivais s'est trouvé étrangement lié précisément aux noms choisis par Linné – j'ai beaucoup appris à la lecture du *Systema Naturae* et de l'exemplaire du *Theatrum Insectorum* de Thomas Mouffet qui se trouve dans la bibliothèque de Sir Harald.

– Vos talents me stupéfient. Le latin, le grec, le dessin de grande qualité, une parfaite connaissance de la littérature anglaise.

– J'ai été éduquée, avec des enfants de condition plus élevée que la mienne, dans la salle d'étude d'un évêché. Mon père y était précepteur et la femme de l'évêque était pleine de bonnes intentions. Je vous saurais gré », dit-elle en semblant se dépêcher de poursuivre afin d'éviter toute question personnelle, « de bien vouloir jeter les yeux sur cet écrit quand vous en aurez le loisir. Je ne l'ai pas conçu comme quelque chose de plus qu'une fable d'illustration – vous le verrez –, je me suis amusée à reconstituer l'étymologie de Cerura vinula et d'un autre sphinx, Deilephila elpenor – et j'ai eu l'idée d'écrire une fable éducative sur ces étranges bêtes, et me suis aperçue que je m'étais laissé emporter et que j'avais écrit quelque chose de plus long que je ne l'escomptais et peut-être, pour un simple conte mystérieux, de trop ambitieux – et maintenant je me demande qu'en faire.

– Vous devriez le publier pour votre compte – un recueil tout entier d'histoires de ce genre.

– Je ne croyais pas avoir une nature inventive. C'est la chronique de nos cités d'insectes qui a allumé en moi la flamme de l'écriture. Mais je ne pense pas que cela vaille grand-chose. Je compte sur vous pour être impitoyablement honnête quant à ses défauts.

– Je suis sûr que je serai rempli d'admiration », dit William honnêtement, encore que distraitement. Matty Crompton garda les yeux pensivement baissés, sans croiser son regard.

« J'ai déjà dit dans un autre contexte que vous ne devez rien dire que vous ne pensiez. »

Il lut le conte dans son lit, le soir même, à la lumière d'une bougie neuve. De l'autre côté de la porte de communication entre sa chambre et celle de sa femme, il entendait un nouveau type de bruit régulier et confortable – les ronflements qui étaient récemment apparus chez Eugenia, un bruissement comme celui des palombes, un crissement comme celui d'un ongle sur de la soie, et puis un renâclement de poulain affamé.

Les choses ne sont pas ce qu'elles semblent être

Il y avait une fois un fermier qui travaillait dur à cultiver sa terre qui était remplie de ronces et de chardons. Il avait trois fils, un trop grand nombre pour hériter son ingrat terrain, alors le plus jeune, il se nommait Seth, fut envoyé de par le vaste monde avec un ballot de nourriture et de vêtements, pour chercher fortune. Il voyagea dans toutes les directions, sillonnant les Mers, jusqu'au jour où il fit naufrage pour de bon, et fut rejeté sur un rivage sablonneux avec quelques compagnons. Ils n'avaient aucune idée de l'endroit où ils étaient – ils avaient bien sûr fortement dérivé – mais ils rassemblèrent leurs paquets de rations rescapées et se mirent en marche, quittant la plage et pénétrant dans l'immense forêt qui s'étendait devant eux. Ils entendirent le rire des oiseaux et des singes, et virent les scintillements secrets de myriades d'ailes à la cime des arbres, mais ils ne rencontrèrent aucun signe d'habitation humaine, et ils étaient sur le point de décider qu'ils étaient les nouveaux maîtres d'une île déserte quand ils découvrirent des pistes, puis un chemin qui formait une large allée entre les arbres, et ils suivirent cette allée.

Au bout d'un certain temps ils arrivèrent à un mur haut et lisse, trop haut pour voir de l'autre côté, avec un portail qui était fermé à clé. Ils se consultèrent quelques instants et frappèrent au portail, qui s'ouvrit tout grand devant eux, sans difficulté, sur des gonds huilés, puis se referma derrière eux avec la même aisance, bien qu'il ne semblât y avoir personne pour le manœuvrer. Et ils entendirent les ressorts et les gorges se remettre en place à l'intérieur de la grande serrure. L'un d'entre eux voulut rebrousser chemin, pour cette raison-là, et un autre déclara qu'ils feraient mieux de se disperser et de se cacher, mais le reste – y compris Seth – fut d'avis de continuer hardiment. Alors ils avancèrent, foulèrent des sols en marbre, traversèrent de grandes salles fraîches, entendirent l'éclaboussement de fontaines dans des cours, et parlèrent dans un murmure de la somptuosité de l'architecture et des aménagements intérieurs.

A la fin ils se retrouvèrent dans une salle de banquet, où une grande table en ébène offrait le plus beau des festins – pâtisseries et gâteaux succulents, gelées et blancs-mangers magnifiques, monceaux de fruits au velouté immaculé, et cruches de vin pétillant. Ce spectacle leur fit tellement venir l'eau à la bouche qu'ils s'attablèrent sans plus se poser de questions et se servirent, dévorant si malproprement que le jus coulait aux commissures de leurs lèvres, car ils étaient à demi morts de faim. Seul Seth ne goûta à aucun de ces mets, car son père lui avait dit de ne jamais rien manger sans s'être assuré que ce lui était offert de grand cœur. Il avait été sévèrement corrigé, quand il était petit, pour avoir chapardé dans les vergers du voisinage, et il était sur ses gardes.

Quand ils eurent mangé pendant un certain temps et furent à demi hébétés à force de se goinfrer, ils entendirent un tintement de clochettes et une musique de harpes, puis une porte à l'extrémité de la salle s'ouvrit, livrant passage à une étrange compagnie. Il y avait un majordome, qui ressemblait davantage à un bouc qu'à un homme, et une très-jolie génisse blanche comme le lait dont les cornes étaient entrelacées de roses, et une procession de hérons et d'oies qui portaient des colliers cloutés de rubis et de saphirs, et quelques très-très-jolis chatons duveteux, bleu argent et rose bis, ainsi qu'un gracieux petit lévrier avec des clochettes autour du cou, et le plus ravissant des king-Charles aux longues oreilles rousses et soyeuses et aux immenses yeux charmeurs. Et au milieu de cette troupe marchait une dame à l'air cordial et rassurant, vêtue un peu comme une bergère, d'une coiffe à fanfreluches et d'un délicieux tablier brodé, ses belles boucles blanches tombant jusque sur ses épaules. A la main elle tenait la plus jolie houlette, ornée de rubans argent, rose et bleu ciel, et elle possédait un sourire des plus suave et des yeux des plus rieurs. Tous les marins naufragés tombèrent immédiatement sous le charme de sa présence et se mirent à sourire d'un air fat, la bouche et le menton couverts de graisse et de jus. Il était facile de voir que ce n'était pas une bergère qui gardait ses moutons, mais une grande dame qui choisissait de se vêtir de la sorte, par condescendance ou simplicité naturelle.

« Quelle heureuse surprise, s'écria-t-elle, de recevoir des visiteurs inattendus. Mangez à votre faim, et buvez tout votre soûl. J'adore les visites. »

Et les marins la remercièrent et se remirent à festoyer, car leur appétit avait été puissamment ravivé par les paroles de la dame, tous sauf Seth, qui, il est vrai, était désormais prié de se restaurer et ne brisait donc plus l'interdit de son père. Mais il restait sans appétit pour le festin. La délectable dame vit qu'il ne mangeait pas, et le bouc lui avança une chaise, si bien qu'il fut plus ou moins obligé de s'asseoir. Et quand elle vit qu'il ne mangeait pas, la jolie dame s'approcha dans le frou-frou de ses jolies jupes et lui offrit instamment des plats et toutes sortes de mets délicats, lui versant des rasades de boissons cordiales et de sirops parfumés qui avaient l'air de flammes dansant dans le cristal.

« Il faut manger, dit-elle, sinon vous allez défaillir de faim, car je vois bien que vous avez essuyé un terrible voyage et que vous êtes souillé de sel et hâve de fatigue. »

140

Seth dit qu'il n'avait pas faim. Et la dame, sans rien perdre de sa souriante bonne humeur, lui découpa une salade de fruits délicats avec un couteau d'argent, et disposa les tranches en éventail, comme une fleur, copeaux de melon, rondelles d'orange luisante, raisins noirs parfumés et pommes blanches et craquantes, tranches de grenades cramoisies cloutées de pépins noirs.

« Je vous prendrai pour un entêté et un mal élevé, dit-elle, si vous ne goûtez pas au moins à une lichette de pomme, au moins à un grain de raisin velouté, au moins à une gorgée de grenadine. »

Alors, de honte, il prit une tranche de grenade, qui lui sembla moins consistante que la chair craquante d'une pomme, et mangea trois des pépins noirs de la suave gelée couleur de sang.

L'un de ses compagnons eut un hoquet et dit : « Vous devez être une grande Fée, madame, ou une Princesse, pour avoir toute cette abondance au milieu de ce désert.

– Je la suis, dit-elle. Je suis une Fée qui aime à rendre les choses agréables pour les mortels, comme vous voyez. Mon nom est Madame Cottitoe Pan Demos – ce qui signifie " pour tous les gens ", vous savez, et c'est ce que je suis. Je suis pour tous les gens. Je tiens maison ouverte pour tous ceux qui y viennent. Vous êtes tous les très-bienvenus.

– Et savez-vous faire des tours de Magie ? » demanda le maître-coq, qui n'était guère davantage qu'un gamin monté en graine, et pour qui la magie n'était que tours de passe-passe et d'escamotage, plumeaux et bouquets sortant de rien.

« Oui, je le sais, dit-elle avec un rire argentin.

– Montrez-nous, montrez-nous des tours de magie, dit le maître-coq en se léchant les lèvres.

– Eh bien, dit-elle, je peux faire disparaître ce festin en un clin d'œil. » Et elle toucha la table de sa houlette d'argent, et tout s'évanouit, quoique flottassent encore dans l'air le parfum des fruits, le fumet des viandes et le bouquet des vins.

« Et je peux vous enchaîner sur vos chaises sans me servir de chaînes », dit-elle en souriant encore plus cordialement, et elle agita sa houlette d'un petit coup impérieux, et les matelots découvrirent qu'ils ne pouvaient plus se mettre sur leurs pieds, ni décoller leurs mains de leur chaise.

« Cela n'est pas très-agréable, dit le maître-coq. Laissez-nous partir, madame. Nous vous remercions du bon repas – nous devons nous en retourner pour réparer notre navire et poursuivre notre voyage.

– Que les hommes sont ingrats ! dit la dame. Ils ne veulent jamais rester, quoi que nous leur donnions, ils ne veulent jamais demeurer en repos, ils veulent à toute force reprendre la mer. J'ai cru que vous aimeriez rester ici et faire partie de ma maisonnée, pendant un certain temps. Ou pour toujours. Je tiens maison ouverte pour tous ceux qui y viennent.

– Non merci, de tout cœur, madame, dit le maître-coq. Je voudrais m'en aller à présent.

– Je ne crois pas », dit la dame, et elle lui toucha l'épaule de sa houlette, qui s'allongea pour ce faire. Et immédiatement, avec un étrange cri à demi humain, le maître-coq se mua en un grand porc, du moins sa tête et ses épaules, muni d'un groin humide, de grandes défenses et de soies. Seules ses pauvres mains, collées à sa chaise, demeurèrent des mains, des mains aussi dures que des sabots, et velues, et maladroites. Et la dame fit le tour de la table et toucha tous les autres marins, et chacun d'eux se mua en une espèce différente de porc, le grand sanglier blanc, l'élégant sanglier noir et fauve, le sanglier français et le bedford bleu. Seth fut intéressé par la variété de ces formes porcines, en dépit du grand danger qu'il courait lui-même. Il fut le dernier à être touché, ce qui envoya une sorte de choc électrique dans tout son corps, comme une morsure de serpent. Il porta la main à son visage pour tâter son groin et eut la surprise de découvrir qu'à la différence de ses camarades il pouvait effectivement faire ce geste. Son visage paraissait à peu près le même, son nez, sa bouche, ses sourcils. Mais il y avait une sorte de démangeaison et de bruissement dans sa tête, et il tâta plus haut et sentit ses cheveux jaillir comme l'eau d'une fontaine et se muer en une sorte de crinière fringante.

Madame Cottitoe Pan Demos rit de tout son cœur à ce spectacle.

« Je ne suis jamais capable de dire quel effet ma magie va avoir sur ceux qui ne mangent que frugalement, dit-elle. Ta chevelure est très-belle, je trouve, bien plus belle que les défenses et les soies. Mais tu n'en dois pas moins faire partie de notre bande, tu sais. Je ferai de toi mon porcher – mes porcs sont gardés au plus profond des cavernes rocheuses sous ce palais, car les cochons n'ont pas besoin de la lumière du jour, et je te montrerai comment arranger leur fourrage et nettoyer leurs soues, et j'ai bien peur que tu ne sois horriblement puni si tu ne le fais pas bien. Car nous devons tous contribuer, tu sais, à la bonne marche de la maisonnée. Viens avec moi, mon cher. »

Et elle mena toutes les bêtes – les nouveaux pourceaux, les oies, les hérons, la petite génisse et le vieux bouc – au grand trot, à travers les corridors, laissant perler un rire musical quand ils glissaient sur leurs sabots maladroits, agitant sa jolie houlette, qui piquait sans pitié chaque fois qu'elle touchait une peau ou un pelage. Et sous le palais ils trouvèrent une énorme suite d'enclos, d'antres et de cages, dans lesquels languissaient toutes espèces de bêtes, lapins dociles, doux lièvres palpitants, paons à la queue avachie, quelques ânes, quelques canards de Barbarie, et même une nichée de souris blanches.

« Tu n'as pas besoin de prêter l'oreille aux bruits qu'ils font, dit Dame Cottitoe Pan Demos, à moins que tu n'en aies envie, mais je te le déconseille, car ils produisent un très-misérable mélange de grognements, piaillements, braiments et cacardements auquel mieux vaut ne pas prendre garde. J'ai bien peur de devoir t'enfermer avec eux – tu peux dormir dans cette paille fraîche, et voici une délicieuse miche de pain, elle n'a qu'une semaine, et de l'excellente eau de source à boire, aussi n'auras-tu aucune raison de te plaindre de ton entretien. Il n'existe rien, non, rien, de plus sain que le bon pain et l'eau claire, je suis sûre que tu en conviendras. De temps à autre je t'enverrai un message par l'une des bêtes de mes appartements – les oies savent convoyer des petits paniers et le king-Charles a appris à porter sans incident des lettres dans sa gueule. Inutile de te demander comment me répondre. Tu *dois* faire ce que je dis – c'est la règle ici – et malheureusement toute infraction entraîne – chaque fois, je le crains – les plus funestes conséquences. Je laisse à ton imagination le soin de les concevoir. Je trouve que l'imagination se nourrit merveilleusement bien de pain et d'eau dans l'obscurité – tout comme les petites graines qui germent sous la terre – tu es libre d'imaginer *toutes sortes* de conséquences, mon cher. Je te souhaite de doux rêves. »

Et à ces mots elle franchit les portes de la cave, faisant claquer ses petits escarpins de diamant, sa grande coiffe ondulant sur ses boucles neigeuses. Et l'infortuné Seth fut laissé dans la quasi-obscurité, entouré d'yeux mornes qui le regardaient fixement, des yeux à demi humains dans des visages couverts de fourrure, ou scrutant à travers des plis de peau porcine, luisant de larmes brillantes.

Le pauvre Seth menait une existence pénible dans ces misérables cavernes. Il faisait de son mieux pour rendre l'existence des bêtes plus supportable, en partie parce qu'il redoutait le pouvoir vindicatif de la fée, mais aussi parce qu'il avait pitié de leur état désespéré. Il essuyait leurs larmes, soignait leurs plaies, changeait leur eau, écoutait leurs sanglots et leurs gémissements, auxquels il compatissait douloureusement, d'autant plus, peut-être, qu'il ne pouvait les traduire dans les mots qu'ils voulaient qu'ils fussent. De temps à autre il formait des plans d'évasion. Il franchirait le portail sur son élan. Il subornerait le king-Charles. Un jour il essaya de parler au petit chien. Il lui dit : « Je suppose que tu es un être humain ensorcelé – sans aucun doute une personne d'une très-grande beauté, à en juger par la magnificence actuelle de ta robe et de tes yeux. Je te supplie de hocher la tête si tu es prêt à m'aider à découvrir un moyen de fuir cette servitude, qui ne peut t'être plus agréable qu'à moi, même si ton sort est plus heureux. »

Mais le petit animal se mit seulement à trembler de tous ses membres ; son poil se hérissa et il gémit pour quitter le portail et revenir en arrière dans les corridors. Quand Seth s'approcha de lui, il montra les dents, toujours en tremblant, et le mordit à la main.

Après cet échec, Seth alla dans son coin, s'assit sur sa paille et pleura amèrement. Ses larmes tombèrent de plus en plus rondes, de plus en plus rapides, mouillant la poussière à ses pieds, et formant un filet sombre qui s'écoula dans les coins. Soudain il se rendit compte que depuis quelques instants une petite voix éraillée clamait, comme de petites bulles : « Arrête, tu vas me noyer, arrête. » Il chercha autour de lui qui parlait ainsi, mais ne vit personne.

« Où es-tu ? finit-il par dire.

– Ici, à tes pieds, dans cette eau salée. »

Alors il regarda à terre, et il vit une assez grosse fourmi noire, recroquevillée dans une des larmes qu'il avait versées, toutes ses pattes aussi fines que du fil collées à son corps, les antennes pendantes. Il fit crever la larme avec un brin de paille qu'il tint ensuite de façon que la fourmi pût y grimper.

Elle dit : « Pourquoi fais-tu toute cette boue et ce gâchis ?

– Parce que je suis prisonnier et ne sortirai jamais de ces sombres lieux. Ma vie s'est arrêtée.

– Moi, je peux entrer et sortir.

– Je le vois bien. Mais toi tu es une bête minuscule et moi je suis un gros bon à rien. Le cas est désespéré.

– Ne recommence pas à pleurer. Je peux te rendre service, car tu m'as sauvé la vie, même si c'est toi qui l'as mise en danger. Attends-moi ici. »

Et la petite bête s'en alla d'un air affairé, et disparut dans une fissure du rocher de la caverne. Alors Seth attendit. Il n'avait guère mieux à faire, quoi qu'il pensât de la capacité de la fourmi à lui apporter une aide matérielle. Après un délai considérable, il la vit remuer ses antennes d'un air agité sur le bord de la fente, et puis elle la franchit, accompagnée de deux de ses sœurs. Elles transportaient à elles trois un paquet de la taille d'une grosse miette de pain – un bon lit de plumes à leur échelle – qu'elles tirèrent jusqu'à ses pieds et déposèrent sur le sol. Quelque chose de presque invisible était bien proprement enveloppé dans une parcelle de feuille brune, cousue ou liée avec un fil presque invisible également.

« Voilà, dit la fourmi. Ceci t'aidera.

– Que dois-je en faire ?

– Le manger, naturellement.

« – Qu'y a-t-il dedans ?

– Trois graines de fougère. Des graines spéciales. Ramassées de l'autre côté du mur, bien sûr. »

Il hésita. Il allait dire : « Quel effet auront-elles ? » quand la fourmi dit : « Dépêche-toi ! » d'une voix aussi décidée que celle de Dame Cottitoe Pan Demos.

Alors il posa le petit paquet sur le bout de sa langue, où il fondit, avec un goût d'ombre forestière, et il sentit quelque chose comme des aiguilles et des piquants circuler dans ses veines, et un terrible vertige s'emparer de lui, et l'instant d'après il se retrouva à côté de la fourmi et désormais à peine deux fois plus gros qu'elle. Elle lui parut bien plus menaçante et mystérieuse maintenant qu'elle était plus grosse, ou que lui était plus petit. Ses immenses yeux noirs le considéraient du fond de leurs sombres et brillantes fenêtres. Ses mandibules s'ouvraient et se refermaient comme des cisailles.

« Mon sort est bien pire qu'avant, dit-il. Je suis encore plus impuissant maintenant. N'importe lequel de ces porcs ou de ces ânes peut m'écraser sans y penser. Les poules et les colombes peuvent me picorer. Je t'en prie, rends-moi comme avant.

– Je te l'ai expliqué, dit la fourmi d'une voix qui à présent grondait comme le tonnerre. Je peux entrer et sortir. Si je le peux, tu le peux aussi. Suis-moi, je te prie. »

Et alors commença un terrible voyage, par des tunnels dans la terre qui tournaient et viraient de toutes les façons, la fourmi porte-parole ouvrant la voie, les autres aidant Seth dans l'obscurité la plus absolue en s'accrochant à ses membres et en le poussant, en le tirant, avec douceur et précision. Elles cheminaient d'un pas délicat et lui, il glissait, il trébuchait, et après un certain temps ils émergèrent soudainement tous les quatre, après un très-brusque tournant, dans la très-brillante lumière du soleil, qu'il n'avait pas vue depuis si longtemps que ses yeux clignèrent sans fin et s'emplirent de larmes.

Il ne pouvait voir où il était, car il se trouvait tout au fond entre les racines d'une grande pelouse et sa vision était réduite à des graviers rocailleux et à l'ondulante cime de la forêt de brins d'herbe. Les fourmis l'engagèrent à gravir un buisson de roses qui était situé non loin de là, ce qu'il fit alors, grimpant précautionneusement sur les plus grosses épines comme un cambrioleur escaladant les défenses d'un château. Et quand il se fut hissé en l'air et put voir assez loin, il vit qu'il était dans un genre de jardin clos de hauts murs, dont les arbres poussaient en espaliers au soleil contre les briques, et qui contenait des pelouses, des bancs de pierre, des massifs de fleurs, des carrés de légumes, d'aromates et de fruits suaves qui s'étendaient à perte de vue. Mais tout était tellement excessif pour sa nouvelle vision qu'il se sentit pris de vertige et dut se cramponner à une feuille et fermer les yeux un instant pour se protéger du terrible cramoisi des pétales de rose aussi grands que des tapis de Perse, ou le scintillement de la forêt de brins d'herbe aussi large que la Manche.

Imaginez-vous une pomme d'api, ferme, brillante et lourde comme l'Albert Hall, pendant à un câble et se balançant au-dessus de votre tête sans défense. Imaginez-vous alors combien plus terrible devait paraître la montagne sphérique et veinée, merveilleusement rayée de riche pourpre, côtelée de vert suave et ridée de crevasses et de lézardes, qu'est un chou luisant, éclatant de force et tout juste prêt à être récolté. Seth fut submergé par un mélange de respect, d'appréhension et d'admiration envers la force énorme derrière tout ce bourgeonnement. Il redescendit sur le sol et remercia les fourmis de leur bonté. Il pensait pouvoir essayer de vivre dans le jardin jusqu'au jour où il trouverait le moyen de recouvrer sa forme première et de porter secours à ses camarades. Il pensait pouvoir réussir à se cacher assez bien de Dame Cottitoe Pan Demos, à moins, bien sûr, qu'elle ne connût un charme qui lui révélerait où il se trouvait. Cette pensée l'accabla quelque peu. Il s'enfonça à toutes jambes dans la forêt de la pelouse, s'éloignant du mur du château comme si cela servait à quelque chose de s'écarter de la sphère d'influence de la fée. Les fourmis l'avaient aidé. Il rencontrerait peut-être d'autres aides, se dit-il pour garder bon moral.

Il entendait toutes sortes de bruits autour de lui. Il en aurait entendu certains sous sa forme naturelle – le gazouillis liquide des oiseaux, à présent un orchestre tonnant comme une chute d'eau, et l'énorme bourdonnement des abeilles volant comme un trait de fleur en fleur. Il entendait aussi des sons qu'il n'eût jamais entendus avec des oreilles non aiguisées – le marmonnement, le piétinement, le bruit de scie et de mastication de milliers et de milliers de bouches affairées à dévorer feuilles, fleurs, fruits, chair et os. Il entendait les vers progresser comme des coulées gluantes et des gueules avides dans le sol, aspirant rosée et sucs. Après un certain temps il s'habitua à tous ces sons, comme un homme qui déambule tranquillement dans le vacarme d'une grande cité, et il se mit à regarder autour de lui avec plus d'assurance. Il émergea d'un tunnel dans l'herbe et gagna le bord d'un massif de cannes de framboisiers. Il pensa qu'il réussirait peut-être à détacher une framboise et à en manger une partie – il avait soudain très-faim – et il se mit à grimper à une tige, une main après l'autre, comme il le faisait du temps où il était matelot. Grâce à cette méthode il réussit à approcher du sommet recuit par le soleil d'un petit mur de brique, contre lequel s'élevaient les cannes, et il allait se saisir d'un fruit, quand, parmi les feuilles, il entendit un sifflement lent et menaçant. Et le long du mur il entendit aussi une sorte de grondement et de toux comme la voix d'un crocodile en colère.

Le long des branches du framboisier se laissait glisser l'être le plus terrible qui fût, un dragon répugnant au mufle aplati, à l'horrible tête congestionnée et aux énormes yeux fixés sur lui. Et le long du mur, produisant le bruit de grondement, en avançait un autre, agitant comme un fouet une queue fourchue, dressant une immense gueule caverneuse et lançant des grognements assourdissants. Ce second monstre avait le dos lie-de-vin et la tête et la queue vertes. Il progressait lentement, en oscillant, tandis que l'autre bête, plus reptilienne, suintait par-dessus la branche.

Seth recula, cherchant frénétiquement une arme. Il trouva sur le mur une écaille d'ardoise qui pouvait, en cas de besoin, trancher ou poignarder, et il ramassa une poignée de miettes à lancer.

« Allez-vous-en, s'écria-t-il. Reculez. »

Le serpent dans les branches se balança d'avant en arrière. Il parla d'une voix épaisse et congestionnée, comme s'il avait la gueule pleine de saletés.

« Je - suis - très - méchant - pour - de - vrai. - Je - vais - te - faire - très - mal. - Je - suis - très - dangereux. - Tu - ferais - mieux - de - ne - pas - approcher - de - moi. »

Et la bête sur le chemin dit : « Je - suis - très - cruel. - Je - suis - le - dévoreur. - Je - te - rongerai - jusqu'à - l'os. »

« Reculez », dit Seth. Il sentait le relent de leur haleine brûlante et forte. Il jeta un caillou dans la direction de celui à la queue fourchue, qui s'arrêta et plissa la peau, puis continua à avancer. Seth crut sa dernière heure venue. Il ne pouvait pas prendre ses jambes à son cou parce qu'il avait un mur abrupt derrière lui et le serpent à la grosse tête en face de lui. Il était pris au piège entre les deux.

Et juste à ce moment-là quelqu'un descendit du ciel, à vive allure, au bout d'une longue corde de soie qui ne semblait attachée à rien. Deux souliers noirs et brillants arrivèrent, avec un petit sautillement, et au-dessus d'eux quelqu'un de long, mince et noir – un quadrupède qui se traduisit en une forme humaine, féminine, à la longue jupe noire et au bonnet blanc, ombrageant un tant soit peu un petit visage blanc dont le nez pointu était chaussé de grandes lunettes cerclées d'écaille. Elle était enveloppée d'une longue cape argentée. Cette personne dévida sa corde d'argent qui ne tenait à rien et l'enroula à ses pieds.

« Bonjour, dit-elle. Vous paraissez être en bien mauvaise posture.

– Je suis sur le point d'être dévoré par des dragons et des serpents.

– Je ne crois pas, dit-elle. Ce sont mes amis, Deilephila Elpenor et Cerura Vinula. Ils sont aussi effrayés que vous. Ils profèrent de terribles mensonges sur leur propre compte, et s'enflent pour horrifier ceux dont ils craignent qu'ils ne leur fassent du mal. Je ne crois pas que cette créature vous fera du mal, dit-elle aux dragons. Vous lui avez fait peur de la belle façon. C'est assez pour le moment. Dépêchez-vous de manger davantage. Il ne reste pas beaucoup de temps. »

Seth dit : « Ils ont l'air terribles et dangereux.

– Ils seront contents de vous l'entendre dire. N'est-ce pas, Elpenor ? N'est-ce pas, Vinula ? Observez Vinula de plus près, monsieur, et vous verrez que ses véritables mâchoires occupent une toute petite place sous ce grand masque qu'il présente au monde. Et regardez Elpenor se dégonfler, et vous verrez que ses terribles yeux sont seulement des points sur son col, distendu pour éclipser sa véritable tête, qui est plutôt petite. Vraiment, il a un gentil petit groin, davantage comme un porcelet que comme un grand dragon. Les choses ne sont pas toujours ce qu'elles semblent être, vous savez. Puis-je savoir comment vous vous appelez ?

– Mon nom est Seth.

– Et je suis Dame Mouffet. » Elle tendit une main effilée. « Voulez-vous partager mon pique-nique ? Je crois que vous devez vous être échappé des Porcheries, et je puis peut-être vous aider, si vous voulez bien me faire confiance. »

Alors Seth s'assit avec Dame Mouffet sur le faîte du mur, et elle lui donna du pain, du fromage et des pommes qu'elle sortit de son panier, toutes ces denrées étant exactement d'une taille qui convenait à la condition présente de Seth, et à la sienne aussi. Et elle le regarda avec bonté, de ses yeux qui brillaient derrière ses lunettes, et lui parla du Jardin.

« Il appartient à Dame Cottitoe Pan Demos, qui s'en sert pour faire pousser les fruits et légumes de sa table, et les fleurs qui ornent son boudoir et son salon, et elle aime à s'y promener, comme vous le voyez, car Dame Cottitoe est bonne jardinière, et ses plantations sont robustes et florissantes. Mais il existe d'autres créatures qui passent ici leurs jours et ne sont pas soumises à la loi de Dame Cottitoe – des créatures qui sont venues d'au-delà du mur et ont d'autres desseins. Elpenor et Vinula sont des créatures de ce genre, en un certain sens, ou bien elles le deviendront, comme j'espère que vous pouvez le voir, car bien qu'elles soient nées dans ce Jardin et n'aient aucun souvenir d'un autre lieu, elles ne sont pas soumises à la loi du Jardin et elles le quitteront. Et maintes autres créatures pénètrent dans ce Jardin en voguant sur des ombrelles de soie, ou de longs fils comme moi. Et maintes autres encore y entrent par des terriers et des crevasses dans la terre, car le Jardin fait partie du royaume d'une Fée bien plus puissante que Dame Cottitoe, qui lui permet de le cultiver mais aime à connaître le sort des hôtes de l'enclos, à y envoyer des messages et à en recevoir. Regardez l'herbe, et vous verrez qu'elle est entièrement parcourue d'un lacis de cordes de soie, comme celle dont je me suis servie pour venir – et chacune de ces cordes appartient à une petite araignée, qui fait ici son nid, tisse sa toile et monte la garde. Et les oiseaux aussi, et les graines ailées des arbres qui entrent et sortent en tournoyant, et les nuées de pollen d'autres arbres, et les ombrelles du persil d'âne et du pissenlit, tous portent des messages.

– Et qui est cette Fée ? Accepterait-elle de me venir en aide, à moi et à mes pauvres compagnons ensorcelés ? Et vous, qui êtes-vous donc ?

– Je suis l'Archiviste de ce Jardin, ou, pourriez-vous dire, son Espionne, car Dame Cottitoe ignore mon existence. Je veille sur les créatures comme Elpenor et Vinula, et comme vous-même, en l'occurrence. J'ai eu dans ma parentèle, en un autre monde, l'un des grands Nominateurs, l'un des grands historiens de ce Jardin. C'est lui, en vérité, qui nomma Elpenor et Vinula, et leurs noms sont comme de délicieux poèmes, vous savez. J'ai moi-même été incluse dans un poème anglais – " Little Miss Muffet " est le titre de mon poème – mais c'est une œuvre confuse, qui m'associe à des araignées, il est vrai, mais qui laisse entendre que moi, la cousine de l'auteur du *Theatrum Insectorum sive Animalium Minimorum*, je pourrais avoir peur d'une araignée, alors qu'en fait je suis l'archiviste de leurs noms et de leur nature, ainsi que leur amie sincère.

– Parlez-moi du nom poétique d'Elpenor et de Vinula, Dame Mouffet. Car moi aussi je suis d'une famille de la campagne, où donner des noms est une occupation familiale.

– Elpenor, vous devez le savoir, était le nom d'un marin grec, qui fut changé en pourceau par une parente de Dame Cottitoe, nommée Circé, et mon père lui choisit ce nom à cause de la nature de son nez ordinaire. Il a un cousin plus jeune appelé Porcellus, le porcelet, pour la même raison. Et le nom de Vinula est Cerura Vinula – Cerura, à partir de deux mots grecs κέρας *(keras)*, la corne, et οὐρά *(oura)*, la queue, car sa queue, vous voyez, est fourchue comme deux cornes, et dure par-dessus le marché. Et mon parent appela Vinula " une chenille élégante, par Jupiter, et incroyablement belle ". Les noms, vous savez, sont une façon de tisser le monde en un seul ensemble, en reliant les créatures les unes aux autres, ainsi qu'une sorte de *métamorphose,* pourriez-vous dire, issue d'une *métaphore,* c'est-à-dire une figure de style qui transporte une idée dans une autre.

– Bien sûr, dit Seth qui poursuivait ses propres idées. Bien sûr, ce sont des *chenilles.* Je les ai prises pour de terribles serpents, ou des lézards.

– Ainsi font les humains de taille ordinaire et les oiseaux affamés. Là est leur ingéniosité. Et comme toutes les véritables chenilles, elles se changeront en êtres ailés. Et alors il est ajouté à leur nom, qui change une nouvelle fois. Je sais à quel endroit certains des frères et sœurs d'Elpenor sont sur le point de sortir de leur cachette. Voulez-vous venir les voir ? Je crois qu'ils pourront vous aider. Car ils portent des messages très-particuliers à la Fée au-delà du mur, et ont le même nom qu'Elle, d'une certaine façon, et pourraient consentir à vous porter jusqu'à Elle, si vous en avez le courage. »

Alors ils suivirent le faîte du mur, accompagnés par les dragons-chenilles qui ondulaient très-énergiquement. Et après un certain temps ils descendirent du mur, dans un coin retiré du jardin où un saule gracieux ombrageait des pots d'aromates ainsi qu'un potager planté de solides rangées de poireaux telles de vertes colonnes de cathédrale, de fanes de carottes semblables à des palmiers luxuriants, et de charmilles de feuilles de pommes de terre, au milieu desquelles on pouvait voir une grande chenille broyer d'énormes bouchées, tailladant et arrachant avec beaucoup de force.

« C'est un parent d'Elpenor, dit Dame Mouffet. Son nom est Manduca, ce qui signifie simplement Glouton en latin et n'est pas très-joli, mais très-juste, vous savez, parce qu'il est de si belle taille et doit tellement grandir qu'il lui faut manger très-vite. Il est très-beau, je pense, malgré son vilain nom. Par là-bas se trouvent d'autres parents d'Elpenor, qui se nourrissent de l'épilobe, lequel n'appartient pas aux plantes cultivées par Dame Cottitoe, mais est apporté par chaque brise comme de la bourre de soie, et peut prendre racine dans n'importe quelle petite faille ou fissure. Et les parents de Vinula se voient sur tout cet arbre-ci, car ils aiment le saule. Si vous vous approchez de l'arbre, je vous montrerai la chrysalide tissée par Vinula pour s'y reposer l'hiver. Regardez, là, dans cette fente de l'écorce. »

Seth regarda mais ne vit rien.

« Il va éclore d'un instant à l'autre, dit Dame Mouffet. Je suis ici pour consigner la date de sa transfiguration.

– Je ne vois rien du tout, dit Seth.

– Et pourtant c'est ici qu'est sa maison, son berceau, ou même son cercueil, selon le nom que vous souhaitez lui donner, dit Dame Mouffet. En tissage serré de jolie soie – il se pelotonne et tisse son doux linceul avec sa propre sécrétion, en se servant de sa tête comme d'une navette. Chacun fait une maison distinctive. Manduca ne tisse pas de la soie mais se bâtit une carapace cornée, comme un cercueil de momie égyptienne, du plus sombre acajou, et l'enterre profondément dans le sol, où il demeure tranquillement en attente. Et Elpenor fait un semblable étui – un peu plus clair – et le cache à la surface du sol. Vous en avez sûrement vu, quand vous étiez – plus grand. Vous en avez peut-être même brisé, en bêchant votre jardin. Votre père doit les faire surgir, très-fréquemment, dans son terrain épineux. Et si, par accident, vous ouvrez le cercueil pendant le sommeil de celui qui l'a fabriqué, vous n'y trouverez ni larve ni papillon replié, mais une bouillie jaune, comme du jaune d'œuf, qui ressemble à la pourriture de la décomposition et qui est la substance même de la vie et de la résurrection. Car les choses ne sont pas ce qu'elles semblent être, comme vous devez toujours vous en souvenir.

– Je n'y manquerai pas », dit Seth. Et, guidé peut-être par cet excellent principe, ou peut-être par un frisson préludant aux changements, il eut soudain la faculté de voir la chrysalide de Vinula, qui était une énorme tente, ou un gros nid, sur l'écorce de l'arbre, et si merveilleusement tissée de parcelles d'écorce, de sciure et de bois qu'elle semblait être une excroissance de l'arbre lui-même et n'avoir rien à voir avec les chenilles et les papillons. Mais de l'intérieur pointèrent la douce tête, puis les frêles épaules, et enfin les ailes tremblantes, humides et collées, du papillon, qui s'accrocha de ses fines pattes à l'écorce de l'arbre, flasque et épuisé.

« Il va laisser sa fourrure sécher et attendre que ses ailes durcissent à l'air et à la lumière », dit Damoiselle Mouffet, personne qui prenait à l'évidence grand plaisir à instruire les autres. « Dans l'intervalle, voici un frère d'Elpenor qui a déjà trouvé le moyen de sortir et qui attend le soir. Il est très-beau, je pense, avec son corps et ses ailes roses, rayées du plus joli vert mousse. Il ressemble à un bouton de rose moussue, mais son nom ne dit pas cela. C'est un Grand Épervier Crépusculaire Éléphant, le Smérinthe de mes cousins français.

– Quels noms étranges, dit Seth en contemplant la belle créature rose aux ailes pointues et au corselet velu. Car il n'y a pas de ressemblance entre un éléphant et un épervier, alors comment Elpenor peut-il ressembler aux deux à la fois ? »

Dame Mouffet fut, l'espace d'un instant, déconcertée par cette question. Puis elle dit : « Il est de la *famille* des Éperviers Crépusculaires. Le glouton Manduca l'est aussi. Ce nom leur vient de la rapidité de leur vol en flèche, et de la forme pointue de leur tête. Je suppose qu'Éléphant est une réminiscence de leur groin de chenille. Son nom *scientifique* est Sphinx Deilephila Elpenor. Deilephila est un beau nom qui signifie " qui aime le soir " car il se plaît à voler au crépuscule.

– Et Sphinx ? » dit Seth.

Damoiselle Mouffet baissa la voix.

« Sphinx est l'un des noms de la grande Fée. Il signifie, en partie, " qui pose des énigmes ". Et leur réponse aussi. Elle aime ces papillons du soir parce que ce sont des énigmes, comme elle.

– Qu'est-ce qu'un éléphant, un pourceau, un ami du crépuscule et un monstre du désert tout à la fois ? dit Seth à la rescousse.

– Ce genre d'énigme, mais pas seulement ce genre-là, dit Damoiselle Mouffet.

– Et quel est le vrai nom de Cerura Vinula ? » demanda Seth en observant, fasciné, que ses ailes, en séchant, avaient pris une teinte mobile d'argent pailleté d'or et de gris fumée, et que son corps s'arrondissait d'une douce fourrure grise.

« C'est le Petit Chat, ou encore Harpye Queue-Fourchue, comme vous pouvez le voir, et il est de la famille des Notodontidés, de νῶτος (notos), le dos, et ὀδόντος (odontos), la dent – comme vous le voyez, il a des points colorés sur ses ailes supérieures. Lui aussi est un genre de dragon mimétique, au repos, bien qu'il soit doux et délicat. Mais maintenant le soir approche, et le plus grand des Papillons du Soir, le Sphinx dont la larve était Manduca, l'affamé, va se mettre en branle, prêt à s'envoler Au-Delà du mur. Je pourrais lui demander de vous emporter avec lui, car il se rend en présence de la Fée. Mais le voyage est effrayant, et le lieu où Elle est n'est pas pour les pleutres. Car vous devez pénétrer dans les Ombres et au-delà, et peu en reviennent.

– M'aidera-t-elle ?

– Elle nous aide tous, mais certains d'entre nous ne reconnaissent pas son aide pour ce qu'elle est.

– Me fera-t-elle recouvrer ma forme première ?

– Elle vous changera, car tel est son office. Peut-être le changement sera-t-il une restauration ?

– Je veux y aller, dit Seth. Menez-moi au Papillon. »

Quand il vit le grand Sphinx, il le trouva beau, et reposant, car ses ailes étaient mouchetées de riches ombres, ambre et charbon de bois, rose sombre et argent, et magnifiquement veinées. Il avait de longues antennes plumeuses, qui remuaient doucement à la nuit tombante, et sa voix était suave et rêveuse. Damoiselle Mouffet s'arrêta devant lui et lui demanda s'il voulait bien transporter cet Humain métamorphosé jusque dans le royaume de la Fée, et il répondit, en syllabes suaves : « Si c'est ce qu'il souhaite, j'y consens.

– Montre-lui sa selle », dit Damoiselle Mouffet, qui parut plus grande, plus noire et plus droite, tout soudain, et sa cape plus mystérieuse et plus lunaire.

Et le grand Sphinx déploya ses ailes – ses ailes inférieures étaient d'or lunaire, frangées de suie – et là, sur son dos, tissé de ses propres poils, un masque fixait Seth, un masque où l'on pouvait voir un chacal, un démon, ou une tête de mort humaine, trouée de cavités osseuses là où il y avait jadis eu des yeux. Et Seth eut un moment de terreur, à la pensée de s'envoler dans la nuit sur le dos d'une tête de mort, et il pensa même : « Les choses ne sont pas ce qu'elles semblent être, c'est vrai, et peut-être Damoiselle Mouffet est-elle une sorcière et la Dame Sphinge simplement terrible et vorace. »

« Quel est le vrai nom de ce papillon ? demanda-t-il tout en connaissant déjà la réponse dans le fond de son âme.

– C'est l'Épervier Tête-de-Mort, Sphinx Acherontia Atropos, dit Damoiselle Mouffet. Et l'Achéron est le Fleuve de la Douleur aux Enfers, où il vous faut aller, et Atropos est la Parque qui coupe le fil de la vie avec ses terribles ciseaux, mais ne craignez rien, répondez à la Question de la Fée, et vous en réchapperez. Agrippez-vous au Sphinx, sans vous soucier des formes qui passent à côté de vous, et rappelez-vous que les choses ne sont pas ce qu'elles semblent être, et que la tête de mort n'est pas le *visage* d'Atropos, mais un nid douillet où vous pouvez vous installer en toute sécurité, si vous l'osez. »

Alors Seth grimpa sur le grand dos – d'où il ne pouvait plus apercevoir les fatales orbites, car c'étaient de doux oreillers bruns – et il dit au revoir à Damoiselle Mouffet.

« Vous n'avez rien dit au sujet d'une question.

– J'ai dit qu'Elle est la source des énigmes, mais aussi des réponses, dit Damoiselle Mouffet. Et si vous n'avez pas peur, et si vous vous rappelez que les choses ne sont pas ce qu'elles semblent être, il y a de fortes chances pour que vous trouviez la réponse –

– Et si je ne trouve pas ? » demanda Seth.

La réplique de Damoiselle Mouffet se perdit dans le vrombissement des grandes ailes, alors que le Papillon s'envolait, avec des battements réguliers, s'en allait rapidement, par-dessus le mur, et s'enfonçait dans la nuit au-delà.

Le voyage fut rempli de terreurs et de délices que vous pouvez imaginer par vous-mêmes. Parfois la lune était obscurcie par de grandes ailes recourbées et parcheminées, et parfois la terre brillait tout argentée et paisible en dessous. Ils volaient toujours, ils volaient encore, au-dessus des océans et des cités, des fleuves et des forêts, et puis ils commencèrent une longue et lente descente, entre des rochers, dans un ravin qui s'enfonçait toujours, s'enfonçait encore, s'enfonçait si profondément qu'au-dessus d'eux les étoiles semblèrent disparaître. Et tandis que le ciel, la lune et les étoiles disparaissaient, un autre monde se révéla dans une autre lumière, un monde noir, lavé de feux argentés qui vacillaient, un monde chatoyant de toutes les couleurs de l'arc-en-ciel, dont Seth ne pouvait voir la source. Et à la fin le Papillon se posa sur ce qui semblait être les degrés d'un temple taillé dans une paroi rocheuse, entouré d'un épais bosquet d'arbres noirs, silencieux et vigilants. Sur la marche du temple se tenait un autre Papillon Épervier, ou Sphinx, beaucoup plus petit, vert gazon, aux ailes postérieures dorées, et au regard de feuille terreuse dans ce lieu sombre.

« C'est une de mes parentes, murmura Acherontia Atropos. Elle se nomme Proserpinus Proserpina, et elle et sa famille servent la Dame en permanence. Elle va vous conduire jusqu'à la Caverne, par le Jardin, si vous souhaitez y aller. »

Alors Seth mit pied à terre et suivit le petit papillon vert qui voletait devant lui. Après la porte du Temple il y avait un jardin clos et rêveur, où tout dormait. Des pelouses émaillées de pâquerettes closes s'étendaient dans cette étrange lumière égale, entourées de treillis d'ancolies closes où nichaient des oiseaux endormis, et des arbres somnolents sous lesquels dormaient des serpents lovés, des agneaux, le nez entre leurs sabots, et maintes autres créatures, toutes silencieuses et attendant calmement. Seuls bougeaient les papillons de nuit, ailes d'argent, douces ailes brunes, ailes crayeuses, visitant les fleurs, agitant l'air paisible de leurs plumets silencieux.

A la fin ils atteignirent une caverne, d'où la lumière semblait couler à flots, tantôt blanche, tantôt fusant en mille couleurs. Des papillons de nuit dansaient devant la lumière, et derrière ces papillons il y avait un épais voile de fils de soie qui remuait avec ardeur, de-ci, de-là, par-ci, par-là, en tous sens. Et au-dessus de la caverne était écrit : « Je suis tout ce qui fut et qui sera, et nul mortel n'a jamais soulevé mon voile. » Et Proserpinus Proserpina dansa devant la soie dorée qui semblait être filée de la lumière qui brillait à l'intérieur de la caverne. Et à l'intérieur se trouvait une Forme qui tenait à la main un bâton, ou un fuseau, et que toute la matière vivante dont Elle filait la lumière empêchait d'être vue. Mais Seth crut voir un visage d'une grande beauté, illuminé d'or, et puis il crut voir un lion ardent et rutilant qui retroussait ses babines et montrait des crocs sanglants. Et il tomba à terre et dit : « Je vous supplie de m'aider. Je suis venu de loin pour vous supplier de m'aider. »

Un petit papillon crépusculaire brun, qui semblait porter des gribouillis hiéroglyphiques sur ses ailes antérieures terreuses, dit : « Je suis Noctua Caradrina Morpheus, et je sers la dispensatrice des rêves. Il t'est commandé de t'étendre sur le seuil, de dormir dans la poussière, et d'accepter les rêves qui te viendront, quels qu'ils soient, bons ou mauvais. »

Et Seth dit : « Le sommeil sera le bienvenu. Je me sens déjà tout somnolent. Je voudrais bien dormir ici, même si c'est sur la terre nue. »

Alors il s'étendit dans la poussière, au bord de la Caverne de la Fée, et Caradrina Morpheus, en volant lourdement, passa et repassa devant ses yeux, les saupoudrant d'une poussière brune et charbonneuse, et Seth tomba dans un profond sommeil. Il rêva de mains charitables qui lui touchaient le front, d'un souffle brûlant et sanglant dans ses oreilles, et il entendit une voix qui s'écriait : « N'aie plus peur », et une autre qui disait : « Rien ne me chaut, tout périra », et il vit dans son rêve tout ce qui existait, comme un grand fleuve se précipitant vers le bord d'une haute chute, et passant par-dessus bord, en une grande coulée de matières mêlées, liquides et solides, sang, pelage, plumage, feuillage et pierre, et il se réveilla avec un cri terrible, et la lumière égale était comme auparavant.

Alors la Forme derrière le voile s'adressa directement à lui, d'une voix basse qui n'était ni masculine ni féminine, et lui demanda qui il était et ce qu'il désirait.

Alors il s'expliqua, et demanda de l'aide pour ses compagnons et pour lui.

Et la voix dit : « Avant de pouvoir être aidé, tu dois répondre à ma question. »

Et Seth dit : « Je vais essayer. Je ne peux faire plus.

– Ma question est : Quel est mon nom ? »

Et de nombreux noms susurrèrent en chœur dans l'esprit de Seth, des noms de fées et de déesses, de monstres aussi, comme le bruit des eaux à son oreille. Et il ne put choisir. Alors il resta muet.

« Tu dois parler, Seth. Tu dois me nommer.

– Comment vous nommerais-je, vous qui avez plus de noms que toutes les créatures, qui en ont déjà tellement chacune, Elpenor est Éléphant, Pourceau, Ami du Crépuscule et Sphinx, et il n'est qu'un minuscule papillon rose. Comment vous nommerais-je, vous qui êtes cachée derrière un voile, et qui filez votre propre cachette et produisez votre propre lumière ? Que vous serait le nom que je vous choisirais ? Je ne puis vous nommer, et pourtant je crois que vous allez m'aider, car Dame Mouffet a dit que vous le feriez, si vous le vouliez, et je crois vraiment, je crois sincèrement, que vous êtes bonne – »

Et à ces paroles les papillons nocturnes dansèrent frénétiquement et la lumière à l'intérieur de la soie se souleva de rire, et la voix dit : « Tu as résolu l'énigme excellemment, car il est vrai que je suis bonne, et c'est là un de mes noms, un de mes meilleurs noms. Je suis appelée la Bonne Dame en maints lieux, et tu as répondu à mon énigme en me faisant confiance. Alors je vais t'aider – je vais te renvoyer dans le jardin de Dame Cottitoe Pan Demos, et je vais envoyer avec toi Caradrina Morpheus qui peut se glisser dans le palais et le jardin et grâce à sa poussière magique plonger chacun dans un profond sommeil. Et certains verront de douces choses et d'autres des choses terribles, car Caradrina Morpheus a beau avoir l'air d'une créature insignifiante et terne, il a un autre nom, et une autre apparence, car lui aussi n'est pas ce qu'il semble être, et il est également Phobetor, le Terrifique. Il te sera un allié suffisant, quoique son pouvoir sur Dame Cottitoe ne puisse être que de courte durée, car elle a une grande force de volonté, et elle brisera son sortilège même dans ses rêves sombres. Alors tu dois te hâter de secourir les créatures ensorcelées, ce que tu feras en les touchant avec cette insignifiante petite herbe, dont le nom est Moly, l'Ail doré. Et tu pourras recouvrer ta forme première, à ton retour chez Dame Cottitoe, par le même moyen. Ici, comme tu l'as peut-être remarqué, tu as beaucoup de formes et beaucoup de tailles, car tu es ce qu'est ton reflet dans la pupille de mon Œil, que tu ne peux voir, car elle est derrière le voile et rétrécit ou augmente telle une lune noire, telle la pupille d'un gros chat. Et ce que je vois et que mon Œil reflète est ton enveloppe extérieure, renfermant ce que tu peux devenir, comme la pupe d'Atropos, nommée d'après une poupée sculptée, ou une toute petite fille, prête à grandir. Je te vois petit sous mon regard, Seth, et tu peux y grandir, y rétrécir, ou disparaître, si je cille des yeux. Tu peux voir ma pupille, ou ma poupette, selon que tu choisis bien ou mal. Tout est simple et double. Les choses ne sont pas ce qu'elles semblent être. »

Et alors la personne derrière les voiles laissa fuser un rire bref et poussa un léger soupir, et elle dut ciller des yeux, car Seth put détourner son propre regard, et Atropos se tenait là, tout doux et bourdonnant, attendant pour le ramener, Caradrina Morpheus voletant à côté d'eux.

Et tout se passa comme Bonne l'avait prédit. Ils attendirent près du mur la venue de l'ombre vespérale, et puis Morpheus s'éloigna en voletant comme une feuille brune, traversa la pelouse, franchit le seuil et pénétra dans le vaste salon où il déploya ses ailes et devint une créature monstrueuse, de la taille d'un aigle royal, et secoua ses ailes et emplit la pièce d'un nuage saupoudrant une poussière brun sombre. Et le bouc, la génisse et l'épagneul king-Charles restèrent comme des blocs de glace ou de marbre là où ils se trouvaient, et Dame Cottitoe brandit sa houlette d'argent pour toucher le monstre, et la poussière la fit éternuer, comme une vieille femme qui prise d'une manière exagérée, et elle fut pétrifiée sur place. Et Seth entra alors par une porte de côté, et se dépêcha de gagner les Porcheries et de relâcher ses camarades, qui regardaient autour d'eux et clignaient des yeux, et qui manquèrent le tuer dans leur excitation, car il avait oublié de recouvrer lui-même sa forme première. Alors il le fit, apparaissant parmi eux comme par magie, ou plutôt effectivement *par magie,* à leur grand plaisir et leur complète stupéfaction.

Et tandis qu'ils se hâtaient de fuir le palais pour se lancer dans une nouvelle aventure, Seth entendit un bourdonnement à ses oreilles, et il vit, flottant au bout d'une corde d'argent, pas plus grosse que son petit doigt, la longue, mince et noire silhouette de Dame Mouffet, soutenue par sa cape de soie grise comme par des ailes, ses lunettes luisant de plaisir. Et Seth la remercia, et s'enfuit à toutes jambes, car il lui fallait être à des lieues de là avant que le jardin ne se mît à retentir des cris de rage de Dame Cottitoe Pan Demos.

William fut très surpris par l'envolée de l'imagination de Mlle Crompton. L'histoire le mit mal à l'aise, pour des raisons qu'il ne réussissait pas à analyser tout à fait, et en même temps sa propre imagination ne parvenait pas tout à fait non plus à voir Mlle Crompton en train de l'écrire. Elle avait toujours semblé sèche, et ce conte, si enjoué qu'il fût, palpitait d'une certaine sorte d'émotion. Il attendit un jour ou deux avant de le lui rendre ; pendant cet intervalle elle parut l'éviter. A la fin, il prit son courage à deux mains, ainsi que les feuillets à l'écriture hardie, et l'arrêta au passage dans le petit salon du matin.

« Je voulais vous rendre votre œuvre. Je suis rempli de surprise et d'admiration. C'est très-vivant, très-vif. Vraiment très-riche en surprises.

– Ah ! » dit-elle. Puis elle ajouta : « Je crains de m'être laissé emporter. Ce qui m'arrive rarement, ou jamais. J'ai été peu à peu captivée par les chenilles – vous rappelez-vous la petite Amy rapportant le smérinthe et disant qu'elle croyait que c'était une sorte de lézard ? Et j'ai pensé que c'était là une sorte de figure de style en marche – je me suis mise à chercher les étymologies – et j'ai découvert que mon imagination prenait le mors aux dents. Comme si j'étais entraînée bon gré mal gré – par le langage, vous savez – de Sphinx en Morpheus jusqu'à Thomas Mouffet – je suppose que mon Hermès a été Linné – qui n'apparaît pas.

– L'ensemble est extrêmement ingénieux, c'est certain.

– Je crains, dit Mlle Crompton, que cela ne soit trop didactique. Que le message soit surabondant. Avez-vous trouvé qu'il y a surabondance de message ?

– Non, je ne pense pas que ce soit le cas. L'impression que

j'en ai retirée est celle d'un mystère qui va en s'épaississant, comme l'énigme de la Sphinge, personne des plus prodigieuses. Je crois que les lecteurs enfantins y trouveront instruction et plaisir.

– Ah ! » dit Mlle Crompton. Puis elle ajouta : « Mon idée à l'origine était d'écrire un conte fabuleux, pas une allégorie, à dire vrai.

– Je me suis demandé si Dame Cottitoe était l'Église, à un certain moment. Les évêques, vous savez, avec leur crosse. Il existe de très-jolies allégories religieuses qui utilisent les papillons, étant donné que Psyché est l'âme et que c'est le nom grec des papillons –

– Je ne visais pas si haut, je vous assure. Mon message était lié à mon titre.

– " Les choses ne sont pas ce qu'elles semblent être ", dit William. Eh bien, cela au moins est certain. La leçon est bonne. Vous auriez pu inclure l'imitation des papillons vénéneux par les inoffensifs, que Bates a observée –

– Certes. Mais l'histoire était déjà trop longue pour ce qu'elle est. Je suis contente de la ravoir.

– Je pense que vous devriez en écrire beaucoup d'autres de la même veine. Vous avez une imagination extrêmement fertile.

– Merci », dit Mlle Crompton avec une vivacité finale et incongrue.

Au printemps de 1863 Eugenia donna naissance à Meg et Arabella, petites créatures pâles et douces, qui se ressemblaient comme deux pois blancs dans la même cosse. L'été suivant, avec une précision scientifique, William vérifia et poussa ses observations sur les colonies de fourmis, réussissant cette année-là à observer l'accouplement des *sanguinea*, ainsi que celui des rousses, ce qui donna lieu à l'expérience qui lui fournit son coup de théâtre. Il introduisit dans le nid de verre des rousses, dans la salle d'étude, deux ou trois reines *sanguinea*, qu'il supposait récemment fécondées et avait recueillies après leur vol nuptial.

Ce qui va suivre est un récit de patience, subterfuge, détermination et puissance raciale. La petite Reine attendit patiemment à l'extérieur du Nid, n'offrant aucune résistance aux ouvrières de la Colonie qui l'attaquaient, mais courbant la tête avec soumission et refusant le combat, ne revenant que lorsque les gardiennes de la cité furent parties vaquer à leurs occupations. Petit à petit, elle progressa le long des étroits tunnels vers le centre du Nid. A une ou deux reprises elle fut interpellée et se ramassa sur elle-même comme un lapin assailli par un chien. Une fois, un défenseur plus agité ou mieux avisé de la cité l'attaqua avec détermination, l'agrippant et la mordant, essayant de planter son aiguillon dans l'armure neuve et rutilante de la jeune Princesse. A cela la jeune intruse se ressaisit, réagit et combattit, attrapant la tête de son adversaire et la sciant de belle façon avec ses mâchoires. Ce qu'elle fit alors fut proprement stupéfiant, si l'on considère qu'elle venait à peine de sortir de l'abri de son cocon et n'avait pratiquement jamais vu d'autres fourmis, amies ou ennemies. Elle se saisit des tristes restes de sa vaillante adversaire, et poursuivit son chemin, toujours vers l'intérieur, en portant le cadavre devant elle. La manœuvre dut si bien tromper les habitantes du nid – dut si efficacement masquer sa propre étrangeté, son odeur d'étrangère – que cette Médée réussit à s'insinuer dans une cavité adjacente à la loge même de la Reine du Nid de Verre. Là, elle s'arrêta, le corps de son ennemie barrant l'entrée de son trou, immobile et aux aguets. Affamée aussi, c'est à craindre – nous ne la vîmes pas se nourrir pendant tout ce temps. Et puis, un jour, elle se remit à creuser un tunnel, obéissant à une information interne sur ce qui se trouvait de l'autre côté de la mince paroi de terre qu'elle détruisait ainsi, jusqu'au moment où elle finit par surgir dans la loge des Maîtresses, où leurs esclaves étaient occupées à lécher leurs gros corps et à transporter leurs œufs dans le couvoir. La Reine Rouge regarda autour d'elle, et se lança à l'attaque. Les sombres Reines Rousses étaient gonflées d'œufs et vautrées dans le luxe de leur harem. Elles ne s'attendaient pas à devoir se battre, et ne réagirent pas avec une furie correspondant à la violence de l'assaut de celle qui les agressait, et qui bientôt chevaucha l'une de ces infortunées et lui trancha la tête d'un mouvement précis de ses mandibules. Il se produisit une agitation confuse parmi les bonnes d'enfants et les femmes de chambre, mais aucune ne fit face à la régicide, qui demeura immobile et épuisée pendant

160

un certain laps de temps, sans relâcher sa prise mortelle sur son adversaire.

Et pendant de nombreux jours elle ne lâcha pas prise. Elle se mit à circuler de plus en plus librement dans la loge, mais toujours chevauchant, si l'on peut dire, la dépouille mortelle de sa rivale, comme un fantôme ou un démon en prenant possession, faisant remuer une reine marionnette. Et puis elle pondit ses premiers œufs, qui furent servilement saisis et transportés jusqu'au couvoir par les fourmis rousses esclaves, juste comme si ce coucou, cet imposteur, avait été l'héritière légitime de celle qu'elle avait tuée. Ses œufs sont d'un aspect extrêmement différent de ceux de ses rivales, mais cela semble ne faire aucune différence pour les nourrices qui les « reconnaissent » par certaines traces de l'odeur de la pauvre mère morte toujours accrochée à sa meurtrière. Et les enfants rouges surgiront parmi les rousses, et pendant un certain temps œuvreront ensemble – et qui sait si les rouges ne dépasseront pas en nombre les fourmis rousses, si le palais ne changera pas de forme, et si la colonie telle qu'elle existe aujourd'hui ne finira pas par périr ? Ou peut-être la nouvelle lignée échouera-t-elle, et le Nid de Verre reviendra-t-il à ses précédentes maîtresses ? Nous poursuivrons nos observations, année après année, saison après saison, afin que le Royaume souterrain nous livre son histoire secrète –

Dans les premiers jours de l'automne de cette même année, alors que l'activité du nid s'arrêtait, le livre fut achevé, et les feuillets, la science de William, les méditations de William, les dessins exacts et démonstratifs de Mlle Crompton, furent bien proprement rassemblés et recopiés de l'écriture décidée de Mlle Crompton. William écrivit à un ami au British Museum, en lui demandant incidemment quelles maisons d'édition pourraient s'intéresser à un hypothétique futur projet, et Mlle Crompton fit un paquet du manuscrit qu'elle emporta à la petite ville la plus proche, sous prétexte d'aller faire les magasins à la recherche de nouvelles bottines pour l'hiver.

« Car je ne fais aucune confiance à la postière du village pour ne pas raconter à tout le monde qu'un gros paquet comme ci et comme ça a été expédié – et où il l'a été – et nous ne souhaitons pas attirer l'attention sur ce qui sera peut-être une entreprise totalement infructueuse, vous ne croyez pas ? Quand le livre sera magnifiquement relié, et prêt à être recensé dans les journaux, alors nous étalerons tout au grand jour. Mais cette heure n'a pas encore sonné.

– J'avais cru que nous allions inclure certaines de vos histoires dans le texte. Tel qu'il est, nous avons quelques poèmes en illustrations – Clare, Wordsworth, Milton, et quelques autres – mais aucune de vos fables.

– J'ai été un peu découragée par la nature et la longueur des " Choses ne sont pas ce qu'elles semblent être ". Et puis je me suis ressaisie et j'ai pensé que j'essaierais d'écrire un recueil de contes de ce style. J'aimerais infiniment avoir quelques revenus personnels. Est-ce choquant à dire ? Je ne puis vous exprimer à quel point je l'aimerais.

– Je ne peux m'empêcher de regretter – par égard pour vous – que vous n'ayez pas pris la plume plus tôt.

– Oh, j'ai attendu que ma Muse vienne. Nos fourmis, vous savez, ont été mes muses. Elles m'ont inspirée. »

Quand la lettre de M. Smith arriva, cela ne parut toujours pas être le bon moment pour expliquer aux Alabaster qu'il s'était mis à écrire. Matty Crompton lui apporta la lettre dans son atelier, où il était occupé à un véritable casse-tête, le montage d'une dépouille d'oiseau mexicain. Il ne l'avait jamais vue si animée – ses joues cireuses étaient en feu et sa respiration saccadée. Il comprit qu'elle avait guetté les allées et venues du facteur, comme un épervier, des semaines de rang. Elle resta dans l'embrasure de la porte, les poings serrés contre ses jupes, les muscles tendus, le corps arqué, pendant qu'il lisait la lettre, d'abord pour lui-même, et puis tout haut, dans un demi-murmure.

Monsieur,
De chaleureuses félicitations vous sont dues pour votre ingénieuse Histoire Naturelle, qui est exactement le genre d'ouvrage dont le monde des lettres, actuellement, ne saurait trop avoir. Votre livre possède tout ce que l'on peut désirer – une abondance de faits, d'utiles réflexions, un intérêt dramatique, de l'humour et un élément récréatif. Nous sommes très-heureux que vous ayez choisi notre maison pour le publier et espérons conclure avec vous, à notre mutuelle satisfaction, un accord en vue de ce qui ne

manquera pas d'être, j'en suis certain, une très-fructueuse colla-
boration.

Matty Crompton poussa un grand soupir et s'appuya sans forces contre le chambranle de la porte.

« Je le savais. Dès le premier instant je l'ai su. Mais j'avais tellement peur –

– Je n'arrive pas à y croire –

– Il ne faut pas être trop optimiste. Je n'ai pas la moindre idée de ce que rapporte un livre qui a du succès –

– Moi non plus. Moi non plus. » Il se tut un instant. « Je n'ai pas très-envie d'en parler à Sir Harald. Il est dans une mauvaise passe en ce qui concerne son propre projet. Il a déchiré plusieurs liasses pas plus tard qu'hier. J'ai le sentiment de ne pas lui avoir donné le soutien qu'il lui faut –

– Je comprends –

– Peut-être, tout bien considéré, la chose n'est-elle pas encore assez certaine pour être divulguée ? Peut-être ferions-nous mieux de garder nos intentions pour nous un petit peu plus longtemps ? Tout s'est si bien passé – jusqu'à présent –

– Je ne demande pas mieux que de continuer ainsi. Le choc – la surprise – n'en sera que plus complet quand nous en viendrons à divulguer ce qui était en chantier – »

Il y avait aussi, mais William ne pouvait en faire état, le désagrément, par rapport aux Alabaster, de sa dernière alter-cation avec Edgar. Car il avait remarqué – il en avait très lentement, trop lentement, pris conscience au milieu de ses préoccupations – que sa petite sylphide des cafards, Amy, ne trottait plus dans les couloirs avec ses seaux, ne faisait plus d'apparition dans l'enclos ses jours de congé. De fait, il finit par s'apercevoir lentement qu'Amy n'était plus là du tout. Il avait demandé à Mlle Crompton si elle savait où Amy était, et Mlle Crompton avait laconiquement répondu qu'elle croyait qu'Amy avait été congédiée. William n'avait pas jugé bon de pousser plus loin son enquête, mais une question posée inci-demment à Tom, l'aide-jardinier, avait provoqué un brusque éclat, étouffé tout aussi brusquement par la prudence.

« Amy est à l'asile, avec un bébé, monsieur, ou elle y sera un de ces quatre matins, elle qui n'est guère qu'un bébé aussi. Et sans références, monsieur, sans certificat – que va-t-elle devenir, je ne sais pas, je ne saurais dire, pauvre petiote – »

Quelque chose se mit à bouillir en William, au souvenir d'Edgar dans la souillarde, au souvenir de la scoliose et de la résignation d'Amy. Il partit, sans réfléchir, vers les écuries, où Edgar était en train de seller Ivanhoé.

« Je voudrais vous parler.

— Qu'y a-t-il donc ? (Sans même tourner la tête.)

— J'espère que ce qui arrive à la pauvre Amy n'est pas de votre fait.

— Je ne sais rien et ne me soucie en rien de " la pauvre Amy ".

— Je crois que vous mentez. La pauvre fille est enceinte, et vous en êtes la cause.

— Vous tirez de bien hâtives conclusions. Et quoi qu'il en soit, je ne vois pas en quoi cela vous concerne. »

Edgar lâcha la sangle qu'il était en train de serrer autour du ventre d'Ivanhoé, se redressa et regarda William avec un très léger sourire sur son visage blanc.

« En quoi donc cela vous intéresse-t-il ? dit-il lentement et posément.

— La simple humanité. Ce n'est qu'une enfant. Et j'éprouve de la sympathie, de l'intérêt pour elle, dont l'enfance a été vouée à un travail d'esclave —

— Ah ! Un socialiste ! Qui " éprouve de l'intérêt " pour les petites cendrillons esclaves. Je pourrais vous demander à quoi votre " intérêt " vous a mené ? A nous observer tous deux, personne ne se demanderait lequel a passé le plus de temps en compagnie de ce petit bout de femme. Personne, croyez-le bien. Pensez à ce que les gens verraient dans votre sollicitude. Pensez-y donc.

— C'est ridicule. Vous le savez bien.

— Et je vous réponds la même chose, vos accusations sont ridicules. La fille ne s'est pas plainte, et vous ne pouvez rien faire pour réfuter mes dires.

— En êtes-vous sûr ? Je peux aller trouver Amy et lui demander —

— Cela ne servirait à rien, je vous l'assure. Et vous feriez mieux de penser à ce qu'Eugenia en penserait. Ou à ce qu'il pourrait me prendre l'envie de raconter à Eugenia. »

Edgar avait l'air si content de lui que William en fut momentanément déconcerté et sentit le sang cogner à ses tempes.

« Je pourrais vous cogner contre le mur, dit William. Mais

164

cela ne serait d'aucune utilité pour Amy. Il faut que son avenir soit assuré.

– Et que vous, vous laissiez à ceux qui le peuvent, dit Edgar, ce qui ne vous inclut pas, le soin d'y pourvoir comme ils l'entendent. Ma mère lui fera parvenir un secours. C'est son rôle. Il me semble que vous avez vous-même eu plutôt à vous louer de notre générosité.

– Je veillerai à ce que quelque chose soit fait.

– Non, c'est moi qui y veillerai. C'est à notre service à nous que cette fille était. Et à moins que vous ne vouliez jeter votre intérêt pour elle à la tête d'Eugenia –

Il se retourna vers son cheval, le conduisit dehors et monta en selle.

« Adieu, beau-frère », dit Edgar, et il enfonça les talons dans les flancs d'Ivanhoé qui bondit de surprise et partit au petit trot.

William ne put se résoudre à aborder le sujet d'Amy avec aucune femme de la maison. Ni Lady Alabaster, ni Eugenia, ni Matty Crompton. Edgar avait éveillé en lui une honte hors de proportion qui le mettait à quia, la honte d'un homme réduit à l'incapacité d'agir, à l'impuissance. Il pensa à réunir la pitoyable somme dont il disposait et à prier Tom de la remettre à Amy, puis il songea à l'inutilité d'une telle somme, aux fausses interprétations auxquelles une telle initiative pourrait donner prise, et il ne fit rien du tout. En divers endroits du Brésil existaient peut-être des petits enfants à la peau brune et aux yeux clairs, en qui coulait son propre sang, aux besoins desquels il ne subvenait pas, et qui ne savaient rien de lui. Qui était-il pour porter des jugements si vertueusement indignés ? S'intéresser à Amy n'était pas son rôle, Edgar avait raison sur ce point. Ainsi hésita-t-il et ne fit-il rien, tandis que la grossesse d'Amy, selon toute vraisemblance, poursuivait paisiblement ou douloureusement son inévitable cours.

Durant les hivers de 1861 et de 1862 Edgar avait passé le plus clair de son temps à suivre la chasse à courre ou à tirer le gibier, et la maisonnée recluse avait été encore plus sédentaire et féminine qu'au cours de l'été. En cet hiver de 1863 où l'histoire des fourmis était sous presse, Robin Swinnerton demanda assez timidement à William s'il avait envie de l'accompagner à la chasse, car un de ses chevaux avait besoin d'exercice et William pourrait le monter. Aucun Alabaster n'avait jamais fait pareille proposition, ni supposé que William pût en avoir envie, et peut-être d'autres considérations, du tact et de la délicatesse envers la famille – sa famille – auraient-elles pu le conduire à décliner l'offre de Robin. Mais il en voulait à Edgar, et bouillait d'énergie nerveuse à cause du livre et de son état d'avancement. Aussi accepta-t-il, et sortit une ou deux fois sur la jument de Robin, Beauté, qui sautait les obstacles avec la précision d'un chat mais n'était pas la monture la plus rapide de la chasse. Il se sentait presque heureux en parcourant les prairies anglaises qui craquetaient dans le petit matin gris, en respirant l'odeur du cuir poli, de la chaude crinière et de l'encolure luisante de Beauté, et, outre ces senteurs animales, le parfum de l'automne tout entier, ses chaumes et ses fougères, une bouffée de fumée montant d'un feu de bois, l'âcreté de feuilles d'aubépine écrasées qui brusquement, étonnamment, tandis que Beauté dressait les oreilles et s'envolait dans un bond aérien, la boue chuintant comme une ventouse sous ses sabots, lui rappelait la secrète odeur de Matty Crompton, l'effluve de ses aisselles, la touche d'âcreté dans la lavande et le citron.

La chasse se forma un jour devant l'auberge du Laurier, dans un village du voisinage. Edgar et Lionel partirent tout de suite après le maître d'équipage, à la place qui était habituellement la leur. Ils ignorèrent la présence de William au rassemblement, comme si un minimum de courtoisie, qui était de règle au Manoir, n'avait pas à être observé à l'extérieur. Ils saluèrent Robin, à un moment où il n'était pas avec William, ce qui engagea celui-ci à ne pas bouger quand les cavaliers s'élancèrent et à se mettre en route parmi les derniers. Ce jour-là la chasse se déploya rapidement et sur une certaine distance. William entendit la trompe s'évanouir, puis le faible écho du galop alors qu'il en était encore à suivre un tranquille chemin creux, sillonné d'ornières, entre de hautes haies. Ce fut là qu'un valet d'écurie de Bredely, qu'il ne connaissait que de vue, le rattrapa, sur un robuste cob, et lui dit : « Monsieur, monsieur. Vous êtes prié de rentrer voir Mlle Eugenia, s'il vous plaît.

– Est-elle malade ? Quelque chose ne va pas ?

– Je ne sais pas, monsieur. Je crois qu'il n'y a rien de grave, sans cela on me l'aurait dit en me chargeant de la commission, mais c'est tout ce qu'on m'a dit. Vous êtes prié de rentrer voir Mlle Eugenia. »

William fut irrité. Il rebroussa chemin, tout en entendant la trompe sonner et la meute aboyer, et partit au petit trot – Eugenia ne lui faisait absolument jamais dire d'aller la retrouver, alors ce devait être urgent. Les haies défilaient, il traversa quelques champs en maintenant un galop paisible et franchit la barrière des écuries. Le palefrenier lui prit les rênes et William se hâta de regagner la maison. Personne n'était en vue. Dans l'escalier, il rencontra la femme de chambre d'Eugenia.

« Ma femme va bien ?

– Je crois, monsieur.

– Où est-elle ?

– Dans sa chambre, monsieur, je crois, dit la jeune femme sans sourire. Je lui ai brossé les cheveux et j'ai emporté le petit déjeuner, et elle m'a dit qu'elle ne voulait pas être dérangée jusqu'après le déjeuner. Mais je crois que c'est là qu'elle est, monsieur. »

Il y avait quelque chose de bizarre dans la façon d'être de la jeune fille. Quelque chose de furtif, de craintif, et aussi d'excité. Elle baissa les yeux, modestement, et se remit à descendre l'escalier.

William monta et frappa à la porte d'Eugenia. Il n'y eut pas de réponse. Il écouta, l'oreille contre la porte. Il se fit un mouvement à l'intérieur, et il eut la sensation de quelqu'un aux aguets, qui se retenait de bouger, comme lui. Il essaya d'ouvrir. La porte était fermée à clé. Il écouta de nouveau, et puis fit rapidement le tour par sa propre chambre et le dressing-room, ouvrant cette porte-là sans frapper.

Eugenia était allongée sur son lit, presque entièrement nue, une espèce de saut-de-lit encore jeté sur ses épaules et ses bras. Elle était beaucoup plus grasse à présent, mais toujours d'une blancheur soyeuse, toujours suave. Quand elle vit de qui il s'agissait, elle rougit, son visage, son cou, ses seins s'empourprèrent, un afflux rose et violent l'envahit. Debout à côté du lit, en chemise et rien d'autre, se tenait un homme, un homme de forte taille, le dos tourné à William, Edgar. La chambre baignait dans une odeur qui ne laissait aucune place au doute, une odeur de musc et de sel, aphrodisiaque et terrible.

William ne sut quels sentiments éprouver. Il sentit de la révulsion, mais aucune fureur primitive. Il sentit une espèce

167

de rire sinistre monter en lui, au spectacle grotesque que présentait Edgar, ainsi qu'à la stupidité de sa propre attitude, bouche bée. Il se sentit humilié et, en même temps, investi d'une extrême puissance. Edgar poussa comme un mugissement étranglé et, pendant un instant, William perçut ce qu'Edgar pensait, que le plus simple serait qu'Edgar le tue, tout de suite, sans délai, avant qu'il en sache davantage ou qu'autre chose se passe. Il devait penser plus tard qu'Edgar aurait très bien pu le tuer s'il n'avait pas été surpris la queue entre les jambes. Car une verge nue, qui n'était que puissance deux minutes plus tôt, devant la femme, est vulnérable et ridicule en présence d'un tiers. Il dit laconiquement à Edgar : « Habillez-vous. »

Edgar attrapa docilement ses vêtements pour obéir. William se mit à donner lentement ses ordres. Il dit : « Ensuite, partez. Partez instantanément. »

Ni le frère ni la sœur ne pouvait dire « Ce n'est pas ce que vous croyez ». Ils n'essayèrent ni l'un ni l'autre. Edgar n'arrivait pas à enfiler ses culottes de cheval. Il s'affola et lâcha un juron. William continuait à fixer intensément Edgar, sans un regard pour Eugenia. Quand Edgar se pencha pour mettre ses bottes, William, pris de nausée et tremblant sous l'effet d'un sentiment puissant, dit : « Prenez-les, prenez-les à la main, avec tout le reste, et sortez d'ici. »

Edgar ouvrit la bouche, ne dit mot, et referma la bouche. William indiqua la porte d'un mouvement de la tête. « Je vous ai dit de partir une bonne fois pour toutes. »

Edgar ramassa ses bottes, sa veste, sa cravache, et sortit.

William regarda sa femme. Elle était pantelante. De peur, sans doute, mais cela ressemblait fort aux pâmoisons du plaisir, qu'il connaissait bien.

« Vous aussi. Habillez-vous. Couvrez-vous, couvrez-vous donc. »

Eugenia tourna la tête vers lui sur ses oreillers. Ses lèvres étaient écartées. Ses jambes molles étaient encore écartées. Elle leva une main tremblante et essaya de lui toucher la manche. William s'écarta d'un bond comme s'il avait été piqué. Il répéta, d'une voix crispée, « Habillez-vous ».

Elle se glissa très lentement hors du lit et rassembla ses vêtements. Ils étaient éparpillés dans la chambre. Les bas sur le tapis, le pantalon sur une chaise, le corset pendant sur un tabouret.

« On se croirait dans un bordel », dit William, ne faisant qu'exprimer la vérité, et se trahissant par-dessus le marché, ce qui passa inaperçu. C'est alors qu'il se rappela avoir pensé jadis qu'il risquait de la souiller, Dieu le pardonne. Sa nausée s'accrut. Eugenia courait de par la chambre, courbée en deux, en se cachant les seins avec ses bras, et en poussant des gémissements.

« Je ne peux pas mettre ça sans Bella – aidez-moi.

– Je ne vous toucherai pas. Laissez donc ça. Dépêchez-vous. Vous êtes horrible à voir. »

Elle obéit et passa une robe blanche qui pendit bizarrement sur sa chair non corsetée. Elle s'assit devant le miroir et se donna machinalement un ou deux coups de brosse. Quand elle se vit, quelques larmes coulèrent entre ses jolis cils. Elle resta assise, affaissée, devant son miroir.

« Qu'allez-vous faire ?

– Je ne sais pas, répondit William, disant vrai et lui rendant son regard avec difficulté. Je ne veux pas que vous vous croyiez obligée de me mentir, Eugenia. Cela – cela n'a pas cessé un seul instant, c'est bien ça ? Tout le temps que j'ai passé ici. »

Il vit les mensonges passer sur le visage d'Eugenia, comme des nuages sur la lune. Puis elle frissonna et hocha la tête.

« Oui.

– Depuis quand ? dit William.

– Depuis que je suis toute petite. Oui, toute petite. Ç'a d'abord été un jeu. Vous ne pouvez absolument pas comprendre.

– En effet. Je ne peux pas.

– D'abord cela semblait – n'avoir rien à voir avec le reste de ma vie. C'était juste quelque chose de secret qui était – vous savez – comme les autres choses qu'on ne doit pas faire et qu'on fait tout de même. Comme de se toucher, dans le noir. Vous ne comprenez pas.

– Non. Je ne comprends pas.

– Et puis – et puis – quand j'allais épouser le capitaine Hunt – il a vu – il a vu – oh ! pas autant que vous – mais assez pour deviner. Et ça l'a rongé. Ça l'a rongé. Alors j'ai juré d'arrêter – et j'ai bel et bien arrêté – je voulais me marier, être sage et – comme les autres – et je l'ai – je l'ai persuadé qu'il se trompait sur mon compte. Ce fut très-difficile, parce qu'il ne voulait pas dire ce qu'il redoutait – il ne pouvait pas l'exprimer tout haut – et c'est alors que j'ai vu – à quel point c'était terrible – cette chose – et moi aussi ! Seulement – nous n'avons pas pu arrêter. Je ne crois pas – que lui » – elle s'étrangla sur le nom d'Edgar – « ait jamais voulu arrêter – il – il est – si vigoureux – et bien sûr le capitaine Hunt – quelqu'un lui a fait voir – il a vu – pas grand-chose – mais suffisamment. Et il a écrit une lettre terrible – à – à tous les deux – et il a dit – oh ! » – elle se mit soudain à sangloter rapidement – « il ne pouvait pas vivre en sachant ça même si nous le pouvions, nous. C'est ce qu'il a dit. Et puis il s'est tiré une balle dans la tête. Dans son bureau il y avait un billet pour moi, disant que je saurais pourquoi il était mort, et qu'il espérait que je parviendrais à être heureuse. »

William la regardait sangloter.

« Mais même après ça vous avez continué.

– Vers qui d'autre me tourner ? »

Elle continua à sangloter. William considéra sa propre vie passée. « Vous vous êtes tournée vers moi. Ou servie de moi, en tout cas. » Il commença à se sentir vraiment très mal. « Tous vos enfants, qui ont le type ancestral si scandaleusement marqué –

– Je ne sais pas, je ne sais pas. Je me suis arrangée pour ne pas savoir », pleura Eugenia, avec un nouvel accent de frénésie. Elle se mit à se balancer d'avant en arrière, avec outrance, en se cognant la tête contre le miroir.

William dit : « Faites moins de bruit. Vous ne souhaitez certainement pas attirer davantage l'attention. »

Il y eut un long silence. Eugenia gémissait et William demeurait planté là, paralysé par des fureurs et des hésitations contradictoires. Il dit, quand il sentit qu'il ne pouvait prolonger cette scène insupportable un instant de plus : « Je m'en vais maintenant. Nous en reparlerons plus tard.

– Qu'allez-vous faire ? demanda Eugenia d'une petite voix sans timbre.

– Je ne sais pas ce que je vais faire. Je vous le dirai, quand je le saurai. Attendez ma décision. Ce n'est pas la peine d'avoir peur, je ne me tuerai pas. »

Eugenia pleurait doucement.

« Ni lui non plus, dit William. Je tiens à rester un homme libre, pas un condamné pour meurtre.

– Vous êtes de glace, dit Eugenia.

– Je le suis maintenant », dit William, mentant au moins en partie. Il se réfugia dans sa chambre et ferma la porte à clé de son côté.

Il s'étendit sur son lit et, ce qui le surprit par la suite, sombra immédiatement dans un profond sommeil dont il sortit tout aussi brusquement, incapable pendant un instant de se rappeler ce qu'il s'était passé de terrible, seulement qu'il s'était passé quelque chose. Et puis il se souvint, et se sentit nauséeux, surexcité, fébrile, et hors d'état de décider quelle conduite adopter. Toutes sortes de choses lui traversèrent l'esprit. Le divorce, la fuite, une épreuve de force avec Edgar, arracher de lui la promesse de s'en aller pour ne plus jamais revenir. Le pouvait-il ? Le voulait-il ? Pouvait-il, quant à lui, rester dans cette maison ?

Néanmoins il se leva, changea de tenue et descendit pour le dîner où, hormis l'absence d'Edgar et d'Eugenia, les choses furent ce qu'elles étaient chaque soir : Harald dit la prière, les cadettes se chamaillèrent, et Lady Alabaster fit entendre son bruit de rumination en soupant. Les domestiques apportèrent les plats puis les remportèrent, silencieusement, discrètement. Après le repas une partie de cartes fut proposée et William songea à refuser, mais Matty Crompton lui dit dans le couloir, sur le chemin du salon où le thé était servi : « Oh ! quel tourment te navre, chevalier en armes, / Qui erres solitaire et pâle ?

– Ai-je l'air qu'un tourment me navre ? demanda William en se forçant à parler d'un air badin.

– Vous avez l'air de broyer du noir, lui dit son amie. Et vous êtes incontestablement pâle, si je puis me permettre d'en faire la remarque.

– Je n'ai pas pu piquer un galop, dit William. J'ai été rappelé – » Il s'arrêta, considérant pour la première fois l'étrangeté de ce rappel. Mlle Crompton parut ne pas y prendre garde. Elle requit son concours pour une partie d'anagrammes, avec Lady Alabaster, les aînées et Mlle Fescue, laquelle était toujours requise pour aider Lady Alabaster. Ils s'installèrent autour de la table, à la lumière de la lampe à huile. Ils avaient tous l'air tellement à leur aise, pensa William, tellement innocents, tellement en famille.

Le jeu consistait à composer des mots avec des cartes où figuraient les lettres de l'alphabet joliment décorées d'images d'arlequins, de singes, de colombines et de diables avec leur fourche. Chaque joueur recevait dix cartes et pouvait passer n'importe quel mot complet, qu'il avait formé en secret, à n'importe quel autre joueur, lequel devait alors changer au moins une lettre et remettre le mot en circulation. Le but était de se défausser des lettres marquées de diables, qui étaient, assez au petit bonheur la chance, certaines des moins commodes, telles que Q et X, et certaines des plus demandées, comme E et S. William jouait la tête ailleurs, plaçant des mots faciles comme « était », « son » et « mien », et accumulant les diables. A un moment, il se réveilla brusquement, les lettres PHXNITCSEE en main, et recouvra assez ses esprits pour passer à Matty Crompton le mot INSECTE, non sans conserver un X flanqué d'un diable. Mlle Crompton, le visage presque entièrement plongé dans l'ombre de la lampe, laissa fuser un bref éclat de rire en lisant ce mot, le contempla un instant, changea l'ordre des cartes et le lui repassa. Il allait faire remarquer que rendre le même mot sans ajouter ou enlever de lettre n'était pas de jeu, quand il vit ce qu'elle lui avait bel et bien remis. Le mot était là, innocemment entre ses doigts. INCESTE. Il se hâta de battre ces cartes parlantes, releva la tête et croisa le regard des sombres yeux intelligents.

« Les choses ne sont pas ce qu'elles semblent être », dit Matty Crompton avec amabilité. William regarda ses cartes et s'aperçut qu'il pouvait former un autre mot tout en se défaisant de son X et en répondant au message. Alors il le lui donna, elle laissa fuser un autre bref éclat de rire, et la partie suivit son cours. Mais à partir de cet échange leurs regards se croisèrent de temps en temps, et les yeux de Matty brillaient de lucidité et – assurément – d'excitation. Il ne savait pas s'il devait être réconforté ou alarmé par cette lucidité. Depuis combien de temps savait-elle ? Et comment ? Que pensait-elle ? Son sourire n'était pas compatissant, il n'était pas grivois non plus, mais en quelque sorte satisfait et amusé. Le hasard des cartes était inquiétant. Il lui donnait ce sentiment que chacun d'entre nous éprouve un jour ou l'autre, celui où nous avons beau protester que nous sommes les jouets de la fortune qui nous moleste et nous malmène, en fait il existe un Dessein, il existe un Destin, et il nous tient sous sa coupe.

Il était possible, évidemment, qu'elle eût, d'une façon ou d'une autre, truqué les cartes. Elle aimait les énigmes. Il regarda la flexion rapide de ses poignets minces et précis lorsqu'elle passa PHENIX à Elaine, en se débarrassant habilement du dangereux X. Voyait-elle en lui une dupe, une pauvre victime ? L'avait-elle toujours, toujours, vu sous ce jour ? Les choses n'étaient pas ce qu'elles semblaient être, c'était bien vrai.

A la fin de la partie il s'arrangea pour lui dire tout bas : « Il faut que je vous parle.

– Pas maintenant. Plus tard. Je trouverai le moment. Plus tard. »

Il eut du mal à s'endormir ce soir-là. De l'autre côté de la porte fermée à clé se trouvait Eugenia. Il ne l'entendait pas ronfler, il ne l'entendait pas bouger et, une ou deux fois, il dut résister à l'impulsion d'aller voir si elle s'était tuée. Il ne pensait pas qu'elle ferait une chose pareille ; ce n'était pas dans sa nature ; mais, évidemment, il ne savait rien de sa nature, après ce matin. Tout ce qu'il avait cru savoir était sens dessus dessous. Ou peut-être que non. Il avait su en partie qu'il ne connaissait pas Eugenia. Soit elle est sans aucune vie intérieure, avait-il pensé, soit celle-ci est au secret, elle m'est impénétrable. Une chose horrible avait été commise contre lui. Contre elle aussi, pensa-t-il. Sans doute devrait-il avoir envie de tuer Edgar. Sauf que même Edgar, d'une certaine façon, était moins purement et simplement abominable dans cette situation infernale. Il était davantage la proie de son entraînement, moins présomptueusement et banalement brutal et arrogant qu'il l'avait semblé.

William entendit frapper à sa porte, du côté du couloir. Elle s'ouvrit sans bruit et livra passage à une silhouette sombre. C'était Mlle Crompton, encore dans sa tenue du dîner, longue jupe de soie noire et corsage de popeline grise. Elle resta dans l'embrasure de la porte et lui fit signe de venir, sans proférer un mot. William quitta son lit et enfila sa robe de chambre. Il la suivit en silence dans le couloir, monta un étage dans son sillage, traversa un grand palier recouvert d'un tapis de corde de bon usage, et franchit la porte de ce qu'il reconnut immédiatement pour sa chambre à coucher. Elle posa sa bougie sur la petite coiffeuse. La chambre était étroite, comme une boîte, meublée d'une chaise à haut dossier et d'un lit étroit, au chevet en fer forgé, et dont le couvre-lit de basin tombait en plis impeccables. Il y avait une petite bibliothèque, en chêne sombre, et des livres partout où c'était possible, sous la chaise, dans des caisses dépassant de sous le lit, sous la coiffeuse. Derrière la porte, des patères auxquelles était accrochée la modeste garde-robe qu'il connaissait si bien. Devant la fenêtre, une petite commode où était posé un verre contenant quelques cardères et pavots. C'était tout.

« Asseyez-vous, je vous prie, dit Mlle Crompton. J'espère que vous ne trouvez pas que tout cela ressemble trop à une conspiration.

– Non », dit-il, bien qu'il le pensât effectivement pour une part. Il était troublé d'être enfermé avec elle, dans sa chambre.

« Vous souhaitiez me parler », dit-elle en s'asseyant sur le bord du lit, l'air de ne pas trop savoir comment entamer la conversation.

« Vous m'avez passé un mot, ce soir, dit-il. Et quelqu'un m'a fait dire de rentrer à la maison, aujourd'hui, alors que ma présence n'était pas désirée. Que ma présence était on ne peut moins désirée.

– Ce n'est pas moi qui vous ai fait chercher, dit-elle. Si c'est cela que vous croyez. Il existe des gens dans une maison, vous savez, des gens qui savent tout ce qui s'y passe – le peuple des invisibles – et de temps en temps c'est la maison qui décide elle-même, purement et simplement, que quelque chose doit se produire – je crois que votre message vous est parvenu après une série de méprises qui, à un certain niveau, étaient tout à fait délibérées – »

Il se fit un autre silence. Ils étaient très empruntés en présence l'un de l'autre, maintenant qu'ils étaient sur son territoire à elle, le petit territoire sur lequel elle régnait.

« Mais vous savez ce que j'ai vu, dit-il.

– Oui. Il existe des gens dans les maisons, entre les habitants visibles et les invisibles, des gens qui sont en général invisibles aux uns comme aux autres, et qui peuvent savoir beaucoup de choses, ou rien du tout, à leur guise. Je choisis de savoir certaines choses et de ne pas en savoir d'autres. Je me suis prise d'intérêt pour ce qui vous touche.

– On s'est servi de moi. On s'est joué de moi.

– Même si cela est – cela n'est pas ce qui importe le plus. Je veux savoir – ce que vous ressentez. J'ai besoin de savoir ce que vous allez faire. »

La bizarrerie de sa façon de s'exprimer le frappa, mais il ne fit aucun commentaire. Il répondit péniblement, de son mieux : « Je ressens – mon sentiment le plus puissant est – que je suis libre. Je devrais me sentir – stupéfié, ou vindicatif, ou – ou humilié – et par moments je ressens bel et bien toutes ces choses-là – mais surtout je ressens – que je peux m'en aller maintenant, je peux quitter cette maison, je peux retourner à mon vrai travail... Évidemment, je ne le peux pas. J'ai cinq enfants et une femme, et aucun moyen d'existence. Mais je pourrais chercher un emploi.

– Il a été question de financer une nouvelle expédition en Amazonie.

– Je ne puis plus désormais accepter un sou des Alabaster. Vous devez le comprendre, vous qui comprenez tout, je commence à le croire. Je dois partir, et vite. Pour ne plus jamais revenir. La vengeance n'est pas mon affaire. Je vais – je vais demander de l'argent à Edgar, pour Amy – je me moque du qu'en-dira-t-on, je vais m'assurer qu'Amy ait de quoi vivre jusqu'à la fin de ses jours – et puis je partirai. Pour ne plus jamais revenir. »

La formule l'excitait. Il dit : « Vous êtes tout ce que je regretterai ici. Je n'ai jamais ressenti – dans le fond de mon cœur – la moindre affection envers tous ces – enfants blancs –

– C'est peut-être une réaction sur le moment.

– Non, non. Je peux partir. Je veux partir. Mon livre – notre livre – fournira un peu d'argent – et il peut en être gagné davantage.

– J'ai vendu mes contes de fées, dit Matty Crompton.

– Je ne puis accepter – vous ne le proposiez pas – je vous prie de m'excuser –

– J'ai pris certaines initiatives, dit Mlle Crompton d'une voix tendue. Qui dépendent entièrement de votre approbation. J'ai – j'ai une lettre de change de M. George Smith qui devrait être plus que suffisante – plus une lettre de M. Stevens offrant de négocier la vente de spécimens comme auparavant – plus une lettre d'un certain capitaine Papagay qui quitte Liverpool à destination de Rio dans un mois. Il a deux couchettes de libre.

– Vous êtes assurément une bonne fée, dit William avec une pointe de révolte. Vous agitez votre baguette, et j'ai tout ce que je désire avant d'avoir le temps de penser à le désirer.

– J'observe et j'organise, j'écris des lettres, et je tiens compte de votre nature, dit Matty Crompton. C'est ce que vous désirez vraiment. Vous venez de le dire.

– *Deux* couchettes, dit William.

– Je pars avec vous, dit Mlle Crompton. Vous m'avez emplie du désir de voir toutes ces contrées paradisiaques et je ne goûterai pas une minute de paix tant que je n'aurai pas vu le grand fleuve et respiré l'air des Tropiques.

– Vous ne pouvez pas faire ça, dit William. Pensez aux fièvres, pensez aux terribles morsures, pensez à la nourriture insuffisante et monotone, aux hommes brutaux qu'il y a là-bas, aux beuveries –

– Et pourtant vous désirez y retourner.

– Je ne suis pas une femme, moi.

– Ah ! Et moi si.

– Ce n'est absolument pas un endroit pour une femme –

– Et pourtant il y a des femmes là-bas.

– Oui, mais pas des femmes de votre genre.

– Je ne crois pas que vous sachiez quel genre de femme je suis. »

Elle se leva et se mit à marcher de long en large, comme un prisonnier dans une cellule, dans une pièce exiguë. Il ne bougea pas et l'observa. Elle dit : « Vous ne savez même pas que je suis une femme. Pourquoi cela ne continuerait-il pas de la même façon ? Vous ne m'avez jamais vue, non, jamais vue. »

Il y avait une âpreté nouvelle dans sa voix, une nouvelle inflexion. Elle dit : « Vous n'avez aucune idée de qui je suis. Vous n'avez même aucune idée de mon âge. C'est vrai, non ? Vous croyez que j'ai entre trente et cinquante ans, avouez-le.

– Si vous savez avec tant de précision ce que je pense, c'est que vous devez avoir fait en sorte que je le pense. »

Ce qu'elle disait n'en était pas moins vrai. Il n'en avait aucune idée, et c'était bien ce qu'il avait pensé. Elle marchait toujours de long en large. William dit : « Dites-le-moi alors, puisque vous m'engagez à le demander, quel âge avez-vous ?

– J'ai vingt-sept ans, dit Matty Crompton. Je ne dispose que d'une seule vie, dont vingt-sept années sont déjà écoulées, et j'ai bien l'intention de commencer à vivre.

– Mais pas dans la forêt des pluies tropicales, pas en Amazonie. Prenez Esmeralda, on dirait le paradis sur terre, jusqu'au jour où l'on s'aperçoit que toutes les maisons sont fermées, que toute vie est végétale, pas animale, que le visage d'un pauvre hère est incrusté de moustiques, que sa nourriture en est infestée, et que ses mains sont en sang. Cet endroit est sous maints aspects un enfer –

– Mais vous y retournez.

– Mon travail est là-bas. Et je sais comment vivre de cette vie.

– J'apprendrai. Je suis forte. Je n'ai pas vécu dans du coton, contrairement aux apparences. J'ai de la ressource. Vous n'aurez pas à vous soucier de moi, une fois la traversée achevée.

– C'est un mirage.

– Non. C'est exactement ce que je vais faire. »

Il avait peine à reconnaître l'ironique et pratique Mlle Crompton des premiers temps. Elle déambulait et tournait en rond. Elle pivotait sur ses talons, la main sur la hanche.

« Mademoiselle – Matty –

– Mon nom, dit-elle, est Matilda. Ici, le soir, il n'existe pas de Matty. Il n'y a que Matilda. Regardez-moi bien. »

Et elle leva les mains, défit les nattes enroulées sur ses oreilles, secoua la tête pour les libérer et vint se placer devant lui. Et son visage encadré de tresses sombres était aigu, ardent, avide. Et il observa avec quelle élégance elle se tournait. Et il dit : « J'ai vu vos poignets, Matilda. J'en ai rêvé quelquefois. Vous avez – de remarquables – poignets.

– Je voulais seulement que vous me voyiez », dit Matilda avec moins d'assurance, en voyant qu'il l'avait effectivement vue. Il vit que ses pommettes étaient hautes et marquées, que sa bouche était ferme, non pas douce mais pleine de vie. Il vit avec quelle prestesse elle cambrait la taille, et il pensa tout de suite à un lévrier. Il dit : « Je ne crois pas que c'était tout ce que vous vouliez.

– Je veux que vous soyez heureux », dit Matilda d'un air farouche.

William se leva, la regarda droit dans les yeux et posa les mains sur sa taille.

« Je le serai, dit-il. Je le serai. »

Il attira vers lui l'inflexible Matty Crompton, la nouvelle et avide Matilda.

« Dois-je rester ? dit-il. Ou m'en aller, maintenant ?

– Je voudrais que vous restiez, dit Matilda. Bien que ce ne soit pas très-confortable ici.

– Si nous partons ensemble en expédition, vous découvrirez que nous nous rappellerons ce lieu comme le paradis du confort. »

Et d'une certaine manière, de toutes sortes de manières, c'est ce qu'ils firent.

Deux tableaux encore. William alla voir Eugenia pour lui communiquer ses décisions. Elle avait fait savoir qu'elle était souffrante et ses repas lui étaient portés dans sa chambre, ce qui n'était pas assez inhabituel pour susciter des commentaires dans la maison. Il lui envoya un message par sa femme de chambre, lui disant qu'il souhaitait régler certaines dispositions avec elle. En entrant, il vit qu'elle avait pris grand soin de sa toilette. Elle était en soie gris argent, avec des rubans bleu vif, et un bouquet de roses à son décolleté. Elle avait l'air plus vieux ; le lustre tranquille avait disparu de son expression, il était remplacé par une suavité nouvelle, une nouvelle et manifeste sensualité.

« Alors vous avez décidé, dit-elle. Quel sera mon sort ?

– Je vous avoue que le mien m'intéresse davantage. J'ai décidé de vous quitter. Je vais partir en expédition, explorer le cours supérieur du Rio Negro. Je n'ai pas l'intention de revenir dans cette maison.

– Je suppose que vous souhaiterez que je vous fasse un chèque pour votre passage, vos dépenses et le reste.

– Non. J'ai écrit un livre. L'argent qu'il m'a rapporté suffira.

– Et – parlerez-vous à quelqu'un – raconterez-vous ?

– A qui le raconter, Eugenia, sans plonger par là même dans la désolation celui à qui je m'ouvrirais ? Il vous faut vivre avec vous-même, c'est tout ce que je puis dire, il vous faut vivre avec vous-même du mieux que vous pourrez.

– Je sais que c'était mal, dit Eugenia. Je sais que c'était mal, mais vous devez comprendre que cela ne donnait pas l'impression d'être mal – c'est arrivé peu à peu, à la suite de choses innocentes, naturelles, badines – que personne ne jugeait répréhensibles – je n'ai jamais pu arriver à en parler à âme qui vive, il faut me pardonner de vous en parler – je vois bien que je vous ai fâché, mais j'ai essayé de faire en sorte que vous m'aimiez – si j'avais pu en parler à quelqu'un, j'aurais peut-être été amenée à voir à quel point c'était répréhensible. Mais lui – il pensait que ça ne l'était pas – il disait – il y a des gens qui aiment à édicter des règles et d'autres qui aiment à les enfreindre – il m'a fait croire que tout ça était parfaitement naturel, et ça l'était, c'était naturel, rien en nous ne s'est dressé pour dire – que ce n'était pas – naturel.

– Les éleveurs savent, dit William d'un ton cassant, que même les mariages entre cousins germains sont facteurs de tares héréditaires – en augmentent la probabilité – »

Eugenia baissa les yeux : « Ce que vous dites est cruel. »

Elle serrait nerveusement les mains sur ses genoux. Elle avait fait tirer les rideaux à moitié pour se protéger du soleil et cacher les traces de ses larmes. Elle était ravissante, présomptueuse, amorale, et il sentit que ce qu'elle attendait à présent, c'était qu'il parte, pour reprendre son autarcie, sa concentration sur elle-même. En un certain sens, ce qui s'était produit avait importuné Eugenia, et il était sur le point de faire disparaître ce qui l'importunait, lui-même. Il dit : « Morpho Eugenia. Vous êtes si ravissante –

– Cela ne m'a procuré aucun avantage, dit Eugenia, d'être jolie, d'être admirée. Je voudrais être différente. »

Mais William ne pouvait prendre ces paroles au sérieux en la regardant froncer les lèvres, ouvrir de grands yeux, et lui lancer un regard plein d'espoir.

« Adieu, Eugenia. Je ne reviendrai pas.

– Sait-on jamais », répondit-elle d'un air vague, son attention s'éloignant déjà de lui, avec un joli petit soupir de soulagement.

Et le second tableau est très différent. Imaginez le robuste petit navire, la *Calypso,* filant dans la nuit au beau milieu de l'Atlantique, au point le plus éloigné de la terre de tout son voyage. Le ciel est d'un bleu noir profond, éclaboussé par le fleuve ondoyant et étoilé de la Voie lactée, scintillant et gluant de soleils, de lunes, de mondes, grands et petits, comme de la semence lancée à la volée. La mer est d'un bleu-noir intense, côtelée de vert, dentelée, quand elle roule, d'embruns argentés et de crêtes chiffonnées d'impalpable eau salée. Elle pullule aussi d'animalcules phosphorescents, les méduses, qui nagent avec leurs menus flagelles et offrent comme une image inversée de la foisonnante nébuleuse. William et Matilda se tiennent sur le pont, penchés au-dessus du bastingage, regardant le bateau piquer du nez et aller de l'avant. Elle porte un châle cramoisi, et un foulard rayé dans ses cheveux, et le vent joue avec ses jupes autour de ses chevilles. La main brune de William serre le poignet brun de Matilda sur le bastingage. Ils respirent l'air salin, ainsi que l'espoir, leur sang bat de l'excitation de l'avenir, et c'est un bon endroit pour les quitter, sur la crête d'une vague, entre la verdure bien ordonnée des prairies et des haies et les enroulements et les luttes de la masse forestière le long du littoral amazonien.

Le capitaine Arturo Papagay, dont c'est le premier commandement, passe et sourit de son splendide sourire de sang-mêlé, dents blanches dans un visage brun doré, yeux sombres et rieurs. Il a apporté à M. Adamson une curiosité. C'est un papillon, trouvé par un aspirant dans la mâture. Il est d'ambre doré, les ailes bordées de brun foncé, un peu ébouriffées et même déchirées. C'est le monarque, dit William, excité, Danaus plexippus, connu pour migrer sur de grandes distances le long des côtes américaines. Ces papillons ont un vol vigoureux, dit-il à Matilda, mais les vents peuvent les déporter sur des centaines de milles au-dessus de la mer. Matilda fait observer à William et au capitaine que les ailes sont encore poudreuses de vie. « Cela me remplit d'émotion, dit-elle. Je ne sais pas si c'est plus de la peur ou de l'espérance. Il est si fragile, si facile à écraser, et il a été emporté aussi loin que possible de l'endroit où il allait. Et pourtant il vit encore, il brille, il est tellement surprenant, à le regarder comme il faut. « C'est l'essentiel, dit le capitaine. Être en vie. Tant qu'on est en vie, tout est surprenant, à y regarder comme il faut. » Et tous les trois contemplent avec un regain d'intérêt les points lumineux dans la nuit qui les entoure.

L'ANGE CONJUGAL

I

Lilias Papagay était pétrie d'imagination. Dans sa profession c'était une qualité suspecte, encore que nécessaire, et il fallait la surveiller, la refréner. Sophy Sheekhy, qui de ses yeux voyait et de ses oreilles entendait les visiteurs de l'autre monde, était d'apparence plus flegmatique et terre-à-terre. Elles formaient une bonne équipe pour cette raison, comme Mme Papagay en avait eu l'intuition lorsque sa plus proche voisine, Mme Pope, avait succombé à une violente crise d'hystérie en entendant la nouvelle gouvernante de ses enfants s'entretenir avec Cousine Gertrude et son petit garçon Tobias, tous deux morts noyés bien des années auparavant. Ils étaient assis à la table de la nursery, avait dit Sophy Sheekhy, et leurs vêtements, bien que parfaitement propres et secs, exhalaient une odeur d'eau salée. Ils voulaient savoir ce qu'était devenue l'horloge de parquet qui se trouvait autrefois dans le coin de la nursery. Tobias avait aimé la manière dont le soleil et la lune se poursuivaient, la mine épanouie, tout autour du cadran. Mme Pope, qui avait vendu l'horloge, ne voulut pas en entendre davantage. Mme Papagay offrit un asile à la placide petite demoiselle Sheekhy, qui empaqueta ses maigres possessions et emménagea. Mme Papagay, pour sa part, n'avait jamais dépassé le stade de l'écriture involontaire – prolifique, il est vrai – mais elle croyait Sophy Sheekhy susceptible de faire des merveilles. Parfois, mais peu souvent, elle étonnait, elle ébahissait. Mais cette parcimonie était en elle-même une garantie d'authenticité.

Par une fin d'après-midi d'orage, en 1875, elles suivaient le Front de Mer, à Margate, pour aller prendre part à une séance dans le salon de Mme Jesse. Lilias Papagay, quelques pas en avant, était vêtue de soie lie-de-vin, avec une traîne à falbalas et un chapeau chargé d'un plumage aux reflets sombres, noir comme le jais, dont les moirures vert émeraude et les chatoiements bleu libellule jouaient sur les rotondités ultramarines d'ailes décapitées aux rémiges hardies, telles les petites ailes qui battent sur la coiffure ou aux talons d'Hermès dans les tableaux anciens. Sophy Sheekhy était en laine gris tourterelle, avec un col blanc, et tenait un solide parapluie noir.

Le soleil se couchait sur l'onde grise, grand disque rose crépusculaire, de la couleur d'une brûlure récente, dans un bain de lumière rougeoyante et dorée qui se répandait entre les barres de nuages d'acier comme la lumière du feu dans l'âtre ruisselle d'une grille polie.

« Regardez, dit Lilias Papagay en agitant une impérieuse main gantée. Voyez-vous l'Ange ? Revêtu d'un nuage et auréolé d'un arc-en-ciel, le visage, dirait-on, comme le soleil, les pieds comme des colonnes de feu. Et dans sa main un petit livre ouvert. »

Elle voyait ses muscles, ses tendons nébuleux, marcher sur les flots ; elle voyait son visage d'un rouge ardent et ses pieds de feu. Elle savait qu'elle s'évertuait à voir ainsi. Elle voulait tant voir les habitants invisibles du ciel voguer au gré de leurs occupations, et l'air empli d'ailes, assombri de plumes. Elle savait que l'autre monde pénétrait, interpénétrait le nôtre, la grise et solide Margate aussi bien que Stonehenge et Saint-Paul. Sophy Sheekhy fit observer que c'était effectivement un coucher de soleil spectaculaire. L'une des jambes embrasées de l'ange flamboya et s'étendit, laissant d'éphémères rides vermeilles sur l'eau mate. Son torse gris boursouflé s'inclina, se tordit, paré de guirlandes d'or. « Je ne me lasse pas de contempler les soleils couchants », dit Sophy Sheekhy. Elle avait un pâle visage de lune en son plein, légèrement grêlé de cratères dus à une petite vérole bénigne, et ombré par places de taches de rousseur. Elle avait le front large, et une grande bouche incolore, aux lèvres habituellement pressées paisiblement l'une contre l'autre, à l'égal de ses mains jointes. Ses cils étaient longs, soyeux, presque invisibles ; ses oreilles veinées se devinaient en partie sous les lourdes ailes de ses cheveux de lin. Elle n'aurait pas été surprise si on lui avait dit que le soleil et la lune sont d'une grandeur constante sous le regard humain qui leur confère une dimension supportable, à peu près de la taille d'une pièce d'une guinée. Tandis que Mme Papagay, avec William Blake, aurait auguré une phalange innombrable des Célestes Milices clamant « Saint, Saint, Saint, est le Seigneur Dieu Tout-Puissant ». Ou encore avec Emanuel Swedenborg, qui voyait une multitude de créatures merveilleuses voguer à travers l'espace tels des mots flamboyants. Un attroupement de mouettes en colère se disputait en plein vol un morceau de choix ; elles s'élevèrent toutes ensemble dans les airs, luttant avec des cris stridents, cependant que l'ange de Mme Papagay se désagrégeait et entrait en fusion. Son ultime lueur posa une rougeur éphémère sur le blanc visage de Sophy. Elles pressèrent le pas. Mme Papagay n'était jamais en retard.

La compagnie habituelle était assemblée dans le salon de Mme Jesse. Ce n'était pas une pièce confortable : Mme Jesse n'avait pas le don du confort, et son salon était un peu poussiéreux, le vernis un peu éraflé, les rideaux de dentelle un peu éraillés. Il y avait beaucoup de livres, dans des bibliothèques vitrées, et diverses collections de pierres et de coquillages qui amassaient de la poussière dans des coupes et des boîtes. Un télescope était placé devant la fenêtre, son cuivre parfaitement poli, et divers autres instruments de marine, un sextant, un chronomètre, des compas, occupaient une vitrine particulière. Il y avait aussi, brillant sur du velours cramoisi, la Médaille d'or de sauvetage du capitaine Jesse, spécialement frappée pour lui par l'empereur Napoléon III, et la Médaille d'argent de la Société royale de secours en mer, objet lunaire de la dimension d'une assiette. Le capitaine avait obtenu ces deux distinctions honorifiques depuis sa retraite à Margate, où il avait, à pas moins de trois reprises, et en l'absence d'un canot de sauvetage régulier, rameuté les marins pêcheurs et lancé une embarcation, prenant en personne la barre, pour porter secours à des navires en train de sombrer au large dans la tempête. Il avait sauvé tout l'équipage à chaque fois, un vaisseau français, un vaisseau anglais, un vaisseau espagnol. Cela s'était passé avant que Mme Papagay fît sa connaissance, mais jamais elle ne se lassait d'entendre les détails de ces sauvetages aussi parfaitement pratiques que parfaitement romanesques. Elle voyait le tout, elle vivait le tout, le tourbillon des eaux, leurs crêtes cinglantes, la turbulence de leurs flancs mugissants, les clameurs et les grondements de la tourmente, les points lumineux des étoiles parmi la course folle des nuées, les têtes d'épingle des fanaux dans les ténèbres en furie, la ténacité du capitaine Jesse qui amarrait d'une main experte des cordages mouillés, escaladait en divers points des ponts ruisselants et chavirés, dévalait un escalier inondé pour atteindre une cabine bouillonnante et tourbillonnante et sauver le minuscule garçon de cabine français, offrant au corps léger et à demi conscient la sauvegarde de sa propre ceinture de sauvetage, sans pour autant, comme trop d'officiers de marine, savoir lui-même nager. « Richard ne connaît pas la peur », disait Mme Jesse de sa voix sonore et ferme, et le capitaine, hochant timidement la tête, murmurait que cela paraissait avoir été oublié dans sa constitution, il se contentait de faire ce qui semblait le mieux sur le moment sans penser au danger, il était persuadé que la peur rendait service à la plupart des hommes, mais elle paraissait avoir été oubliée dans sa constitution, il ne saurait prétendre à aucun crédit à ce titre, assurément, le véritable courage n'était possible que pour qui éprouvait de la peur, mais lui-même était comme le prince d'un des contes de fées, il ne se rappelait pas lequel, et ne savait pas bien ce que c'était que cette chose, mais pensait bien l'avoir vue à l'œuvre en autrui, s'il prenait le temps d'y penser, ce qu'il ne faisait peut-être pas assez souvent, non, il n'y pensait pas assez souvent. La conversation du capitaine Jesse était copieuse et sans discernement, fait surprenant chez un homme d'action d'une telle taille de statue.

Il se tenait devant la cheminée, grand, droit, les cheveux blancs, la barbe blanche et fournie, parlant avec M. Hawke, qui cumulait de nombreuses charges, diacre de l'Église de la Nouvelle Jérusalem, rédacteur de *La Petite Feuille Spirituelle*, agent du Fonds d'aide aux marins, coordinateur de ces réunions vespérales. M. Hawke, malgré son nom qui signifiait épervier, n'avait rien d'un oiseau de proie dans son apparence ; c'était un petit homme rondelet, une petite pomme d'homme, pensait Mme Papagay, pourvu d'un ventre sphérique et de non moins sphériques joues rouges et luisantes, au-dessus desquelles ondulaient des touffes de cheveux fauves à la base d'un crâne chauve, rose et rond. Il avait la cinquantaine, jugeait-elle, et n'était pas marié. Le capitaine et lui étaient des hommes qui débitaient chacun un flot ininterrompu de paroles sans trop prêter attention aux réponses de l'autre. M. Hawke était un fin connaisseur en matière de théologie. Il avait été ritualiste, méthodiste, quaker, baptiste, et avait à présent trouvé un havre, permanent ou temporaire, dans le sein de l'Église de la Nouvelle Jérusalem, laquelle avait pris naissance dans le monde spirituel en l'an 1787, quand l'ancien ordre avait péri et que ce Christophe Colomb de la Spiritualité, Emanuel Swedenborg, avait accompli ses voyages à travers les divers Cieux et Enfers de l'Univers, dont il lui fut révélé qu'il a la forme d'un Divin Humain, chaque chose spirituelle et chaque chose matérielle correspondant à une partie de ce Très-Grand Homme infini.

Le capitaine Jesse et M. Hawke buvaient tous les deux du thé. Le capitaine discourait de la culture du thé sur les flancs montagneux de Ceylan, définissant le thé qu'il y avait bu comme « aromatique et au goût de frais, monsieur, de frais, comme une infusion de feuilles de framboisier chez nous, le thé transporté dans des coffres chemisés de plomb a toujours un arrière-goût de moisi pour ceux qui en ont dégusté là où il pousse, dans de simples bols en terre cuite pas plus grands que cette salière, il a la saveur de la terre, de la terre, monsieur, et du soleil, un véritable nectar ». M. Hawke discourait simultanément de l'habitude que Swedenborg avait de boire sans cesse du café, aux effets pernicieux duquel certains esprits qu'on ne saurait dire radieux avaient attribué ses visions.

« Car le café, agissant sur un tempérament pur, produira, disent-ils, une excitabilité, une insomnie, une activité anormale de l'esprit et de l'imagination, et des visions fantastiques – de la loquacité également. J'ajoute foi à ces effets du café, j'en ai observé l'occurrence. Mais il faut être un charlatan doublé d'un cuistre pour tenter de trouver dans une cafetière la source des *Arcana* ou du *Diarium*. Néanmoins il y a peut-être là une vérité cachée. Dieu a créé le monde, et donc tout ce qui s'y trouve, y compris, je suppose, le caféier et son fruit. Si le café prédispose à la lucidité, je ne sache pas que le moyen porte préjudice à la fin. Nul doute que les visionnaires aient une structure aussi ordonnée que les cristaux, et pas une drogue, pas la moindre cerise de caféier, n'est omise de leur conformation, si tant est qu'elle y soit nécessaire. Nous vivons en un âge matériel, capitaine – la métaphysique mise à part, le temps n'est plus où une chose puisse sortir de rien. Si les visions sont de bonnes visions, m'est avis que leur origine matérielle est également bonne. Mesurons le café à l'aune des visions et vice versa.

– J'ai connu des hallucinations provoquées par le thé vert, répondit le capitaine. Nous avions un matelot indien qui voyait régulièrement des démons dans le gréement, jusqu'au jour où il se laissa convaincre par un second maître de restreindre les quantités qu'il absorbait. »

Mme Papagay s'approcha de Mme Jesse, qui partageait le canapé avec Mme Hearnshaw, et offrait du thé dans des tasses ornées de guirlandes de gros boutons de rose et de myosotis d'un bleu éclatant. Mme Hearnshaw était en grand deuil, toute de soie noire vêtue, une coiffe de dentelle noire posée sur son abondante chevelure châtain, et un grand médaillon d'ébène pendant à une chaîne d'anneaux de jais sculpté sur sa poitrine rebondie. Sa peau était veloutée et ses grands yeux d'un brun limpide, mais ils étaient entourés de cernes bleu-gris, et ses lèvres étaient tout à la fois pincées et tombantes. Elle venait d'enterrer la cinquième petite Amy Hearnshaw en l'espace de sept ans – toutes avaient vécu une vie éphémère, de trois semaines à onze mois – et seul leur survivait un petit Jacob, joli et maladif garçonnet de trois ans. M. Hearnshaw autorisait Mme Hearnshaw à venir aux séances, mais refusait d'y assister lui-même. Il dirigeait une petite école et nourrissait de solides convictions chrétiennes d'une lugubre espèce. Il croyait que la mort de ses filles était une suite de tribulations envoyées par Dieu pour l'éprouver et le punir des insuffisances de sa foi. Mais il n'allait pas jusqu'à suggérer qu'il y eût quoi que ce fût d'essentiellement erroné ou malséant dans les activités spiritistes – anges et esprits emplissaient les pages des deux Testaments, l'Ancien et le Nouveau. Mme Papagay croyait qu'il autorisait sa femme à venir aux séances parce que sans cela il trouvait une gêne intolérable dans la violence foisonnante de son chagrin. Il était dans la nature de M. Hearnshaw et dans sa profession de réprimer les manifestations d'émotion excessive. Si Annie trouvait du réconfort, la maison était plus calme. Du moins était-ce ainsi que Mme Papagay, grande tisseuse de récits de vie à l'aide des fils ténus de regards, de paroles et de sentiments, supposait que M. Hearnshaw pouvait raisonner.

Mme Papagay aimait les histoires. Elle les filait avec des bobines de papotages et d'observations personnelles ; elle se les racontait le soir, ou en se promenant dans les rues ; elle était constamment tentée de franchir les limites du commérage afin de recevoir en retour les pépites d'autres lignes de vie, d'autres chaînes de cause à effet. En se trouvant veuve, sans moyens, elle avait envisagé d'écrire des histoires pour gagner sa vie, mais ses talents dans l'ordre du langage ne furent pas à la hauteur de la tâche, ou bien ce fut le mouvement de la plume dans l'écriture d'histoires délibérément destinées à un public qui l'inhiba – toujours est-il qu'elle écrivit des fadaises siru- peuses, ampoulées, sans intérêt à ses yeux avides, sans parler de ceux du lecteur anonyme. (L'écriture automatique était différente.) Elle avait épousé M. Papagay, capitaine au long cours de sang mêlé, parce que, tel Othello parlant à Desdémone, il l'enchantait par le récit de ses exploits et de ses souffrances en des pays lointains. Il s'était noyé il y avait dix ans de cela, dans l'Antarctique, ou quelque part par là, du moins le croyait-elle, puisque ni la *Calypso* ni aucun membre de son équipage n'avaient été revus depuis. Elle avait assisté à sa première séance afin de découvrir si elle était ou non veuve, et avait reçu une réponse, comme c'est si souvent le cas, ambiguë. Le médium, en cette occasion, une dame enivrée par la découverte récente de ses pouvoirs d'amateur, avait dicté un message en provenance d'Arturo Papagay, authentifié par ses cheveux noirs et ondulés, sa dent en or et sa chevalière en cornaline, et prétendant dire à son cher amour, à sa femme chérie, qu'il avait trouvé le repos, et qu'il voulait qu'elle fût calme et contente comme lui de ce que le temps approchait où le premier ciel et la première terre périraient, où il n'y aurait plus de mer, et où Dieu étancherait toutes les larmes de leurs yeux.

Mme Papagay n'était pas tout à fait sûre que ce message émanât véritablement d'Arturo, dont les mots tendres étaient plus brefs, plus crus, plus polissons, et qui eût été parfaitement incapable de se complaire à goûter béatement le repos dans un monde privé de mer. Arturo avait toujours besoin d'être en train de faire quelque chose, et la mer l'attirait comme un aimant par son odeur, son souffle, sa masse mouvante, périlleuse, profonde, toujours plus profonde. Quand Mme Papagay s'essaya pour la première fois à l'écriture automatique, elle reçut des messages qui lui semblèrent provenir indiscutablement d'Arturo, des messages anciens ou actuels d'Arturo vivant ou mort, tout enchevêtrés d'algues ou de ses propres souvenirs. Ses doigts respectables tracèrent des imprécations en diverses langues dont elle ignorait le premier mot, et qu'elle ne chercha jamais à se faire traduire, car elle savait suffisamment bien, d'une manière tout approximative, ce qu'elles étaient, avec leurs foutres, leurs cons, leurs cunni, le vocabulaire d'Arturo en colère, son vocabulaire aussi au paroxysme du plaisir. Elle dit rêveusement : « Oh ! es-tu mort ou vivant, Arturo ? » – et la réponse fut : « Coquine conque coquinette coquillalgues sable sable brise brise brisant con foutre foutre con conquinette Lilias infin che'l mar fu sopra noi richiuso ».

D'où elle conclut que, tout bien considéré, il s'était proba-blement noyé, non sans opposer de résistance. Elle se vêtit de noir, prit deux pensionnaires, s'essaya à un roman, et vécut de plus en plus dans l'écriture automatique.

Petit à petit elle s'était taillé une place dans la communauté de ceux qui cherchaient à entrer en contact avec le monde des esprits. Elle fut une adjonction bienvenue aux séances qui se déroulaient dans les maisons privées, car en sa présence les visiteurs invisibles frappaient toujours avec plus d'ardeur et envoyaient des messages à la fois plus détaillés et plus surprenants que les vagues assurances auxquelles ils étaient enclins. Elle commença à être capable d'entrer en transe, expérience assez comparable à l'évanouissement, chaude, froide, poisseuse, nauséeuse et, eu égard à la perte simultanée de la maîtrise de soi, angoissante pour une personne aussi perspicace et posée que Mme Papagay. Elle avait conscience qu'à l'autre bout d'un tunnel réticulé, de couleur isabelle ou de la teinte jaunâtre d'un asticot, ses propres bottines battaient le tapis, ses pauvres cordes vocales se tendaient à tout rompre cependant que des voix rauques s'exprimaient par son intermédiaire. Elle se rendait compte que jusque-là elle n'avait pas été vraiment sûre et certaine que l'écriture automatique était accomplie par une autre partie de son Être cohérent. Par son canal un esprit amical nommé Pomone et un esprit malfaisant et indiscret nommé Rasta parlaient alternativement. Elle entrait moins fréquemment en transe maintenant qu'elle avait Sophy Sheekhy pour compagne, car Sophy semblait glisser aisément dans un autre monde, laissant derrière elle une créature froide comme l'argile, dont le souffle suffisait à peine à voiler de buée une cuillère d'argent. Elle relatait d'étranges visions, d'étranges paroles ; elle était capable de dire, avec une étonnante précision, où se trouvaient des objets perdus, des parents perdus. Mme Papagay était convaincue que Sophy pourrait faire se matérialiser des esprits si cela lui plaisait, comme Florence Cook et son contrôle, Katie King. Sophy, qui était lente à manifester de la curiosité, et lente à voir où était son propre intérêt, disait « Pourquoi ? » et ajoutait qu'elle ne parvenait pas à imaginer pour quelle raison les morts pourraient avoir le désir de retrouver leur corps, il valait tellement mieux être comme ils étaient. Ils n'existaient pas pour effectuer des numéros de cirque, disait Sophy Sheekhy. Cela leur ferait du mal. Mme Papagay était trop intelligente pour ne pas voir ce qu'elle voulait dire.

Elles avaient à présent, insensiblement, avec une certaine

dose d'habileté, passé du monde des expériences purement privées des médiums amateurs au monde délicatement réglé des médiums rémunérés. Rien de vulgaire – des « dons » remis par les messieurs qui réglaient ces sortes d'affaires, des honoraires pour des consultations (« C'est mon droit, j'insiste, madame, si je fais appel à vos talents comme je pourrais le faire de ceux d'un ecclésiastique, d'un grand musicien ou d'un guérisseur. Nous avons tous besoin du nécessaire, nous devons tous avoir de quoi subsister jusqu'à l'heure bénie où nous passerons la frontière et nous joindrons aux Autres, dans l'Au-Delà »).

Mme Papagay était une personne intelligente et un esprit curieux, le genre de femme qui, en des temps plus anciens, aurait été une nonne aux propensions théologiques et, en un âge ultérieur, aurait fait des études de philosophie, de psychologie ou de médecine. Elle se posait parfois de grandes questions, du type de pourquoi les Morts avaient-ils juste à présent, juste récemment, et avec tant de persistance, choisi d'essayer de rebrousser chemin et de rentrer dans le monde des vivants à grand renfort de coups, de frappements, de messages, d'émanations, de matérialisations, de fleurs immatérielles et d'étagères qui se déplaçaient ? Elle ne connaissait pas bien l'Histoire, bien qu'elle ait lu tous les romans de Walter Scott, mais elle imaginait qu'il devait jadis y avoir eu un temps où les morts partaient au loin, et y restaient. Aux jours des Disciples, aux jours des Prophètes avant eux, il est vrai, les jolis anges avaient visité avec grâce la vie des gens, apportant avec eux de douces lumières radieuses, une musique céleste, et une bouffée d'importance mystérieuse. Les Pères de l'Église aussi les avaient vus et certains d'entre eux avaient été des esprits inquiets. Le père de Hamlet avait marché, et les morts drapés dans leur linceul avaient poussé des cris aigus et des sons inarticulés dans les rues de Rome – il y avait toujours eu, Mme Papagay en était tout à fait sûre, de bizarres petites apparitions locales sur les grand-routes, par les petits chemins écartés, dans les vieilles demeures, des choses qui produisaient des coups sourds, des odeurs nauséabondes, des arpèges enchanteurs, des choses qui venaient vous dévisager et vous donner la chair de poule, vous glacer jusqu'aux os, vous plonger dans la plus noire mélancolie, le garou, le croque-mitaine, la présence tenace d'un mort, un fermier de méchante humeur, une jeune femme souffrant le martyre.

Mais ces récents bataillons de la nuit, oncles et tantes, poètes et peintres, bambins innocents et matelots braillards péris en mer, qui semblaient apostés derrière chaque chaise, emprisonnés dans chaque placard, agglomérés dans le jardin, agglutinés dans l'escalier, d'où sortaient-ils soudain, que voulaient-ils ? Sur les murs des vieilles églises, derrière l'autel de la chapelle Sixtine, on les voyait à leur place d'antan, couronnés d'or, siégeant en rangs serrés à l'assemblée céleste, et ils gémissaient, ils se tordaient de douleur, dans les bras des chèvre-pieds noirs à la langue de feu qui les entraînaient vers l'abîme infernal. Étaient-ils délogés au jour d'aujourd'hui par un savoir nouveau ? Les étoiles fonçaient dans la nuit et brillaient dans des espaces vides, il y avait des soleils capables d'engloutir notre petit monde dans le feu, comme un pépin d'orange sur des charbons ardents. Sous l'abîme étaient les verts pâturages de la Nouvelle-Zélande et les rouges déserts d'Australie. Mme Papagay pensait, nous savons cela aujourd'hui, nous le savons et nous imaginons qu'il en est bien ainsi, le haut et le bas perdent leur emprise sur nous. Et pourtant nous sommes incapables de supporter la pensée qui s'ensuit, celle que nous ne devenons rien, comme les sauterelles et les bestiaux. Alors nous leur demandons à eux, les anges de notre apanage, de nous rassurer. Et ils viennent, ils viennent à notre appel.

Mais ce n'était pas pour cela, elle le savait dans le fond de son cœur, qu'elle se rendait aux séances et qu'elle y écrivait, y frappait, y mugissait, c'était pour le présent, pour un surcroît de vie présente, ce n'était pas pour la vie à venir qui serait comme elle serait, comme elle était, comme elle avait toujours été. Qu'avait-elle, en effet, trouvé en embuscade sur sa route de veuve présumée et impécunieuse, sinon la gêne et l'ennui ? Il lui était insupportable de s'asseoir à papoter de chapeaux, de broderie, et de l'éternel problème des domestiques, elle voulait la vie, la vie. Et ce commerce avec les morts était le meilleur moyen de connaître, d'observer et d'aimer les vivants, non pas tels qu'ils étaient à boire poliment leur thé, mais en leur être secret, leurs plus profonds désirs, leurs peurs les mieux cachées. Ils se révélaient à elle, Lilias Papagay, comme ils ne l'auraient jamais fait dans le cours ordinaire de la vie. Mme Jesse, par exemple, n'était pas riche, mais c'était une dame de la bonne société, la famille du capitaine appartenait à la petite noblesse terrienne. Mme Papagay n'aurait pas fréquenté les Jesse sans la démocratie du Monde des Esprits.

II

Mme Jesse était une petite femme bien de sa personne, d'un peu plus de soixante ans, dont la tête imposante paraissait parfois trop grosse pour son corps fluet. Elle avait des yeux bleus, très clairs, dans un visage profondément ridé, d'une complexion brune de gitane et un profil marqué. Ses beaux cheveux bruns, striés de gris, étaient encore abondants ; elle les coiffait en bandeaux délicats qui encadraient son visage. Elle avait des mains d'oiseau, le regard pénétrant d'un oiseau également, et une voix grave étonnamment sonore. Mme Papagay avait été très surprise par son fort accent du Lincolnshire. Mme Jesse était encline à des déclarations péremptoires – la première fois où Mme Papagay l'avait rencontrée, il y avait eu une discussion sur le travail du chagrin, et Mme Jesse avait hoché la tête judicieusement : « Je connais cela. J'ai éprouvé cela », comme une sorte de chœur de tragédie. « J'ai éprouvé chacune de ces choses ; je connais chacune de ces choses. Je ne veux plus d'aucune autre émotion. Je sais ce que c'est que de se sentir comme une *piarre*. » Si ces accents oraculaires et répétitifs rappelèrent à Mme Papagay le terrible Corbeau de M. Poe avec son « Jamais plus », ce fut en partie parce que Mme Jesse était toujours accompagnée de son corbeau familier, Aaron, qui était attaché à son poignet par une laisse de cuir, et nourri de morceaux de viande crue contenus dans une sinistre petite sacoche qu'elle emportait toujours avec lui. Aaron venait aux séances, comme le faisait Carl, carlin gris éléphant aux petites dents ivoirines reposant sur ses babines pendantes, et aux intelligents yeux bruns exorbités. Carl était insensible aux fluctuations d'émotion autour de la table, et avait tendance à somnoler, étendu sur le canapé, ronflant même parfois, ou émettant d'autres bruits corporels mouillés et explosifs aux moments les plus sensibles. Aaron provoquait aussi parfois des distractions à des instants de concentration intense –

un raclement de griffes, un cri rauque et subit, un ébouriffement de plumes quand il se secouait.

Mme Jesse était l'héroïne d'une tragique histoire. Dans sa jeunesse, à dix-neuf ans, elle avait aimé et avait été aimée. C'était un jeune homme brillant, un ami de ses frères à l'université, qui avait séjourné au presbytère où la famille vivait recluse, qui avait presque immédiatement compris qu'elle et lui étaient des âmes sœurs, et qui lui avait demandé d'être sa femme. Le destin était intervenu, d'abord sous la forme du père du jeune homme, attaché aux réalités et aux ambitions de ce monde. Il lui avait fait défense de la voir, ou de se fiancer avec elle, avant d'avoir l'âge de vingt et un ans. Cet âge était venu et avait été dépassé. Malgré une séparation et une opposition permanentes les amoureux avaient été fidèles à la foi qu'ils s'étaient jurée. Leurs fiançailles avaient été annoncées – le jeune homme avait passé un Noël familial avec sa bien-aimée et la famille de celle-ci. Des lettres ferventes avaient été échangées. Au cours de l'été de 1833 il était parti en voyage à l'étranger avec son père, et lui avait écrit – Ma douce amie – de Hongrie, de Pesth, sur le chemin de Vienne. Au début d'octobre le frère de Mme Jesse avait reçu une lettre de l'oncle du jeune homme. Mme Papagay en connaissait le début par cœur. Elle l'avait entendue de la voix grave et mélancolique de Mme Jesse ; elle l'avait entendue, mot pour mot, dans les jacassements et remâchements superficiels du capitaine Jesse.

> *Mon cher Monsieur,*
> *Je vous écris à la prière d'une famille très-affligée et incapable, dans l'Abîme de douleur dans lequel elle a été précipitée, de le faire elle-même.*
> *Votre ami, Monsieur, et mon bien-aimé Neveu, Arthur Hallam, n'est plus – il a plu à Dieu de l'enlever à cette terre, premier théâtre de son Existence, vers le Monde meilleur pour lequel il fut Créé...*
> *Le pauvre Arthur avait un léger accès de Fièvre paludéenne – comme il était coutumier du fait – Demanda qu'on allumât son feu – et causa avec sa bonne humeur habituelle – Il perdit subitement connaissance et son Âme le quitta sans Douleur – Le Médecin s'efforça de lui faire une Saignée – et à l'Examen, il fut conclu, de l'Avis Général, qu'il n'aurait pas pu vivre longtemps –*

194

Elle était descendue, la jeune fille, en apprenant que le courrier était arrivé, emplie d'espérance, pour s'entendre lire cela par son frère atterré, et le monde extérieur avait fui ses yeux assombris, elle était tombée dans un profond évanouissement dont le réveil avait été plus terrible, un plus terrible choc, que le premier coup, à ce qu'elle disait, et à ce que croyait Mme Papagay, l'ayant éprouvé, tant le récit en était intense. « Il semble, racontait Mme Jesse, qu'il soit parti si doucement, si imperceptiblement, que son père se trouva capable de rester assis auprès du feu avec lui, dans la supposition que tous deux lisaient amicalement, jusqu'au moment où il fut frappé de ce que le silence était trop prolongé et que, peut-être, quelque chose n'allait pas, nous ne le savons pas, et lui-même ne se le rappelle pas. Car lorsqu'il toucha mon cher Arthur, sa tête n'avait pas une position complètement naturelle – et il ne répondit pas – alors un médecin fut appelé, et une veine ouverte dans son bras, et une autre à la main – le tout sans résultat, il était parti pour toujours. »

Pendant toute une année après ce sombre jour elle était restée enfermée dans sa chambre, prostrée de douleur et toujours sous le choc, réapparaissant devant sa famille et ses amis – Mme Papagay imaginait la scène non pas du dedans, en se plaçant à l'intérieur de la jeune femme comme elle le faisait pour le premier choc, mais par les yeux émerveillés de la compagnie assemblée, à l'instant où elle s'était glissée tout doucement dans la pièce, douloureusement et fièrement droite, en grand deuil, mais portant une rose blanche dans ses cheveux, comme son Arthur avait aimé à la voir. Elle était de retour dans le monde mais elle n'était pas *de* ce monde, son âme était malade et habitait parmi les ombres. Trop tard, trop tard, comme il en va toujours dans les histoires tragiques, le père sévère s'était repenti de sa cruauté, et la bien-aimée de son fils avait été invitée dans la maison où elle n'était jamais venue avec son promis, elle était devenue l'amie de cœur de sa sœur, la « fille veuve » de sa mère affligée, la bénéficiaire, comme la nouvelle en circula, d'une généreuse rente annuelle de trois cents livres sterling. De telles choses sont toujours secrètes et elles sont toujours connues, les commérages se murmurent de salon en salon, la générosité est louée en même temps que ses motifs sont mis en question avec force ricanements – s'agissait-il d'acheter la constance ? d'atténuer le sentiment de culpabilité ? d'assurer la dévotion perpétuelle ? Ce dernier objectif n'avait clairement été ni entièrement ni parfaitement atteint, car il y avait eu le capitaine Jesse. Comment, et où, il avait fait son entrée en scène, n'était pas connu de Mme Papagay. Les commérages voulaient que le mariage ait été une cruelle déception pour le vieux M. Hallam et pour le frère de Mme Jesse, Alfred, le grand ami d'Arthur. Mme Papagay s'était vu montrer, sous le sceau du secret le plus absolu, une lettre de la poétesse Elizabeth Barrett (avant qu'elle fût devenue Mme Browning et eût elle-même rejoint la bienheureuse cohorte des esprits) dans laquelle elle caractérisait le comportement de Mme Jesse comme « une honte pour toutes les femmes » et « le comble de l'*inconduite* ». Mlle Barrett parlait en termes dédaigneux du capitaine Jesse – à l'époque, en 1842, le lieutenant Jesse – en l'appelant « ce balourd de lieutenant ». Elle méprisait et la jeune mariée et son époux d'accepter la continuation de la rente que le vieux M. Hallam, avec une grande générosité, n'avait pas supprimée. Et elle atteignait le comble de l'indignation à propos de ce que Mme Papagay était parfois encline à voir comme une touche poétique et romanesque, le choix pour le premier-né du nom d'Arthur Hallam Jesse. « Que voilà une tentative de " sentiment " désespérée – et manquée ! » décrétait Mlle Barrett, il y avait déjà tant d'années. Peut-être *Mme Browning* eût-elle été plus charitable ? Mme Papagay se le demandait. Les idées de Mme Browning étaient devenues tellement plus larges après qu'elle se fut enfuie du domicile paternel pour se marier.

Mme Papagay, quant à elle, aimait à penser à ce nom comme à un gage de perpétuité, une Vie-dans-la-Mort pour le bien-aimé défunt, une affirmation de la merveilleuse communauté du Monde spirituel. Car le Seigneur lui-même n'avait-il pas dit qu'au Ciel on ne se marie pas et on ne donne pas en mariage ? Et pourtant, Emanuel Swedenborg, qui y était allé, avait vu le mariage des Anges, qui correspondait à l'union du Christ et de Son Église, et donc il en savait autrement et pouvait au moins expliquer longuement pour quelle raison Notre Seigneur avait dit cela, alors même que l'amour conjugal avait tant d'importance pour les Anges. Être appelé Arthur Hallam Jesse n'avait pas été entièrement bénéfique au fils aîné, en l'occurrence. C'était une sorte de militaire, mais il paraissait vivre dans un monde à lui, peut-être parce que, comme ceux du capitaine Jesse, ses yeux bleu vif ne voyaient pas beaucoup plus loin que son nez. Il avait, comme son père et son frère, un visage tout à la fois romanesquement beau et gentiment aimable. Le vieux M. Hallam était son parrain, de même qu'il était le parrain du fils aîné d'Alfred, lui aussi pieusement nommé in memoriam, ce qui n'était pas désapprouvé de la même manière, étant donné qu'Alfred Tennyson avait écrit *In Memoriam,* qui avait fait d'Arthur Hallam – A. H. H. – l'objet d'un deuil national vingt ans après sa mort, et eu pour conséquence par la suite que la nation avait en quelque sorte confondu les promesses de sa jeunesse avec le très regretté Prince Albert, sans parler du légendaire Roi Arthur, fleur de la chevalerie et âme de la Grande-Bretagne.

Sophy Sheekhy connaissait de longues séquences d'*In Memoriam* par cœur. Elle aimait la poésie, apparemment, mais il lui était impossible de s'intéresser aux romans, étrange bizarrerie de goût, de l'avis de Mme Papagay. Sophy Sheekhy disait aimer le rythme de la poésie, il la mettait au diapason, le rythme d'abord, puis le sens. Mme Papagay, quant à elle, aimait *Enoch Arden,* histoire tragique d'un marin naufragé qui trouve à son retour sa femme heureusement mariée, et mère de plusieurs enfants, et qui meurt en se sacrifiant vertueusement. L'intrigue ressemblait à celle du roman avorté de Mme Papagay, dans lequel un marin, unique survivant d'un navire incendié au milieu de l'océan, secouru après avoir dérivé sur un radeau pendant de nombreuses semaines sous le soleil brûlant, retenu captif par d'amoureuses princesses tahitiennes, enlevé par des pirates, enrôlé de force sur un bâtiment de guerre sorti victorieux du combat avec lesdits pirates, et enfin blessé au cours d'une grande bataille, retournait chez sa Pénélope et la trouvait mariée à un abominable cousin à lui, et mère de nombreux bambins qui lui ressemblaient mais n'étaient pas de lui. Cette dernière touche, pensait Mme Papagay, était un trait d'ironie dramatique bien trouvé, mais son imagination n'atteignait pas à la hauteur de l'incendie, l'esclavage, Tahiti et l'enrôlement forcé, bien qu'Arturo ait fait vivre assez souvent toutes ces choses pour elle lorsqu'ils se promenaient sur les Downs ou s'asseyaient au coin du feu le soir. Arturo continuait à lui manquer, d'autant plus qu'aucun second prétendant ne s'était présenté pour distraire son chagrin. Elle aimait tout particulièrement le morceau du Poète Lauréat sur les dangers du retour des morts.

Si les morts, dont en gémissant
On ferma les yeux, revivaient,
En femme et enfant trouveraient
Le triste accueil de cœurs d'airain.

On aimait, dans l'ardeur du vin,
La larme à l'œil, lever son verre,
Les évoquer, les regretter,
Sanctifier leur cher souvenir.

Mais les disparus surprendraient
Leur épouse entre d'autres mains,
L'héritier arpentant les terres
Sans les vouloir rendre un seul jour.

Quand les fils ne seraient point tels,
Le père encor chéri créerait
Un trouble pire que la mort,
A en ébranler le foyer.

Bien-aimé, reviens-moi pourtant !
Malgré les ravages des ans,
Je n'ai une pensée qui soit
Contraire à mon désir de toi.

« " Bien-aimé, reviens-moi pourtant ! " » se murmurait
Mme Papagay, de concert avec la Reine et d'innombrables
hommes et femmes endeuillés, en un grand soupir rythmique d'espérance désespérée. Et elle aussi, Emily Tennyson, Emily Jesse,
ressentait la même chose assurément, l'amour que le jeune homme
avait goûté avec une moitié de son esprit mais auquel il n'avait
pas touché, car elle l'appelait lors de leurs séances, elle désirait
le voir et l'entendre, il était vivant pour elle, bien que disparu
depuis quarante-deux ans, presque deux fois le temps de son
passage sur cette terre. Ils n'avaient jamais réussi à communiquer
sans la moindre ambiguïté – pas même Sophy Sheekhy – et
Mme Papagay, qui s'y connaissait en matière d'allusions sur soi-
même et d'images vaines, ne pouvait qu'admirer la rectitude avec
laquelle Mme Jesse refusait carrément de se laisser séduire par
des simulacres, ou des esprits chagrins, de pousser les tables du
genou ou de les inciter, elle et Sophy, à des efforts plus acharnés.
« Il s'en est allé très-loin, je crois, avait une fois dit Sophy, sa
pensée est occupée de beaucoup de choses. – Il en a toujours été
ainsi, observa Mme Jesse. Et il nous est dit que nous ne changeons

pas dans l'autre monde, que nous continuons seulement sur le chemin que nous suivons déjà. »

III

Le canapé sur lequel Emily Jesse était assise avec Mme Hearnshaw avait un haut dossier, il était ample et recouvert d'une toile imprimée dessinée par William Morris, un treillis de rameaux sombres, à la fois entrecroisés au hasard et géométriquement répétés, sur un fond mystérieusement vert foncé, la couleur, pensait Emily, avec le romanesque invétéré de sa famille, de forêts profondes, de buissons de houx et de clairières d'arbres à feuilles persistantes. Les rameaux étaient parsemés de petites fleurs blanches telles des étoiles, et entre eux surgissaient des grenades, cramoisies et dorées, et des petits oiseaux huppés, en bleu et en rose, à la gorge crème mouchetée et au bec croisé, une sorte d'hybridation impossible entre les exotiques perruches de l'Amazonie et les grives draines de l'Angleterre. Emily n'était pas une femme d'intérieur méticuleuse – elle croyait qu'il existait des choses plus nobles dans la vie que les beaux services de table et les rôtis du dimanche – mais elle aimait le canapé et l'entrelacement conçu par M. Morris d'une espèce de série solide et formelle d'objets magiques qui lui rappelaient les jours de son enfance dans le Presbytère blanc de Somersby, quand les onze frères et sœurs jouaient aux mille et une nuits et à la cour de Camelot, quand ses échalas de frères se battaient en duel sur la pelouse avec des fleurets et des masques, tout en clamant « Prends garde à toi, félon à ventre de crapaud ! » ou qu'ils défendaient contre les gamins du village, à coups de gourdin comme Robin des Bois, le petit pont sur le ruisseau immortalisé par la suite.

Tout était double en ce temps-là, en ce lieu-là – réel et aimé, immédiat, étincelant de magie et exhalant le léger parfum froid d'un monde perdu, un verger royal, le jardin de Haroun al-Rachid. Les fenêtres de la salle à manger gothique, que leur furieusement énergique père, le recteur, avait construites de ses propres mains, aidé de son cocher, Horlins, pouvaient apparaître doubles à une imagination active, embrasures où s'encadraient des dames à la dernière mode, prêtes à filer à des rendez-vous galants, ou croisées magiques derrière lesquelles Guenièvre et la Demoiselle des Lis attendaient, le cœur battant, l'arrivée de leur bien-aimé. Le canapé de M. Morris s'accordait à ces deux mondes ; on pouvait s'y asseoir et il faisait entrevoir le paradis. Emily appréciait cela.

Il y avait eu un canapé jaune dans le salon, à Somersby. Mme Tennyson s'y asseyait avec son raccommodage et les benjamins y faisaient des culbutes comme une portée de chiots ou comme des vagues par une mer agitée, rebondissant autour d'elle. C'est là qu'Emily s'était assise en tête à tête avec Arthur, lors de cette unique visite de Noël, le bel Arthur au visage de statue qui paraissait si bien connaître les caprices et les coquetteries du sexe faible. Il avait mis le bras autour de ses épaules, en soupirant agréé, et d'une bouche délicate avait effleuré sa joue, son oreille, son front sombre, ses lèvres. Elle se rappelait encore qu'il avait tremblé, si faiblement que ce fût, comme s'il ne maîtrisait pas le frémissement de ses genoux, et elle-même avait été frappée de terreur – de quoi, elle ne s'en souvenait plus à présent, la crainte d'être anéantie, de ne pas réagir comme il convenait ou comme il se devait, de se perdre ? Les lèvres d'Arthur étaient sèches et chaudes. Il avait souvent, par la suite, mentionné le canapé, qui surgissait dans ses lettres, objet solide et mystérieux d'une importance indirecte, mêlé à des soupirs chaucériens inspirés par un romanesque idéal.

> Hélas mienne Emelye
> Hélas la fin de notre compagnie
> Hélas de mon cœur reine.

Il avait omis et le début et la fin de ce cri de lamentation :

> Hélas, trépas ! hélas, mienne Emelye !
> Hélas, la fin de notre compagnie !
> Hélas, de mon cœur reine ! hélas, épouse mienne !

qu'elle se récitait encore à elle-même, parfois. « Hélas de mon cœur reine, hélas épouse mienne », ce qu'elle n'était jamais devenue. Pauvre Arthur. Pauvre Emily disparue avec ses longues boucles noires et sa rose blanche. Après cette délicate étreinte elle avait été si agitée de corps et d'esprit qu'elle était restée deux jours alitée, et pourtant la brève visite d'Arthur ne durait que deux maigres semaines. Elle lui avait écrit, du fond de sa retraite, de courts billets en un italien délicieusement inepte (c'est du moins ainsi qu'il en avait jugé) qu'il lui corrigeait, patiemment, et lui renvoyait, avec une marque sur la page là où il l'avait baisée. Poverina, stai male. Assicurati ch'io competisco da cuore al soffrir tuo. Un parfait et gentil chevalier, Arthur.

Mme Hearnshaw ne prêtait aucune attention au canapé. Elle confiait ses peines à Emily, à Sophy Sheekhy qui s'était installée sur un tabouret de pied auprès d'elles.

« Elle paraissait si robuste, si forte, vous savez, madame, elle agitait les bras avec tant de vigueur et remuait si vivement ses petites jambes, ses petites cuisses, et ses yeux me regardaient si paisiblement, débordants de vie. Mon mari dit que je dois apprendre à ne pas m'attacher à ces petites créatures destinées à rester avec nous un si bref espace de temps – mais comment ne pas le faire, c'est naturel, je crois. Elles ont grandi à l'ombre de mon cœur, ma chère demoiselle, je les ai senties bouger, là, dans la crainte et le tremblement.

– Nous devons croire que ce sont des anges, madame.

– Parfois je réussis à le faire. Parfois j'imagine des choses horribles. »

Emily Jesse dit : « Exprimez tout ce qui occupe vos pensées, cela vous fera du bien. Nous qui sommes blessées, blessées au vif, vous savez, nous souffrons pour tous les autres, nous avons pour mission, d'une certaine manière, de porter le poids de leurs peines aussi. Nous nous éplorons pour eux, oui, pour eux. Il n'y a pas à en avoir honte.

– J'ai donné naissance à la mort », dit Mme Hearnshaw, exprimant la pensée qui ne la quittait pas un seul instant. Elle aurait pu ajouter : « Je me suis à moi-même un objet d'horreur », mais elle se retint. L'image des marbrures dont les petits membres se couvraient après les convulsions, et du berceau de glaise, grossier, moisi, ne la quittait jamais.

Sophy Sheekhy dit : « Tout est un. La vie et la mort. Comme des noix. »

Elle vit très clairement toutes les petites formes, pelotonnées dans de petites boîtes, comme les cerneaux blancs à la peau brune de noix mortes, et un point aveugle comme la tête d'un ver poussant vers la lumière et le feuillage aérien. Elle « voyait » souvent des messages. Elle ne savait ni de qui ils étaient les pensées, les siennes ou celles d'autrui, ni s'ils venaient de l'Au-delà, ni si chacun en voyait de semblables par-devers soi.

Le capitaine Jesse et M. Hawke se joignirent aux dames.

« Des noix ? dit le capitaine. J'ai un grand faible pour les noix. Avec du vin de Xérès, après le souper, elles sont des plus savoureuses. J'aime aussi les vertes, qui sont laiteuses. On dit qu'elles ressemblent au cerveau humain. Ma grand-mère racontait qu'on les utilisait dans certains remèdes campagnards, peut-être plus proches de la magie que de la médecine. N'y aurait-il pas là une correspondance qui intéresserait Emanuel Swedenborg, monsieur ? La noix encéphaloforme ?

– Je ne me souviens d'aucune réprobation des noix dans ses écrits, capitaine, et pourtant ils sont volumineux, une référence pourrait bien s'y cacher. Les noix me font toujours penser à la mystique anglaise, Dame Julienne de Norwich, à qui fut montré dans une vision tout ce qui est, tout, comme une noix dans sa main, et à qui fut dit par Dieu Lui-même : " Tout ira bien et tu verras si tu es toi-même que toute chose ira bien. " Je pense que ce qu'elle peut avoir vu peut avoir été la pensée d'un Ange, en son apparition dans le monde des Esprits ou dans le monde des hommes. Elle peut avoir été en un sens un précurseur de notre Christophe Colomb spirituel. Il raconte, vous savez, avoir lui-même vu un bel oiseau dans la main de Sir Hans Sloane, dans le Monde Spirituel, qui ne différait pas le moindrement d'un oiseau semblable sur terre, et qui cependant – il en eut la révélation – n'était rien d'autre que l'affection d'un certain Ange et s'évanouit avec la cessation de l'opération de cette affection. Or, il apparaît que l'Ange, étant au Ciel, ne pouvait être conscient de cette sortie *indirecte* dans le monde des Esprits, car les anges voient chaque chose sous sa plus haute Forme, le Divin Humain. Les anges les plus parfaits, nous dit-il, sont vus sous la forme de bambins par ceux qui les approchent d'en bas – quoique ce ne soit pas ainsi qu'ils s'apparaissent à eux-mêmes – parce que leurs affections naissent de l'union de l'amour du Bien – l'ange père – et de la Vérité – l'ange mère – dans l'amour conjugal. Et Swedenborg a lui-même vu des oiseaux durant ses séjours dans le Monde Spirituel et il lui fut révélé que – dans le Très-Grand Homme – les concepts rationnels sont vus sous la forme d'oiseaux. Parce que la tête correspond aux cieux et à l'air. Il a éprouvé, il a effectivement éprouvé dans son propre corps la chute de certains anges qui s'étaient forgé des opinions fausses dans leur communauté à propos des pensées et de l'influx – il a ressenti un tremblement terrible dans ses muscles et dans ses os – et il a vu un oiseau sombre et hideux et deux autres gracieux et beaux. Et ces oiseaux solides étaient les pensées des anges, ainsi qu'il les vit dans le monde de ses propres sens, de beaux raisonnements et de hideuses faussetés. Car à chaque niveau tout correspond, du plus purement matériel au plus purement divin dans le Divin Humain.

– Très-étrange, très-étrange », dit le capitaine avec quelque impatience. Grand bavard lui-même, il lui était impossible d'écouter sans mot dire M. Hawke démêler pour la compagnie tous les fils des relations entre le Divin Humain et les blocs d'argile de Margate. Une fois lancé, M. Hawke fut poussé à continuer en commentant les Arcanes, les Principes, le *Clavis Hieroglypha Arcanorum Naturalium et Spiritualium,* les mystères de l'Influx et de la Vastation, l'Amour Conjugal et la Vie après la Mort, car c'était seulement dans l'acte d'exposition de la doctrine que M. Hawke pouvait maintenir en l'air en même temps, pour ainsi dire, toutes les boules de son système, en un arc d'acrobatie et jonglerie théologique, que Sophy Sheekhy vit un bref instant, pendant sa digression sur les oiseaux, sous la forme d'un branle-bas de pigeons grosse-gorge et de tourterelles turques.

« Dans ce monde, dans le monde spirituel, dit M. Hawke, ils ont pour lumière celle du soleil spirituel, et ne peuvent voir le soleil matériel qui lui correspond dans notre monde mort. Il leur apparaît comme d'épaisses ténèbres. Il existe aussi des esprits tout à fait ordinaires qui ne peuvent supporter les choses matérielles, par exemple, ceux de la planète Mercure, qui correspondent dans le Très-Grand Homme au souvenir des choses, détaché des choses matérielles. Swedenborg leur a rendu visite et fut autorisé à leur montrer des prairies, des friches, des jardins, des bois et des ruisseaux. Mais ces choses leur firent horreur, ils eurent horreur de leur " solidité ", ils aiment la connaissance abstraite, alors ils remplirent méticuleusement les prairies de serpents et les enténébrèrent, et teintèrent les ruisseaux en noir. Il remporta davantage de succès en leur montrant un joli jardin rempli de lampes et de lumières, parce que celles-ci attiraient leur compréhension, car les lumières représentent des vérités. Les agneaux aussi, qu'ils acceptèrent, car les agneaux représentent l'innocence.

– Ils ne sont guère différents de certains prédicateurs, dit Mme Jesse, ces esprits de la planète Mercure. Ils ne savent penser que par abstractions reliées à des abstractions.

– Ils ne sont guère différents de certains sauvages, dit son mari. Les compagnons du capitaine Cook racontaient que les sauvages de la Nouvelle-Zélande paraissaient incapables de voir le navire à l'ancre dans le port. Ils vaquaient à leurs affaires comme si celui-ci n'était pas là, comme si tout était comme à l'ordinaire, pêchant et nageant, vous savez, allumant des feux pour rôtir leurs prises et ainsi de suite, faisant tout ce qu'ils ont coutume de faire. Mais du moment où les chaloupes furent mises à la mer et s'éloignèrent du navire, les hommes devinrent comme visibles, oui, c'est cela, visibles, et causèrent une grande agitation, de grands rassemblements sur la plage et des gestes de bienvenue, de grandes clameurs et des danses. Mais quant au navire, ils ne pouvaient tout simplement pas paraître, oui, c'est bien cela, paraître le voir. On aurait pu croire que des rapports d'analogie se seraient établis, qu'ils auraient pu penser qu'il s'agissait d'une grande bête blanche munie d'ailes, d'une puissance magique ou que sais-je, s'ils n'étaient pas capables de le voir comme un navire, mais non, impossible de le voir du tout, à ce qu'il paraît, absolument impossible. Eh bien cela tend, selon moi, à étayer la théorie selon laquelle le monde des esprits peut être juxtaposé au nôtre, peut le cribler de trous comme des charançons dans le pain, et que nous pourrions juste ne pas le voir, ne pas le voir parce que nous n'avons pas développé une manière de penser qui nous permette de le voir, voyez-vous, comme vos Mercuriels ou Mercuriens, qui ne voulaient pas connaître les champs et ainsi de suite, ou comme les vrais Anges qui ne peuvent voir le soleil que comme d'épaisses ténèbres, les pauvres ! »

Aaron, le corbeau, perché sur le bras du canapé, choisit cet instant précis pour lever en l'air ses deux ailes noires, presque comme s'il applaudissait, puis se réinstaller dans un crépitement de plumes accompagné de divers mouvements d'estocade de sa tête. Il fit deux ou trois pas de côté en direction de M. Hawke, qui recula avec nervosité. A l'instar de nombreuses créatures qui inspirent la peur, Aaron semblait manifester des signes d'angoisse. Il ouvrit un épais bec bleu et croassa, inclinant la tête de côté pour observer l'effet de son cri. Ses paupières étaient également bleuâtres et reptiliennes. Mme Jesse tira un petit coup sec sur sa laisse en guise d'avertissement. M. Hawke avait une fois demandé quelle était l'origine de son nom, supposant qu'il avait quelque chose à voir avec le frère de Moïse, le Grand Prêtre qui portait les clochettes et les grenades conçues par Dieu. Mais Mme Jesse avait répondu qu'il était nommé d'après le Maure de *Titus Andronicus*, pièce que M. Hawke ne connaissait pas, n'ayant pas l'érudition des Tennyson. « Une noire créature, s'honorant de sa noirceur, monsieur », avait-elle répondu laconiquement. M. Hawke avait dit que les corbeaux étaient en général des oiseaux de mauvais augure, à ce qu'il croyait, le corbeau de Noé, dans l'interprétation du Verbe selon Swedenborg, avait représenté l'esprit pervers errant au-dessus d'un océan de faussetés. « Des faussetés grossières et impénétrables, dit-il en regardant Aaron, sont décrites dans le Verbe comme hiboux et corbeaux. Comme hiboux parce qu'ils vivent dans les ténèbres de la nuit, comme corbeaux parce qu'ils sont noirs, ainsi qu'il est dit dans *Ésaïe*, chapitre XXXIV, verset 11, " Le hibou et le corbeau y habiteront ".

– Les hiboux et les corbeaux sont des créatures de Dieu, rétorqua Mme Jesse avec feu cette fois. Je ne peux croire qu'une créature aussi délicieuse, douce et étonnée qu'un hibou puisse être une créature du mal, monsieur. Pensez aux effraies qui répondaient au Garçon de Wordsworth et à ses ululements mimétiques. Mon frère Alfred s'y entendait à merveille en ce domaine quand il était petit, il savait imiter n'importe quel oiseau, toute une famille de hiboux venait manger à son appel ce qu'il tenait du bout des doigts, et l'un d'eux avait adopté la famille et se déplaçait perché sur sa tête. Il avait sa chambre sous le toit du Presbytère. » Son visage s'adoucit à la pensée de Somersby, comme toujours. Elle sortit un petit sac de cuir et offrit au corbeau un morceau de ce qui ressemblait à du foie, qu'il saisit prestement d'une nouvelle estocade, jeta en l'air, retourna et avala. Mme Papagay était fascinée par les petits bouts de viande de Mme Jesse. Elle l'avait vue, à table, glisser en cachette les reliefs du rôti dans sa sacoche pour l'oiseau. Il y avait quelque chose de répugnant chez Mme Jesse, ainsi, bien sûr, que quelque chose de pur et de tragique. Assise là avec l'oiseau au regard effronté et le monstrueux petit chien gris à la dent aiguë et à la tête protubérante, elle ressemblait à une tête patinée, aux aguets entre des gargouilles sur un toit d'église, pensa un bref instant Mme Papagay, une tête sur laquelle des siècles de vent et de pluie avaient passé tandis qu'elle contemplait, inquiète mais inébranlable, le lointain.

M. Hawke proposa, si tout le monde était prêt, de former le cercle. Une table ronde, recouverte d'un tapis de velours à franges, fut tirée au centre de la pièce, et le capitaine Jesse mit les chaises en place, leur parlant comme à des êtres vivants : Viens maintenant ! ne fais pas l'empotée ! toi, n'exagère pas ! Mme Jesse fournit une quantité suffisante de papier, un assortiment de plumes et de crayons, et une grande cruche d'eau avec un verre par personne. Ils s'assirent, dans la pénombre, avec pour seule lumière les flammes vacillantes du feu dans l'âtre. Mme Papagay assurait que c'était ainsi que l'on procédait dans les cercles spiritistes les plus avancés. Les esprits paraissaient craindre la lumière crue, ou en être incommodés – ses rayons n'avaient pas la composition adéquate, avait une fois expliqué un homme de science à présent décédé, par la bouche d'une médium américaine, Cora V. Tappan – l'atmosphère idéale pour leur apparition était l'apaisante lumière violette. Emily Jesse aimait la lumière du feu. Elle croyait très sincèrement que les morts vivaient et qu'ils étaient très désireux de parler aux vivants.

Comme son frère Alfred, comme les milliers de fidèles en proie au trouble dont il avait été en partie le porte-parole, elle éprouvait un désir pressant et tourmenté de savoir que l'âme individuelle est immortelle. Alfred, en vieillissant, faisait montre de plus en plus de véhémence sur ce chapitre. S'il n'y avait pas d'autre vie, hurlait-il à ses amis, s'il lui était prouvé qu'il en était bien ainsi, il se jetterait dans la Seine ou dans la Tamise, il s'enfoncerait la tête dans le four, il avalerait du poison ou se tirerait une balle dans la tempe. Elle se récitait souvent les vers d'Alfred :

> Chacun, qui semble un tout distinct,
> Suivrait son cours et, fusionnant
> Les contours qui tracent son être,
> Rallierait l'Ame universelle :
>
> O foi aussi vague qu'amère !
> Sa forme isolera toujours
> De ses entours l'âme éternelle.
> Lui, je saurai le reconnaître.

Elle aimait ce passage. « O foi aussi vague qu'amère ! » était un beau vers. Mais elle aimait aussi la lumière du feu, avec une part de son ancien être d'enfant qui attendait monts et merveilles. Ils jouaient à des jeux campagnards auprès du feu, les onze enfants à l'étroit dans le joli Presbytère, ils se racontaient les uns aux

206

autres des histoires terrifiantes et des visions magiques. Le vieil homme, leur père, était à moitié fou de rage, d'espérances déçues et de frustration intellectuelle. Et de boisson, si le récit devait être fait avec sincérité. La moitié des enfants souffraient de mélancolie – l'un d'eux, Edward, dont le nom n'était jamais mentionné, était enfermé pour de bon dans un asile à York. Septimus s'allongeait dans l'âtre et se lamentait, et Charles s'était mis aux rêves d'opium. Et pourtant ils étaient heureux, elle s'en souvenait, ils étaient heureux. Ils aimaient l'obscurité de la nuit. Ils voyaient des choses étranges et en faisaient le récit avec délectation. Horatio, son plus jeune frère, rentrant au crépuscule en longeant le Bois aux Fées, entre Harrington et Bag Enderby, avait vu une horrible tête humaine, apparemment une tête coupée, qui courait dans le bois et le dévisageait par-dessus la haie. Alfred avait lui-même dormi, avec une certaine cérémonie, dans le lit de son père, moins d'une semaine après la mort de celui-ci, désireux, disait-il, de voir son fantôme. Le Presbytère était si inexplicablement tranquille sans les hurlements de leur père et son tapage, que les filles l'avaient supplié de ne pas essayer de faire revenir cet esprit dérangé. Mais Alfred avait persisté dans son projet, à mi-chemin entre le macabre et la terreur sacrée. Il s'était enfermé dans cette chambre à l'atmosphère confinée et avait soufflé sa bougie. Et il avait passé une nuit paisible, racontait-il le lendemain matin, à beaucoup penser à leur père, à son amertume, sa détresse, son intelligence démesurée, ses accès de raison pénétrante, et à s'efforcer de le voir marcher à grandes enjambées, fulminant de toute sa hauteur, auprès du lit. « Ou te saisir à la gorge, dit Horatio, ô fils irrespectueux. – Aucun fantôme ne t'apparaîtra jamais à toi, Alfred, dit Cecilia. Tu es trop vague pour en voir un, tu n'es pas réceptif. – Les fantômes n'apparaissent pas aux imaginatifs, je crois », dit Alfred, et il poursuivit en racontant qu'un vacher avait vu le fantôme d'un fermier assassiné, la fourche lui sortant d'entre les côtes. Arthur Hallam lui avait décrit à elle la manière dont Alfred avait fait son seul et unique exposé, intitulé *Fantômes,* aux Apôtres de Cambridge, société savante de jeunes gens qui allaient changer le monde en quelque chose de radicalement plus juste et agréable. « Tu aurais dû le voir, ma chère Nem, si abominablement beau et si abominablement timide et chien battu, adossé à la cheminée et scrutant ses papiers, puis prenant la voix du conteur au coin du feu dans Sidney et nous faisant mourir de peur avec son visage à donner le frisson. » Il avait une fois fait la première partie de cet exposé aux Tennyson assemblés à Somersby :

Celui qui possède le pouvoir de parler du monde des esprits parle d'une manière simple d'une noble matière. Il parle de la vie et de la mort, et des choses après la mort. Il soulève le voile, mais derrière la forme est enveloppée dans un linceul de ténèbres les plus profondes. Il chasse le nuage mais il obscurcit la vue. Il fait jouer une clef d'or dans la serrure des grilles de fer du charnier, il ouvre les portes toutes grandes. Alors sortent du tréfonds de la nuit les colossales Présences du Passé, majores humano ; certaines telles qu'en leur vie, apparemment pâles et souriant faiblement ; certaines telles qu'en leur mort, encore soudainement saisies par le froid de la mort ; et certaines telles qu'en leur mise au tombeau, les paupières closes, dans leur suaire et leur linceul.

Les auditeurs se blottissent les uns contre les autres, ils ont peur du souffle de leur propre haleine, du battement de leur propre cœur. La voix de *celui* qui parle seul comme un ruisseau de montagne par une nuit calme emplit et occupe le silence...

Arthur aimait leur manière de faire cercle devant le feu pour se raconter des histoires, leur nombreuse présence, leur façon d'ajouter une touche dramatique, une conclusion expirante aux récits les uns des autres. Chez lui, disait Arthur, tout le monde était poli et bien élevé. Son frère, ses sœurs et lui étaient les seuls survivants d'une famille presque aussi nombreuse que les Tennyson. On guettait anxieusement en eux des signes de consomption, on les chérissait, on les protégeait, on les exerçait à la vertu et on leur donnait une éducation rigoureuse. Ils ne couraient pas en liberté dans les champs, ne faisaient pas de culbutes dans les haies, ne tiraient pas à l'arc, ne galopaient pas à fond de train à travers la campagne. Je vous aime tous, dit-il un jour aux Tennyson, son fin visage empourpré de bonheur, conscient de donner du bonheur, car eux aussi l'aimaient, il était beau et parfait, il était destiné à être un grand homme, ministre, philosophe, poète, prince. Matilda l'avait appelé le Roi Arthur et couronné de laurier et d'aconit. Il se montrait patient envers Matilda, qui était un peu bizarre, un peu brusque et bourrue, qui avait fait une chute sur la tête quand elle était toute petite et en conservait des séquelles. Matilda, à la différence d'Alfred, voyait assurément des apparitions. Elle et Mary avaient vu une grande forme – enveloppée d'un suaire de la tête aux pieds – avancer dans l'allée du Presbytère et disparaître dans la haie à un endroit où il n'y avait pas de trou. Matilda en avait fait une crise de sanglots, elle avait pleuré et hurlé comme un chien, et s'était tordue sur son lit, en proie à une frayeur mortelle. Quelques jours plus tard, c'était Matilda qui était partie à pied à Spilsby et avait ramené du bureau de poste cette terrible lettre.

Votre ami, Monsieur, et mon bien-aimé Neveu, Arthur Hallam, n'est plus – il a plu à Dieu de l'enlever à cette terre, premier théâtre de son Existence, vers le Monde meilleur, pour lequel il fut Créé.

Il est mort à Vienne, à son retour de Buda, d'une Apoplexie, et je crois que ses Reliques reviennent par Mer de Trieste.

IV

M. Hawke les plaça. Il s'assit entre Sophy Sheekhy et Lilias Papagay, un exemplaire de la Bible et un exemplaire du *Ciel et l'Enfer* de Swedenborg devant lui. Mme Jesse était auprès de Mme Papagay et avait Mme Hearnshaw de l'autre côté. Le capitaine Jesse était entre Mme Hearnshaw et Sophy Sheekhy, dans une sorte de parodie de placement des convives quand il n'y a pas suffisamment d'hommes à table. M. Hawke avait coutume de commencer la réunion par une lecture de Swedenborg et une autre de la Bible. Emily Jesse ne savait pas très bien comment il s'était adjugé un rôle aussi capital, étant donné qu'il n'avait fait montre d'aucun pouvoir médiumnique jusqu'alors. Elle avait été contente, au début, lorsqu'elle lui avait parlé des résultats prometteurs, encore qu'alarmants, de leurs premières et prudentes expériences de spiritisme, qu'il ait demandé à y être admis. Comme son frère aîné, Frederick, et sa sœur, Mary, elle était une fervente adepte de l'Église swedenborgienne de la Nouvelle Jérusalem, ainsi qu'une spirite convaincue. Alors que les spirites revendiquaient Swedenborg, qui avait accompli de si mémorables voyages à l'intérieur du monde spirituel, en sa qualité de fondateur de la foi, maints disciples plus orthodoxes de Swedenborg voyaient d'un mauvais œil ce qu'ils considéraient comme un jeu d'influx immoral et dangereux de la part des spirites. M. Hawke n'était pas un ministre investi du pouvoir d'ordination dans l'Église Nouvelle, mais un prédicateur itinérant, ordonné pour prêcher mais sans société à diriger, grade, comme il ne se lassait jamais de l'expliquer, auquel Swedenborg donnait le nom de sacerdos, canonicus, ou flamen. Il s'assit le dos au feu et lut :

« L'Église sur la terre devant le Seigneur est l'Homme Un. Elle se subdivise également en sociétés, et chaque société à son tour est un Homme, et tous ceux qui font partie de cet Homme sont également au Ciel. Chaque membre de l'Église est également un ange du ciel, car il devient un ange après la mort. En outre, l'Église sur la terre, avec les anges, non seulement constitue les parties internes du Très-Grand Homme, mais aussi ses parties externes, qui sont dites cartilagineuses et osseuses. L'Église opère cela parce que les hommes sur la terre sont munis d'un corps dans lequel la fin spirituelle est vêtue d'une fin naturelle. Cela produit la conjonction du Ciel et de l'Église, de l'Église avec le Ciel. »

Aujourd'hui la lecture du Verbe, poursuivit-il, est tirée de l'Apocalypse, vingtième chapitre, versets 11 à 15 :

« Alors je vis un grand trône blanc, et quelqu'un assis dessus, devant qui la terre et le ciel s'enfuirent, et on ne les trouva plus.
Je vis aussi les morts, grands et petits, qui se tenaient debout devant Dieu ; et les livres furent ouverts ; et on ouvrit un autre livre, qui

est le livre de vie ; et les morts furent jugés selon leurs œuvres, par ce qui était écrit dans les livres.

Et la mer rendit les morts qui étaient en elle ; la mort et le sépulcre rendirent aussi les morts qui y étaient, et chacun fut jugé selon ses œuvres.

Et la mort et le sépulcre furent jetés dans l'étang de feu ; c'est la seconde mort.

Et quiconque ne fut pas trouvé écrit dans le livre de vie fut jeté dans l'étang de feu. »

Cette page de l'Apocalypse fit passer un frisson habituel de plaisir à travers Mme Papagay, qui aimait ses sonorités tonitruantes et ses couleurs criardes, écarlate, or, blanc, et le noir de l'Enfer. Elle aimait également, elle aimait depuis l'enfance, toutes ses visions et images étranges, les anges enroulant le rouleau des cieux qu'ils rangeaient bien proprement pour le reste des temps, les étoiles tombant du ciel dans la mer comme une pluie de globes d'or en feu, les dragons et les épées, le sang et le miel, les essaims de sauterelles et les cohortes d'anges, créatures à la fois d'un blanc pur et aux yeux de braise, jetant leurs couronnes dorées autour d'une mer glauque. Elle s'était demandé à maintes reprises pourquoi tout le monde aimait tant le féroce saint Jean et ses visions, et s'était diversement expliqué, en bonne psychologue, que les êtres humains aiment à être terrifiés – voyez comme ils appréciaient les plus vilains Contes de M. Poe, fosses, pendules, enterrés vivants. Il n'y avait pas que cela, ils aimaient à être jugés, pensait-elle, ils aimaient à être jugés et ne pouvaient continuer à vivre si leur vie n'était revêtue d'importance, d'une importance absolue, sous un Regard plus haut qui les observait et les rendait réels. Car si la mort et le jugement dernier n'existaient pas, si le ciel et l'enfer n'existaient pas, les hommes ne valaient pas mieux que les insectes qui grouillent, pas mieux que les papillons et les mouches vertes. Et si c'était là tout, s'asseoir à prendre le thé et attendre l'heure du coucher, si c'était là tout, pourquoi nous était-il donné un tel éventail de choses à moitié devinées, espérées et redoutées, en sus de notre grosse poitrine confinée dans son corset, et de poêles qui tirent mal ? Pourquoi les blanches créatures aériennes qui surgissaient, la femme vêtue de soleil et l'Ange qui s'y tenait ?

Mme Papagay savait mal renoncer à suivre son idée. Leur façon de procéder consistait à s'asseoir en silence et à former le cercle en se tenant légèrement par la main, afin de se fondre en un seul esprit expectant et passif que les esprits puissent utiliser, pénétrer, emprunter pour parler. Dans les débuts ils avaient employé un système de coups et de réponses, un coup pour oui, deux coups pour non, et de temps à autre ils étaient encore alarmés par de grandes salves de bruits violents qui éclataient sous la table, ou par des secousses de sa surface sous leurs doigts. Mais la plupart du temps, maintenant, ils attendaient que les esprits leur donnent des signes de présence, et passaient ensuite à l'écriture automatique – tous étaient susceptibles de tenir un crayon au-dessus du papier et tous, à l'exception du capitaine Jesse, avaient produit des écritures, longues ou brèves, qu'ils avaient étudiées et interrogées. Et puis, si c'était un bon jour, les visiteurs parlaient par la voix de Sophy ou, plus rarement, par sa voix à elle, Lilias Papagay. Et une ou deux fois il fut donné à Sophy de les voir, de décrire aux autres ce qu'elle voyait. Elle avait vu le neveu et les nièces de Mme Jesse, les trois enfants de sa sœur Cecilia – Edmund, Emily et Lucy, respectivement morts à treize ans, dix-neuf ans et, seulement l'année précédente, vingt et un ans. Si lents, si tristes, pensait Mme Papagay, et pourtant les esprits avaient dit à quel point ils étaient heureux et occupés dans une contrée estivale, parmi les fleurs et les vergers baignant dans une lumière merveilleuse. C'était le mariage de cette sœur, Cecilia, qui avait été célébré, à la fin d'*In Memoriam,* comme le triomphe de l'Amour sur la Mort, les pieds de la mariée foulant d'un pas léger, dans leurs petits souliers argentés, les pierres tombales des morts dans la vieille église. Mais nous vivons dans une Vallée de Larmes, était obligée de conclure Mme Papagay, nous avons besoin de savoir qu'il est un Pays de l'Été. L'enfant encore à naître, qui était l'espoir futur du poème du Lauréat, était venu et s'en était allé, comme A. H. H. lui-même. Avec qui, pour une raison inconnue, aucun d'entre eux, pas même Sophy Sheekhy, ne parvenait à établir de communication.

Le feu dans l'âtre projetait des ombres sur les murs et le plafond. La crinière blanche du capitaine se détachait comme une couronne, sa barbe était celle d'un dieu, et la tête noire et lisse d'Aaron formait une silhouette fuligineuse et mouvante. Leurs mains étaient éclairées par intermittence. Celles de Mme Jesse étaient longues et brunes, des mains de gitane ornées de bagues rouges qui chatoyaient. Celles de Mme Hearnshaw étaient douces et blanches, couvertes de bagues de deuil contenant les cheveux des disparues dans de plus petits cercueils. Celles de M. Hawke étaient couleur de boue, avec quelques poils roux. Il prenait soin de ses ongles et portait une petite chevalière agrémentée d'une sanguine. Il avait tendance à tapoter et à presser la main de ses voisines pour les encourager et les rassurer. Mme Papagay sentait aussi ses genoux, qui parfois frottaient les siens et, elle en était sûre, ceux de Sophy Sheekhy. Elle savait, sans avoir besoin d'y penser, que M. Hawke était un homme prompt à s'émouvoir « de cette façon-là », qu'il aimait la chair féminine, et qu'il y pensait fortement et fréquemment. Elle savait, ou croyait savoir, qu'il aimait à penser aux formes blanches et fraîches de Sophy Sheekhy, qu'il s'imaginait en train de dégrafer ce doux corsage sans ornement, de promener ses mains le long de ces pâles jambes sous la robe gris tourterelle. Elle savait, avec un tant soit peu moins d'assurance, que Sophy Sheekhy ne répondait pas à cet intérêt. Elle voyait les mains pâles de Sophy, ses mains d'une pâleur laiteuse même sous les ongles, immobiles et paisiblement pressées par M. Hawke, sans transpirer en réaction, Mme Papagay en était sûre. Sophy semblait ne porter aucun intérêt à ce genre de chose. Une part de sa réussite de spirite pouvait être due à cette qualité, cette pureté intacte. C'était un pur vaisseau, frais, attendant rêveusement.

Mme Papagay savait aussi que M. Hawke avait considéré les possibilités de réconfort charnel qu'elle offrait elle-même. Elle avait saisi des regards posés sur sa poitrine et sa taille, dans une spéculation involontaire, et elle avait senti les doigts chauds de M. Hawke palper la paume de ses mains, à des moments d'excitation. Leurs yeux s'étaient croisés, une fois ou deux, alors qu'il évaluait sa bouche pleine et ses boucles de cheveux encore jeunes. Elle ne lui avait jamais donné d'encouragement volontaire, mais elle ne l'avait pas repoussé, comme elle l'aurait pu, une fois pour toutes, quand il la regardait trop longuement ou la frôlait au passage. Elle essayait d'évaluer la situation. Elle pensait que toute femme qui se donnerait le mal de le vouloir pourrait très facilement « ferrer » M. Hawke, à la condition d'être raisonnablement accorte et motivée. Avait-elle envie de devenir Mme Hawke ? La vérité était qu'elle avait envie d'Arturo, elle avait envie de ce que Swedenborg appelait les « délices conjugales » de sa vie de femme mariée. Elle avait envie de dormir entre des bras d'homme dans l'odeur du lit matrimonial. Arturo lui avait beaucoup appris et elle s'était montrée une élève douée. Il avait trouvé le courage de parler à son épouse, qui ouvrait de grands yeux, de ce qu'il avait vu dans divers ports, des femmes qui lui avaient fait bon accueil – il était allé jusque-là, et plus loin encore, dans la mesure où sa surprenante épouse n'en prenait pas ombrage mais manifestait de la curiosité pour les détails. Elle pourrait apprendre à M. Hawke, ou à n'importe quel autre homme, une ou deux choses, Lilias Papagay, qui les surprendraient. Si elle parvenait à se décider, après Arturo. Une fois, elle avait fait un terrible cauchemar, au cours duquel elle étreignait Arturo et se trouvait engloutie par une grande bête, congre, dragon ou serpent de mer qui avait, elle ne savait comment, mi-absorbé mi-rejeté des morceaux d'Arturo. Pourtant le rêve qu'elle faisait de temps en temps, où Arturo revenait, en quelque sorte, « à la vie », lui était presque plus pénible, au réveil. « Bien-aimé, reviens-moi pourtant ! » disait Mme Papagay, à elle-même, à son défunt mari. Son pouce libre se trouva parcouru et frotté par le pouce libre et raidi de M. Hawke. Elle essaya de se concentrer sur le motif de la réunion. Elle se fit honte de sa rechute en observant l'air de tension et d'attente du gros et doux visage de Mme Hearnshaw.

Sophy Sheekhy savait beaucoup mieux faire le vide dans son esprit que Mme Papagay. De fait, avant que Mme Papagay ne l'amenât à en faire sa profession, elle avait été constamment ravie, alarmée et embarrassée d'atteindre et de quitter différents stades de conscience aussi aisément qu'elle vêtait ou dévêtait son corps, le glissait dans l'eau chaude ou l'en sortait, l'exposait à l'air froid de l'hiver ou l'en protégeait. Une de ses lectures préférées, préférée aussi par M. Hawke parce qu'elle lui permettait de méditer sur les expériences de Swedenborg, était l'anecdote rapportée par saint Paul au chapitre XII de la Seconde Épître aux Corinthiens.

Je connais un homme en Christ, qui fut ravi jusqu'au troisième ciel, il y a plus de quatorze ans ; si ce fut en son corps, je ne sais ; si ce fut sans son corps, je ne sais ; Dieu le sait.
Et je sais que cet homme (si ce fut en son corps, ou si ce fut sans son corps, je ne sais ; Dieu le sait)
Fut ravi dans le paradis, et y entendit des paroles ineffables, qu'il n'est pas possible à l'homme d'exprimer.

Je puis me glorifier d'être cet homme-là ; mais pour ce qui est de moi, je ne me glorifierai que de mes afflictions.

Elle aimait la répétition de l'expression équivoque « si ce fut en son corps je ne sais, si ce fut sans son corps je ne sais ; Dieu le sait ». Cette expression convenait à un grand nombre de ses propres états et pouvait servir, comme de la poésie, grâce au bourdonnement répété de son rythme, à induire de tels états. Vous vous la disiez et vous la redisiez jusqu'au moment où elle devenait, d'abord, très étrange, comme si tous les mots étaient fous et hérissés de brillants poils en verre, et ensuite très simple et dénuée de signification, comme de claires gouttes d'eau. Et vous étiez là et pas là, Sophy Sheekhy était assise là comme une nonne grise, le visage baissé, et voyait. Voyait quoi ? Sophy, pour sa part, ne pensait pas qu'il y eût une grande discontinuité entre les créatures et les objets rencontrés en rêve, les créatures et les objets aperçus à des fenêtres, ou en mer par-delà la digue, les créatures et les objets évoqués dans les poèmes et dans la Bible, ou les créatures qui venaient de nulle part, restaient un moment, pouvaient être décrites à autrui, vues, senties, entendues, presque touchées et goûtées – d'aucunes étaient sucrées, d'autres fuligineuses. Couchée dans son lit, le soir, en attendant le sommeil, elle voyait des processions de tout genre, parfois dans l'atmosphère obscure, parfois apportant avec elles leurs propres mondes, étranges ou familiers, des dunes désertiques, des landes broussailleuses, l'intérieur de sombres placards, la chaleur de feux dans la cheminée, des vergers ployant sous les fruits. Elle voyait des bandes d'oiseaux et des nuages de papillons, des chameaux et des lamas, des hommes noirs et nus et les morts dans leur suaire, les mâchoires bandées, qui se dressaient rigides et luisants. Elle voyait des lézards en feu et des familles de boules d'or grosses et infinitésimales, elle voyait des lis transparents et des pyramides de verre qui marchaient. D'autres créatures indescriptibles erraient dans sa conscience – une chose comme un écran de cheminée violet aux bras argentés et frangés avançait, s'ouvrait et se fermait, diffusant une sensation de grand contentement, et une espèce de hérisson orangé gonflait et explosait devant elle. Toutes ces créatures étaient son monde. Mais certaines des choses qui venaient, ou pouvaient être appelées, étaient des êtres humains complets, pourvus d'un visage et d'une histoire, et elle avait appris lentement et douloureusement qu'elle était requise – de part et d'autre semblait-il – pour être la médiatrice entre ceux-ci et les autres qui ne les voyaient ni ne les entendaient. Plus étaient lourd le poids de l'espoir et tumultueux le tourbillon de chagrin, ici, qui appelait et appelait encore, plus il était difficile à Sophy Sheekhy de faire ce qui lui était demandé, d'inviter ces visiteurs tellement particuliers parmi tous les autres, de les faire rester et parler. Ils l'étranglaient, pensait-elle parfois, les vivants, pas les morts.

Ce jour-là elle sentit, en se recueillant, que la pièce était pleine d'activités. Elle avait l'habitude de regarder lentement le cercle, de « voir » les participants d'une manière abstraite, de peser pour ainsi dire dans son sang et dans ses os leurs préoccupations et les mouvements de leur esprit, et puis de s'en dépouiller et d'écouter. Souvent, à l'extérieur du cercle des vivants, elle en voyait un autre, formé de créatures qui se pressaient, désiraient, écoutaient, avides d'un auditoire, prêtes à donner un spectacle tourbillonnant, à pousser des gloussements ou des hurlements. Elle regarda calmement ses propres mains, le doigt de Mme Hearnshaw qui tapotait le lacis des siens et les rendait glacés comme la mort, froids comme la pierre, de sorte qu'elle était assise là avec une lourde main de marbre, dont la vie avait reflué jusque dans son cœur. Elle regarda M. Hawke et vit à sa place, comme cela lui arrivait fréquemment, une sorte d'écorché en terre cuite, ressemblant un peu à Carl, ou une statue vernissée de lion chinois, ou une pelote en satin hérissée d'épingles à têtes de verre, une chose de la même couleur que le bout rouge et enflammé de l'Organe que M. Pope avait tenu tout raide devant lui le jour où il avait fait une entrée de somnambule dans la soupente de Sophy en poussant de petits grognements rauques, avant qu'elle ne laisse son propre corps se refroidir comme un poisson mort, comme une pêche en marbre, quand il avait posé dessus sa main brûlante, et reculé d'un bond, brûlé par la glace. En regardant Mme Papagay elle vit Mme Papagay, parce qu'elle l'aimait telle qu'elle était, mais elle la vit la tête couronnée de plumes de paon, de plumes d'oiseau-lyre, de plumes d'autruche d'un blanc parfait, comme une reine des Mers du Sud. Elle voyait souvent Mme Hearnshaw toute mouillée, lustrée d'eau qui ruisselait sur ses bourrelets de graisse, semblable à une sirène sortant des vagues, ou à un lion de mer sur un rocher, hurlant sa plainte vers le ciel. Parfois elle semblait voir à travers Mme Hearnshaw comme à travers un vase ou un calice énorme dans lequel des formes se débattaient faiblement, à la manière de pêches dans un bocal. Et à côté de Mme Hearnshaw, tenant son autre main, le capitaine Jesse. Une fois, en le regardant, elle avait vu une grande créature emplumée de blanc, une créature aux énormes ailes puissantes et au bec farouche enfoncé dans son corps, comprimé entre ses côtes, comme une chose en cage, regardant au-dehors de ses yeux d'or inhumains. Plus tard, elle était sûre que c'était plus tard, le capitaine lui avait montré ses gravures du grand albatros blanc qu'il avait vu lors de ses expéditions au Pôle. Il lui avait raconté beaucoup de choses sur les vastes étendues de neige et les chiens qui tiraient les traîneaux, qui avaient des yeux bleu clair, et qui étaient dévorés lorsqu'ils étaient épuisés de fatigue. Il lui avait parlé des crevasses dans lesquelles les hommes s'abîmaient sans laisser de trace dans des couches de glace verte comme des émeraudes – le Poète a raison, avait dit le capitaine à Sophy Sheekhy, c'est exactement ce vert-là, émeraude, c'est scientifiquement exact, oui, exact, ma chère demoiselle, et tout à son honneur.

Quant à Mme Jesse, Sophy Sheekhy la voyait parfois jeune et belle, en robe noire, une rose blanche dans ses cheveux aile de corbeau, comme *lui* aimait à la voir. Un coup d'œil désintéressé à presque n'importe qui, elle s'en était rendu compte, pouvait révéler le spectre de la jeune fille d'antan, et simultanément la vieille bonne femme qu'elle deviendrait un jour. Elle voyait Mme Jesse comme une sorcière, également, enveloppée et encapuchonnée de loques et de haillons noirs, le menton pointu, le nez crochu, la bouche édentée et ratatinée. La jeune fille attendait, longtemps, longtemps, et les mains fripées de la vieille se posaient à côté des serres du corbeau ou caressaient les bourrelets de graisse molle sur le cou de Carl.

« Et si nous essayions de chanter un peu ? » suggéra Mme Papagay. Il lui revenait de conduire la marche vers le Monde des Esprits une fois que M. Hawke avait affirmé l'autorité du Verbe. Le cantique préféré de Mme Papagay était « Saint, Saint, Saint ! », de l'évêque Heber, préférence qu'elle partageait avec le Poète Lauréat et Sophy Sheekhy, laquelle se sentait transpercée de lances en verre de pure joie au couplet :

Saint, Saint, Saint ! Tous les Bienheureux T'adorent,
Dans la mer glauque ils jettent leur couronne d'or,
Chérubins, Séraphins, devant Toi prosternés ;
Tu fus, Tu es, Tu seras dans l'éternité.

Mme Hearnshaw avait toutefois une prédilection pour « Il est une maison pour les petits enfants » et

Dans l'éternité de la gloire
Des troupes d'anges bienheureux
Entourent le Trône de Dieu !
Tout étincelle sous leurs yeux,
En leurs mains des harpes suaves,
Leurs têtes sont couronnées d'or.

Alors ils les chantèrent tous les deux, levant en mesure leurs mains jointes en cercle, sentant l'influx passer de doigt en doigt, pulsation électrique le long de laquelle des lignes de communication pouvaient s'ouvrir avec le royaume des morts.

Le feu faiblit un peu. L'obscurité s'épaissit. Sophy Sheekhy dit, d'une voix claire et froide : « Il y a des esprits, je les sens, je respire aussi une odeur de roses. Quelqu'un d'autre a-t-il la sensation d'un fort parfum de roses ? »
Mme Papagay dit qu'elle croyait percevoir aussi cette senteur. Emily Jesse respira à pleines narines et pensa détecter un léger arôme de roses parmi les relents carnés de l'haleine d'Aaron, ainsi que les derniers effluves d'un pet de Carl que chacun était trop bien élevé pour faire remarquer. M. Hawke renifla, il flaira, il huma, et Sophy lui dit gentiment qu'il fallait qu'il se tienne tranquille, que les choses ne se manifesteraient pas s'il se forçait, qu'il devait se laisser aller, être passif, réceptif. Et soudain Mme Hearnshaw s'écria : « Ah ! ça y est, ça y est, l'odeur flotte autour de moi comme des jardins en été. » Mme Papagay dit : « Il m'est inspiré que nous devons imaginer une roseraie avec des haies de roses, des berceaux de roses, un doux gazon, de grands parterres de roses de toutes les teintes, rouges et blanches, crème et de toutes les nuances de rose, jaune d'or aussi, et de teintes jamais imaginées sur cette terre, des roses empourprées comme le feu, des roses au cœur d'azur céleste, des roses de velours noir chatoyant – »
Ils imaginèrent. L'odeur exquise était à présent perçue par chacun. La table sous le cercle des mains se mit à tambouriner et à bouger. Mme Papagay dit : « Esprit, es-tu là ? »

Trois coups rapides et affirmatifs.

« Esprit, es-tu connu de nous ? »

Une véritable profusion de coups.

Le capitaine Jesse dit : « J'en ai compté quinze. Quinze. Cinq fois trois. Il y a cinq esprits, vous savez. Peut-être vos chères petites, madame Hearnshaw. »

Sophy fut envahie par la souffrance, l'espérance et la peur que ressentait Mme Hearnshaw. On eût dit qu'un grand bec la lacérait. Elle poussa un cri involontaire.

« C'est peut-être un esprit malin », dit M. Hawke.

Mme Papagay dit : « Veux-tu nous parler ? »

Deux coups marquant l'indécision.

« A un seul d'entre nous, peut-être ? »

Quinze coups de nouveau.

« Est-ce à Mme Hearnshaw que vous voulez parler ? »

Trois coups.

« Si nous tenons nos plumes, voulez-vous les guider ? Voulez-vous nous dire qui vous êtes ? »

« Qui va écrire ? » demanda Mme Papagay aux visiteurs. Elle fit le tour des gens assis en cercle, l'un après l'autre, et les esprits la choisirent elle, Mme Papagay, ainsi qu'elle avait espéré et cru qu'ils le feraient. Elle sentit la tension entre Mme Hearnshaw et Sophy, une tension de pure souffrance, et une sorte de vide étincelant, et elle sut d'instinct qu'elle devait y mettre la main pour que le désir fût satisfait au lieu d'être amplifié. Elle voulait un « bon » message pour la pauvre femme endeuillée, elle adressa une petite prière aux Anges afin qu'ils accordent le réconfort, que cette femme trouve le réconfort, leur dit-elle en pensée, avant de prendre la plume et de faire le vide requis dans sa pensée, comme elle le devait, afin que les messages passent par ses doigts.

Elle avait toujours un moment de peur quand sa main commençait à bouger, sans aucune volonté de sa part. Une fois, en visite chez une cousine dans les Downs du Sud, on l'avait emmenée voir un sourcier à l'œuvre, un sourcier qui promenait une baguette de coudrier fourchue dans une prairie, et la baguette s'était soudain dressée et tordue entre ses mains. Il avait regardé la jeune fille brune entre ses sceptiques parents de la ville et lui avait tendu la baguette en lui disant : « Essayez, vous, essayez. » Elle l'avait regardée comme si ç'avait été un couteau, et son père avait dit en riant : « Vas-y, Lilias, ce n'est qu'un bout de bois. » Et d'abord ce n'avait été que du bois, un petit bâton taillé, du bois mort, et elle s'était mise à avancer sur l'herbe, se sentant sotte. Et puis soudain quelque chose avait coulé le long de la baguette, à l'intérieur de la baguette, l'avait fait se dresser, se cabrer, se tortiller entre ses mains, et elle avait hurlé d'une peur non feinte à laquelle tout le monde avait cru, dont personne n'avait songé à se moquer. Pour expliquer cette expérience il était facile à présent d'invoquer une connaissance précoce des pouvoirs du magnétisme animal. Mme Papagay en faisait le récit dans les cercles spiritistes comme d'un moment de force spirituelle, coulant entre ses doigts, première indication des pouvoirs qui pouvaient être les siens. Mais à l'époque ce l'avait rendue malade de peur, et maintenant, chaque fois qu'elle prenait la plume, si pleine de prière et d'espérance qu'elle fût, elle était également malade d'une sorte de peur animale. Car les plumes pouvaient prendre l'initiative comme les baguettes. La baguette de coudrier se cabrait, se tordait, entre les mains de l'enfant et quelle autre chose encore ? Des courants d'eau froide invisibles sous la terre. Et la plume, la plume se cabrait, se tordait, entre ses doigts passifs et elle ne savait quelle force qui formait les lettres ?

L'écriture passive de Mme Papagay avait tendance à commencer par des va-et-vient qui cherchaient entre des chapelets de mots pour ainsi dire « accrochés » les uns aux autres, et puis après se dégageait des gribouillis un message, ou un visage, comme un crayon erratique qui se retrouverait soudain en train de dessiner des yeux parlants sous un large front, ou changerait de rythme pour passer de griffonnages confus à une image enfiévrée et précise. Le crayon écrivit :

Mains mains avec mains main sur sous en dessus entre par-dessous mains petites menottes dodelettes menottes dodelettes potelées Ronde des Roses mains roulent avec algues sur une chauve sur une chauve chaussée un crâne pas crâne tête douce paradis portes ouvertes dans petite tête mains froides si froides mains tellement froides finie la froide ronde des roses AMY AMY AMY AMY AMY aime moi je t'aime toi nous t'aimons toi dans le jardin de roses nous t'aimons toi tes larmes nous font mal elles brûlent notre douce peau comme la glace brûle ici mains froides sont roses nous t'aimons toi.

« Parlez, madame Hearnshaw », dit Mme Jesse.

« Êtes-vous mes enfants ? Où êtes-vous ? »

Nous grandissons dans un jardin de roses. Nous sommes tes Amy. Nous te voyons toi nous veillons sur toi nous surveillons tout ce que tu fais toi tu viendras à nous pas bientôt pas bientôt.

« Vous reconnaîtrai-je ? » demanda la femme. Elle dit à Emily Jesse : « Je me rappelle l'odeur de leurs petites têtes. »

Nous sommes plus vieilles maintenant. Nous grandissons nous apprenons la sagesse. Les anges nous sourient et nous enseignent la sagesse.

« Avez-vous un conseil particulier à donner à votre mère ? » dit Mme Papagay.

La plume traça une longue courbe sur le papier et se mit brusquement à écrire d'une manière tranchante, pas de l'écriture arrondie et enfantine qu'elle avait employée jusqu'alors.

Nous avons vu un nouvel enfant frère ou sœur prendre forme de graine terrestre croissant dans le noir, nous nous réjouissons dans l'espérance de cet enfant dans la terre noire et dans ce jardin de roses. Nous désirons que tu l'attendes dans l'espérance, l'amour, la confiance, et sans peur, car il est voulu qu'elle vienne rapidement dans ce royaume de l'été elle sera plus heureuse et tu supporteras la souffrance dans cette certitude comme tu peux supporter la souffrance de sa venue supporte la souffrance de son départ Mère périe chérie nous t'aimons notre Mère périe chérie et tu dois l'aimer. Tu ne dois pas lui donner Notre Nom. Nous sommes ici et vivons dans l'éternité et nous partageons Notre Nom mais il suffit. Nous sommes les cinq doigts d'une main rose.

Mme Hearnshaw parut se liquéfier. Sa chair était agitée de frissons et de tremblements, elle pleurait à chaudes larmes qui ruisselaient sur son gros visage suintant, son cou était humide, ses gros seins frémissaient, ses bras enserraient des flaques de mouillure. Elle dit : « Comment, comment dois-je l'appeler ? De quel nom ? »

Il y eut une pause. Puis, péniblement, en majuscules, « ROSA ». Une plus longue pause. « MUNDI ».

Puis d'une écriture tranchante,

Rosamund, Rose de cette Terre alors nous espérons qu'elle pourra rester avec toi un petit peu et te rendre heureuse sur ta Terre noire très

*chère Maman il ne nous est pas donné de savoir s'il en sera ainsi et
nous aimerons avoir une nouvelle Rose dans notre Ronde si cela doit
être mais elle sera forte si tu es forte elle vivra sur ta terre de nombreuses années nous le croyons et l'espérons Mère très périe chérie.*

C'était une bizarrerie de l'écriture automatique de Mme Papagay que de former le mot « péri » quand elle voulait clairement
dire « chéri » et vice versa. Cela se faisait tout seul et les
participants avaient décidé de ne pas y attacher une trop grande
signification, à l'exception de M. Hawke qui s'était demandé
s'il n'y avait pas un sens ou une intention cachée dans la
ressemblance des deux mots. Mme Papagay fut assez consternée
par la certitude avec laquelle les esprits avaient proclamé à la
fois que Mme Hearnshaw attendait un autre enfant et que cet
enfant serait une fille. Elle préférait de beaucoup les messages
qui avaient le tact d'être ambigus, comme ceux de l'Oracle de
Delphes. Mme Jesse tamponnait le front de Mme Hearnshaw
avec un mouchoir fripé dont elle s'était également servie pour
s'essuyer les doigts après avoir nourri Aaron. Sophy Sheekhy
avait pris une couleur opaque et nacrée, et elle était aussi
immobile qu'une statue. M. Hawke, comme de bien entendu,
passait au crible le caractère scientifiquement vérifiable de tout
ce message si suave et si touchant.

« C'est une prophétie authentique, madame. Qui peut être,
soit vraie, soit fausse. »

Un nouveau déluge salin submergea Mme Hearnshaw. « Oh,
monsieur, mais c'est justement le cœur, oui, le cœur du
problème. Ce qu'elles disent est vrai. Cela fait une semaine
seulement que j'en suis certaine – je n'en ai parlé à personne,
pas même à mon cher mari – mais ce qu'elles disent est certain,
j'attends un autre enfant, et pour dire la vérité j'étais dans un
état de terreur bien plus que d'espérance, ce qui peut se
comprendre après ce qui m'est arrivé, je crois, et ne peut m'être
reproché, les chères petites ont saisi ma peur, l'ont comprise,
et ont essayé de me consoler. » De grands sanglots gloussèrent
dans sa grosse gorge blanche. « J'ai fait tout ce que j'ai pu –
pour empêcher – je n'espérais plus – j'avais renoncé à espérer
– je ne ressentais que de la peur, de la peur – »

Pantoise, lascive, surexcitée, l'irrépressible imagination de
Mme Papagay s'engouffra dans la chambre conjugale de
Mme Hearnshaw. Elle vit la grosse femme sanglotante se brosser
les cheveux – elle devait avoir une assez belle brosse en ivoire,

oui c'est ça, et une petite glace psyché, et porter une sorte de peignoir en soie noire, un peignoir de deuil, elle brossait ses cheveux épais et avait ôté tous ses bijoux, ses croix et médaillons en jais et en ébène, ses bagues et bracelets de deuil, tristement posés devant elle entre les bougies, comme un petit reliquaire consacré aux cinq Amy. Alors entrait M. Hearnshaw, c'était un petit homme, comme une guêpe noire, pourvu d'énormes favoris noirs tout raides pour avoir l'air plus grand, pour se donner de la prestance, et empanaché d'une crête de cheveux noirs aussi rudes que la crinière en brosse d'un cheval. Et il usait d'une espèce de petit signal pour indiquer que c'était « cette chose-là » qu'il voulait. Peut-être en approchant tout doucement et en soulevant une tresse ou deux pour baiser la triste nuque de son épouse, ou la masser avec ses doigts, s'il avait assez d'imagination pour ce faire. Et la tête de la pauvre femme penchait de plus en plus, car elle voulait accomplir son devoir conjugal mais elle avait peur, elle avait peur dès les premiers instants de la petite graine qui s'engouffrait... Mme Papagay essaya d'estourbir son imagination débridée, mais en vain, celle-ci s'élança de plus belle. M. Hearnshaw étreignit Mme Hearnshaw et la poussa vers le lit. Mme Papagay se figura le lit, lui prêta des courtines de velours rouge et puis les fit disparaître pour des raisons d'invraisemblance. C'était un grand lit sombre, elle en était sûre, un grand lit sombre et vaste, à l'image de Mme Hearnshaw ; il avait un édredon de soie violette et des draps propres, en fil, fleurant la lavande. C'était un lit dans lequel il fallait grimper, et Mme Hearnshaw y grimpa lentement, après avoir ôté son peignoir, vêtue à présent de coton blanc garni de broderie anglaise aux trous-trous agrémentés de rubans noirs. Ses gros seins ballottèrent dans la cloche de cette parure quand elle se pencha sur le lit, et y grimpa, son mari la serrant de près, accroché à ses grosses hanches, c'est ainsi que Mme Papagay les vit, le petit homme hirsute la poussant, la poussant dans le lit comme une truie dans sa bauge. Elle vit les jambes blanches du petit homme dépasser de sa chemise de nuit à rayures, recouvertes d'un lacis de poils noirs, comme des gribouillages. Des jambes minces, fortes, anguleuses, oui, anguleuses, pas plaisantes du tout.

Et puis le dialogue.

« Ma chère, il me faut... il me faut...

– Non, je t'en prie. J'ai mal à la tête.

– Il me faut, il me faut. Sois gentille avec moi, ma chère. Il me faut absolument.

– Je ne peux pas le supporter. J'ai peur.

– Le Bon Dieu y pourvoira. Il nous faut accomplir Sa Volonté et nous fier à Sa Providence. »

Ses favoris piquaient le visage de sa femme, ses petites mains trituraient l'ample chair, ses petits genoux anguleux s'approchaient de plus en plus près des flancs blancs.

« Je ne sais pas si je – »

Mme Papagay, débordante d'indignation, vit le petit homme se jucher sur sa femme, puis monter et descendre comme un piston, possédé de mâle fureur, sans plus se soucier de rien. Après quoi elle se repentit, se reprocha vivement la mise en scène spectaculaire qui avait déclenché son indignation, et essaya d'imaginer le tête-à-tête autrement – deux êtres inconsolables qui s'aimaient, se tournaient l'un vers l'autre dans le noir, du fond de leurs chagrins respectifs, s'étreignant pour se donner du réconfort, la chaleur du réconfort, et tout naturellement dardait l'aiguillon du désir. Mais cela ne semblait pas aussi naturel que la première version. Mme Papagay revint au moment présent de la séance – toute cette scène ayant paru et disparu en un éclair – et se demanda si les autres gens se racontaient des histoires de la même façon dans leur tête, si chacun inventait tous les autres, vivants et morts, si ce qu'elle savait de Mme Hearnshaw méritait le nom de savoir ou de mensonges, ou les deux, comme les esprits avaient su ce que Mme Hearnshaw avait confirmé, qu'elle était effectivement *incinta*.

V

« Il y a quelque chose dans la pièce, annonça Sophy Sheekhy d'un ton rêveur. Entre le canapé et la fenêtre. Un être vivant. »

Tous regardèrent dans la direction du coin obscur – ceux qui étaient assis en face de Sophy Sheekhy, particulièrement

Emily Jesse qui était exactement en face d'elle, tournèrent la tête et se dévissèrent le cou pour ne voir que les contours vagues des grenades, oiseaux et lis de M. Morris.

« Le voyez-vous distinctement ? demanda Mme Papagay. Est-ce un esprit ?

– Je le vois distinctement. Je ne sais pas ce que c'est. Je puis le décrire. Jusqu'à un certain point. Beaucoup de ses couleurs n'ont pas de nom.

– Décrivez-le.

– Il est en une substance qui a l'apparence de – je ne sais comment dire – de – de verre – de verre tressé. De plumes, ou de tubes de verre, creux, attachés ensemble comme des tresses de cheveux ou les images où l'on voit les muscles entrelacés d'hommes écorchés – mais ici on dirait du verre en fusion. Il a l'air très-chaud, il répand une espèce de lumière en – en effervescence. Il a un peu la forme d'une énorme carafe ou d'un flacon, mais c'est un être vivant. Il a des yeux flamboyants de chaque côté d'une espèce de haute tête vitreuse, et il a un long bec, un très-long bec – ou une trompe – son long cou est légèrement recourbé et son nez – son bec – ou sa trompe – rentre dans ses – dans les tresses de – ce qui d'une certaine manière est son poitrail en feu. Et il est tout yeux, yeux dorés – à l'intérieur – dedans... En un sens il a un plumage, trois, trois couches, superposées, de toutes couleurs – je ne peux pas expliquer les couleurs – il a un plumage comme une grande brume, une collerette sous sa – tête – et une espèce de cape enveloppe le milieu de son corps – et je ne sais pas si c'est une traîne, une queue, ou des pieds ailés, je n'arrive pas à voir, ça bouge tout le temps, et ça brille, ça étincelle, ça émet des particules de lumière et j'ai comme l'impression, la sensation, qu'il n'aime pas que je le décrive avec des mots humains et leurs comparaisons dégradantes – il n'a pas aimé que je dise " une carafe ou un flacon ", j'ai senti sa colère, elle était chaude. Il tient à ce que je le décrive, ça j'en suis sûre.

– Est-ce un être hostile ? demanda le capitaine Jesse.

– Non », dit Sophy Sheekhy, lentement. Elle ajouta : « Il est irritable.

– " Ceignit ses reins, ses cuisses d'un Or duveteux / Et de couleurs teintes dans les Cieux ", dit Mme Jesse.

– Vous le voyez aussi ? dit Sophy Sheekhy.

– Non. Je citais la description de l'archange Raphaël dans le

Paradis perdu. "Un séraphin ailé ; de six ailes pourvu / Qui masquaient ses traits divins ". »

Le capitaine dit : « C'est une question intéressante, les ailes des anges. Il a été observé qu'il faudrait à un ange un sternum qui saille de plusieurs décimètres pour contrebalancer le poids de ses ailes, comme un oiseau, un gros oiseau, vous savez, un sternum arqué. »

Mme Jesse dit : « Mon frère Horatio regardait un jour une artiste sculpter un retable pour une église et il la déconcerta en remarquant "Les anges ne sont qu'une forme maladroite de volatiles ".

– Quelle légèreté, dit M. Hawke, en un pareil moment –

– Le Bon Dieu nous fait tels que nous sommes, monsieur, répliqua Mme Jesse. Il sait qu'un peu de légèreté est une façon d'exprimer de la crainte et de la révérence, d'avouer notre incapacité à assimiler les miracles. Devons-nous supposer que Mlle Sheekhy soit en ce moment même en train de contempler la Forme pure d'un ange ? Un ange dont la substance soit l'air, comme celui du Révérend John Donne –

> Comme un Ange revêt un visage et des ailes
> D'air qui n'est pas si pur que lui mais qui est pur...

Un ange peut-il être comparé à une carafe en verre munie d'une trompe ? »

La séance, même en son apogée le plus intense, le plus visionnaire, le plus tragique, conservait quelque chose des petits jeux de société. Non que Mme Jesse ne crût que Sophy Sheekhy voyait son Visiteur ; il était manifestement évident qu'elle le faisait ; c'était plutôt que toutes sortes de poches d'incrédulité, de scepticisme, ainsi qu'une absence animale et inavouée, confortable et réconfortante, de conscience de l'invisible, agissaient comme des freins et favorisaient une espèce de normalité prudente.

M. Hawke dit judicieusement : « Il est possible que ce que Mlle Sheekhy voit soit la forme prise par la pensée d'un ange dans le monde inférieur des Esprits. Swedenborg a beaucoup de choses curieuses à nous dire des exhalaisons angéliques, restes d'états mentaux antérieurs, intérieurement emmagasinés pour un usage ultérieur. Il croit par exemple que dans le sein maternel de telles exhalaisons étaient introduites dans les enfants, restes d'états antérieurs d'amour conjugal angélique – une affection est une structure organique douée de vie – c'est pourquoi il nous est possible en certaines circonstances d'en être rendus sensuellement conscients. »

M. Hawke, pensa Mme Papagay, théoriserait quand bien même un énorme chérubin rouge, une épée flamboyante à la main, serait en train d'avancer sur lui pour le brûler jusqu'à l'os ; il expliquerait les circonstances pendant que les étoiles tomberaient du ciel dans la mer comme les figues mûres d'un arbre qu'on secoue.

Sophy Sheekhy regardait l'être vivant brasiller en ses brillantes ramures. Il lui donnait alternativement une sensation de chaleur et de froid ; elle avait la peau qui s'empourprait, qui palpitait, puis le flux brûlant se retirait et elle était de nouveau pâle et moite. Le flacon ou le vase qu'était cet être vivant semblait rempli d'yeux, semblait fait d'immenses yeux d'or, comme une masse de frai l'est de gelée. Elle avait néanmoins l'idée que toute cette masse de vision brûlante ne la voyait pas à proprement parler, que la conscience que cet être vivant avait de la pièce où ils étaient et de ceux qui s'y trouvaient était moins aiguë, plus vague, que celle qu'elle-même, Sophy, avait de lui. Il bourdonnait dans sa direction, sur diverses notes douloureuses qui blessaient des cordes de son ouïe.

« Il dit : " Écris ! " » dit-elle d'une voix étranglée.

Pleine d'anxiété, Mme Papagay leva les yeux et vit que Sophy Sheekhy était en proie à une véritable détresse.

« Qui va écrire ? » demanda-t-elle pour se rendre utile.

Sophy prit un crayon. Mme Papagay vit les tendons raidis de son cou. Elle dit aux autres : « Faites très-attention. Cette communication est dangereuse et douloureuse pour le médium. Ne bougez surtout pas et concentrez-vous pour l'aider. »

Le crayon fit un petit mouvement brusque et produisit une écriture élégante et nette, très différente des grosses lettres arrondies de l'écriture d'écolière de Sophy.

Tu n'es ni froid ni bouillant. Plût à Dieu que tu fusses froid ou bouillant.

Ta bêtise m'accable de pensée.
Vous avez un devoir sacré, vous devriez
Ne jamais oublier notre Dame défunte.

Laodicea Laodicea

Le crayon hésita puis revint en arrière, barrant « Laodicea » et écrivant, très lentement, très soigneusement

Theodicaea Noviss Novissima. Reliques perdues, ses bien-aimées reliques voguent sur les placides plaines océanes ta sombre cargaison. Perdues. perdues.

Ta sombre cargaison une vie disparue.

Mme Papagay sentait l'émotion distincte et cependant mêlée de toutes les personnes présentes. Mme Hearnshaw était frappée de terreur, elle respirait péniblement. M. Hawke était en alerte, son esprit essayait de déchiffrer. Il dit : « Apocalypse, chapitre III, versets 15 et 16. L'ordre d'écrire donné à l'ange de l'Église de Laodicée. " Je connais tes œuvres ; tu n'es ni froid ni bouillant. Plût à Dieu que tu fusses froid ou bouillant ! Ainsi, parce que tu es tiède, et que tu n'es ni froid ni bouillant, je te vomirai de ma bouche. " Il nous est reproché de manquer de zèle. Theodicaea, je ne connais pas – peut-être manquons-nous de zèle à promouvoir le Royaume de Dieu à Margate. Mais ces paroles ne sont pas de même origine. »

Le capitaine dit : « Un de ces vers vient d'*In Memoriam*, je crois. C'est un de ceux qui décrivent le navire qui ramène le défunt au pays. " Ta sombre cargaison une vie disparue. " C'est un vers que j'ai toujours particulièrement admiré, parce que le poids de la cargaison, pour ainsi dire, est le poids de l'absence, de ce qui est disparu, une vie perdue. Ce n'est pas ce qui reste qui est lourd, mais ce qui n'est plus, ce qui est sombre, ce qui, je crois, est une figure nommée paradoxe, non ? Le navire vogue dans un calme menaçant à travers la placide plaine océane, il glisse comme un fantôme, le navire qui porte...

– Richard, arrête de parler, dit Mme Jesse. Tout le monde sait que ce vers vient du poème de mon frère. Les esprits nous parlent souvent par le truchement de ce poème, ils semblent l'apprécier tout particulièrement, et pas seulement dans cette maison où il occupe naturellement une position centrale en nos pensées, mais dans beaucoup, beaucoup d'autres maisons. »

Elle tourna son visage sombre et farouche dans la pénombre vers Sophy Sheekhy. A côté d'elle le corbeau fit bruisser ses plumes, et le petit chien montra ses petits crocs pointus.

« A qui ce message est-il adressé, je vous prie ? A qui et de qui est-il ?

– Qui est " notre Dame défunte " ? » demanda M. Hawke pour se rendre utile, concentrant son esprit agile sur la devinette spirituelle.

Sophy Sheekhy dévisagea le Visiteur dont les yeux bouillaient dans une espèce de courant de convection immatériel. Elle reprit la plume :

> Ta voix est sur l'air houleux
> Je t'entends là où les eaux courent
> Tu es dans le soleil levant
> Au soleil couchant tu es beau

Apocalypse II, 4.

M. Hawke fondit comme l'épervier. « L'ange qui est dans le soleil est bien dans l'Apocalypse, mais pas au chapitre II, verset 4, il est au chapitre XIX, versets 17 et 18, " Je vis encore un ange qui était dans le soleil, et qui cria à haute voix à tous les oiseaux qui volaient par le milieu du ciel : Venez, et assemblez-vous pour le festin du grand Dieu ; Pour manger la chair des rois, la chair des capitaines " –

– Nous connaissons tous ce texte, monsieur, dit Mme Jesse. C'est, comme vous le dites, l'Apocalypse, chapitre XIX, versets 17 et 18. »

Le capitaine Jesse avait pris la Bible sur la table et il lut à haute voix pour se rendre utile : « Voici le verset 4 du chapitre II. Écrit à l'ange de l'Église d'Éphèse. " Mais j'ai quelque chose contre toi, c'est que tu as abandonné ta première charité. " Ça alors ! Que c'est intéressant. Qu'est-ce que cela peut signifier ?

– Qui est notre Dame défunte ? persista M. Hawke.

– C'est une traduction de l'italien, un des sonnets de la *Vita Nuova* de Dante, dit Mme Jesse d'une voix acerbe. La Dame défunte est Béatrice, qui mourut à l'âge de vingt-cinq ans et inspira la *Divine Comédie*. Le poète l'a rencontrée quand elle avait neuf ans et il est demeuré fidèle à sa mémoire, tout en se mariant après sa mort. Notre visiteur ne révélera-t-il pas, mademoiselle, à qui ces avertissements sont adressés ? »

Sophy Sheekhy regarda les yeux bouillants et les franges de plumes.

« Il devient plus pâle », dit-elle.

La plume écrivit. « Hélas trépas. Hélas mienne E. Hélas. »

« C'est pour vous, madame », dit Mme Hernshaw, qui, moins au fait de l'histoire de Mme Jesse, était donc moins alarmée par la nature menaçante des messages, si on les interprétait par rapport à Mme Jesse.

229

« C'est ce que je supposais aussi, dit Mme Jesse. Mais nous ne savons pas de qui ils viennent. Bien des esprits, vivants ou morts, peuvent pénétrer dans le cercle, comme nous le savons tous. »

Elle posa les deux mains sur sa tête aux ailes de cheveux noirs et argentés, brisant ainsi le cercle. Réveillé par ce mouvement, le corbeau souleva brusquement ses grandes ailes et les fit battre au-dessus de sa tête, ouvrant son bec noir et montrant une langue reptilienne, noire et pointue, tout en poussant une série de cris rauques et discordants. Des ombres noires et emplumées s'agitèrent au plafond. Carl sortit de son assoupissement et émit un son, à moitié grognement de gorge, à moitié reniflement étranglé, suivi par une pétarade de gargouillis intestinaux. Un vésuve lilliputien de charbons s'effondra dans le foyer, flamboyant par à-coups, écarlate puis cramoisi, avec une bouffée de gaz. Le visiteur de Sophy Sheekhy n'était plus qu'une silhouette luisant dans l'obscurité, une figure au tracé plus pâle que les fruits d'or et les fleurs blanches du canapé derrière lui, et puis plus rien. Mme Papagay mit fin à la réunion. Elle aurait trouvé beaucoup de plaisir à interroger minutieusement Mme Jesse sur la signification des messages du visiteur, car il lui apparaissait clairement qu'ils avaient une signification pour Mme Jesse, une signification très précise, que les esprits avaient en quelque sorte fait mouche, et que Mme Jesse n'inclinait pas à partager ce qu'elle avait compris avec le reste des participants. Ils prenaient habituellement une tasse de thé, ou de café, après leurs travaux, et discutaient de la signification de ce qui avait transpiré, mais ce soir-là Mme Papagay fit observer que Mme Jesse était lasse et qu'ils feraient mieux de s'en aller.

Mme Jesse ne la remercia pas. Le capitaine se lança dans une longue harangue décousue à propos de la description que le Lauréat avait faite de la mer dans son grand poème. Il décréta que les strophes relatives aux funérailles en mer étaient particulièrement belles. « On pourrait penser qu'il s'agit de la compréhension qu'un terrien peut avoir de cette cérémonie, et on aurait raison de le croire, bien sûr, l'océan impressionne différemment terriens et marins. Je crois que la mer est à la fois plus prosaïque, plus omniprésente et, oserai-je le dire, plus mystérieuse pour un marin que pour un terrien ; le marin sait par force que tout autour de lui et sous lui à d'énormes profondeurs brasse à tout moment une eau salée dans laquelle il ne saurait survivre, et cela l'amène peut-être à considérer notre existence humaine comme quelque chose de précaire, de temporaire, dans la nature des choses ; le terrien nourrit davantage l'illusion de la stabilité et de la permanence, voyez-vous, le terrien est plus frappé par la disparition de la dépouille mortelle dans les eaux, quoique je n'aie jamais personnellement vu un corps s'enfoncer dans les flots avec sa traînée de bulles blanches, l'air pénétrant dans l'eau jusqu'à un certain point, voyez-vous, et puis remontant, forcé de remonter, tandis que le corps pénètre de plus en plus lentement dans son nouvel élément où il reposera – je n'ai jamais vu cela sans une crispation de douleur et un instant de terreur – tous les marins ont peur de l'élément liquide, à juste titre – et vous seriez surpris de savoir combien d'hommes de mer se récitent tout bas les vers qui parlent de la mère qui prie Dieu de sauver son fils matelot, alors qu'exactement au même moment

> S'enfonce son linceul plombé
> Dans son errante et vaste tombe.

" Errante et vaste " est très-bien, vraiment très-bien. Ils rangent ce livre sous leur oreiller, les hommes de mer, vous savez, ils apprécient la compréhension...

– Arrête de parler, Richard », dit Mme Jesse.

VI

Un fiacre emporta Mme Hearnshaw. M. Hawke offrit de raccompagner les deux autres dames chez elles – c'était sur son chemin, il faisait nuit, marcher leur ferait du bien à tous. Sur le trottoir il essaya de prendre le bras aux deux dames, mais Sophy Sheekhy recula, et ils se retrouvèrent en train de suivre le Front de Mer, M. Hawke et Mme Papagay en tête et Sophy marchant quelques pas en arrière, comme une enfant sage. Le Front de Mer avait des réverbères à gaz dont les flammes jaunes dansaient et chatoyaient. Après, c'était la mer, d'un noir d'encre, et, de loin en loin, des crêtes blanches qui déferlaient sous la petite brise. Errante et vaste tombe, en effet, pensa Mme Papagay. Arturo n'était sans doute plus à l'heure actuelle qu'ossements blanchis et réduits en poudre. Il n'y avait probablement eu personne pour le coudre bien proprement dans un linceul plombé. Bien-aimé, reviens-moi pourtant ! Jamais plus, murmura l'esprit de Mme Papagay.

M. Hawke dit : « Je déteste, j'exècre cet oiseau, madame. Je trouve sa présence inconvenante à des réunions comme les nôtres. J'ai essayé de le faire valoir, mais Mme Jesse choisit de ne pas m'entendre. Le petit chien n'est pas une charmante petite bête, c'est une petite bête qui empeste, pour parler franc, madame. Mais je crois parfois que cet oiseau est possédé d'un esprit maléfique.

– Il me rappelle irrésistiblement le corbeau d'Edgar Poe, monsieur.

Antique corbeau effroyable et sinistre venu des rives de la Nuit,
Dis-moi ton noble nom aux rives plutoniennes de la Nuit !
    Répondit le corbeau, " Jamais plus ".

– Il est difficile, dit M. Hawke, de conjecturer si ce poème est conçu comme un macabre exercice d'humour, ou une réponse authentique au sentiment de perte que nous éprouvons vis-à-vis des chers disparus. On y entend sonner des échos de la chasse, taïaut ! taïaut ! qu'il est difficile de prendre au sérieux dans des circonstances aussi mélancoliques et sinistres.

– Il est très-facile à apprendre, dit Mme Papagay, et difficile à se sortir de la tête une fois qu'il s'y est fourré. »

De sa main libre elle resserra son boa autour de son cou, et elle récita au hasard :

« Mais le corbeau incitant encore mon âme chagrine à sourire,
En face de l'oiseau, du buste et de la porte je poussai un siège moelleux ;
Puis, m'enfonçant dans le velours, je me mis à enchaîner
De chimériques idées, songeant à ce que ce menaçant oiseau d'antan,
Ce que cet effroyable et gauche, ce sinistre et lugubre, ce menaçant oiseau d'antan
Voulait dire en croassant, " Jamais plus "...

Occupé de cela et de bien davantage, je demeurai assis, la tête à l'aise renversée
Sur le velours du coussin que la lumière de la lampe savourait,
Mais dont le velours violet par la lumière de la lampe savouré
Ne serait par *Elle* pressé, ah ! jamais plus !

– C'est assurément un poème très-vivant, dit M. Hawke d'un ton de doute. Il dépeint un chagrin obsédant que vous-même, dans votre profession, avec vos dons, vous devez, madame, rencontrer plus souvent qu'à votre tour. J'ai été très-frappé par la pertinence de certaines des communications de ce soir à la situation de Mme Jesse. " Parce que tu t'es détournée de ton premier amour. " Il est de certains scrupules souvent ressentis quant à l'opportunité de contracter un second mariage, surtout maintenant qu'il est connu que l'époux humain complet survit à la Tombe, sous forme d'esprit. Il peut être considéré que le mariage réitéré est une erreur. Quel est votre avis en la matière, madame ?

– Aux Indes, dit Mme Papagay, je crois qu'il est prescrit aux veuves de se placer auprès de leur défunt maître sur le bûcher funéraire, et de se soumettre volontairement à l'incinération. Je trouve cela difficile à imaginer, et pourtant cela se fait, c'est même, dit-on, habituel. »

Elle avait effectivement essayé d'imaginer la femme exaltée gravissant en robe de soie le tas de bois odoriférant pour étreindre le cadavre embaumé. Elle essayait d'imaginer les flammes. Elle imaginait avec succès la frénétique lutte involontaire des femmes qui ne voulaient pas, dont la jeune vie se révoltait, et les mains basanées, les visages sévères, qui terrassaient, qui ligotaient, qui triomphaient.

« Mais dans une société chrétienne, persista M. Hawke. Mme Jesse, par exemple, a-t-elle bien ou mal agi ?

– Mme Jesse était seulement fiancée au jeune homme, objecta Mme Papagay. Il n'y avait pas eu mariage.

– Quant à cela, dit M. Hawke, Swedenborg enseigne, comme vous le savez, que le véritable amour conjugal ne nous visite qu'une seule fois, que notre âme n'a qu'une seule compagne, une moitié parfaite, que nous devons chercher inlassablement. Qu'un ange, à proprement parler, joint deux moitiés en une seule, qui est l'amour conjugal. Car dans un Mariage céleste – et le Ciel est Mariage, de et dans le Divin Humain – le vrai est conjoint au bien, l'entendement à la volonté, la pensée à l'affection. Car vrai, entendement et pensée sont le masculin, mais bien, volonté et affection sont le féminin, ainsi qu'il nous l'est enseigné. C'est pourquoi deux époux dans le Ciel ne sont pas dits deux, mais un seul ange, et tel est le sens, nous dit Swedenborg, des paroles du Seigneur : " N'avez-vous pas lu que celui qui créa l'homme, au commencement du monde, fit un homme et une femme. Et qu'il est dit : C'est à cause de cela que l'homme quittera son père et sa mère, et qu'il s'attachera à sa femme, et les deux ne seront qu'une seule chair. Ainsi ils ne sont plus deux, mais ils sont une seule chair. Que l'homme ne sépare donc point ce que Dieu a uni. "

– C'est très-beau et très-vrai », dit Mme Papagay d'un air vague. Son imagination ne pouvait se greffer sur le bien et la volonté, le vrai et l'entendement ; c'étaient des petits mots froids et vides de sens, comme les piécettes identiques jetées dans le plateau de quête, ding ! ding ! le dimanche. Elle pouvait imaginer « une seule chair », la bête à deux dos, disait Arturo, et cette douce sensation de fondre et de s'évanouir dans la chaleur qui s'emparait de tout le devant du corps, de la poitrine jusqu'à la clef dans la serrure qui chevillait les deux êtres.

De sa main libre, M. Hawke lui tapota la main qu'elle avait posée modestement sur son bras. Il dit : « Swedenborg décrit les joies conjugales des Cieux de la manière la plus délicieuse, la plus – iridescente. Il nous dit que dans le ciel suprême l'amour vraiment conjugal – qui est un état d'innocence, madame – est représenté par divers beaux objets, telle une charmante vierge dans un nuage brillant, une atmosphère brillante comme le diamant et cloutée d'escarboucles et de rubis scintillants. Tous les anges, madame, sont vêtus d'une manière qui correspond à leur nature, car tout dans le ciel correspond. Les anges les plus intelligents ont des habits qui luisent comme de mille feux, et d'autres resplendissent de lumière, tandis que les moins intelligents ont des habits d'un blanc clair ou bien opaque, sans rien d'éclatant, et les moins intelligents encore ont des habits de diverses couleurs. Mais les anges du Ciel suprême sont nus. »

M. Hawke, légèrement essoufflé, s'arrêta pour faire de l'effet, et sa main tapota la main gantée de Mme Papagay, posée sur son bras. L'attention de Mme Papagay était distraite par l'expression « cloutée d'escarboucles et de rubis », que toujours, quand elle lisait ou entendait cette description du Ciel, elle voyait dans le sens terrestre ou charnel de clous et de furoncles, d'excroissances douloureuses et distendues de chair durcie sur un pied, un nez ou un postérieur. Alors le Divin Humain a des clous, essayait de dire quelque chose d'irrépressible en elle – quelque chose qui avait à voir avec Arturo.

« Swedenborg, dit solennellement M. Hawke, fut le premier fondateur religieux à donner à l'expression du plaisir charnel la place centrale dans le ciel qu'il occupe en maint cœur sur la terre – à conjecturer, et à constater, que l'amour terrestre et l'Amour Céleste ne font véritablement qu'Un, en leur suprême degré. C'est là une noble, une intimidante compréhension de notre nature et de notre véritable devoir, vous ne croyez pas ?

– Mieux vaut se marier que brûler », dit Mme Papagay d'un air réfléchi, citant les mélancoliques admonestations de saint Paul le misogyne, mais songeant à son propre état d'esprit et de corps. M. Hawke la rendait sensible au fait qu'il brûlait discrètement à côté d'elle.

« Et vous-même, madame. Pour vous-même, pourriez-vous, à un moment donné, envisager un second mariage ? Votre nature spirituelle se sent-elle en quête d'une âme sœur ? J'espère que vous ne jugez pas ma question impertinente. Je ne la conçois pas ainsi. Elle est inspirée par un vif – un très-vif – souci de votre bien-être, de votre nature – vers laquelle la mienne est attirée, ainsi que vous l'aurez, avec votre sensibilité, déjà perçu. »

Et cela, pensa Mme Papagay, est très habilement manœuvré. Elle lui dit « Bravo ! » en pensée. Il lui demandait une chose mais leur laissait à tous deux une porte de sortie, un repli décent dans le purement spirituel. Il était franc et il était retors. « Bravo ! » se dit Mme Papagay en regardant la mer sombre et en pensant à Arturo qui était au fond. Arturo était-il son âme sœur, sa moitié d'ange ? Elle ne le savait pas. Elle savait seulement qu'Arturo avait satisfait son corps de toutes sortes de manières inimaginables auparavant, l'avait dardée de mille flammes délectables, que chaque jour lui manquait son odeur de mâle, de sel, de tabac, de hâle, de désir, dans ses narines et dans son ventre. Et le corps qui lui avait donné de tels plaisirs flottait en bribes et en lambeaux quelque part dans toute cette pesante et froide masse d'eau. L'écriture automatique avait employé certains de ses petits mots tendres ; « menotte dodelette » avait dit l'écriture. « Regarde tes mains et tes pieds dodelets », disait Arturo. Elle ne savait pas si « dodelet » était la traduction fautive d'un mot d'une des nombreuses langues qu'il connaissait, ou un mot inventé pour décrire ce qu'il aimait lécher et caresser. Elle croyait presque certain qu'une bizarrerie de sa pensée avait mis le mot d'Arturo dans le message des cinq petites Amy de Mme Hearnshaw. Mais c'était peut-être Arturo qui lui disait qu'il était là.

« Je ne saurais dire, monsieur, dit Mme Papagay. J'ai été heureuse avec le capitaine Papagay et je le pleure, je me suis résignée à une existence solitaire sur cette terre. Je me tire d'affaire de mon mieux. J'essaie d'être bonne et active. Il est vrai que l'état de mariage me manque. Comme à la plupart des femmes, je suppose. La plupart des êtres humains ; c'est naturel après tout. Je ne sais rien des âmes sœurs. J'ai vu des hommes et des femmes se consumer, se consumer d'amour les uns pour les autres, et je n'aspire pas à un tel état, je ne puis imaginer quel il pourrait être. Mais le réconfort d'un foyer partagé – d'une existence partagée – d'une affection mutuelle – je confesse les désirer, si grands que soient mes efforts pour me satisfaire de mon sort actuel.

– Je n'ai jamais éprouvé pareil bonheur ni réconfort, madame. Une fois j'ai cru pouvoir le faire – mais la coupe me fut retirée au dernier moment, quand mes lèvres s'en approchaient. Moi aussi je me suis résigné à la demi-existence de la solitude. Je ne crois pas que j'avais cette fois-là trouvé mon âme sœur, mais il me semblait alors que si. Swedenborg dit que le Seigneur dans son Divin Humain comprend que les hommes puissent contracter de nombreux mariages terrestres à la recherche sincère de leur seule et unique âme sœur, et il ne condamne pas ces mariages comme il le fait des adultères perpétrés avec légèreté d'esprit. »

Mme Papagay trouva difficile de répondre à cela. Elle dit : « Croyez-vous que puisse exister une certaine incertitude, monsieur, sur l'identité de... d'une telle personne ?

– Je le crois possible, madame. Je crois qu'un homme peut regarder de nombreuses femmes, se demander : est-ce elle ?

est-ce elle ? et demeurer véritablement dans le doute. Je me le suis demandé, assurément. Je n'ai jamais reconnu l'âme sœur. »

Ils poursuivirent leur chemin en silence, et Sophy Sheekhy glissait derrière eux en bottines gris tourterelle.

Ils atteignirent la maison de Mme Papagay où ils avaient coutume, tous trois, de prendre un verre de porto ou de xérès avant que M. Hawke se remît en route. C'était une haute et étroite maison dans une rangée de maisons uniformes, avec un marteau en forme de gros poisson qui avait plu à Arturo et que Sophy Sheekhy aimait beaucoup. Betsy, la bonne à tout faire, avait ordre de leur allumer du feu par les froides soirées d'hiver où ils revenaient épuisés des séances. Il brûlait gaiement dans l'âtre du petit salon, qui était au premier étage, derrière de hautes et étroites fenêtres, une haute et étroite pièce. Mme Papagay s'occupa des verres et du carafon. M. Hawke se posta devant le feu et se réchauffa les jambes. Sophy Sheekhy s'assit à une certaine distance du feu et des deux autres, s'adossant à sa chaise et fermant les yeux. M. Hawke s'adressa à elle.

« Êtes-vous très-fatiguée, ma chère demoiselle, par vos expériences d'aujourd'hui ? La créature que vous avez décrite était assurément étrange – trop étrange pour être un produit de l'imagination, un merveilleux don.

– Je suis très-lasse en effet, dit Sophy Sheekhy. Je ne crois pas que je serais capable de digérer un verre de porto. Je prendrai un peu de lait, si vous le voulez bien, madame, et me retirerai de bonne heure. Je suis très-mal à mon aise. Quelque chose n'est pas achevé. Je me sens oppressée. J'ai besoin de calme et de silence. »

De fait, c'est à peine si elle parvint à soulever les paupières pour accepter le lait, ses membres avaient la pesanteur du marbre. Elle but à petites gorgées, M. Hawke savoura son porto, et le feu flamboya un peu, dissipant le mélange d'atmosphère enfumée et de brume de mer qui semblait flotter dans la pièce.

Sophy Sheekhy se leva songeusement et alla se coucher. M. Hawke était assis dans un fauteuil en face de son hôtesse. Mme Papagay, en se déplaçant pour lui remplir à nouveau son verre, aperçut sa propre image dans le miroir au-dessus de la table, et pensa qu'elle n'avait pas entièrement perdu sa beauté. Son teint était vif mais éclatant de santé, ses grands yeux sombres étaient toujours ombragés de beaux cils noirs, son nez était pointu et busqué mais dans les limites de l'élégance, et elle n'avait ni pris ni perdu trop d'embonpoint. Elle croisa dans le miroir son propre regard, provocant, interrogateur, et entrevit M. Hawke derrière elle qui jaugeait sa taille, ses hanches, d'un regard qu'elle connaissait bien. Il va parler, se dit-elle, prise d'une brusque certitude. Il va se déclarer et demander une réponse.

Elle prit son temps avec le carafon, pensant à ce qu'elle allait dire. Elle serait dans une bien meilleure situation, en respectable femme mariée. Elle avait bel et bien besoin de compagnie, besoin de bavardage, de quelqu'un de qui s'occuper, et Sophy Sheekhy ne connaissait pas les usages du monde et n'en était pas curieuse ; elle vivait dans un autre univers, très précisément. M. Hawke pourrait être acclimaté à rire un peu, à se relâcher de sa solennité, un homme aussi lascif que cela ne pouvait pas rester un pur et simple sermonneur derrière les portes closes d'un foyer confortable. Je me bride, se dit-elle, je me cabre devant ce qui est peut-être ma meilleure chance. Je dois me montrer à tout le moins modérément encourageante. Je dois répondre avec une prudente cordialité, c'est ce qui sera le mieux, lui laisser le champ libre et voir ce qu'il est et ce qu'il fait.

M. Hawke s'éclaircit le gosier en poussant un « Hum ! » sonore. « Je voudrais revenir au sujet de notre conversation précédente, madame. Je voudrais le rendre – de manière purement hypothétique – plus personnel. Nous voici tous deux auprès du feu, très à notre aise en la compagnie l'un de l'autre, j'aimerais dire, très-naturels, jouissant des bonnes choses de la vie et partageant de nobles idéaux, de nobles intuitions, d'instantes prémonitions » – il était entraîné sur une voie qui n'était pas celle qu'il avait voulu suivre, mais il ne pouvait résister à la force de son propre prêchi-prêcha ! – « d'instantes prémonitions de l'invisible, du monde des esprits, qui se pressent en foule autour de nous de toutes parts, proches et merveilleux.

– Oui, dit Mme Papagay. C'est vrai, et nous devons en être reconnaissants. »

Cela sonne un peu faux, pensa-t-elle.

« J'espère, dit M. Hawke, avoir un peu adouci votre solitude par mon – souci – par ma – compréhension – par mon affection, oserais-je dire, madame.

– Je l'ai senti », dit Mme Papagay d'un ton délibérément solennel et vague. Il ne sait pas s'il est dans une église ou dans un salon, pensa-t-elle. Le saura-t-il jamais ? Dans une chambre à coucher, fera-t-il la différence ? Et priera-t-il longuement – avec sa femme – au pied du lit, ou même – voilà que son imagination repartait de plus belle – pendant la chose ?

« Lilias, dit M. Hawke. Je voudrais me sentir le droit de vous appeler Lilias.

– Il y a longtemps qu'on ne m'a pas appelée Lilias », dit Mme Papagay.

C'est alors que M. Hawke fit une chose affreuse.

« Job, dit-il, je m'appelle Job », et il se jeta à bras-le-corps sur Mme Papagay assise sur son canapé de velours cerise, mais peut-être que le pied lui manqua, pensa-t-elle par la suite, ou bien encore avait-il seulement l'intention de s'asseoir à ses pieds, ou de lui baiser la main, mais toujours est-il que sa petite personne rondouillarde se jeta dans le giron gainé de soie noire de Mme Papagay, comme le Carl de Mme Jesse sautant pesamment sur le canapé, de sorte que ses mains lui égratignèrent la poitrine et que son haleine exhalant le vin de porto lui envahit les lèvres et les narines. Alors Mme Papagay, cette prudente femme du monde, poussa un hurlement et le repoussa machinalement, le rejeta d'une main vigoureuse, tant et si bien qu'il rebondit sur son postérieur sur la carpette devant le feu, agrippé aux chevilles de son hôtesse et laissant échapper un cri rauque de son visage violacé.

VII

Emily Jesse alluma la lampe à huile et considéra l'écriture automatique. La bonne, jeune hystérique autoritaire et mal peignée, douée d'une fâcheuse tendance à s'évanouir dans un nuage de vapeurs vineuses, ainsi que d'une aptitude diabolique à faire s'évaporer le whisky de son carafon et les petites cuillères d'argent de leur écrin, emporta les tasses et tisonna le feu moribond. Le capitaine allait et venait devant la fenêtre en regardant les étoiles et en murmurant des remarques sur le temps, comme s'il était au commandement de la maison et essayait de faire route vers un port lointain par-dessus des gouffres sans fond. On ne pouvait voir la mer de la fenêtre, mais on aurait cru que si, à la façon dont il regardait. Il murmurait des observations mathématiques et se faisait des commentaires sur la visibilité de Sirius, de Cassiopée et des Pléiades. « Arrête de parler, Richard », dit machinalement Emily en fronçant les sourcils à la lecture des feuillets. Elle avait une fois entendu Emily Tennyson, sa belle-sœur, confier à quelqu'un qu'il fallait absolument qu'Alfred quitte les lieux, sous n'importe quel prétexte, à l'annonce de l'arrivée du capitaine Jesse, car le capitaine jacassait à tort et à travers et Alfred avait besoin de calme, d'un calme absolu, pour composer sa poésie. « Elle emmaillote Alfred comme une momie et lui boutonne ses boutons », se disait souvent Emily Jesse, bien peu charitablement, dans son for intérieur, mais seulement dans son for intérieur, car les Tennyson étaient proches, très proches, et farouchement attachés les uns aux autres, tous autant qu'ils étaient, à part le pauvre Edward dans son asile d'aliénés, et ils avaient fait de leur mieux pour l'aimer et l'entourer avant de se rendre compte que c'était peine perdue. Alfred avait composé sans grand problème, et mieux qu'aujourd'hui, dans le tumulte du Presbytère exigu mais favorable à la création, le tumulte qui avait tant plu à Arthur en 1829, en 1830, quelques semaines en tout et pour tout, alors que leur colérique père était en France et eux tous épanouis, exubérants et espiègles. Alfred était un grand poète en ce temps-là, il était un grand poète aujourd'hui, et Arthur avait reconnu le fait de bonne heure, avec une calme certitude, délectable et stimulante.

Elle contempla l'écriture des messages, si différente des boucles et des ronds innocents de Sophy Sheekhy. Elle ressemblait à la fois à la petite écriture rapide d'Arthur et à celle d'Alfred, petite et rapide aussi, mais moins en pattes de mouche. Elle chancelait un peu, par endroits. Elle avait les petits d caractéristiques d'Arthur, surmontés d'un crochet vers l'arrière, mais pas toujours. Il y avait ce d là, à deux reprises, dans les mots devoir et défunte – « Ne jamais oublier notre

240

Dame défunte » – et aussi dans le nom troublant et controversé de Theodicaea. Les messages avaient tous indubitablement quelque chose à voir avec Arthur, et peut-être aurait-elle dû pousser un cri de douleur et de désir, comme l'avait fait Mme Hearnshaw, en voyant ces mots d'Arthur dans une restitution passable de son écriture. Mais elle ne l'avait pas fait. Elle avait posé des questions. Elle avait dissimulé. Elle savait, par exemple, elle qui était la Dame à laquelle Arthur vouait une dévotion éternelle, Monna Emilia, mienne Emilie, très-chère Nem, Nemkin chérie, elle savait que ces vers de Dante provenaient non seulement de la *Vita Nuova*, mais précisément de la traduction qu'Arthur avait faite des poèmes d'amour de Dante à sa Dame défunte, Monna Beatrice, et cela si peu de temps avant sa mort. Il lui avait donné à traduire « *L'amaro lagrima che voi faceste* », et s'était moqué de sa mauvaise mémoire et de ses fautes de construction. « Les pleurs amers que vous versez » s'adressait aux yeux du poète qui s'étaient fugitivement posés sur une autre jeune fille, alors qu'ils avaient « un devoir sacré » et devraient « Ne jamais oublier notre Dame défunte ». Les journaux spiritistes, les membres de l'Église de la Nouvelle Jérusalem seraient confondus qu'un message si exquis, si personnel, si approprié, pût être envoyé à un être endeuillé. Mais il y avait davantage – outre la citation désormais usuelle d'*In Memoriam*, il y avait la Theodicaea. A. H. H. avait écrit la « Theodicaea Novissima » à l'intention de ces intelligences exclusives, les Apôtres de Cambridge, qui l'avaient décrétée entièrement originale et très belle. Il y soutenait que la raison du mal est le besoin que Dieu ressent de l'amour – de la « passion de l'amour » – qui L'avait mené à créer un Christ soumis à la finitude en tant qu'objet de désir, et un Univers empli de péchés et d'afflictions pour servir d'arrière-plan aux manifestations de ladite passion. L'Incarnation, soutenait Arthur, a fait l'amour humain – « la tendance à une union si intime qu'elle équivaut virtuellement à une identification » – ainsi que l'Amour Divin, de sorte que la mort aimante du Christ était une voie vers Dieu. A ce point l'argumentation devenait obscure pour Emily qui ne comprenait ni pourquoi le mal était nécessaire à cet Amour, ni comment Arthur pouvait en être aussi sûr. Son étude était abstruse et bouillait de passion humaine. Arthur eût préféré qu'elle ne l'ait pas lu.

241

« J'incline à demi à regretter que tu aies jeté les yeux sur cette mienne Theodicaea. Elle a dû troubler plutôt qu'éclairer ta vision de ces difficiles matières. Je ne crois pas que les femmes doivent guère se soucier de théologie ; nous autres sommes plus prédisposés aux subtiles objections de l'Entendement, avons davantage besoin de croiser le fer que de laisser nos armes à terre. Mais où l'innocence est plus grande, la matière d'une foi sincère est plus étendue. C'est par notre cœur et non par notre tête que nous devons tous être convaincus des deux grandes vérités fondamentales, la réalité de l'Amour, et la réalité du Mal. Ne laisse pas, ma bien-aimée Emily, les nuages du doute et de la perplexité brouiller ta perception de ces deux réalités, ainsi que du grand Fait correspondant, je veux dire la rédemption, qui fait d'eux des objets de délices à la place d'objets d'horreur. »

« Je ne crois pas que les femmes doivent guère se soucier de théologie. » A l'époque elle avait pris ce jugement glacial pour une rebuffade – elle avait fait de grands efforts, sans méthode, pour pénétrer les subtilités, les tortuosités, de la Theodicaea, sans autre résultat que de susciter une lettre d'Arthur, une de ces lettres pleines de superbe qui faisaient toujours qu'en petite provinciale consciente de n'être pas une demoiselle du monde accomplie, et en jeune fille consciente de n'être pas capable d'une docte conversation, elle tressaillait légèrement d'anxiété, et d'un autre sentiment indéfini. Il était difficile aujourd'hui, à soixante-quatre ans, de se rappeler qu'Arthur n'avait que vingt ans quand il écrivait cela, et vingt-deux ans quand il était mort. Il avait l'air d'un jeune dieu. Tous ceux qui le connaissaient savaient qu'il était un jeune dieu. Il ne manifestait pas tant de superbe dans leurs tête-à-tête, il avait le rouge au front – en partie à cause du problème circulatoire dont il souffrait déjà à l'époque – et ses mains étaient moites, et son étroite bouche, anxieuse. Mais leur tête-à-tête, au total, avait duré quatre semaines seulement, avant leurs fiançailles, et trois courtes visites de plus avant sa mort. Il la traitait comme un composé de déesse, d'ange du foyer, de petite fille et d'agneau familier. Ce n'était pas, supposait-elle, inhabituel. Cela ne semblait pas l'être. Elle l'aimait passionnément. Elle pensait à lui presque tout le temps, presque tous les jours, après cette première étreinte nerveuse sur le canapé jaune.

Elle reprit l'examen des messages de l'esprit. Ce n'était que reproches, amers reproches, volontairement hostiles. Ils étaient mordants.

Néanmoins je t'en veux, car tu as délaissé ton premier amour.
Ta bêtise m'accable de pensée.
Reliques perdues.

Les gens sont toujours furieux et désappointés, pensa Emily Jesse. Elle avait tant désiré parler à Arthur disparu, recevoir l'assurance d'être pardonnée de n'avoir pas eu la force d'être ce que la sœur d'Arthur, Julia Hallam, appelait une nonne, une « Nonne consacrée ». Mais il se pouvait qu'Arthur, lui aussi, comme les Hallam, comme Alfred, refuse de pardonner. Elle avait dans son secrétaire une lettre de son neveu, Hallam Tennyson, ainsi nommé comme son propre fils, Arthur Hallam Jesse, en souvenir d'Arthur, et comme lui le filleul du vieux M. Hallam qui s'était montré excessivement bon envers elle, en souvenir, in memoriam.

> *Ma chère Tante,*
> *Tu imagineras ma surprise lorsque j'ai appris qu'un exemplaire des* Reliques *d'Arthur Hallam, enrichi d'une dédicace à ton nom de la main de son Père, avait été mis en vente chez un libraire de Lyme Regis. Mon Père et moi supposons que ce Volume a été vendu par inadvertance – sans arriver à concevoir ni l'un ni l'autre comment une telle chose a pu se produire – et je me suis immédiatement assuré de sa sauvegarde. Il est ici dans notre Bibliothèque, où nous le conserverons tant que tu ne nous auras pas fait parvenir d'autres instructions. Tu comprendras les sentiments de mon Père à cette fâcheuse découverte...*

Elle était convaincue que c'était la vente des *Reliques* qui avait attiré le déplaisir de l'esprit. Ce pouvait même être le déplaisir d'Arthur, mais elle voulait espérer que Sophy Sheekhy, par un phénomène de magnétisme animal et de télégraphie éthérée, avait réussi à communiquer le bourdonnement de la désapprobation de Hallam Tennyson, du désappointement d'Alfred. C'était vrai qu'elle n'aurait pas dû vendre les *Reliques.* C'était d'un goût exécrable d'avoir vendu les *Reliques,* dont le vieux M. Hallam avait limité le tirage privé à cent exemplaires, destinés aux amis intimes et à la famille d'Arthur, en témoignage de son génie, tragiquement fauché à la fleur de l'âge. On y trouvait des écrits sur Dante et l'Amour divin, sur la sympathie et Cicéron. Il comportait sa fougueuse recension du recueil d'Alfred, *Poèmes, principalement lyriques* (1830), qui avait provoqué les ricanements de l'irascible Christopher North, lequel s'était gaussé de l'« emphase surhumaine – que dis-je ? surnaturelle » du jeune critique, et avait plongé dans l'effervescence, dans une rage impuissante et protectrice, tous les Tennyson, pour l'amour des deux jeunes gens, Alfred, morbidement sensible à la critique, et Arthur, apparemment, fièrement, plus résistant. Il y avait aussi des poèmes du pauvre Arthur, dont ceux qu'il lui avait révérencieusement murmurés, et ceux qu'il avait écrits pour l'une de ses passions antérieures, Anna Wintour, dont il avait énuméré les grâces, comme le font tous les jeunes gens, à sa chère Emily, assis sur le canapé jaune, lui faisant l'offrande de lui-même et de tout ce qu'il était devenu jusqu'alors dans sa courte existence. Les poèmes d'Anna, pensait Emily, étaient dans l'ensemble meilleurs que les siens, plus vifs, moins chargés d'encens suave et de l'émoi de la sanctification. Il y avait aussi un poème qui l'invitait, elle, Emily, à pénétrer dans le Temple de la poésie italienne, l'assurant que le régal de la musique, « ce plaisir que tu me dois », ne causerait aucun tort à sa douce âme

> ni ne rendrait moins cher
> Cet élément d'où tu devras tirer ta vie, –
> Anglaise demoiselle et anglaise épousée.

Ce poème lui rappelait ses efforts pour maîtriser l'italien, pour lui plaire. Il était curieux que les esprits aient cité avec une telle précision l'une des traductions qu'Arthur avait faites de la *Vita Nuova.* Il les lui avait montrées avec tant de fierté, mais elles ne figuraient pas dans les *Reliques.* Le vieux M. Hallam avait pris sur lui de les brûler, les trouvant « plutôt trop littérales et en conséquence trop rudes ». Elle avait plutôt apprécié cette rudesse – qui avait une espèce de vigueur virile, une espèce de franc-parler, qu'on lui avait enseigné à apprécier. Le vieux M. Hallam avait pris beaucoup de choses sur lui, y compris la culpabilité d'avoir séparé les deux jeunes gens qui s'aimaient, et le soin du triste avenir d'Emily, qui devait s'écouler auprès de lui, en sa triste compagnie. Elle avait essayé, pensa-t-elle. Son éducation ne l'avait pas préparée à s'accommoder aisément des manières rigoureusement compassées des Hallam. Elle aimait Ellen, la sœur cadette, qui ressemblait à Arthur, sans la tension dramatique de la différence sexuelle, mais avec une sorte d'aisance et de sympathie. Mais leur amitié n'avait pas vraiment survécu. Survécu à son mariage, en fait.

Elle n'avait pas précisément pris la décision de vendre les *Reliques*. La maison était pleine de livres, et de temps à autre elle, ou bien Richard, en expédiait un ou deux paniers, afin de faire de la place pour de nouveaux. Elle se rappelait à présent avoir peut-être entr'aperçu la reliure des *Reliques* parmi d'autres livres enlevés du même rayonnage. Elle avait vu, et fait semblant de ne pas voir. Elle espérait qu'Arthur lui pardonnerait. Elle trouvait les objets qui attiraient la dévotion des fidèles d'Arthur presque impossibles à supporter – y compris cette jeune fille désespérée en son évanouissement. Elle n'était pas du tout sûre qu'Arthur lui pardonnerait. Ses écrits étaient la meilleure part de lui-même. Son avenir amputé. Elle n'aurait pas dû vendre les *Reliques,* intentionnellement ou inintentionnellement. Elle était en faute.

Elle n'avait jamais aimé les *Reliques,* en partie, à tout le moins, parce que leur titre lui rappelait, lui rappelait toujours, et à l'en rendre malade, la Lettre terrible.

« Il est mort à Vienne, à son retour de Buda, d'une apoplexie, et je crois que ses Reliques reviennent par Mer de Trieste. »

Elle n'avait pas aimé, les premiers temps, penser au terrible sort de ces Reliques de chair et de sang, et pourtant elle s'était sentie poussée à le faire. Le corps pourrissait dans la terre, et l'esprit était libéré. Quelqu'un lui avait dit que le cœur d'Arthur avait été ramené à part dans un coffret de fer. Il y avait eu une Autopsie. Il avait été découpé, meurtri, le pauvre Arthur mort et insensible – *« le Médecin essaya de lui tirer du Sang – et à l'Examen l'Opinion générale fut qu'il n'aurait pas pu vivre longtemps »*. Il avait été démembré, exploré, au moment où lui-même commençait son propre travail de dissolution. Elle avait passé le temps de son absence à imaginer son retour – ses mains tendues, ses yeux souriants, son large front barré par « Le pli du front de Michel-Ange » dont il était si fier, dans l'ossature au-dessus de ses yeux. Elle ne pouvait alors se défendre de penser à ce qu'il allait advenir de tout cela. Elle n'avait pas vécu pour rien à côté d'un cimetière. La Chose qui revenait si lentement par mer la remplissait d'horreur, ce qu'elle ne confia à âme qui vive. Arthur, lui, aurait pu comprendre. Il avait glissé une plaisanterie sur le cadavre fétide de la belle Rosemonde en critiquant le choix qu'Alfred avait fait du verbe « odorer » pour évoquer les parfums du jardin des Mille et Une Nuits. « Les abeilles peuvent être odorantes de miel ; le printemps, " odorant de jeunesse et d'amour " ; mais l'emploi absolu du terme ne possède, nous le craignons, ni en latin ni dans son usage moderne, de meilleure autorité que l'épitaphe monastique de la Belle Rosemonde : *" Hic jacet in tomba Rosa Mundi, non Rosa Munda, non redolet, sed olet, quae redolere solet. "* » Ou peut-être n'aurait-il pas compris. Il faut avoir été touché au vif, avoir touché la chair morte en imagination et s'être reposé sur elle, comme elle l'avait fait durant tous ces mois de maladie et de chagrin. Alfred aussi était passé par là. Alfred aussi n'avait rien dit, mais il était évident, du premier au dernier quatrain d'*In Memoriam*, que son imagination avait affronté et sondé ce qu'il restait, ou cessait de rester d'une manière reconnaissable, de cette forme tant aimée.

> Vieil If, qui enserres les pierres
> Nommant les morts couchés dessous,
> Ta fibre ceint le crâne inerte,
> Ta racine enlace les os.

Voilà qui était à la fois macabre et, d'une certaine manière, beau, faisant des morts une partie de la nature. Pire, plus violent, était

> Je n'incrimine pas la Mort
> D'altérer ses traits et son corps ;
> Le baiser lépreux de la terre
> Ne peut épouvanter ma foi.

« Le baiser lépreux de la terre » avait également hanté les rêves d'Emily – n'avait en vérité commencé à cesser de le faire que peu de temps avant *In Memoriam*, publié en 1850, dix-sept ans après la mort d'Arthur et huit ans après son propre mariage, qui aurait dû purger certaines de ces horreurs. *In Memoriam* avait ravivé beaucoup de choses alors apaisées. Le deuil d'Alfred avait été long et constant. Il l'emportait finalement sur le sien, si farouche, si sombre, si passionné qu'il ait pu être. Néanmoins elle avait des moments de violence. En recevant la lettre de Hallam Tennyson, seule dans son salon, elle avait tourné en rond, comme si la pièce était trop petite, et hurlé dans le vide : « Qu'il le rachète donc et le parfume à la violette ! » La violette fleurissait à chaque page d'*In Memoriam*.

« Mon regret / Se mue en violette d'avril / Et fleurit avec ses semblables. »

Arthur, dans sa recension si férocement mise en pièces, avait dit d'Alfred : « Quand ce Poète mourra, ne verra-t-on les Grâces et les Amours le pleurer, *"fortunataque favilla nascentur violae"* ? » – et Alfred avait retourné le compliment en pleurant Arthur disparu à grand renfort de violettes. Dans les moments d'humeur sardonique dont elle avait sa part, Emily Jesse avait comparé les *Reliques* au pot de basilic d'Isabelle, qui produisait des petites feuilles balsamiques et parfumées parce qu'il était arrosé de larmes de douleur et tirait

> Substance aussi, et vie, des humaines frayeurs,
> Et de la tête enfouie qui pourrissait cachée.

Il ne fallait pas, elle savait qu'il ne fallait pas, voir Arthur en ces termes de têtes qui pourrissent et de persécution morale. Quand il était venu à Somersby, dont le nom signifiait la ville de l'été, il en avait fait un véritable Pays de l'Été, une contrée du Romanesque. Elle le revoyait aujourd'hui, sautant du cabriolet dans le chemin, sous les arbres, étreignant Alfred, Charles, Frederick, ses amis de Cambridge, souriant aimablement aux frères cadets et au parterre des sœurs assemblées, Mary la beauté, Cecilia l'intelligence, Matilda l'innocence meurtrie, Emilia, Emily, la timidité farouche. « Je vous aime tous », leur avait-il dit, assis sur la pelouse à la brune, « je suis épris de chacun de vous, qui êtes si romanesques, si pratiques, si étranges et fantasques, si résolument terre à terre ». Il avait étendu les bras en un grand geste circulaire qui les englobait tous et qui imitait celui des ormes blancs, ou plus exactement était imité par eux, dans *In Memoriam,* par les arbres qui « Cernaient le pré de leurs bras sombres ». Elle se rappelait des lectures de Dante et de Pétrarque à haute voix, elle se rappelait des chansons et des airs de harpe, et elle se rappelait qu'en regardant de tous ses yeux, en écoutant de toutes ses oreilles, Arthur, ravi, donnait à la musique une sorte de perfection d'intention et de résonance jamais atteinte lorsque frères et sœurs jouaient et chantaient seulement entre eux. Et cela aussi, Alfred l'avait parfaitement capté, parfaitement, dans la poésie du souvenir, in memoriam, tant et si bien qu'Emily avait beau entendre encore dans ses souvenirs sa propre voix immatérielle s'élever au clair de lune immatériel, c'était toujours accompagnée des paroles d'Alfred qu'elle le faisait.

O félicité ! notre cercle
Autour de lui ; nos cœurs, nos sens
Assouvis de l'écouter lire
Les poètes toscans, sur l'herbe ;

Ou par l'après-midi dorée,
Chantait la sœur ou l'invitée,
Pinçait sa harpe et, à la brune,
Lançait sa ballade à la lune.

Elle pensait qu'Arthur ne savait pas bien au début s'il allait s'éprendre de Mary ou d'elle. Elle était d'une rare acuité d'observation, quand elle n'était pas le jouet de ses sentiments passionnés, et au début elle s'était contentée de partager l'adoration générale des Tennyson envers cet être brillant. Il s'asseyait à sa table et leur écrivait des poèmes à toutes les deux, Emily et Mary, admirait leurs yeux noirs à chacune, rapportait de ses randonnées avec Alfred dans les bois des petits bouquets de fleurs sauvages aux deux sœurs. Il possédait un art tout citadin de la galanterie qui alarmait davantage Emily que la calme Mary, et lui donnait l'impression de n'être qu'un petit mulot, alors qu'avant son arrivée elle s'était vue, surtout à cheval, comme une impétueuse héroïne à la Byron, attendant seulement que son élégant Prince vînt l'emporter dans le monde auquel elle était destinée. Elle avait décidé qu'il aimerait Mary, qu'elle aimait aussi, qu'elle aimait encore à présent, partageant avec elle les espérances et les joies visionnaires de l'Église de la Nouvelle Jérusalem et des découvertes spiritistes.

Et puis ils s'étaient rencontrés par hasard dans le Bois aux Fées, elle et lui, à un moment où toute la famille s'était plus ou moins égaillée. C'était en avril 1830 et le temps était humide, tout de lumière d'or et d'argent, et le ciel, mouvementé, traversé de longs rubans de nuages, de voiles de pluie, d'arcs-en-ciel intermittents, et les arbres aux troncs sombres palpitaient sous un voile de bourgeons vert vif, et la terre avait une odeur de pourri, elle était tout éclaboussée de pâles anémones sylvies et de grandes éclaires jaunes lustrées. Et elle s'était arrêtée d'un côté de la clairière, haletante parce qu'elle venait de courir, et il s'était arrêté de l'autre côté, la lumière derrière lui comme un halo et le visage dans l'ombre, lui, l'ami d'Alfred, Arthur, et il avait dit : « Tu as l'air, tu as vraiment l'air d'une fée vagabonde ou d'une dryade. Je n'ai jamais rien vu de si beau de toute ma vie. » Certaines femmes, en se rappelant cette scène, se seraient sans doute rappelé une vision d'elles-mêmes pour remplir l'espace de son côté à elle de la clairière, ou pour faire pendant à l'espace vibrant et souriant de son côté à lui, mais Emily n'était pas de celles qui se contemplent dans la glace, elle ne portait pas en elle une telle image d'elle-même. Elle ne se rappelait même pas comment elle était vêtue. Seulement la force du plaisir que manifestait Arthur à la voir, et les pas qu'elle avait faits vers lui, qui en cet instant n'était pas l'ami d'Alfred, mais un jeune homme qui la voyait, qui la voyait et qui était également partagé entre l'appréhension et l'espérance. Alors elle s'était avancée vers lui sur le tapis de fleurs, dans l'odeur de l'humus forestier, et il lui avait pris les deux mains dans les siennes et avait dit : « Tu sais que j'ai commencé à t'aimer depuis ce qui semble être la nuit des temps et ne peut en réalité être davantage que quatre semaines ? »

Elle avait toujours pensé à la source de son amour pour Arthur de cette manière, deux êtres se donnant la main dans un taillis de feuilles et de fleurs. Un taillis, disait Arthur, car il partageait, ou pour mieux dire créait, le caractère sacré de ce moment, un taillis spécifiquement anglais, tel qu'il s'en peut rencontrer dans Malory ou dans Spenser, l'éternelle quintessence des bois sacrés de Nemi et de Dodone. Il adressait ses lettres à Nem, à sa très-chère Dod, murmure ou babil de quelque chose de démoniaque, ou du moins l'espérait-elle. Il la comparait à la Belle Persane des *Souvenirs des mille et une nuits* d'Alfred, « Aux tresses d'ébène odorant / Tant de charmantes boucles noires ». Il comparait leur bosquet du Bois aux Fées aux « Noirs berceaux de verdure et grottes » de cette magnifique vision, et récitait, de sa voix claire et modulée, plus haute que l'ample grommellement d'Alfred, la vision du Rossignol dans le bosquet :

> Les chants qui dans la nuit vivaient
> Autour du bulbul expiraient.
> Lui non. Mais ce qui possédait
> Le monde enténébré, délices,
> Vie, peur, mort, amour immortel,
> Mêlés sans cesse et librement,
> Hors de tout, suspendant le temps...

Somersby, en ce temps-là, était un lieu créé et placé hors du temps par l'imagination qui chantait comme le Rossignol. Dans l'*Ode à la mémoire* d'Alfred, comme dans les *Souvenirs des mille et une nuits,* un jeune homme exprimait pour la première fois, disait-il, son sentiment d'avoir déjà un irrévocable passé, ses lectures d'enfant, le Paradis terrestre qu'il avait fait de ce jardin. En vieillissant les Tennyson se souvenaient de plus en plus du jardin du Presbytère dans les termes mêmes du poème d'Alfred :

> Ou bien un jardin clos en son réseau d'allées
> Qui de rosiers grimpants sont tout entrelacées,
> Et mènent longuement au clair-obscur des grottes,
> Ou débouchent sur les parterres
> De lis royaux, au voisinage
> Des épis violets des lavandes.
> C'est là qu'ayant vécu, et qu'ayant pris congé
> Des orages tumultueux
> Et des vents fastidieux,
> A nouveau inspirés de visions juvéniles
> Nous pourrons converser avec toutes les formes
> De l'esprit aux faces multiples
> Et ceux dont la passion n'aura pas aveuglé
> Les subtiles pensées et l'innombrable esprit.

> O mon ami, vivre en solitude avec toi
> Serait tellement plus précieux que posséder
> La couronne, le sceptre et le trône d'un roi !

Emily Jesse remua de ses mains de gitane les papiers des esprits, en se retrouvant à nouveau prise dans le taillis des pensées qui entouraient l'intemporel Somersby, fait par les hommes, fait pour les hommes. Il y avait Alfred qui désirait vivre en solitude avec son ami, à qui il donnait, sans ironie, l'épithète hautement élogieuse décernée par Coleridge à Shakespeare : à l'innombrable esprit. Ce n'était pas qu'elle fût jalouse d'Alfred – comment aurait-elle pu éprouver de la jalousie ? C'était elle, Emily, qu'Arthur voulait épouser, c'était son arrivée à elle qui lui coupait le souffle, c'étaient ses lèvres à elle qu'il pressait de baisers émus, de baisers instants. Il souhaitait ardemment se marier, il en brûlait de désir, il n'y avait pas à s'y méprendre. Alfred était différent. Alfred avait mis à très rude épreuve la patience d'Emily Sellwood, la sœur de Louise, la femme adorée de Charles. Il avait atermoyé sur leurs fiançailles, oui, non, oui, non, douze longues années de rang, finissant par se marier en 1850, l'année d'*In Memoriam*, alors que sa fiancée avait trente-sept ans et que sa jeunesse avait irrévocablement disparu. Emily Jesse avait reçu en son temps des lettres désespérées d'Emily Sellwood, qui la suppliait de l'assurer qu'elle lui conservait affection et amitié, tandis qu'Alfred retombait dans ses idées noires, tergiversait, prenait le large, écrivait. Il était curieux, pensait toujours Emily Jesse, qu'Emily Sellwood racontât à tout bout de champ sa rencontre avec Alfred dans le Bois de Holywell – le Bois du Saint Puits – alors qu'elle s'y promenait avec Arthur.

« Je portais ma robe bleu pâle, racontait Emily Sellwood, et Alfred est soudain apparu entre les arbres, vêtu d'une grande pèlerine bleue, et il m'a dit : " Es-tu une dryade ? Une naïade ? Qu'es-tu ? " Et j'ai soudain été absolument sûre de l'aimer, et mon amour n'a jamais connu aucune défaillance, malgré les tentations, malgré les souffrances. »

Emily Jesse imaginait les deux amis en train de parler, le soir, dans la chambre qu'ils partageaient. Elle imaginait Arthur en train de raconter à Alfred, alors qu'ils étaient allongés sur les deux lits blancs de la soupente et qu'ils fumaient, la vision qu'il avait eue d'elle dans le Bois aux Fées, et Alfred transformant cette vision en une sorte de poème dans sa tête, poème qu'il se retrouvait soudain en train de vivre en rencontrant une autre Emily, vêtue d'une autre robe bleue, au bras d'Arthur. Alfred diffusait, oui, diffusait si rapidement toute chose en de la poésie. Il n'avait jamais été très apte à distinguer les êtres humains les uns des autres – Jane Carlyle, une de ses amies les plus intimes, le rencontrant un jour à l'une des lectures publiques de Dickens, en 1844, s'était vu prendre par la main et demander d'un ton convaincu : « Je voudrais savoir qui vous êtes – je sais que je vous connais, mais j'ignore votre nom. » Emily Jesse pensait que la façon dont Emily Sellwood avait réagi à l'apostrophe de la dryade lui avait valu une pénible destinée, et pourtant elle avait fini par connaître un genre de bonheur. Deux fils, un mari Lauréat qui lui était tout dévoué et la promenait dans ses jardins en fauteuil roulant.

Les femmes, quand elles papotaient entre elles, Emily Jesse le savait, rendaient les histoires d'amour palpitantes. Ce qu'un homme disait, ce dont il avait l'air, ce qu'il osait, son autorité, sa charmante timidité, toute cette matière du Romanesque était tissée et tricotée avec délices dans de paisibles propos, de sorte qu'une femme, quand elle se retrouvait en tête à tête avec son bien-aimé après l'avoir détaillé sur le bout du doigt avec ses sœurs et ses amies, ressentait un choc soudain, peut-être excitant, peut-être intimidant, peut-être décevant, devant sa différence, sa différence avec celui qu'elle avait recréé. Elle ne savait pas ce que les hommes faisaient des femmes quand ils en parlaient. Les conventions voulaient qu'ils fussent occupés de choses différentes et plus nobles. « Les subtiles pensées et l'innombrable esprit. » Arthur et Alfred avaient parlé d'elle et d'Emily Sellwood. En quels termes ?

Si elle était entièrement sincère avec elle-même, elle se rappelait le spectacle de deux dos masculins, de deux paires de jambes grimpant avec empressement l'escalier pour regagner les deux lits blancs de leur soupente, et se rappelait en même temps sa propre sensation d'être exclue du Paradis. Ils parlaient interminablement d'amour et de beauté, quelquefois jusqu'au petit jour ; elle captait les échos d'un flot indéchiffrable de paroles, le grommellement méditatif et la voix rapide, décidée, bondissante. De temps en temps elle entendait réciter. L'*Ode à un rossignol*. L'*Ode sur une urne grecque*. « O toi, épouse vierge encore du silence » – elle connaissait les mots, elle pouvait compléter les phrases, tandis que bourdonnaient les rythmes. Arthur louait les poèmes d'Alfred en le comparant à Keats et à Shelley. Il l'appelait un « poète de la sensation », il citait les lettres du jeune poète mort tragiquement. « O ! vivre d'une vie de sensations plutôt que de pensées ! » répétait Arthur en écho, approbateur, louant Alfred d'atteindre les idées du bien, de la perfection, de la vérité, imprégnées des couleurs du « principe énergétique de l'amour du beau ». Le Dieu d'Arthur, dans la Theodicaea, soutenait-il, avait créé l'Univers empli de péchés et d'afflictions, afin de faire l'expérience de l'Amour, pour Son Fils, rédempteur du monde déchu qu'il rendait beau.

Elle avait une fois trouvé les deux amis installés sur la pelouse, à demi couchés dans des fauteuils d'osier, la tête renversée sur des coussins défraîchis, discutant, ainsi que font les hommes, de la Nature des Choses. La fumée de la pipe d'Alfred montait en volutes et se dissipait. Arthur enfonçait dans la pelouse une espèce de petite fourche dont le jardinier – contrarié et pris à partie par les Tennyson qui aimaient les herbes folles – se servait sans grande efficacité pour extirper les pâquerettes et le trèfle.

« Tout vient du vieux mythe néo-platonicien, disait Arthur. L'Esprit, le noble Esprit, le Noûs, s'immerge dans la Matière inerte, la Hylé, et crée la vie et la beauté. Le Noûs est mâle et la Hylé femelle, comme Ouranos, le ciel, est mâle et Gê, la

252

terre, femelle, comme le Christ, le Logos, le Verbe, est mâle et l'âme qu'il anime est femelle. »

La jeune Emily Tennyson, portant son panier de livres, Keats et Shakespeare, *Ondine* et *Emma,* passa devant eux et les regarda à travers ses voiles de cheveux noirs. Enfoncés dans leurs fauteuils, ils la regardèrent d'un air de contentement. Entre les accoudoirs avachis de leurs fauteuils leurs mains se touchaient presque sur le sol, tendues l'une vers l'autre, l'une brun sale, l'autre blanche et soignée.

« Pourquoi ? dit Emily Tennyson.

– Pourquoi quoi, ma très-chère ? dit Arthur. Quel tableau tu composes, sur fond de roses, le vent dans tes cheveux ! Ne bouge pas, j'aime à te voir.

– Pourquoi la Matière inerte est-elle femelle et le Noûs qui l'anime, mâle, je te prie ?

– Parce que la terre est la Mère, parce que toutes les choses belles jaillissent d'elle, les arbres, les fleurs, les créatures.

– Et le Noûs, Arthur ?

– Parce que les Hommes encombrent leurs sottes têtes de notions dont la moitié ne sont que des chimères, des non-valeurs non naturelles, qui les écartent du droit chemin. »

Arthur ne savait pas taquiner. Il parlait avec trop de décision, comme s'il commençait une conférence.

« Ce n'est pas la réponse, insista-t-elle en rougissant.

– Parce que les femmes sont belles, ma toute petite, et que les hommes sont seulement capables d'aimer la beauté, parce que les femmes sont naturellement bonnes et qu'elles ressentent, qu'elles éprouvent la bonté dans les ventricules de leur doux cœur au fur et à mesure que le sang y pénètre et en ressort, tandis que nous autres, pauvres êtres masculins, ne réussissons à appréhender la vérité que parce que nous sommes capables de ressentir, d'éprouver vos vertus, de retenir à terre nos idées fantasques en leur essor.

– Ce n'est pas la réponse, insista Emily.

– Les femmes ne doivent pas fatiguer leur jolie tête de toutes ces théories », dit-il, commençant à se lasser. Alfred s'était perdu dans ses pensées ; ses longs cils noirs reposaient sur ses joues. D'un index alangui, au bout d'un bras détendu, chacun pointait paisiblement dans la direction de l'autre.

VIII

Le feu était en train de s'éteindre et Carl, qui s'était endormi, ronflait et gargouillait. Aaron ne dormait pas – il se rapprocha d'elle en se déplaçant de côté le long de la table, les épaules rentrées, la considérant d'un œil noir et brillant. « Jamais plus », dit Emily Jesse à l'oiseau avec une certaine dose d'humour macabre, et elle fouilla dans sa sacoche en cuir à la recherche d'un nouveau morceau de choix. Il se tourna de biais, la fixa d'un air interrogateur et ouvrit le bec. Le bout de viande, rôtie mais saignante sur les bords et garnie d'une frange de graisse savonneuse, entra, ressortit, changea de position et fut ingurgité d'un seul coup. Emily regarda les muscles de la gorge pousser pour avaler. L'oiseau se secoua et l'observa, espérant un autre morceau. « Tu as de terribles, de féroces serres crochues, lui dit Emily en lui touchant la tête d'un seul doigt. Tu as laissé ta marque sur toutes les belles chaises de la maison. Tu es sans aucune vertu. Nous sommes vieux, coriaces et mal ficelés, toi et moi. »

On leur avait enseigné la générosité d'esprit. La rancune était sans noblesse et Emily espérait qu'elle n'en éprouvait pas. Mais elle ne pouvait aucunement songer avec sérénité à la façon dont le deuil d'Alfred avait excédé le sien. Et non seulement excédé, se disait-elle dans ses moments de froide sincérité, mais en fait détruit et privé d'existence le sien. C'était elle, Emily, qui s'était évanouie, elle, Emily, qui avait vécu incarcérée, ensevelie, dans le chagrin, pendant toute une année, elle, Emily, qui avait réduit l'assistance aux larmes en apparaissant toute de noir vêtue, une unique rose blanche dans ses cheveux, comme il aimait à la voir. Alfred n'avait pas assisté aux obsèques et s'était remis à écrire, à vivre sa vie, tandis qu'elle restait sur son lit de douleur et d'angoisse. Elle se rappelait son visage enfoncé dans les oreillers détrempés,

254

mouillés à travers le coton jusqu'aux plumes humides qui y étaient enfermées. Elle se rappelait ses paupières gonflées, son sommeil agité, les terribles réveils où sa perte lui réapparaissait dans toute sa vérité. Le regret d'Arthur, sa brillante intelligence, ses jeunes os, les leçons qu'il lui donnait et le besoin charnel qu'il avait d'elle, tout cela se confondait avec la terreur que lui inspirait un avenir désormais vide, et elle en éprouvait de la honte, elle essayait de repousser de telles pensées, avec tant d'impétuosité qu'elles revenaient en foule dans les moments où sa conscience se relâchait, ses réveils somnolents, ses yeux qui s'ouvraient à minuit dans un clair de lune spectral.

Le Somersby des rêves d'Alfred, le jardin du Paradis des visites d'Arthur, bois sauvage et demeure familiale, avec ses rires et ses chansons, dépendait de leur présence, dépendait, en un sens, de la façon dont ils le créaient. Il était autre – il l'avait été avant Arthur et le fut de nouveau après sa mort – durant les longs mois d'hiver – pour une jeune fille sans la moindre chance de voyage, d'occupation ni d'amusement, sinon l'attente d'un époux ou le deuil d'un fiancé mort. Elle avait voulu s'échapper – et, en femme, en créature contradictoire qu'elle était, elle avait été terrifiée à l'idée de sortir, tant et si bien que lorsqu'une visite de famille avait finalement été rendue par les Tennyson, c'était Alfred et *Mary* qui étaient allés à Wimpole Street, tandis qu'elle, l'élue, elle était restée à rôder dans les profondeurs de Somersby, torturée par la peur de la bonne société, à cause de ses vêtements peu présentables et de son accent du Lincolnshire, en proie également au supplice réel, physique, de douleurs hépatiques et de constriction arté-rielle qui la laissaient prostrée au creux de ses draps et courtepointes, réchauffée à grand renfort de briques brûlantes, nourrie de délectables gorgées de cognac à l'eau, lisant Keats et les livres qu'Arthur lui avait envoyés, *Ondine,* dont il disait qu'elle lui ressemblait, et *Emma,* de Miss Austen, « Un livre de femme – (ne froncez pas les sourcils, mademoiselle Fytche, c'est selon moi un compliment) – seule une femme, et qui plus est une véritable dame, pouvait posséder ce tact dans l'observation minutieuse et cette délicatesse dans le sarcasme. » Elle avait été si malade, durant toutes ces années de sa jeunesse, elle avait écrit de si pathétiques et suppliantes lettres au Vieil Homme des Wolds, son autocrate de grand-père qui avait déshérité son père et tenait les cordons de la bourse, le conjurant de lui donner assez d'argent pour visiter l'Europe, ou bien aller prendre les eaux dans une station thermale où ses symptômes auraient pu être soulagés, et son noir désespoir allégé par la fréquentation de quelques personnes pleines d'entrain. Mais il était demeuré inflexible, et elle était demeurée à Somersby, sa bien-aimée prison. Les souffrances étaient bien réelles. Recroquevillée sur son ventre gonflé et sensible, elle s'imaginait être un Prométhée femelle dont le foie était périodiquement arraché par un énorme oiseau rapace et noir. Il la vidait de sa vie. C'est à peine si elle était capable de se forcer à faire quelques pas dehors ; une espèce de vertige l'envahissait sur la pelouse, comme un nuage d'ailes battant autour de sa tête, claquant et tintant à ses oreilles, faisant onduler et bourdonner l'air devant ses yeux. Elle se revoyait, cinquante ans plus tôt, vacillant sur ses jambes dans le jardin, et regagnant à l'aveuglette le havre de son lit et le jour tamisé entrant par la fenêtre. Arthur lui avait offert le moyen de s'affranchir de tout cela, un moyen à demi désiré, à demi redouté, et lui avait reproché sa faiblesse, lettre après lettre, s'enquérant tendrement de sa santé, la pressant d'aller mieux, de recouvrer des forces, d'être mieux disposée, d'avoir plus d'entrain, plus de confiance en elle.

Et c'est pour cette raison, Emily – même parce que mon amour pour toi fait partie de ma religion – que nul défaut que je pourrai découvrir en toi ne diminuera, mais au contraire stimulera et exaltera mon amour. Car tes défauts, qui proviennent d'une sensibilité surmenée, trop concentrée par les circonstances sur elle-même, ont dans une certaine mesure la complexion des vertus, tout particulièrement lorsqu'ils s'accompagnent de l'humilité à les confesser et de l'effort pour les amender.

Sa mort, par ironie, avait accompli ce que sa vie n'avait pu opérer, l'avait fait sortir du bois et fréquenter le beau monde. Le vieux M. Hallam l'avait reçue avec bonté ; la sœur d'Arthur, Ellen, était devenue son amie et elle lui avait adressé, avec une aisance et une verve aussi délicieuses que nouvelles, des descriptions de son monde vide de poésie.

Rappelle-toi que des icônes telles que Wordsworth et Coleridge, etc., ne se voient jamais dans notre coin du monde – à peu près rien ne pénètre jamais nos wolds noirs, sinon les vents lugubres qui soufflent sur les gens et leurs pensées lugubres ; parfois, il est vrai, s'aperçoit un chasseur résolu qui traverse d'un pas rapide le champ au fond du jardin, mais des êtres aussi avides, aussi dévastateurs, sont pires même que rien.

Elle avait même nié l'existence du Rossignol et de son éternel prélude dans le hallier, du moins à Somersby.

Les rossignols ont-ils déjà commencé leurs ramages ? – c'est se méprendre que de supposer leur présence à Somersby, leurs pareils ne se voient jamais parmi nous – Une fois, il y a bien longtemps, l'un d'entre eux, solitaire, s'en vint à Lincoln lancer ses trilles dans le jardin d'un pauvre homme. Il va sans dire que les gens accoururent en foule pour le voir et l'entendre. L'homme, s'étant promptement avisé que ses légumes allaient être piétinés jusqu'au dernier (« Car il semait des choux et, quand ses choux poussaient, / Toujours de la soupe en faisait ! »), eut la barbarie inouïe de tuer d'un coup de fusil ce hardi chanteur. Notre affreux rustaud n'avait pas d'oreille ! – que sont tous les choux du monde au prix d'un seul rossignol.

Elle avait pu rire un peu avec Ellen, comme elle ne l'avait pu, par crainte, par amour, par humilité, avec Arthur. Elle avait brillé un peu – modestement, songeant toujours à son grand chagrin – à la table des Hallam, où, un soir, elle avait été observée par le grand et jeune lieutenant Jesse. Elle l'avait pleuré neuf ans, pensait Emily. Elle avait connu Arthur en vie pendant quatre ans et, de ces quatre ans, elle n'avait pas passé plus de quelques semaines en sa compagnie. Elle l'avait pleuré neuf ans. Neuf ans. Elle avait espéré que les Hallam comprendraient, se montreraient charitables – elle ne pouvait, sachant la profondeur de leur chagrin et la concentration de leurs espérances perdues sur Arthur, s'attendre au juste à ce qu'ils en fussent *heureux.* Ils avaient – ou du moins le vieux M. Hallam avait fait preuve de la plus correcte, la plus civile courtoisie, avait continué à lui verser la rente qu'elle s'était confusément habituée à considérer comme son indépendance, et n'avait pas rompu les relations, quoiqu'elle sût que Julia tout du moins disait des choses peu amènes derrière son dos – exactement comme si j'étais une *coquette sans cœur* ou, pis, une *femme entretenue,* affirmait Emily quand sa violence triomphait passagèrement de sa modestie. Les relations s'étaient tendues, aigries même. Elle débitait des platitudes, ce qui n'avait jamais été le fort des Tennyson, au lieu des sages plaisanteries naguère bien accueillies. Elle avait été prise au piège de leur affection et de leur détresse, et s'en était trouvée fortifiée ; elle était prise au piège de leur tranquille et implacable désapprobation, et s'en trouvait suffoquée.

Elle avait assez de caractère, pensait-elle, pour résoudre la question des Hallam, ne serait-ce qu'en les faisant parfois disparaître en pensée, comme s'ils n'avaient jamais existé. Elle avait voyagé depuis son mariage, séjourné à Paris pendant les troubles de la Commune, parcouru les Apennins et vu les Browning dans leur maison de Florence. Elle s'était frottée à toutes sortes de gens à Londres, et si elle choisissait d'être tenue pour un peu excentrique, elle le faisait, croyait-elle, avec une espèce de charme brusque. Elle savait faire rire les gens, et parler avec les esprits. Mais elle n'avait pas assez de caractère, pensait-elle en ses heures noires, pour supporter certaines blessures, certaines souffrances dont elle ne pouvait souffler mot et que lui avait infligées le chef-d'œuvre d'Alfred et monument commémoratif d'Arthur, *In Memoriam*. Que, Dieu sait, elle admirait et idolâtrait comme tout le monde, car il exprimait avec une parfaite exactitude la nature du choc qu'elle avait reçu et de la douleur qui s'était ensuivie, la structure et la lente évolution de la peine, les transformations et les transmutations du chagrin, comme le pourrissement dans l'humus, comme les racines et les autres choses aveugles qui remuaient dans la tombe. D'autres choses encore s'exprimaient dans le poème, le désir de la présence des morts, la main à presser, l'œil brillant, la voix, les pensées proférées ou tues. Il faisait un monde éternel de l'aire de la pelouse du Presbytère et de l'horizon plat du Lincolnshire, par-dessus le wold ou la mer. Il parlait à Dieu et exprimait le doute et la peur inspirés par Ses desseins. Il s'insinuait jusqu'au tréfonds des fibres de son cœur et s'infiltrait dans son sang, « un amas de nerfs sans pensée », comme elle craignait de le rester.

Mais Alfred avait vécu avec son chagrin et l'avait mis en œuvre pendant huit années encore après ses neuf années à elle. Elle avait épousé Richard en 1842 et mis un terme à son deuil. Alfred avait souffert, écrit, œuvré, broyé du noir, depuis le jour de la terrible lettre jusqu'au jour, ou presque, où il s'était marié, mettant fin à sa solitude en 1850, et publiant *In Memoriam* la même année, sans nom d'auteur sur la couverture, un livre pour Arthur, *In Memoriam A. H. H.* Alfred avait été fidèle, contrairement à elle. Lorsqu'elle s'était mariée, il l'avait conduite à l'autel, tellement silencieux, tellement secret, grommelant un peu comme à son habitude, et avait continué à écrire ces terribles petits quatrains glacés, récits de perte, de défaite, de désir que rien ne pouvait apaiser.

Elle croyait que dans ce poème elle faisait figure d'accusée.

Elle ne l'avait pas lu tout d'abord, comme elle le fit par la suite, à la manière dont la femme, l'enfant, l'ami ou l'ennemi d'un romancier tournent les pages de son dernier ouvrage à la recherche de traces de leur propre existence, n'importe quel indice, d'un certain col de dentelle à un défaut secret qu'on avait cru réussir à contenir ou déguiser. Elle l'avait lu avec amour, les larmes aux yeux, comme elle lisait toute la poésie d'Alfred, des larmes pour Arthur, des larmes en raison de sa pure beauté. Les sœurs avaient tenu en secret, à l'époque de Somersby, un cénacle poétique qu'elles appelaient Les Cosses – elles « écossaient » les graines de la poésie au cours de débats passionnés, elles lisaient la « poésie sensorielle » prescrite par Alfred et Arthur – Arthur prétendait que lui était due la réintroduction de ce mot utile dans la langue anglaise. Keats, Shelley, Alfred Tennyson. Leur terme le plus louangeur était « affreux », par lequel elles voulaient dire « palpitant », troublant, passionné. Emily Jesse se demandait parfois, à la différence de la craintive Emily Tennyson, ce qui leur était passé par la tête pour se choisir un nom aussi desséché et sans vie que celui de la mince enveloppe qui renferme les graines mûres. Elles avaient lu avec amour – et c'est avec amour qu'elle-même avait lu – et pouvait encore lire – *In Memoriam.* C'était, elle le savait et le disait souvent, le plus grand poème de leur temps. Et pourtant, en ses crises de violence intime, elle pensait qu'il dardait une flèche brûlante dans son cœur, qu'il s'efforçait de la réduire à néant, et elle en éprouvait de la douleur sans pouvoir souffler mot de cette douleur à âme qui vive.

Elle apparaissait de loin en loin, sous la forme d'un petit spectre, dans le poème. Elle ne tarda pas à se reconnaître, dans la sixième séquence, celle du marin noyé, où Alfred, dans l'attente du retour d'Arthur, se compare à une jeune fille, une « douce colombe inconsciente ». « Pauvrette, attendant ton promis ! » choisissant un ruban ou une rose pour lui plaire, se tournant vers son miroir pour « rattacher une longue boucle » au moment même où son futur Seigneur et Maître

> S'est noyé en passant le gué,
> Ou tombant de cheval, tué.
>
> Que pour elle sera la fin ?
> Qu'est-il de bon en mon destin ?
> A rester fille elle est vouée ;
> De second ami point n'aurai.

Les longues boucles et la rose étaient siennes, bien qu'Alfred eût donné à la douce colombe des cheveux d'or au lieu d'aile de corbeau. Arthur avait une fois comparé sa voix à celle de la Dame dans *Comus*, « caressant le noir duvet de corbeau / De la nuit jusqu'à temps qu'elle sourie », et il avait caressé ses longues boucles rebelles tout en parlant. Elle n'avait pas pu s'accommoder du célibat perpétuel, quoi qu'Alfred ait pu supposer ou désirer. Et de curieuse façon, peut-être par délicatesse poétique, c'était d'Alfred, oui, d'Alfred, que le poème avait fait la veuve d'Arthur, même dans ce passage :

> Deux époux unis pour la vie –
> Les voyant, à toi j'ai songé
> Dans l'immensité du mystère,
> A mon âme ton épousée.

Et dans cet autre :

> Mon cœur de veuvage endeuillé
> N'a de paix d'aimer qui plus n'est,
> Mais cherche à battre à la cadence
> D'un sein où palpite la vie.

Et dans cet autre encore :

> Je ne verrai pas sa poussière
> De toute ma veuve carrière.

Alfred s'était emparé d'Arthur, l'avait fait sien, avait uni leurs sangs et leurs os, ne laissant aucune place pour elle. Il était certes fait mention, plus tard dans le poème, de l'amour et de la perte qu'elle avait éprouvés, mais cela aussi était douloureux, infiniment douloureux. Alfred avait laissé son imagination inventer l'avenir d'Arthur, les enfants d'Arthur, neveux et nièces d'Alfred, en qui leurs sangs se mêlaient.

> Ton sang, ami, mien en partie ;
> Car approchait alors le temps
> Où tu devais lier ta vie
> A ta promise de mon sang.

> « Oncle », tes fils m'auraient nommé,
> N'eût un sort cruel transformé
> La fleur d'oranger en cyprès,
> L'Espoir en pleurs, toi en poussière.

Je crois sans borne les choyer,
Les dire miens, les cajoler,
Voir leurs visages jamais nés
Luire aux feux jamais allumés.

Et ces enfants, qui n'avaient jamais vu le jour, avec une énergie terrible la hantaient, elle et ses deux fils, portant comme ils le faisaient le nom de morts, le cadet, Eustace, en souvenir du fils de Charles, et l'aîné, Arthur Hallam Jesse, en souvenir d'Arthur. Ces visages angéliques et radieux d'enfants qui n'avaient jamais vu le jour étaient aux yeux du monde – et à ses propres yeux, dans ses heures noires – plus rayonnants que le pauvre petit visage tourmenté et terrestre d'Arthur Hallam Jesse, si beau qu'il fût. Il était l'embarrassante preuve vivante de l'échec du célibat perpétuel, et elle-même ne se sentait pas à l'aise avec lui et savait qu'il le savait, qu'il la jugeait froide. Il n'y avait pas de place pour Arthur Hallam Jesse dans le poème d'Alfred, qui pourtant s'achevait par la célébration d'un mariage, l'affirmation ambiguë du pouvoir de la vie sur la mort, l'invocation d'une âme nouvelle qui, « montant du fond de l'infini, / Rendra une forme à son être ». Mais son mariage à elle, si inopportun, Alfred l'avait passé sous silence pour célébrer celui de leur sœur Cecilia avec Edmund Lushington, son ami aux Apôtres et celui d'Arthur,

... digne et plein de force,
Noble cœur, esprit généreux,
Réfléchi, portant son savoir
Légèrement, comme une fleur.

Là aussi, Arthur et elle avaient été fugacement unis dans les paroles d'Alfred :

Je n'ai goûté tant de bonheur
Depuis qu'il s'éprit de ma sœur ;
Je n'ai senti tant de douceur
Depuis le jour noir du malheur.

Il n'aurait guère pu célébrer son mariage à elle, qui avait précédé celui de Cecilia de quelques semaines, avec autant de simplicité et de perfection. Mais il avait réussi en quelque sorte à l'annuler complètement, comme s'il n'avait pas eu lieu,

261

comme si n'avaient été ni prononcés les vœux de ce mariage-là, ni engendrés les enfants de ce mariage-là, en qui l'âme de A. H. H. aurait aussi bien pu trouver une nouvelle demeure qui lui convînt.

> Debout sur les pierres tombales,
> Elle attendait, environnée
> De plaques commémoratives,
> Les serments de vie inspirés
>
> A son oreille murmurés.
> Anneau passé. Vœux échangés.
> « Consentez-vous ? » « Consentez-vous ? »
> Et vous unit son oui si doux...
>
> Mais ne me blâmez pas d'entendre
> Parmi vous un témoin muet,
> Peut-être, peut-être, à vos noces,
> Vous souhaiter un bonheur parfait.

Elle aimait Cecilia aussi. Les enfants disparus de Cecilia approchaient depuis le monde des esprits par la voix de Sophy Sheekhy et celle de Mme Papagay. Le mariage de Cecilia avait été heureux, mais son fils Edmund, l'enfant dont l'existence était invoquée dans le poème, était mort depuis longtemps, à l'âge de treize ans, suivi par ses deux sœurs, Emily et Lucy, à dix-neuf et vingt et un ans, brisant le cœur de la pauvre Cecilia. Mais même Cecilia, la bonne Cecilia, la conventionnelle Cecilia, n'était pas arrivée à aimer Richard ; après une de ses visites, Emily l'avait entendue exprimer la crainte qu'il ne finisse par « s'incruster pour de bon ». De même que Richard le marin ignorait étrangement la peur, de même Richard l'homme en société était-il étrangement inconscient des sentiments des gens, de leur irascibilité ou de leur retenue. Il n'arrêtait pas de parler, disant tout ce qu'il pensait, tout ce qu'il ressentait, comme si tout le monde vivait agréablement en un lieu ouvert et radieux, baignant dans une lumière égale, où les choses étaient exactement ce qu'elles semblaient être – et on le trouvait exaspérant. Du moins était-ce ce qu'Emily observait quand elle le voulait bien. La plupart du temps elle s'en gardait. Elle se renfermait dans sa propre aura, amalgame d'excentricité, de tragédie chronique, et d'une sollicitude maniaque à l'égard de Carl et d'Aaron.

Sans cette inconscience de Richard et son ignorance de la peur, le célibat perpétuel eût sans doute été tout le destin et l'avenir d'Emily, et elle eût été sanctifiée et chérie. Elle n'était pas « tombée amoureuse » de Richard tout d'un coup, comme cela s'était passé en un sens avec le radieux Arthur dans le Bois aux Fées. Arthur la comparait à « une fleur tremblante ou un être, à l'égal d'Ondine, pétri d'éléments plus subtils que l'argile commune ». Richard était assis en face d'elle dans la sombre salle à manger lambrissée des Hallam, tel un jeune homme changé en pierre par un génie, son couteau et sa fourchette d'argent massif suspendus entre sa bouche et sa fricassée de poulet, la fixant d'un air absent, comme si, lui dit-elle par la suite, il essayait de résoudre une équation difficile. Quelqu'un dit : « Qu'est-ce qui vous captive, monsieur ? » et il répondit simplement : « Je pensais à quel point Mlle Tennyson est animée et belle à la clarté des chandelles. Je n'ai jamais vu visage si intéressant. »

« Que voilà un beau compliment ! » dit quelqu'un. C'était Julia Hallam, et ce fut dit avec un soupçon d'acidité, pensa Emily en se rappelant avoir baissé les yeux sur son propre poulet tout en se demandant si elle avait eu un trop large sourire, ou bien s'était montrée hardie en quelque façon.

« Non, pas un compliment, pas du tout, insista Richard. C'est ce que je pense. Ce que je pense sincèrement. Je n'ai pas l'habitude de faire des compliments. »

Et il reprit son attitude contemplative, à l'amusement contenu de ses voisins, tant et si bien que son poulet refroidit et que les autres convives durent attendre qu'il ait terminé. Ellen et Julia se moquèrent d'Emily plus tard dans la soirée – « Tu as fait une véritable conquête, ma chérie, de cet aspirant de marine qui baye aux corneilles ! » – et Emily rit avec elles et dit que loin d'elle était la pensée de faire des conquêtes. Mais elle éprouvait de la sympathie pour Richard de l'avoir admirée – comment aurait-il pu en être autrement ? – même si cette admiration était embarrassante. Elle ne fut pas mécontente le jour où il apparut derrière elle dans Wimpole Street et se mit à marcher à son pas, parlant paisiblement des difficultés de la vie à Londres en comparaison de sa maison familiale du Devonshire, lui prenant le coude de sa grande main ferme et disant, au moment de se séparer devant la porte de la bibliothèque ambulante où elle se rendait : « Je ne voulais pas vous embarrasser, mademoiselle, au dîner, l'autre soir. Je ne le voulais pas, je vous en donne ma parole. J'ai dit ce qui me venait à l'esprit. C'est une chose que je fais souvent et qui me cause dans l'existence des ennuis à n'en plus finir, des désagréments et des complications dont il me faut me dépêtrer avec de belles paroles alors que je n'avais nul besoin d'aller m'y fourrer, mais c'était vrai ce que j'ai dit, je vous admire profondément, et je n'ai pas l'habitude de faire des compliments aux dames. Je n'en fréquente guère et, pour vous dire la vérité, aucune ne m'a beaucoup intéressé jusqu'ici. Mais vous si. Sincèrement, vous m'intéressez.

– Merci, monsieur.

– Non, ne prenez donc pas cet air compassé et confus maintenant, je ne voulais pas vous mettre dans tous vos états. Pourquoi les choses simples produisent-elles toujours tant de complications, je me le demande. Je voulais vous dire, tout simplement, que je vous admire d'avoir surmonté votre grand chagrin –

– Je crains de ne pas l'avoir fait, de ne jamais le faire.

– Non, pas surmonté exactement, le mot était mal choisi, non, mais vous êtes tellement animée et – pleine de vitalité, mademoiselle, que c'en est une source d'inspiration.

– Merci.

– Vous ne semblez pas comprendre. Je ne voulais pas en dire tant tout de suite, mais voilà que je me laisse emporter, comme le Vent du Nord, je ne peux plus m'arrêter – avez-vous jamais éprouvé qu'une personne avait un rapport, un lien, avec vous, rien qu'en la voyant, tout simplement, juste comme cela, et qu'il y a partout des gens qui ont le nez en patate et les yeux en boutons de bottine, et d'autres qui ont l'air de bustes antiques, vous savez, et puis tout d'un coup vous voyez un visage qui est vivant – qui vit – pour vous – et vous savez qu'il a un rapport avec vous, que cette personne fait partie de votre vie, avez-vous jamais éprouvé cela ?

– Une fois, dit Emily. Une fois, je crois. » Mais l'avait-elle vraiment éprouvé ? Ils étaient arrêtés dans la rue et se regardaient. Le front aimable et débonnaire de Richard se plissait à force de ne pas savoir comment s'y prendre pour essayer de lui faire partager ce qui était parfaitement évident pour lui. Ses bras firent un mouvement maladroit, mi-salut, mi-prélude à un enlacement, puis il recula.

« Je vous importune, mademoiselle, je vais m'en aller maintenant, j'espère que vous me reparlerez une autre fois et ne me tiendrez pas rigueur de ma maladresse. Si je ne m'abuse, nous avons des choses à nous dire, et si au contraire je m'abuse, cela apparaîtra assez clairement, sans animosité, n'est-ce pas ? Alors je vais vous dire au revoir pour le moment, mademoiselle. Ç'a été un plaisir de vous voir. »

Et il s'éloigna à grandes enjambées, très vite, le long de la rue, la laissant incapable de savoir si elle devait rire ou pleurer.

Il avait persévéré, avec constance, et apparemment inaccessible au ridicule dans sa manière de lui faire la cour. Il avait accompagné Mlle Tennyson dans les musées et dans les parcs, il était resté assis en visite, trop grand pour son fauteuil, à malmener les tasses à thé et à écouter les Hallam discourir de ce qu'Arthur aurait été, tout en hochant judicieusement la tête, les yeux rivés sur Emily. Emily lui avait rendu son regard, entre ses anglaises encore brillantes et innombrables. Ellen et Julia disaient du long visage de l'aspirant qu'il était dénué d'expression et stupidement affable. Emily était surtout frappée par son air de bonté. Il semblait n'y avoir aucune malice en Richard Jesse, ce qui faisait paraître cruelles et disproportionnées à Emily les petites moqueries des autres. Elle trouvait aussi, en le regardant, qu'elle appréciait certains aspects de sa personne d'un point de vue physique dont il n'était pas convenable de faire état. Il avait de beaux sourcils. Sa bouche avait une belle forme. Son grand dos et ses grandes jambes raides avaient de l'élégance et de la force. Il y avait aussi quelque chose de fort dans ses mains qui heurtaient les tasses contre les soucoupes mais qui, à n'en pas douter – elle avait commencé à essayer d'imaginer sa vie – s'y prenaient différemment avec les cordages dans la tourmente. Elle se disait que c'était un homme d'action, pas un homme de langage, en dépit de son flot incessant de propos sans suite, et elle le comparait aux officiers de marine dont Miss Austen faisait parfois ses héros. Arthur lui avait envoyé *Emma*, qu'elle aimait beaucoup, mais parmi toutes les œuvres de Miss Austen sa secrète préférence allait à *Persuasion*, histoire d'une femme qui n'est plus de la première jeunesse, qui est cantonnée dans son rôle de tante vieille fille, qui aime un capitaine de vaisseau et qui déclare : « Le seul privilège que je réclame pour mon sexe (il n'est pas très-enviable ; vous n'avez pas à l'ambitionner) est celui d'aimer le plus longtemps, après que l'existence, ou que l'espérance, s'est évanouie ! »

Il lui avait fait sa demande en mariage dans la demeure des

Hallam, sans que le trouble aucun sentiment de délicatesse du fait de choisir un lieu où Arthur aurait pu se tenir, de parler à une demoiselle assise dans un fauteuil de cuir sombre où Arthur aurait pu s'asseoir. Les livres d'histoire du vieux M. Hallam dressaient autour d'eux leurs sombres parois de cuir poussiéreux. Une lumière hivernale venait de la rue, Wimpole Street, la « longue et maussade » rue d'Alfred, où il était resté à attendre, le cœur battant, « la main que ne serrerai plus ». Richard approcha son fauteuil de celui d'Emily, en le faisant grincer sur le parquet ciré. Elle joignit les mains sur ses genoux, les pressant si fort qu'elle sentit l'anneau d'Arthur lui entrer dans la chair.

« J'ai quelque chose à vous demander, dit Richard Jesse. Il ne m'est pas facile de vous voir seule et je suis tenaillé par l'idée que ces dames pourraient rentrer à tout instant. Alors je serai bref – ne riez pas, je suis capable d'être bref quand il y a urgence, je fais montre de toute la rapidité requise quand un navire va s'échouer ou qu'un coup de tabac se prépare –

– Curieuse métaphore, dit Mlle Tennyson en le regardant, la tête penchée de côté. Allons-nous nous échouer ou courons-nous le risque d'un naufrage ?

– J'espère que non. Voilà que je recommence. Vous savez parfaitement ce que j'ai à vous dire, j'en suis certain. Je veux vous demander d'être ma femme. Non, ne parlez pas à la va-vite. Je sais ce que vous, vous avez à dire, aussi. Mais je crois sincèrement que vous pourriez être heureuse, avec moi. Et je sais que je pourrais l'être, avec vous. Vous n'êtes pas, mais pas le moins du monde, une personne de tout repos, impossible de le prétendre, vous n'êtes qu'emportements, foucades et petits drames, et je ne crois pas que vous ayez beaucoup de bon sens, pour dire la vérité, mais, vous savez, je crois que nous sommes bien assortis, je crois que nous sommes chacun ce qu'il faut à l'autre. A supposer qu'un membre de la famille Tennyson puisse supporter de s'entendre demander en mariage par un homme capable de commettre une déclaration aussi empotée. Pataude », ajouta-t-il, trouvant un meilleur mot. Elle ouvrit la bouche.

« Non, dit-il, ne parlez pas. Je sais que vous allez dire non et je ne peux le supporter, c'est au-dessus de mes forces. Réfléchissez, je vous en prie, considérez ma requête, réfléchissez, et vous verrez qu'elle convient à merveille. Oh, je vous en prie, mademoiselle, pensez à moi, pensez-y. »

Emily fut touchée. Elle avait un petit discours tout prêt, sincère pour autant qu'elle l'eût bien pesé, disant qu'un grand amour consume qui l'éprouve. Elle avait même un vers de Donne en réserve : « Mais après un tel amour, ne peux plus aimer ». Elle le croyait. Elle le croyait. Richard Jesse lui posa sur les mains l'une de ses grandes mains, et un doigt de son autre main sur les lèvres.

« Ne parlez pas », dit-il.

Elle ne pouvait pas lever les mains pour ôter le doigt de Richard Jesse. Quand elle essaya de remuer les lèvres pour parler elle se trouva plus ou moins en train de baiser ce grand index. Elle écarquilla férocement les yeux et plongea son regard dans le regard profond, bleu et déterminé de Richard Jesse. Elle voulut dire : « Vous avez l'air d'un pirate qui monte à l'abordage d'un brigantin », mais elle ne pouvait pas parler. Elle secoua la tête avec colère de droite et de gauche. Ses cheveux firent un bruit de soie froissée sur ses épaules. Il en souleva une tresse, de cette main outrageante. « Ravissant, dit-il. Les plus beaux cheveux que j'aie jamais vus.

– Vous déraisonnez, dit Emily ébranlée et troublée. J'ai plus de trente ans. Je suis résignée à une existence solitaire. Je suis – je suis incapable de rien éprouver.

– Je ne crois pas.

– Durant toutes ces années, je me suis sentie exactement comme une pierre. Je suis épuisée à force d'éprouver. Je ne veux plus rien éprouver.

– Je ne crois pas. Je sais que vous n'êtes pas toute jeune. Vous êtes plus âgée que moi, nous le savons tous les deux, ce n'est pas la peine de tourner autour du pot. Les très-jeunes filles sont d'ennuyeuses petites personnes toutes frisottées, toujours en ébullition, toujours à faire des façons et à se gargariser d'idées romanesques. Tandis que vous, mademoiselle, vous êtes une vraie femme. Vous devriez être mariée. Vous n'êtes pas taillée pour jouer les tantes vieilles filles, je le sais, je vous ai observée avec tant d'attention. Je sais que vous pensez que c'est votre devoir, mais vous n'avez pas pensé à moi, dites-moi. Vous ne vous attendiez pas à me voir débarquer, hein ?

– Non, dit Emily d'une petite voix. Je ne m'y attendais pas. »

Quelque chose de noir et de cruel en elle avait envie de faire éclater la belle assurance précaire du jeune homme, de le rembarrer, de le ridiculiser, de le blesser. Et quelque chose d'autre avait envie de le rendre heureux, de le protéger d'une pareille férocité justement, d'une violence dont il semblait allégrement inconscient. Elle dit : « Mon cœur a été scellé, monsieur, quand Arthur est mort. Je l'aimais totalement et je l'ai perdu. Telle est mon histoire. Il ne peut y avoir rien de plus, pour moi comme pour lui.

– Cela m'est égal que vous l'ayez aimé, dit Richard Jesse. Si vous l'avez si parfaitement aimé, cela prouve seulement que vous êtes capable d'aimer de la sorte et d'être fidèle – comme je m'en sais capable aussi, sans avoir été mis à l'épreuve toutefois. Nous ne l'oublierons pas, mademoiselle, si vous m'épousez – cet amour peut perdurer. Je vous honore, je vous honore véritablement, pour sa profondeur et sa constance.

– Peut-être ne voulez-vous m'épouser que pour cela, à cause de lui. Peut-être me voyez-vous comme un objet de pitié – je sais que vous êtes bon, je sais très-bien que vous êtes bon. Je ne demande pas à être sauvée.

– Bon Dieu ! il ne s'agit pas d'un sauvetage. Êtes-vous donc incapable de le comprendre ? Je vous l'ai dit, je vous l'ai redit, si seulement vous consentiez à écouter, je sais que nous pourrions trouver ensemble le bien-être, je le sais jusque dans la moelle de mes os, jusqu'au tréfonds de mon cœur, de mon foie, par toutes les fibres de mon être. Pourquoi est-ce que je n'arrive pas à vous faire entendre la pure et simple vérité ? »

Elle demeura silencieuse. Il dit : « J'ai tellement envie de vous prendre dans mes bras. Je sais que je pourrais vous faire éprouver la justesse de ce que je dis. Ces fichus fauteuils – et tous ces bouquins qui sentent le moisi – ils clochent – je voudrais pouvoir me promener sur la plage avec vous, et écouter les mouettes – vous éprouveriez alors cette justesse – je ne suis pas dans mon état normal, je dors mal, à force de m'armer de courage en vue de cette – de cette – c'est pire qu'une bataille, en tout état de cause.

– Je ne peux pas, dit-elle dans un murmure.

– Si vous ne pouvez pas, si vous êtes sûre et certaine de ne pas pouvoir, dites-le encore une fois, et je m'en irai, je m'en irai à l'instant même, et je ne reviendrai jamais, je ne vous reverrai jamais. Comprenez-vous ? Me croyez-vous ? Je parle sérieusement. Si vous pouvez réellement me dire que vous ne voulez pas – que vous ne pouvez pas – que vous ne souhaitez pas – alors je m'en irai. Ce sera très-dur, je ne souhaiterai jamais plus vous revoir.

– Ne criez pas, monsieur. Tout le monde va venir.

– Qu'importe tout le monde ? » insista-t-il à tort. Emily, à moitié satisfaite cependant de l'audace dont il témoignait, se leva brusquement, prélude possible à un adieu. Mais elle ne dit mot et n'alla nulle part. Elle resta où elle était, muette. Il fit un pas vers elle – il était encore plus grand que ses frères, qui l'étaient pourtant beaucoup, et d'une sombre beauté, comme eux aussi – et il lui posa ses grandes mains sur les épaules. Puis il la souleva de terre, la tenant contre sa chemise, pressant doucement son visage contre le sien. Ses mains et sa peau lui parlaient, il l'attirait comme un aimant, il était fort comme un arbre, un arbre en été murmura le poète dans sa tête, et elle posa la tête sur son épaule, à l'écoute du sang qui cognait et bondissait en chacun d'eux.

« Vous me – vous m'étouffez – je ne peux pas respirer. Monsieur, je ne peux pas respirer.

– Répondez-moi, maintenant.

– Reposez-moi par terre. J'accepte. Je ne peux pas vous résister, je le vois bien. Reposez-moi par terre. Rendez-moi à l'équilibre.

– Je voudrais rugir comme un lion, dit-il assez calmement. Mais cela peut attendre, nous ferons ce que nous voudrons quand nous serons mariés.

– Je n'en suis pas si certaine », dit Emily à nouveau sur ses deux pieds, faisant preuve d'une subite prévoyance.

Ils n'avaient pas, bien entendu, fait ce qu'ils voulaient, mais ils avaient pourtant fait ensemble bien des choses qu'elle n'eût jamais faites si elle était restée une tante vieille fille et l'enfant chérie des Hallam. Elle avait tenu compte, pensait-elle, de l'effet de sa défection sur les Hallam, mais pas de la consternation et de la désapprobation des Tennyson, ni du monde en général. Ils se dressaient en rangs hostiles, dans ses mauvais rêves, accusateurs, blessés et en colère. Et avec eux dans les rêves se tenait une créature à part, une jeune fille en noir, une rose blanche dans les cheveux, comme il aimait à la voir. Nous sommes accompagnés tout au long de l'existence, comprenait parfois Emily Jesse, non seulement par les bien-aimés disparus qui nous accusent, mais par notre propre spectre également, accusateur lui aussi, inapaisé lui aussi.

IX

Sophy Sheekhy se tenait devant son miroir dans sa longue
chemise de nuit blanche. Elle considérait sa propre image et
sa propre image la considérait en retour. Le miroir sur la
commode en pin reflétait la psyché près de la porte, de sorte
qu'elle se tenait derrière elle-même, et encore derrière elle-
même, sur une série de seuils qui allaient s'amenuisant en
multipliant leur halo vert et blanc à l'infini. Elle posa le doigt
sur l'ombre violette qui cernait ses yeux au regard fixe, et
toutes ces apparences d'elle-même touchèrent simultanément
leur peau vitreuse. Elle toucha ses lèvres, se pencha et souffla
sur le miroir, et tous ces visages s'embuèrent aussitôt, se
muèrent en buées blanc-gris couronnées de cheveux pâles qu'on
aurait pu dire incolores, mais c'eût été faux, c'étaient des
cheveux pour lesquels il n'existait pas de mot juste, pas de
terme de comparaison avec aucune douce bête, souris ou
tourterelle, ni aucune moisson, blé ou foin, ni aucun métal, or
ou bronze, et qui pourtant correspondaient à l'archétype ordinaire, immédiatement reconnaissable, des cheveux pâles. Tant
d'images n'étaient personne. Elle était partout et nulle part.
Elle fixa la pupille de ses yeux, des yeux de Sophy Sheekhy,

270

de tous ces yeux, le point de velours noir où il n'y avait rien, et n'y vit rien, il n'y avait personne là.

Une fois, elle s'était hypnotisée de cette manière et avait été découverte par Mme Papagay, raide comme un piquet, le regard fixe, froide et moite au toucher. Mme Papagay l'avait serrée sur son sein généreux, dans la chaleur de ses bras, l'avait prestement enveloppée dans une courtepointe, l'avait nourrie de bouillon quand elle s'était réveillée en sursaut sans pouvoir dire où elle était allée. Mme Papagay avait un cœur chaleureux, comme une réconfortante grive brune dans un doux nid. Sophy Sheekhy avait senti ce cœur palpiter et elle était revenue à elle sans crainte. En plusieurs occasions, dans son enfance, elle avait provoqué de telles absences et avait eu moins de chance. Elle avait eu des moyens de sortir d'elle-même, des moyens que, dans sa petite enfance, elle avait crus tout à fait naturels, donnés à tout le monde, dans le cours de la vie quotidienne, aussi naturels que de boire de l'eau, aller sur son pot ou se laver les mains. En retenant sa respiration, d'une certaine manière, ou en arquant son corps sur son lit et en le laissant retomber rapidement, rythmiquement, elle pouvait trouver une espèce de Sophy volante, qui planait doucement près du plafond et observait placidement la cosse, la cosse encore blême qu'elle avait laissée derrière elle, les lèvres entrouvertes et les paupières closes. Seulement sa mère, femme impatiente aux mains rouges et rugueuses comme des râpes à muscade, l'avait vivement ramenée à elle en la giflant et en la secouant, après quoi Sophy avait vomi pendant un bon mois et était presque morte d'inanition. Elle avait donc appris à faire attention et à contrôler ses allées et venues.

Derrière elle la chambre était pleine de bruissements, comme si elle regorgeait d'oiseaux. C'était la fatigue qui bruissait dans ses oreilles, c'étaient les ailes blanches qu'elle verrait si elle se retournait pour regarder. Elle vit en pensée des tourterelles aux yeux d'or, des tourterelles partout, des tourterelles se lissant les plumes sur le montant du lit et le rebord de la fenêtre. Elle vit leurs petites pattes roses, si vulnérables, si nues, si décharnées, se pavaner et s'arrondir, en dépliant ou refermant les doigts. Elle se mit à entendre leurs voix liquides roucouler dans le bruissement général. Si elle se retournait, peut-être la chambre serait-elle remplie d'ailes blanches, ou bien non. Elle ne savait pas si elle créait les tourterelles par la force de son attente, ou bien si elle recevait l'intuition de leur présence et les attirait par sa pensée sous ses regards, ou bien encore si les tourterelles étaient vraiment là et elle-même tout simplement capable de les voir. Elle ne pouvait pas les changer en perroquets, en huîtres, en roses, par aucun effort de volonté, elle le savait à présent. Elles étaient détachées d'elle, elles se parlaient en glougloutements divers, réconfortants, irritables, rengorgés, apaisés.

Elle se regarda droit dans les yeux et dit, mais non pas à elle-même : « Êtes-vous là ? » Elle l'invoquait souvent et, à maintes reprises, l'avait senti là, angoissé et insaisissable, le jeune homme, derrière elle dans la chambre, comme les tourterelles, ou les autres créatures qui de temps en temps rôdaient, glissaient ou marchaient là. Elle ne pouvait pas le voir, et il ne parlait pas, mais elle sentait qu'il était là. Il voulait franchir le seuil, il voulait entrer en communication, croyait-elle, en usant du langage auquel elle avait été initiée depuis son entrée dans la profession. Elle croyait parfois que si elle avait eu moins peur de lui il serait sans doute venu depuis longtemps. Elle sentait qu'il était loin, qu'il était transi, qu'il était perdu, mais peut-être n'en était-il rien, peut-être un jeune homme si bon, si parfait, ne serait-il ni transi ni perdu, mais saurait s'élever dans les cieux que M. Hawke décrivait avec tant d'assurance. Elle voulait être utile, lui ouvrir une porte, mais il ne venait pas. Seulement un courant d'air froid, une trouée dans la chaleur des oiseaux et leur affairement paisible, ce qui lui fit demander à nouveau : « Êtes-vous là ? » et croire qu'il lui avait été répondu par l'affirmative.

Enfant, aussi, elle avait invoqué des gens. Elle avait invoqué des gens dans des histoires – le pitoyable prince aux yeux crevés de Rapunzel, le pauvre Abel assassiné de la Bible, un enfant du nom de Micky qui avait été son ami le plus cher jusqu'à sa rencontre avec Mme Papagay, et qui apparaissait sous n'importe quelle forme, depuis le sentiment d'une présence dans l'air, en passant par un garçon imaginaire à la peau brune de gitan, jusqu'à un enfant qu'elle connaissait effectivement, qui s'asseyait plus ou moins en chair et en os sur le bord du buffet contre lequel il tambourinait de ses talons, et dont elle pouvait simplement voir de ses propres yeux, semaine après semaine, les ongles cassés ou la lèvre égratignée. Il était juste là. D'autres fois il était presque, seulement presque là, et elle tendait sa volonté pour susciter son existence. Elle lui disait des choses qu'il paraissait comprendre. Il ne lui disait rien.

Parfois ses efforts pour évoquer Micky ou d'autres présences désirées amenaient d'autres visiteurs, ni attendus ni souhaités. Une petite fille, encore un bébé, qui poussait des hurlements de colère sans vouloir se laisser consoler ; la froide et imposante présence d'un homme qui cherchait à l'attirer – elle, Sophy – mais qui ne pouvait pas la voir, elle le sentait, aussi bien qu'elle le voyait avec sa barbe piquante, son menton bleu et ses yeux exorbités. C'étaient les habitants d'un monde différent de celui des visiteurs imperturbablement solides – cinq ou six seulement au total – tels les parents noyés qu'elle avait accueillis chez ses premiers employeurs, ou bien la corpulente matrone qui cherchait désespérément une montre perdue dans la forêt de Crimond, ou encore le petit commis du marchand de quatre-saisons qui lui disait regretter son cheval, bien que la bête l'ait tué d'une ruade, mais ce n'était pas la faute du pauvre Blanchet, une douleur au boulet l'avait rendu enragé. A sa connaissance, aucun de ces revenants solides n'avait jamais montré le bout de son nez à une séance, où les visiteurs apparaissaient par la force du désir commun des participants, ou s'entr'apercevaient grâce à son propre désir ardu de se rendre utile, ou bien encore étaient les habitants d'une autre dimension, partiellement appré-hendés, comme la Créature en forme de bouteille de vin et aux yeux bouillants de cet après-midi, de loin la plus vive de tous, mais toujours dépourvue de la solidité d'une simple pomme.

Sophy Sheekhy se peigna les cheveux, et les tourterelles bruirent et roucoulèrent. Elle désirait si ardemment trouver le jeune homme mort pour Mme Jesse, de même qu'elle désirait trouver le capitaine Papagay pour Mme Papagay, mais, d'une certaine manière, la force même de son désir de se rendre utile les tenait éloignés. Des créatures venaient, des esprits venaient, vaguant, patinant, s'estompant, pénétrant le vide de la pensée et non pas l'attention tendue. Pourtant elle sentait qu'il n'était pas loin. Il y avait une trouée froide au milieu des tourterelles, où peut-être il attendait. Elle n'avait aucune idée de son apparence mais l'imaginait pâle, avec des boucles d'or, un front large taillé à coups de serpe, une bouche à la grecque. (Elle connaissait « Le pli du front de Michel-Ange » à la fois par Mme Jesse et par *In Memoriam*.) Mme Jesse avait une fois prétendu détecter son enveloppe spirituelle sur une photogra-phie d'elle-même à Bristol, mais Sophy Sheekhy eut beau s'absorber dans la contemplation de la silhouette floue qui se dressait en haut-de-forme derrière une Mme Jesse enveloppée d'une cape, elle ne discerna guère davantage qu'une peau à la blancheur crayeuse et des orbites noires comme du charbon. Cela aurait pu être absolument n'importe qui, pensa Sophy Sheekhy, et pourtant la sœur de Mme Jesse, Mary, trouvait aussi une ressemblance mystérieuse avec Arthur, le visage et la tournure ressemblaient d'une manière frappante au souvenir qu'elle avait de lui.

Parfois elle parvenait à produire l'état d'esprit nécessaire, flottant et vague, en se récitant de la poésie. Elle ne connaissait pas beaucoup de poèmes avant de travailler chez Mme Jesse, mais s'y était acclimatée comme un canard à l'eau, métaphore adéquate ; elle flottait sur la poésie, elle barbotait et plongeait dans son fort courant, la poésie la portait. Les séances, pas seulement chez Mme Jesse, débutaient fréquemment par l'évocation poétique de ceux qui n'étaient plus. L'un des poèmes les plus en faveur était *La Damoiselle élue* de Dante Gabriel Rossetti. Elle était si belle et si triste, comme Sophy Sheekhy s'accordait à le penser avec tant d'autres lecteurs, l'angélique et solitaire élue qui, dans son désir, se penche au balcon du Ciel, tandis que tout à l'entour les couples d'amoureux sont réunis dans la félicité, toutes leurs larmes essuyées, anges conjugaux, deux en un, ainsi que M. Hawke aimait à le faire observer, comme si M. Rossetti était un disciple instinctif de Swedenborg. L'esprit de Sophy Sheekhy était comme un fleuve dans les profondeurs duquel de puissants et irrésistibles courants vous tiraient, vous entraînaient, mais il était froncé et frangé en surface de vaguelettes clapotantes de sentimentalité féminine ordinaire. Elle regardait son propre visage dans le miroir et imaginait celui de la Damoiselle, avec son unique rose blanche offerte par Marie, ses cheveux dorés comme les blés, son sein qui réchauffait le balcon auquel elle se penchait. Sophy Sheekhy pouvait voir la jeune fille passionnée en Mme Jesse, l'acerbe femme d'aujourd'hui, au visage buriné, aux mains ridées, au cou plissé ; elle sentait pourtant d'autres présences aussi, quelque chose de félin, quelque chose d'acéré comme des ciseaux. Mais c'était véritablement la Damoiselle qui l'extasiait, au sens propre du terme parfois, dans le poème de Rossetti. C'étaient les distances. Il savait une chose qu'elle savait aussi. Elle regarda au fond de ses propres yeux dans le miroir et récita son poème de la Maison Céleste.

Elle est dans le Ciel, au-dessus des ondes
De l'éther, comme un pont.
Les flots du jour et de la nuit, sous elle,
Strient de leurs flammes et ténèbres
Le vide, jusqu'où notre terre
Tournoie, fébrile moucheron.

A l'entour de l'Élue, les amants, réunis
Dans l'ovation de l'immortel amour,
Se récitaient sans fin la litanie
Des noms que connaissait leur cœur ;
Et les âmes montant vers Dieu
Passaient devant elle comme de minces flammes...

Le soleil parti, le croissant de lune
Semblait une petite plume
Palpitant au fond de l'abîme ; alors
Elle parla dans la paix de la nuit.
Sa voix semblait la voix que les étoiles
Ont en chantant à l'unisson...

« Je le voudrais à moi venu,
Car je sais qu'il viendra », dit-elle.

Sophy Sheekhy tenait les bras serrés autour de son corps et se balançait faiblement, tel un lis sur sa tige, tel un serpent en face du charmeur, d'avant en arrière, ses cheveux se soulevant et retombant sur ses épaules. Sa voix était basse, pure et claire. Tout en parlant, elle vit les minces flammes, le croissant de lune incurvé comme une plume, et elle sentit qu'elle s'éloignait d'elle-même en tournant comme un toton, et qu'il se passait quelque chose, comme si elle avait collé un œil énorme contre l'orifice d'un grand kaléidoscope où son visage tournoyait telle une particule de papier d'argent parmi des flocons duveteux, des cristaux de neige, des mondes. Elle s'entendit dire, comme en réponse :

Elle dit, « Point ne viendra.
Que je suis lasse ! » Elle pleura.
« Mon Dieu, que ne suis-je morte ? »

C'était un autre poème, foncièrement différent. Le réciter la transit tout entière. Elle serra ses bras plus étroitement autour d'elle pour se réconforter, son sein transi reposant sur le rebord transi de ses bras, ses petits doigts agrippant ses côtes. Elle était sûre, presque sûre, sûre que quelque chose d'autre respirait parmi les plumes qui flottaient derrière elle. Les poèmes bruissaient en chœur comme des voix. Elle ressentit une douleur lancinante, comme un glaçon entre ses côtes qu'elle étreignait. Elle entendit le crépitement de la grêle, ou de la pluie, tombant brusquement en fortes rafales sur les vitres, tels des grains jetés à la volée. Elle sentit un poids soudain dans la chambre, un espace grave, comme l'on sent en frappant à la porte d'une maison, comme l'on sait d'avance que c'est une maison habitée, avant d'entendre les pas dans l'escalier, le bruissement et le tintement dans le vestibule. Elle sut qu'elle ne devait pas regarder derrière elle et, le sachant, commença à réciter en sourdine dans sa tête la riche poésie de « La Vigile de la Sainte-Agnès » :

> Elle entre en toute hâte et le flambeau s'éteint ;
> Sa menue fumée meurt au pâle clair de lune ;
> Elle ferme la porte et palpite, éperdue,
> Sœur des esprits de l'air et des vastes visions,
> Qu'elle ne dise mot, ou bien malheur à elle !
> Mais à son cœur son cœur s'adresse d'abondance
> Et torture son flanc de muette éloquence,
> Ainsi qu'un rossignol, langue coupée, s'acharne
> Et meurt dans son vallon, étouffé par son cœur.

La chose indéterminée derrière elle poussa un soupir, et puis retint son souffle, avec difficulté. Sophy Sheekhy lui dit d'un ton de doute : « Je crois, je crois vraiment que vous êtes là. Je voudrais vous voir.

– Peut-être n'aimerais-tu pas ce que tu verrais, entendit-elle, ou crut-elle entendre.

– Est-ce vous ?

– J'ai dit : Peut-être n'aimerais-tu pas ce que tu verrais.

– Ce n'est pas mon habitude d'aimer ou de ne pas aimer », se surprit-elle à répondre.

Elle prit sa bougie et l'éleva vers le miroir, toujours emplie du sentiment superstitieux, comme les dames des poèmes, Madeline, la Dame de Shalott, qu'elle ne devait pas détourner son regard de la surface de verre. La bougie y produisit un chatoiement et une ombre au fond desquels elle crut voir quelque chose bouger.

« Nous ne pouvons pas toujours nous en empêcher, dit-il bien plus clairement.

– S'il vous plaît », dit-elle au miroir, dans un souffle.

Elle le sentit approcher d'elle, de plus en plus près. Elle entendit les paroles du poème récitées d'une voix ironique, légèrement rauque.

> Lors à son rêve il s'est fondu,
> Comme à la violette la rose :
> Liqueur suave...

La main de Sophy Sheekhy trembla, le visage derrière elle se renfla et se tendit, s'affaissa et se reforma, non point pâle mais veiné de pourpre, les yeux bleus et fixes, de minces lèvres desséchées au-dessus d'un menton frémissant. Il y eut une soudaine bouffée d'odeur, ni de rose ni de violette, mais d'humus et de décomposition.

« Tu vois, dit la petite voix rauque. Je suis un mort, tu vois. »

Sophy Sheekhy respira un grand coup et se retourna. Elle vit son petit lit blanc, et une rangée de tourterelles qui se lissaient les plumes sur le cadre en fonte. Elle vit, fugitivement, un perroquet, écarlate et bleu, sur le rebord de la fenêtre. Elle vit du verre sombre, et elle le vit, lui, qui luttait, à ce qu'il semblait, pour conserver son apparence, son espèce de substance, tout d'une pièce, avec une sorte de défi mortel.

Elle sut immédiatement que c'était lui. Non parce qu'elle le reconnaissait, mais parce qu'elle ne le reconnaissait pas, et pourtant il correspondait aux descriptions, cheveux bouclés, bouche mince, le pli du front. Il portait une antique chemise à haut col, déjà passée de mode à l'époque où la mère de Sophy était petite fille, et des culottes souillées. Il se tenait tremblant et morose. Le tremblement n'était pas humain à proprement parler. Il provoquait un gonflement et une contraction de son corps qui paraissait tour à tour se vider et se remodeler. Sophy fit quelques pas vers lui. Elle vit que ses sourcils et ses cils étaient plaqués de glaise. Il dit encore : « Je suis un mort. »

Il s'éloigna d'elle, marchant comme quelqu'un qui retrouve ses jambes après une longue maladie, et il s'assit sur la banquette devant la fenêtre, délogeant un certain nombre d'oiseaux blancs qui s'en allèrent à petits coups d'ailes se réinstaller au pied des rideaux. Il était très jeune. Ceux qui l'avaient aimé sur cette terre le guettaient et l'attendaient comme un dieu sage disparu avant eux, mais ce jeune homme-ci était plus jeune qu'elle et semblait parvenu au dernier stade de l'épuisement, en raison de son état. Elle avait entendu parler, à l'Église de la Nouvelle

Jérusalem, des rencontres de Swedenborg avec des hommes qui venaient d'expirer, refusaient de se croire morts et assistaient à leurs propres obsèques avec un intérêt indigné. Ensuite, enseignait Swedenborg, les morts, qui emportaient avec eux dans l'autre monde les affections et les pensées de notre espace terrestre, devaient découvrir leur être véritable et leur véritable, leur juste compagne, parmi les esprits et les anges. Il leur fallait apprendre qu'ils étaient morts, puis poursuivre leur chemin. Elle dit : « Qu'en est-il de vous ? Quel est votre état ?

– Tel que tu me vois. Confondu et impuissant.

– Vous êtes très-pleuré, très-regretté. Plus que qui que ce soit à ma connaissance. »

Un spasme d'angoisse tordit le visage rouge éteint, et Sophy Sheekhy éprouva soudain dans ses veines et dans ses os que l'affliction du deuil faisait souffrir le jeune homme. Elle l'entraînait vers le bas, le tirait en arrière, le faisait sombrer. Il remua dans sa bouche une langue épaisse qui n'était plus habituée à parler.

« Je marche. Dans l'entre-deux. Au-dehors. Je ne puis te dire. Je n'appartiens à rien. Impuissant et confondu », ajouta-t-il, s'exprimant soudain avec aisance et rapidité, comme si c'étaient des mots qu'il connaissait bien, qu'il avait tenacement domptés dans son esprit durant toutes ces années. Lesquelles, bien entendu, pouvaient ne pas lui sembler des années. Mille ans devant tes yeux sont comme l'espace d'un instant. Elle parla du fond du cœur.

« Vous êtes si jeune.

– Je suis jeune. Et mort.

– Et pas oublié. »

Encore une fois, le même spasme de douleur.

« Et seul. » L'apitoiement sur soi-même des jeunes êtres.

« J'aimerais vous aider, si je le pouvais. »

C'était d'aide qu'il semblait avoir besoin.

« Tiens-moi, dit-il. J'imagine – que tu ne peux pas. Je suis transi. Il fait noir. Tiens-moi. »

Sophy Sheekhy resta immobile et blanche.

« Tu ne peux pas.

– Je vais le faire. »

Elle s'allongea sur le lit blanc, et il vint vers elle, de son pas hésitant, imparfait, et il se coucha auprès d'elle, et elle serra cette tête et cette puanteur sur son sein transi. Elle ferma les yeux, pour mieux supporter ce qu'elle faisait, et sentit ce poids, le poids, plus ou moins, d'un homme en vie, mais d'un homme qui ne respire pas, d'un homme inerte comme un quartier de bœuf. Peut-être allait-elle en mourir – cette pensée effleura Sophy Sheekhy à la surface de sa conscience, où les rides s'évasaient autour du gouffre noir en une effervescence effarée. Mais les profondeurs du gouffre la soutenaient, les soutenaient tous deux, elle et lui, Sophy Sheekhy et le jeune homme mort. De ses lèvres glacées, avec précaution, elle baisa les boucles transies. Pouvait-il sentir son baiser ? Pouvait-elle le réchauffer ?

« Ne bougez pas », dit-elle, comme à un enfant grincheux.

Il posa sur son épaule une espèce de main qui brûlait comme de la glace. « Dis. Moi. Parle. Moi.

– Que voulez-vous que je vous dise ?

– Ton nom. John Keats.

– Mon nom est Sophy Sheekhy. Je peux – je peux réciter l'" Ode à un rossignol ". Si vous préférez –

– Dis cela. Oui.

> – Mon cœur souffre, une somnolente torpeur blesse
> Mes sens, comme si j'avais pris de la ciguë,
> Ou bu jusqu'à la lie un breuvage opiacé
> A l'instant même, et puis sombré vers le Léthé.

– Il savait, dit-il. Le principe énergétique de l'amour du beau. Je me souviens. J'ai rendu un mot à la vie, pour lui. Sensoriel. Mon mot. Pas sensuel. Sensoriel. » La voix enrouée hésita puis reprit de la force. « " O ! vivre d'une vie de sensations plutôt que de pensées. " Disparus tous deux. Ici, disparus tous deux. Sophy Sheekhy. Pistis Sophia. Les poèmes sont les spectres des sensations. Pistis Sophia, les spectres des pensées, eux, remuent dans le crâne, ma chère, et sont aussi des pensées et des sensations, les deux à la fois. Ton sein me réchauffe, Pistis Sophia, comme l'est un serpent gelé. Ce fut Pistis Sophia, disent les gnostiques, qui introduisit le premier serpent dans le Paradis.

– Qui est Pistis Sophia ?

– Eh bien, ma chère, l'Ange dans le Jardin, avant l'Homme. Le principe énergétique de l'amour du beau. C'étaient de jeunes hommes, Keats et Shelley. J'avais de la sympathie pour eux, ils étaient si jeunes. Dis encore. Dans cette ombre j'écoute. Dans cette ombre.

> – Dans cette ombre j'écoute ; et de nombreuses fois
> Je me suis presque épris de la Mort secourable,
> Lui donnant de doux noms en poèmes rêvés,
> Pour qu'elle dissipât dans l'air mon souffle égal ;
> Plus que jamais ici mourir me semble beau,
> Cesser sur la minuit sans éprouver de mal,
> Tandis que tu répands ton âme dans l'espace
> En une telle extase !
> Tu chanterais toujours à mes oreilles sourdes
> Ton noble requiem, et je serais poussière.

– Le sentiment de ne pas sentir », murmura la créature dans ses bras, qui devenait plus lourde. Respirer était plus difficile. Sophy Sheekhy hésita.

> « Tu n'es pas né pour mourir, immortel Oiseau !
> D'avides descendants ne foulent pas ta tombe… »

Son compagnon exhala un soupir. Elle sentit son souffle glacial lui frôler l'oreille.

> « Lui non. Mais ce qui possédait
> Le monde enténébré, délices,
> Vie, peur, mort, amour immortel,
> Mêlés sans cesse et librement,
> Hors de tout, suspendant le temps… »

Elle vit, au milieu de la chambre, une main, une longue main brune qui n'était plus jeune, essayer maladroitement de boutonner une chemise de nuit. Elle vit la rangée de boutons. Ils n'étaient pas en face des trous. La main les tripotait. La main serrait le devant plissé de l'encolure contre sa poitrine, comme si elle sentait, fugitivement, le froid de leur présence.

« " Mêlés sans cesse et librement ", dit la voix morne et froide à l'oreille de Sophy Sheekhy. De bons mots, des mots vifs. Je savais qu'il serait aussi grand que Keats, comme Coleridge voyait en Wordsworth le plus grand poète depuis Milton. Je l'aimais pour cela, il faut me croire, Pistis Sophia.

– Oh, je vous crois. Je vous crois.

– Je n'arrive pas à voir… Je n'arrive pas à voir… Sophia, je n'arrive pas à voir… Le peux-tu ?

– Pas très-bien. Un peu. Une main. Un vieil homme, en chemise de nuit, dans une chambre avec une bougie… il lève la main vers son visage et – il la renifle… il a une barbe – hirsute, grise en partie – tachée autour de la bouche – c'est un beau vieillard… Je sais qui il est…

« – Je n'arrive pas à voir. » Les doigts épais et transis lui touchaient les cils comme pour sentir ce qu'elle voyait. « Il est vieux, je n'arrive pas à le voir. Je crois que j'arrive un peu à humer son tabac. Il marchait souvent dans un nuage de tabac, de tabac en combustion parfumée, de résidus malodorants de vieilles cendres, le culot refroidi... Que fait-il à présent ?

– Il est assis sur son lit, il tourne et retourne sa main. Il a l'air perplexe. Et très-beau. Et un peu absent.

– On aurait cru que je pourrais entendre ses pensées. Mais je n'y arrive pas. »

X

Alfred Tennyson sentit effectivement quelque chose remuer dans sa chambre. Il sentit ce mélange d'immobilité excessive de l'air et de picotement sur la peau dont il avait l'habitude de dire « un ange passe sur ma tombe », tout en sachant très bien qu'il amalgamait deux superstitions, les anges dont le passage silencieux fait que l'on s'arrête de parler à table vingt minutes avant ou après que l'heure sonne, et le frisson de

281

prescience dont vous êtes saisi en foulant le sol destiné dans un avenir inexorable à être défriché pour creuser une place à vos restes mortels. Il sentit également une espèce d'attention portée sur sa main, de sorte qu'il cessa d'essayer de boutonner ses boutons et leva la main comme si c'était une étrange créature autonome dont il s'était emparé. Elle avait de longs doigts bruns et encore musclés. Elle n'était ni boursouflée ni grassouillette, quoiqu'il ait entendu Emily Jesse observer avec acerbité que depuis qu'il s'était marié il n'avait jamais levé le petit doigt pour faire la moindre chose par lui-même. Certains doigts étaient tachés d'acajou par le tabac. Il craignait de transporter sur lui son arôme puissant sans s'en rendre compte. Ses narines n'en seraient plus jamais exemptes, comme celles d'un valet d'écurie perçoivent assurément tout à travers une brume chaude de pelage, sueur, pissat et crottin. C'était une bonne odeur quand elle était, pour ainsi dire, vivante, et une moins bonne odeur quand elle était froide. Comme la colonne de feu la nuit et la colonne de nuages le jour, pensa-t-il, combustion parfumée, puis résidus malodorants, le culot refroidi, un bon mot, « culot ». Peut-être que lui-même empestait ? Il porta le bout de ses doigts à ses narines. Il entendit le bourdonnement de petites particules de langage qui tournoyaient sans discontinuer en un nuage autour de sa tête, tels des voiles de fumée vivante et morte, tels des atomes de poussière en suspens dans des flots de soleil, « en une danse drue », comme il les avait si magnifiquement décrits. « Laissez-moi baiser cette main », entendit-il, et il répondit : « Laisse-moi d'abord l'essuyer. Sur elle est une odeur de mort. » Ou à défaut de Lear, Lady Macbeth, « Tous les parfums de l'Arabie ne purifieront pas cette petite main. » Ou John Keats. « Quand ma main, scribe agissant, sera dans la tombe. » Ou pis encore, ces quelques autres vers de lui :

> Cette main vivante, à présent chaude et capable
> De saisir fermement, à la supposer froide
> Dans le silence glacé du tombeau, saurait
> Hanter tes jours, transir les rêves de tes nuits,
> Au point que tu voudrais ton propre cœur exsangue
> Pour que la rouge vie à nouveau coule en moi
> Et que ta conscience s'apaise – alors voici
> Ma main – et je la tends vers toi.

Il se souvint d'Arthur essayant de lui faire peur avec ce poème, à Somersby, dans la nuit noire de la chambre où miroitait le clair de lune, la chambre aux deux petits lits blancs. « C'est ce qui fait que la vie vaut d'être vécue, s'était écrié Arthur dans son enthousiasme, qu'un homme soit capable d'écrire si bien, alors que la mort le regarde en face, il y a de la noblesse dans un tel acte de défi. » Lui-même avait créé sa propre image des mains mortes, dans les poèmes d'Arthur, et il en était fier. Elle avait, son image, la vie factice de l'inanimé.

> Que des mains tant étreintes roulent
> Avec algues et coquillages.

Des mains qui ballottaient, comme du varech, comme des épaves, le remous de la chair noyée, il avait attrapé le rythme de ce remous. C'était des mains d'Arthur qu'il avait conservé le souvenir le plus vif, par la suite, de toute la vie d'Arthur. La poignée de main d'Arthur avait mis quarante ans à s'estomper dans sa mémoire, telle une bougie qui se consume et finit par couler. Il regarda la pulpe vieillie au bout de ses doigts et les toucha de son autre main. Une curieuse douceur avait satiné la peau de ses jointures, les lignes de vie effacées, le contraire de ce qui était arrivé à sa bouche et à son front. Il s'était longtemps souvenu du contact de la paume d'Arthur, chaude contre la sienne, de l'ardeur de la poignée de main d'Arthur. C'était dans cette poignée de main qu'Arthur établissait un contact, une jonction fugitive, avec lui, dans cette poignée de main de gentleman anglais. Virile, vivante ; un renouvellement du sens du toucher. Aux retrouvailles et aux adieux. Après la terrible lettre il avait été férocement torturé par le fait que sa main persistait à attendre ce contact. Il avait fait de la belle poésie de cette attente obsédante, aussi, de la belle poésie. Il avait des centaines de lettres. « J'ai moi aussi éprouvé exactement la même sensation, je dois vous le dire, monsieur : " Ce ne me semblerait étrange. " Votre perception des choses est un grand réconfort, j'ai cru que vous aimeriez, peut-être, à le savoir. »

C'était au début, quand il était impossible à son corps et à ses sentiments de connaître ce que sa pauvre cervelle avait accepté sur-le-champ. Il avait imaginé le bateau touchant terre et les passagers en débarquant.

> Et si s'avançait parmi eux
> Celui qui fut mon demi-dieu,
> S'il mettait sa main dans la mienne
> Et demandait de nos nouvelles...

> Si nul changement ne sentais,
> Nul signe de mort ne voyais,
> Mais le trouvais pareil en tout,
> Ce ne me semblerait étrange.

C'était dit avec assez d'exactitude, mais que c'était loin et de longtemps disparu. Arthur était mort en son propre corps, en sa propre âme, peu à peu, par degrés, comme la mort lente d'un arbre, quelques centimètres par ici, un chapelet de cellules par là. Dans les premiers temps de la mort d'Arthur, le souvenir subit de sa présence corporelle, un mouvement d'impatience, un regard prompt, avait été pure torture. Et puis, perversement, au fur et à mesure que la chair et le sang cédaient la place à l'ombre, il avait tenté de retenir son ami, de prêter une enveloppe charnelle à ses imaginations, de voir l'invisible. Mais Arthur avait continué de mourir.

> Je ne puis discerner ses traits
> Quand j'essaie de peindre à la brune
> Le visage connu.

Frederick, Mary et Emily invoquaient la forme et l'esprit des disparus, mais lui, il éprouvait de la peur et de la répulsion, la peur d'être trompé par des atomes de gangrène rongeant la matière de son cerveau, la répulsion de la morbidité. « Je ne te verrai pas », avait-il affirmé une ou deux fois, avec une fermeté terrible, prenant acte de sa perte. Une espèce d'union mystique, fusion de deux lumières, ou de deux spectres, pouvait être possible de l'autre côté du voile, mais ses mains demeuraient vides, tendues aveuglément vers une absence.

Il se rappela un jour, tout un jour, où Arthur et lui étaient restés à parler sur la pelouse à Somersby, de la nature des choses, la création, l'amour et l'art, l'esprit et l'âme. La main d'Arthur reposait à quelques centimètres de la sienne, sur l'herbe chaude au milieu des pâquerettes. Arthur parlait de l'imagination sensorielle de Keats, génératrice de beauté, et que Keats disait comparable au songe d'Adam qui rêve la création de la Femme avec sa côte arrachée et sanglante : « il s'éveilla et découvrit que c'était vrai ». Et lui, Alfred, avait vu en pensée non pas l'Adam de Milton, mais celui de Michel-Ange, dont la main flasque s'anime sous l'effet de la puissance, de la puissance électrique, qui fuse du bout des doigts de Dieu assis sur son nuage au bout de ses propres doigts. Arthur avait dit quelle hardiesse il y avait là, quel scandale et quelle justesse.

« " O ! vivre d'une vie de sensations plutôt que de pensées "... », avait dit Arthur, sous le soleil de Somersby, et il avait continué en donnant lecture de la merveilleuse lettre.

« C'est une " Vision sous la forme de la Jeunesse ", une ombre de la réalité à venir – Et cette considération m'a encore davantage convaincu – car elle a secondé une autre de mes conjectures préférées – que nous connaîtrons la félicité dans l'autre monde sous la forme de ce que nous appelons le bonheur sur cette Terre, reproduit sous un meilleur aloi... »

Arthur avait continué en parlant de Dante et de Béatrice, et de la transformation sensorielle du Ciel dans les voyages de la *Divine Comédie* – « nous devons certainement, dans les cas si différents de Keats et de Dante, Alfred, considérer que les pulsions de l'amour terrestre sont une faible préfiguration – une faible prescience – un faible présage – de l'Amour Divin – tu ne crois pas ? ».

Et lui, Alfred, s'était renfoncé dans son fauteuil grinçant, laissant pendre sa main là où elle était, imaginant le Paradis et aimant Arthur, et éprouvant un tel bonheur, un bonheur si inhabituel chez un ténébreusement morbide Tennyson, dans sa peau, sa chair et ses os, qu'il ne put que sourire, marmonner un acquiescement, et entendre l'air empli de la mélodie des mots qui étaient les atomes informes de sa propre création à venir.

Michel-Ange avait éprouvé de l'amour pour des hommes. Lui-même avait dit à Arthur, plus d'une fois, en plaisantant, qu'il l'aimait comme Shakespeare avait aimé Ben Jonson, « sans atteindre à l'idolâtrie », et tous deux avaient trouvé dans les sonnets de Shakespeare de nombreux vers que chacun pouvait offrir à l'autre comme un présent, une grâce, une assurance. Il savait autour de quel feu stérile ils tournaient, sans se brûler les ailes, sans être consumés, et il savait aussi à quelle terrible méprise sa description exacte de la profondeur de sa douleur et de son désir dans les poèmes d'Arthur l'avait exposé. Le père d'Arthur avait désapprouvé leur amour et avait écrit, après la mort d'Arthur, et avant qu'Alfred se fût risqué à laisser les poèmes d'Arthur voir le jour, un commentaire dédaigneux des sonnets de Shakespeare.

Sans doute existe-t-il de nos jours, surtout chez les jeunes gens au tempérament poétique, une propension à exagérer les beautés de ces remarquables œuvres... Un attachement pour une femme, qui semble n'avoir touché ni son cœur ni son imagination de façon très-sensible, fut vaincu, sans cesser pour autant d'exister, par un autre attachement pour un ami ; et ce second attachement est d'une nature si enthousiaste, et d'une expression si extravagante dans les termes qu'emploie l'auteur, qu'il a jeté un inexplicable mystère sur toute l'œuvre. Il est vrai que dans la poésie aussi bien que dans le roman d'autrefois nous trouvons un ton d'affection plus ardente dans le langage de l'amitié qu'il n'est d'usage depuis, et pourtant nul exemple n'a été rapporté d'une tendresse aussi extasiée, d'une admiration amoureuse aussi idolâtre, que celles que le plus grand homme que la nature ait produit sous forme humaine prodigue à un jeune homme inconnu dans la majorité de ces sonnets... Malgré les fréquentes beautés de ces sonnets, le plaisir de leur lecture est considérablement amoindri par de telles circonstances ; et il est impossible de ne pas souhaiter que Shakespeare ne les eût jamais écrits.

Henry Hallam avait détruit les lettres d'Alfred à Arthur. Alfred savait très bien ce que le père d'Arthur craignait et soupçonnait, et pourtant il n'avait jamais laissé le père d'Arthur lire sur son visage, ni entendre dans sa voix, le moindre signe qu'il comprît ses soupçons, le moindre trouble. Il avait appris très jeune, très tôt, à voiler tout ce qu'il éprouvait, tout ce qu'il percevait de déplaisant en lui-même ou dans les autres, sous une impénétrable brume floue. Huit ans de suite il avait projeté des nuages flous d'encre noire en direction de sa bien-aimée Emily, comme une seiche qui bat en retraite. Il n'avait jamais, par le plus léger tressaillement d'irritation, répondu au message personnel qu'il avait détecté dans le texte de Henry Hallam et sa magistrale réprobation des sonnets de Shakespeare, et pourtant il avait dit maintes et maintes fois à d'autres gens que les sonnets étaient empreints de noblesse. Il était à présent sous le couvert d'un double voile, le voile flou de la distraction du génie et le voile épais de la respectabilité de son Temps, dont il était, d'une manière ou d'une autre, devenu un personnage exemplaire. Il y avait eu des moments difficiles quand il était plus jeune, quand les critiques avaient raillé ses expressions imprudentes, sa description de sa « chambre chérie... aux deux lits doux et blancs ». Quand les poèmes d'Arthur avaient été publiés pour la première fois, anonymement comme c'était encore, pour ainsi dire, le cas à présent, car il n'avait jamais laissé son nom paraître sur la page de titre, un critique avait écrit qu'il avait consacré « une grande somme d'art futile » à « un Amaryllis de la Chancellerie ». Il y avait maintenant presque davantage de vie dans la douleur cuisante de la blessure que cette expression bien tournée lui avait infligée que dans le souvenir du contact de la main d'Arthur. Si grand qu'ait été son succès, il n'avait jamais surmonté l'accablement dans lequel une critique féroce le précipitait. Un autre critique l'avait pris pour une femme. « Ces touchantes strophes sortent évidemment du cœur trop plein de la veuve d'un militaire. » C'était vrai, c'était vrai, il s'était donné le nom, à maintes et maintes reprises, de veuve d'Arthur, mais c'était seulement dans l'acception spirituelle où son âme, son *anima,* était endeuillée. Il croyait que toutes les grandes créatures humaines renferment en elles-mêmes les deux sexes, en un certain sens. Le Christ, le Fils de Dieu, l'objet, dans la « Theodicaea Novissima » d'Arthur, de l'Amour et du Désir Divins du Créateur, était à la fois mâle et femelle, en ce qu'il était Dieu incarné ; il était Sagesse et Justice, principes masculins, et Miséricorde et Pitié, principes féminins. Arthur et lui, ainsi le concevaient-ils, avaient tous deux des aspects féminins, car « pitié pleut bientôt en gentil cœur », ce qui ne faisait qu'accroître leur sensibilité poétique, leur énergie virile. Mais il existait des choses qu'il exécrait. Des choses qu'Arthur exécrait. Des choses dont il était sûr qu'elles plaisaient au diagnostiqueur de l'Amaryllis de la Chancellerie. Les hommes devaient être androgynes et les femmes gynandres, avait-il observé en quelques mots bien choisis, mais les hommes ne devaient pas être gynandres ni les femmes androgynes.

Il avait composé une épigramme « Sur un jeune homme qui faisait parade de manières efféminées » :

> Tant que l'homme et la femme sont inachevés,
> Je prise l'âme où l'homme et la femme sont joints,
> De toute la nature illustrant le dessein ;
> Mais, ami, la femme-homme n'est pas l'homme-femme.

Bien tourné, pensa-t-il, joliment dit. Une épigramme était une sorte de bonbon, un instant il n'y avait rien, et l'instant d'après vous l'aviez dans la bouche et le faisiez tourner sur votre langue, lisse et sucré. Les gens le prenaient pour un vieux bonhomme innocent, il s'en rendait bien compte. Ils le ménageaient, ils le protégeaient. Mais il en savait plus qu'il n'en disait, c'était une façon adroite de se comporter en cet âge corseté, et il était l'enfant d'un âge beaucoup moins innocent. Arthur et lui savaient tous les deux les tendances, et plus que les tendances, de l'élégant Richard Monckton Milnes, leur contemporain à Cambridge, dont l'intérêt pour les jeunes et beaux garçons ne cessait de mousser à la surface de ses propos et ceux de ses amis. Il savait aussi, par Arthur, quels appétits charnels poussaient William Gladstone à rôder la nuit dans les rues à la recherche de ces femmes-là, et à se repentir dans les affres par la suite. Un homme sensuel, avait dit Arthur de Gladstone, qui avait aimé le brillant Arthur à Eton, comme Alfred l'avait aimé à Cambridge. Arthur n'était pas un homme sensuel. Il aimait dans une aura romanesque. Lui-même avait écrit dans les poèmes d'Arthur :

> Il goûta l'amour à moitié,
> Sans boire à la source inviolée,

et il pensait que c'était là un jugement assez juste, il croyait qu'il aurait su si Arthur avait jamais, pour ainsi dire, franchi le seuil de l'imagination et pénétré dans le monde de la réalité charnelle.

Lui-même n'était pas non plus, considérait-il, un homme passionné, ses perceptions sensuelles étaient, pour ainsi dire, diffusées et mêlées dans toute la création, dans les petits bourgeons éclos et le roulement de la mer. Il avait trouvé l'acte d'amour — il fit glisser le bouton dans la fente de la boutonnière, l'en ôta, trouva une autre fente qui n'était toujours pas la bonne et fit froncer le tissu en une espèce de boucle — n'importe comment c'était très loin maintenant, Emily était depuis longtemps malade, inutile d'y penser. Il pensait s'être assez bien acquitté, il le pensait vraiment. Il avait éprouvé un grand épanchement d'affection, de calme et de partage, ce qui, soupçonnait-il, était moins que ce que les autres éprouvaient, d'une certaine manière, mais n'était ni désagréable ni inadéquat. Au goût d'Emily, il en était sûr. Pour être sincère, il y avait plus d'excitation dans l'espace qui séparait ses doigts de ceux d'Arthur, avec tout ce que cela supposait de la fulgurance d'une âme à l'autre, de la symétrie et de la sympathie de leurs pensées, de la conviction, que tous deux avaient éprouvée, qu'ils s'étaient en un sens toujours connus et n'avaient pas à s'apprendre comme le font les étrangers. Mais cela ne faisait pas d'eux des hommes comme Milnes. Ils étaient comme David et Jonathan, dont l'amour était merveilleux et excellait l'amour des femmes. Et pourtant David était le plus grand amateur de femmes de la Bible, David avait envoyé Urie à la mort afin de posséder Bethsabée, David était le plus viril de tous les héros. La froide perfection d'Arthur, son air de se suffire à lui-même avec une réserve ciselée, attirait les âmes plus agitées et tourmentées. Alfred savait que William Gladstone continuait en un sens à lui envier la perfection de ses rapports avec l'objet de leur adoration commune. Ils étaient mal à l'aise en présence l'un de l'autre, et pourtant unis autant par leur grande perte que par le fait qu'ils étaient tous deux des personnages éminents de leur temps. Gladstone était du type de David. Mais Arthur avait aimé Alfred. Il se rappelait Arthur lui montrant le brouillon d'une lettre qu'il avait envoyée à Milnes, lequel, en émotif qu'il était, lui avait fait la demande passionnée d'une amitié exclusive. Ce devait être en 1831. Le pauvre Arthur avait moins de deux ans à vivre à ce moment-là. Il avait tendu sa lettre à Alfred en lui disant : « Je ne sais pas si c'est bien de montrer à quelqu'un la lettre de quelqu'un d'autre. Mais je veux que tu voies ça, Ally, je veux que tu lises ce que j'ai écrit à Milnes en toute franchise. Ne dis rien, ne fais aucun commentaire, ça serait mal. Lis juste ce que j'ai écrit, et puis ma lettre sera cachetée et expédiée, et elle aura l'effet qu'elle pourra. J'espère que tu jugeras ma franchise justifiée. »

Je ne sache pas, mon cher Milnes, que, dans la haute acception que tu as coutume d'attacher au mot Amitié, nous ayons jamais été, ou puissions jamais être, des amis. Et pour parler plus à propos, je n'ai jamais imaginé que nous le puissions, et n'ai jamais eu le dessein de te le faire accroire. Je ne raille pas ce sentiment exalté – Dieu m'en garde – et ne crois pas qu'il appartienne au seul domaine de l'idéal. Je l'ai éprouvé, et il vibre en moi en ce moment même – mais ce n'est pas – pardonne-moi, mon cher Milnes, de te parler franchement – ce n'est pas pour toi. Mais les nuances de la sympathie sont innombrables, et misérable serait en vérité la condition de l'homme, si le soleil ne faisait tomber sur lui ses rayons que des cieux sans nuages d'un été tropical.

Leurs regards s'étaient croisés. « Tu vois, Alfred, avait dit Arthur. Est-ce que tu vois ? » Il voyait. Il avait écrit dans les poèmes d'Arthur, en connaissance de cause :

> Je t'aimais, Esprit, t'aime, et l'âme
> De Shakespeare ne peut t'aimer plus.

Il croyait que c'était vrai.

Il s'assit sur son lit et se remit à tripoter ses boutons mal boutonnés. Il avait froid aux jambes, elles avaient la chair de poule ; il frissonna dans sa chemise de nuit. Il eut conscience de son corps, avec la pitié épouvantée qu'il aurait pu éprouver envers un stupide bœuf condamné à l'abattoir, ou un gros porc aux yeux matois dont l'ample gorge est destinée au coutelas au milieu de ses grognements et gloussements. Quand il était plus jeune, quand Arthur était encore, pour ainsi dire, mort de la veille, il avait ressenti la cruauté de cette disparition dans chaque terminaison vivante de ses nerfs. Maintenant qu'il était un vieillard, il voyait que le jeune homme qu'il était se croyait éternel dans l'énergie et la fleur de son âge, dans sa poignée de main et son pas assuré, dans son inspiration et son expiration, toutes choses problématiques désormais. Il approchait de l'anéantissement, si passager qu'il le crût devoir être, il en approchait pas à pas, et à chaque pas il voyait sa pauvre chair comme une créature étrangère dont il était responsable. Et à chaque pas la terreur d'être simplement mouché comme une chandelle, comme une infime créature, grandissait. Dans leur jeunesse ils avaient chanté à l'église qu'ils croyaient en la résurrection des corps et la vie éternelle. Il imaginait qu'il avait pu exister un temps où le corps de l'Église tout entier croyait triomphalement et sans conteste en la reconstitution des atomes de poussière, le réassemblage des éclats d'os et des écailles de cheveux tombés, au son de la dernière trompette, mais c'était du passé aujourd'hui, et les hommes avaient peur. Jeune homme, il s'était presque évanoui une fois, en se promenant dans Londres, il avait presque défailli en se rendant compte que la totalité des habitants giseraient morts cent ans plus tard. Les hommes voyaient aujourd'hui ce qu'il voyait, la terre entassée et amoncelée de choses mortes, plumes chatoyantes brisées, papillons de nuit ratatinés, vers étirés, mâchés, découpés et dévorés, bancs nauséabonds de poissons jadis chatoyants, perroquets desséchés et peaux de tigre étendues flasques devant les cheminées, les babines retroussées et l'œil vitreux, des montagnes de crânes d'homme mêlés à des crânes de singe, des crânes de serpent, des mâchoires d'âne, des ailes de papillon, moulus en humus et en poussière, ingurgités, vomis, emportés par le vent, détrempés par la pluie, absorbés. Vous voyiez une chose, la nature, croc et griffe ensanglantés, la poussière, la poussière, et vous en croyiez une autre, ou disiez la croire, ou tentiez de la croire. Car si vous ne croyiez pas, que signifiait tout, alors, la vie, l'amour, la vertu ? Sa très chère Emily était épouvantée qu'il conçût de pareils doutes.

Il avait mis un joli compliment à elle destiné dans les poèmes d'Arthur.

> Tu me le dis, mais sans mépris,
> Doux cœur, toi dont le regard bleu
> S'embue à la mort d'une mouche,
> Tu dis, le doute est fils du Diable.

Il avait poursuivi en louant les affrontements d'Arthur avec ses Doutes :

> Foi perplexe et conduite pure,
> Il sut trouver son harmonie.
> Il existe en un doute honnête
> Plus de foi qu'en maintes croyances.

Mais lui-même avait observé les mouches qui se noient avec une angoisse qui lui était propre. Les mouches étaient vivantes, elles luttaient et vrombissaient, elles étaient mortes. Elles étaient des corps et la vie était en elles, elles décrivaient le bord de la cruche d'eau, elles bourdonnaient, elles n'étaient plus rien. Et Arthur, si brillant de vie ? S'il avait connu la mort d'Arthur, véritablement connu la mort du corps d'Arthur, au temps où il avait connu la vie d'Arthur, il n'aurait pas pu l'aimer, ils n'auraient pas pu s'aimer. Il avait découvert cela, non pas en y réfléchissant, mais en l'écrivant. Il n'était pas intelligent comme Arthur. Il était incapable de mettre un raisonnement par écrit, fût-ce au prix de sa vie, incapable de bâtir une théorie ou de défendre une position. Il avait été un membre stupide des Apôtres, un objet décoratif sur la cheminée, lançant de sobres et furtives facéties, récitant des vers, acceptant l'hommage rendu à son grand don, qui paraissait n'être sien qu'en partie, quel que fût son être véritable. Mais il avait réfléchi, à l'amour et à la mort, ces impitoyables abstractions, sous cette forme astucieusement innocente qu'il avait trouvée pour les poèmes d'Arthur, une forme qui paraissait si directe, simples chansonnettes ou mélopées douloureuses, mais qui se frayait instinctivement une voie à travers un raisonnement par des déplacements et des décalages d'idées et de sentiments, s'arrêtant, repartant, une rime embrassée dans une autre, et pourtant allant tranquillement et inexorablement son chemin. En ce cas, depuis l'Amour abstrait personnifié jusqu'à la pure sensualité animale, qui continuait à chanter doucement.

Mais si une voix qu'on pût croire
Murmurait de l'étroite tombe,
« Les joues se cavent, le corps s'arque,
Nul espoir en mort et poussière »,

Ne pourrais-je dire, « Et pourtant,
Fût-ce une heure, Amour, je m'efforce
De garder en vie ta douceur » ?
Mais, prêtant l'oreille, entendrais

Les plaintes de l'errante mer,
La voix des ruisseaux prompts ou lents
A ronger les monts millénaires
En poudre de mondes futurs ;

L'Amour répondrait, soupirant,
« Le chant de la rive oublieuse
Détruira toute ma douceur,
De se savoir mortel on meurt ».

Ah ! quels bénéfices tirer
D'un vain débat ? Et si d'emblée
La Mort est vue, l'Amour n'est plus,
Ou captif en d'étroites bornes,

Simple union d'humeurs alanguies,
Ou, forme grossière, un Satyre
Qui broye le raisin et lézarde,
Danse ou ripaille au fond des bois.

Depuis qu'il était devenu un personnage éminent il s'était mis, avec une certaine maladresse, en particulier lorsqu'il avait bu trop de porto, à faire de grandes déclarations. Il aimait à dire – tout en regardant ses amis, ses visiteurs, son dévoué fils se saisir d'un calepin et d'un crayon – des choses comme « La matière est un plus grand mystère que l'intelligence. Ce qu'est une chose telle que la pensée séparée de Dieu et de l'homme, je n'ai jamais été capable de le concevoir. La pensée me semble être la réalité du monde ». Il se fourrait dans un très mauvais pas s'il essayait de broder sur de tels oracles, et disait alors, en termes évasifs dont il espérait l'embrouillement attachant, qu'il n'était pas théologien. La pensée était un mot fuyant et une chose insaisissable. Il aimait la sonorité d'esprit, antique mot, l'esprit en l'homme, l'esprit qui s'était fait homme, le Saint-Esprit, les esprits sur lesquels il avait écrit sa conférence aux

Apôtres, mais la pensée allait se fourrer dans toutes sortes de difficultés et d'arguties. Il hochait férocement la tête lorsque ses amis fustigeaient le matérialisme crasse du temps, mais son imagination était excitée par la matière, par l'épaisse solidité de la quantité immensément superflue de chair, de terre, de végétation, qui était ou n'était pas animée par l'esprit. « La surabondante profusion qui règne aussi dans le monde animal m'épouvante – avait-il écrit – de la luxuriance de la forêt tropicale à la capacité de l'homme à se multiplier, en une cascade de bébés. » Si les hommes n'étaient pas des intelligences angéliques, ses propres pensées étaient de simples étincelles électriques émises par la masse pâle, la glaise gluante, de sa chair vermiculaire.

> Je crois n'avoir parlé en vain ;
> Nous ne sommes pas que cerveaux,
> Magnétiques semblants ; tel Paul
> Les bêtes, j'ai bravé la mort.
>
> Ni ne sommes qu'adroits moulages...

Il savait suffisamment quel effet cela produit de sentir que l'on est son corps. Sois près de moi, avait-il exhorté son ami mort, quand ma lumière faiblira, quand mon sang se glacera et que les nerfs me cuiront. Il savait ce que l'on pouvait faire de mots tels que « glacer » et « cuire », il savait rendre concrète l'horrible vision du monde de cauchemar où

> Des faces crispées fuient en foule...
> La masse choit encore en vie,
> Sur la rive infinie s'étire.

De beaux mots épais, oui, épais, « crispées », « masse », « s'étire ». Comme « broye » et « ripaille ». Effrayants et séduisants. Mais l'autre, le monde de l'esprit, de la lumière, résistait au langage et demeurait plus éphémère qu'éthéré. « Qui me délivrera de ce corps de mort ? » avait demandé saint Paul éperdu. Paul était un homme qui connaissait bien la masse des nerfs et l'esprit pris au piège de leurs trop solides rets. Saint Paul avait parlé de l'homme ravi jusqu'au troisième ciel, « si ce fut en son corps, je ne sais ; si ce fut sans son corps, je ne sais ». Quant à lui, Alfred Tennyson, il pouvait échapper à lui-même en entrant dans une sorte de transe éveillée, et par la plus étrange des méthodes, la répétition régulière de deux mots, son propre nom, jusqu'au moment où cette pure concentration sur son être semblait paradoxalement détruire les bornes de cet être, de cette conscience, tant et si bien qu'il était tout, qu'il était Dieu, et ce n'était pas là un état de confusion, mais le plus clair d'entre les plus clairs, le plus mystérieux d'entre les plus mystérieux, absolument au-delà de toute expression, où la mort était presque une impossibilité risible, la perte de la personnalité (s'il en était ainsi) ne semblant pas être une extinction mais la seule véritable vie. Il connaissait la perte de la conscience aiguë sous maintes formes, avait redouté l'épilepsie familiale dans sa jeunesse, avait erré dans la brume comme le héros de sa propre *Princesse* ou les armées en bataille de la *Morte d'Arthur*, mais cette perte de son propre être dans la psalmodie de son propre nom était différente. Il avait essayé de la dépeindre dans les poèmes d'Arthur, espérant, comme Dante au début du *Paradiso*, s'adresser à ceux qui avaient une idée de ce que sortir de soi représente.

> Transumanar significar per verba
> Non si poria : pero l'esiempio basti
> A cui esperienza grazia serba.

Les aspects « transcendantaux » des poèmes d'Arthur lui causaient une certaine insatisfaction, qui était à un premier niveau une insatisfaction artisanale : ils ne lui procuraient pas cette impression de justesse, si intimement liée au plaisir des sens, que lui donnaient les passages désespérés, ou bien encore l'exactitude des arbres, des oiseaux, des jardins et des rivages qui apparaissaient et disparaissaient comme des visions précises. Il avait travaillé et retravaillé les vers qui tentaient de faire comprendre la « transe éveillée ».

> Ainsi, en chaque mot ou rime,
> Du passé me touchait le mort,
> Et soudain me parut qu'enfin
> Fusait en moi une âme en vie ;
>
> Mon âme ainsi lovée vira
> Dans des empyrées de pensée,
> Atteignit ce qui est, battit
> A l'unisson de l'univers,
>
> Aux rythmes éternels qui scandent
> Marche du Temps, chocs du Hasard,
> Coups de la Mort. Enfin ma transe
> Cessa, transpercée par le doute.

Mots vagues ! mais comment former
Des mots de matière moulés,
Ou même atteindre en ma mémoire
Le sens de ce que je devins ?

Dans la nuit grise reparurent
Les coteaux où luisaient, paisibles,
Les vaches blanches, et les arbres
Cernaient le pré de leurs bras sombres.

La composition de ces deux vers à propos des âmes mêlées l'avait considérablement embarrassé. Quand il avait livré son poème au monde pour la première fois, leur version était autre.

Du passé me touchait le mort,
Et soudain me parut qu'enfin
Fusait en moi son âme en vie,

Mon âme en lui lovée vira...

Il avait modifié ce passage. Il avait eu le sentiment que la version initiale donnait une fausse impression. Il croyait que sa transe signifiait bel et bien qu'il virait, lové dans la Grande Ame, dont peut-être Arthur et lui faisaient partie tous deux. Ils avaient parlé ensemble des raisons qui font que l'*Inferno* de Dante possède une puissance tellement plus irrésistible que le *Paradiso,* et avaient décidé que cela avait un rapport avec la nature inévitablement sensorielle du langage, des mots, qui étaient souffle, langue, dents, et les mouvements de « ma main, scribe agissant », sur la page blanche, laissant sa trace noire. Il voulait profondément qu'Arthur fût comme la Béatrice du Paradis de Dante. Il imaginait Arthur disant :

« Tu as du mal à le comprendre :
Je triomphe dans une extase
Où tout trouve une heureuse issue. »

Et vite, vite, la vie propre du poème s'insinuait dans la vérité de la restriction.

Je tiens commerce avec le mort ;
Ainsi parlerait-il, je crois ;
Ma douleur de symboles joue,
Mon abattement, de chimères.

Mais ce n'était pas Béatrice, c'étaient les amants maudits, Paolo et Francesca, aux âmes entrelacées dans leur vacillante flamme infernale, qui avaient éveillé tant de pitié, tant de plaisir sensoriel, en des générations de lecteurs de Dante.

La vie de son poème était dans les paisibles vaches blanches et le pré entre les bras sombres des arbres. Il était fier de la belle formule « Des mots de matière moulés » – qui disait à elle seule tout ce qu'il voulait dire de la substance indocile, de la masse obstinée, du corps du langage, et donc de son poème, des poèmes d'Arthur. Et « moulés » était un bon mot, il vous faisait penser. Il vous faisait penser à ce corps de mort, d'argile moulée, modelée, de choses pourrissantes et moulues. C'était l'art, c'était la décrépitude. Pas seulement d'habiles moulages d'argile, il avait décrit en ses moments de doute les tics magnétiques de la masse cérébrale, et pourtant ailleurs il avait ajouté à son idée de « ce qui *est* » les mains du potier.

> Ce que je suis revit encore
> Ce qui *est,* incompris de tous ;
> De la nuit sortirent les mains,
> Qui se tendent pour pétrir l'homme.

Moule, mouler, modeler, pétrir. Moudre, moulu, pourrir. Dieu donnant vie à l'argile, Dieu, ou qui que ce fût, brisant à nouveau le tout.

> Et si cet œil qui voit le vice
> Et la vertu, et qui perçoit
> En l'arbre vert l'arbre pourri,
> La tour tombée dès que bâtie –

C'était un magnifique vers, pensa-t-il, la terreur de cet œil qui voit simultanément la matière dont est pétri l'arbre vert et les germes de son pourrissement qui y sont contenus ; il y avait en quelques mots la terreur de la mortalité et celle de l'éternité dépourvue de signification. « Hélas ! tes plus beaux chants se taisent / A la vue d'un if pourrissant... Sa fibre ceint la tête inerte, / Sa racine enlace les os. » Il avait créé des images merveilleusement poignantes de ses propres cris poétiques de chagrin, en recourant à des choses aussi naturelles qu'un chant d'oiseau, la roulade qui prend forme dans une gorge emplumée, « Brèves envolées d'hirondelles / En purs sanglots à tire-d'aile ». « Je chante car chanter je dois, / Et siffle comme les linottes. » Un seul pas séparait le chant des animaux du désespoir d'un tout petit enfant pleurant dans la nuit, sans autre langage qu'un cri.

Il tripota une nouvelle fois ses boutons, écartant sa barbe dont les poils étaient pris dans ses doigts émoussés, dans l'os blanc des boutons. L'esprit ne signifie pas davantage que le souffle. Il y avait longtemps qu'il n'avait pas été poussé à repasser tout cela dans sa tête, à reprendre les vieux combats, à souffrir des vieilles douleurs. O regret ultime, le regret peut mourir. Le regret était comme lui, courbatu, endolori, réagissant moins vite aux stimulations ; Arthur était parti si loin, et son regret et lui se rapprochaient d'Arthur, ou de l'anéantissement, *pari passu*, avec moins d'aisance qu'autrefois, et plus de mauvaise grâce à entendre l'appel. Ce n'était pas l'entière vérité, la vérité était qu'Arthur et lui s'étaient infiltrés dans son poème, étaient devenus une part de sa substance, il pensait parfois que c'était une sorte de demi-vie, de demi-vie de matière moulée, quelque chose qui n'était pas indépendant, mais qui n'était pas non plus une part de chacun d'eux, pas une poignée de main, mais une espèce de parasite vigoureux, comme le gui sur les chênes mourants, le gui aux baies laiteuses et aux mystérieuses feuilles toujours vertes. Il avait eu toutes sortes d'inquiétudes et de mauvaises pensées au sujet de son poème. Peut-être s'en servait-il pour maintenir en vie un souvenir et un amour qu'il eût été plus courageux et plus viril de laisser en repos. Peut-être se servait-il, d'une manière condamnable, oui, se servait-il de son bien-aimé à son propre profit, au bénéfice de sa propre gloire ou, plus subtilement encore, pour créer quelque chose de fantastiquement beau grâce à l'horreur de la dissolution d'Arthur, qu'il eût été plus sage, plus honnête, de regarder en face, en une souffrance muette, véridique, incapable de comprendre, jusqu'au jour où son éclat douloureux, ou bien se serait éteint comme un feu qui a fini de se consumer, ou bien l'aurait obligé à baisser les yeux. On ne pouvait faire d'un homme un poème – ni de celui qui chante, ni de celui qui est chanté – ni de la gorge mélodieuse, ni du cadavre silencieux.

Et pourtant ! et pourtant ! et pourtant ! S'il y avait une chose au monde dont il était sûr, c'est que son poème était beau, et vivant, et vrai, comme un ange. Si l'air était empli des voix spectrales de ses pères, son poème les laissait lancer à nouveau leurs chants, Dante et Théocrite, Milton et Keats trop tôt disparu, dont le langage était la vie future. Il le voyait comme une cage circulaire qui virait sur elle-même et à l'intérieur de laquelle il était un oiseau captif, une cage en forme de globe cerclé des lignes lumineuses des horizons de l'aurore et du crépuscule. Il le voyait comme une sorte de monde, un globe lourd virant à travers l'espace, un globe clouté de tout ce qui existe, les montagnes et la poussière, les marées et les arbres, les mouches, les larves et les dragons dans leur fange, les hirondelles, les alouettes et les pigeons voyageurs, la nuit noire et l'air en été, les hommes, les vaches, les nouveau-nés, les violettes, liés tous ensemble par des fils de langage vivant comme de forts câbles de soie, ou de lumière. Le monde éclatait, glissait, se dilatait jusqu'à perdre toute forme, et c'était de cela même que son poème offrait une image formellement merveilleuse.

> Ma pâle vie devrait m'apprendre :
> A tout jamais vivra la vie,
> Ou la terre est noire en son centre
> Et tout n'est que poussière et cendre ;
>
> Ce globe vert, cet orbe en flammes,
> Chimérique beauté, qui hante
> Un Poète éperdu, œuvrant
> Sans conscience ou bien sans dessein.
>
> Que serait Dieu pour tel que moi ?
> Que m'importerait de choisir
> Parmi toutes choses mortelles,
> Ou patienter avant la mort.
>
> Mieux vaudrait sombrer dans la paix
> Tel l'oiseau qu'un serpent fascine,
> Et m'engouffrer, tête en avant,
> Dans le néant noir, puis cesser.

Il avait peur – terriblement peur – des tentations de surestimer l'Art. L'Art était ce qui lui venait aisément et furieusement, il connaissait la tentation d'un travail éperdu, sans conscience ou bien sans dessein, celle de lancer son chant comme le Rossignol. Son ami Trench lui avait dit à Cambridge, avec à la fois la gravité d'un Apôtre et l'humour d'un taquin : « Tennyson, nous ne pouvons pas vivre dans l'Art ! » Il avait écrit « Le Palais de l'Art » pour Trench et Hallam, et y avait dépeint son Ame, pour laquelle il avait bâti une seigneuriale maison de plaisance, une haute tour sur une montagne à pic, où elle pouvait fièrement trôner

> Tout à la joie de se sentir en vie,
> Régnant sur la nature et le monde visible,
> Régnant sur les cinq sens,

et déclarer

> Je trône comme Dieu sans aucune croyance
> Mais les contemplant toutes.

Mais cette âme chimérique avait été précipitée du haut de sa tour dans un monde de cauchemar, et lui-même avait dit à Trench, avec ferveur : « La vie divine est avec l'homme et pour l'homme », et lui avait envoyé son allégorie avec un poème de dédicace qui disait

> Celui qui exclut l'Amour sera à son tour
> Exclu par l'Amour et, couché devant la porte,
> Il hurlera dans les ténèbres extérieures.
> Ce n'est à ce dessein qu'une poignée de terre
> Fut modelée par Dieu et trempée dans les larmes
> Des anges pour créer parfaite forme humaine.

Et voilà que resurgissait l'argile dont sont pétries et modelées les créatures. On écrivait une chose facilement quand on était jeune, et plus tard on voyait à quel point elle était difficile. Enfant, il avait été frappé par un des livres de son père qui racontait comment Gabriel et les anges compatissaient à la détresse de la terre redoutant d'être impliquée dans la faute de l'homme. Les anges avaient pétri l'argile pendant quarante jours pour lui donner forme humaine. C'était l'une des sources de son intérêt pour l'argile dont l'homme est modelé. Il y en avait d'autres, bien entendu. Le spectacle de son père présidant aux enterrements à Bag Enderby et Somersby, d'un air revêche, d'une voix de stentor, et sans avoir toujours quitté les vignes du Seigneur. L'argile des parois des tombes, tranchée par la pelle du sacristain, mouillée par la pluie (lui-même avait ajouté les larmes des anges). A présent il y avait Darwin, qui fouillait la vie du ver de terre, qui rejetait de toutes parts argile et humus. De la terre, terrestre, le genre humain. Mais aussi, tout de même, le globe vert, l'orbe en flammes, existaient. Arthur avait aimé le Rossignol dans son poème des *Mille et Une Nuits,* « Hors de tout, suspendant le temps » dans son chant. Et le Rossignol avait trouvé une voix pleine de défi dans son poème pour Arthur. En opposition, non seulement avec les oiseaux qu'attire le serpent charmeur, mais aussi avec ceux qui sont gentiment innocents, « Et siffle comme les linottes », ou avec l'idée que langage et chant sont de tristes narcotiques, calmant la douleur.

Le Rossignol était la voix secrète de l'Art dans lequel Trench lui avait dit qu'il ne pouvait pas vivre. A présent qu'il était vieux, il était, en quelque sorte, davantage tenté d'y vivre à nouveau, comme l'enfant avait vécu dans les *Mille et Une Nuits*. Parfois il voyait sa chère Emily, son dévoué Hallam, ses milliers d'admirateurs, de flagorneurs, de gens qui ne cessaient de demander des choses, comme des ombres lancées dans une course à flanc de coteau, et il entendait les voix des invisibles comme la seule réalité.

> Oiseau, dont le babil limpide
> Chante l'Éden dans la haie vive,
> Dis-moi où se fondent les sens,
> Dis-moi où les passions s'unissent
>
> Pour rayonner ; l'extrême ardeur
> Emplit ton cœur sous la feuillée,
> Et au tréfonds de la douleur
> Ta passion dit la joie secrète ;
>
> Ma harpe prélude au malheur,
> Je n'en puis maîtriser les cordes,
> La gloire du grand tout des choses
> Vibre en mes accords et s'éteint.

« La gloire du grand tout des choses » était une belle formule. Il avait écrit rhétoriquement – touche *shakespearienne* – à Arthur, en lui disant que sa

> connaissance de la Mort
> En rend sa nuit belle de toi.

Mais il avait rendu son poème beau de la mort d'Arthur et il craignait que cette beauté même ne fût une chose inhumaine, animale et abstraite à la fois, de matière moulée et chimérique.

Une longue pensée qui emprunte des voies habituelles peut passer en un éclair, comme si les images, les rencontres, les souvenirs douloureux et les intensités lumineuses dont elle est faite étaient roulés en une boule compacte, non pas enfilés comme les perles d'un collier, et puis étaient lancés à toute vitesse, d'un seul coup, dans les tunnels du cerveau. Il n'avait toujours pas réussi à glisser son bouton dans la fente. Il y renonça et approcha sa bougie du miroir, tout en sachant que prendre repère sur le reflet des boutonnières dans le miroir pouvait être aussi désorientant que de les palper. La flamme, en face de la flaque noire du miroir, s'enfla, flamboya, blanche, jaune brouillé, dans un brusque courant d'air, et il vit une traînée sombre de fumée s'éloigner en arrière par-dessus son épaule. Il posa le bougeoir sur la table de toilette et se vit tel un diable barbu, aux yeux étincelants sous des sourcils broussailleux, montrant des dents jaunes entre des bouclettes de poils. Il vit la forme de son crâne sous la chair délicate et son enveloppe de peau étirée et ridée. Il vit les énormes fosses osseuses au fond desquelles ses yeux étaient des brillants aux reflets sombres – gelées humides, se dit-il, prenant pitié de ses cils qui s'éclaircissaient, examinant les cavernes de ses narines. Il vit son souffle invisible sortir en volutes de sa bouche, altérer la flamme de la bougie, mêler des boucles vacillantes à son panache de fumée. Elle montait en oscillations et jets incontrôlés, la petite lumière. L'esprit ne signifie pas autre chose que le souffle.

Ce beau visage en décomposition me fixe. Il toucha ses joues. Glaciales. Ce corps de mort. Il lui dit : « Alfred Tennyson. Alfred Tennyson. » Aucun des deux, ni l'observateur enfoncé dans sa chaleur animée, ni le spectateur spectral et glacé, n'était ce que tout le monde concevait être Alfred Tennyson. « Alfred Tennyson, Alfred Tennyson, Alfred Tennyson », dit-il, et puis, plus vite, plus nerveusement, « Alfred Tennyson, Alfred Tennyson », les détruisant tous deux chaque fois qu'il nommait ce rien, cette incohérente et terriblement éphémère concaténation de nerfs et de pensée. Prenant pitié de sa gorge blanche, dont la peau était aussi innocente que celle d'un bébé sous l'ourlet de la chemise, il finit par boutonner son bouton, de ces doigts gourds qui ne lui appartenaient plus. Toute la chambre, l'espace entier, tournoyait vertigineusement autour de lui. Il s'écarta de lui-même dans un grand mouvement de ses bras, aplatissant la flamme avec les manches de sa chemise de nuit, produisant une odeur infecte de toile roussie et de cire qui goutte. Il chancela vers son lit, dans lequel il s'écroula maladroitement, sachant bien qu'il n'était pas en train de perdre conscience mais de se perdre lui-même. Son matelas de plumes bougea et gonfla sous ses os, sa boîte crânienne s'enfonça dans les plumes de son oreiller qui bougea et soupira. Il était un sac d'os soutenu par un sac de plumes arrachées. Il était léger comme l'air, il était légèreté et air. Les voix chantaient, les voix chantaient. Il avait eu peur, maladivement peur de cette perte de cohérence, quand il était jeune, il avait subi maintes et maintes fois ce mal de la chute. D'abord l'aura trop brillante, puis la chute vertigineuse et le hurlement, comme l'Ame dans le Palais de l'Art. Il avait écrit un poème, *Le Mystique,* en 1830. Il se le rappelait, vers après vers :

A lui les anges ont parlé, montré des trônes...
Sans cesse devant lui se dressaient, nuit et jour,
Sous formes capricieuses aux couleurs changeantes,
Leurs impérissables, leurs sereines présences
Colossales, sans ni forme, ni sens, ni son,
Ombres vagues, mais présences inaltérables,
Le visage tourné aux quatre coins du ciel ;
Et trois ombres pourtant, qui en affrontent une,
Une en avant, une en respect, à trois contre une...
Une ombre au beau milieu d'une grande lumière ;
Une image de l'éternité sur le temps ;
Une figure puissante au calme parfait,
Au terrible regard qui ne varie jamais...
Lui, souvent éveillé sur sa couche, et pourtant
Séparé de son corps ainsi que détaché
De ses entendement, faculté et vouloir,
Entend le flux du temps au milieu de la nuit,
Et les choses qui vont vers un jour de colère.

Sophy Sheekhy vit le terrible visage, dont les lumières flamboyaient, dont la fumée et les cavernes osseuses semblaient la fixer à travers une fenêtre invisible dans sa chambre. Le poids mort et glacé semblait peser toujours davantage sur elle, l'écrasant au point qu'elle ne pouvait remuer ni le plus petit muscle, ni un seul cil, ni sa gorge sèche pour déglutir. La langue épaisse marmonna avec difficulté, tout près de son oreille, « Que vois-tu ? » et elle vit, comme à travers une vitre très épaisse, la forme du vieillard en chemise de nuit tituber vers son lit, s'étendre de tout son long sous les plis de ses draps, et puis elle vit une espèce de brume de filaments tournoyants émaner de cette forme, comme une larve blanche tissant un cocon. Les filaments brillants émanaient de la bouche et s'entortillaient autour du visage, d'abord transparents, plus denses ensuite, laissant seulement un profil aux lignes rudes progressivement aplanies, et le tournoiement continua jusqu'au moment où la forme tout entière fut enveloppée comme une espèce de long paquet de matière entrelacée et brillante, un paquet immobile et pourtant rutilant, remuant, animé et brillant.

« Je ne peux pas dire ce que je vois.

– Tout est – flou. Je – ne peux pas – voir. »

Elle sentit qu'il s'agrippait à elle. Les doigts, tout en se désintégrant, essayaient de forcer sa chair comme des racines à la recherche d'un terrain avantageux. Elle pensa qu'elle avait déjà connu la peur au cours de transes, mais que cette peur n'était rien comparée à ceci, pitié et peur, peur et pitié, chacune rendant l'autre plus dure à supporter. Il voulait se nourrir de sa vie, et il envahissait de sa propre mort les fibres mêmes de ses nerfs. La pensée l'effleura que jamais plus, jamais plus, elle n'essaierait d'entrer en présence des terribles morts, et que cette fois-ci également les lieux sombres et silencieux en elle étaient jusqu'au tréfonds remués de terreur aussi, sa terreur à lui, sa terreur à elle, la terreur de la vie arrachée de sa chair, la terreur de l'énergie de l'amour pour ce qu'il pourrait rester après quoi. Il était en train d'être détruit, défait, et elle ne pouvait pas, gisant là, le maintenir entier entre ses bras, ni entendre sa voix lui parler plus longtemps à l'oreille, il n'avait plus de visage, ni de doigts, il était une masse froide comme l'argile, sans air, infecte, lui emplissant la bouche et les narines.

XI

Le jour de l'Ange était lourd de l'approche d'une tempête. Mme Papagay et Sophy Sheekhy avançaient le long du Front de Mer entre des flaques noires et miroitantes, ridées par le vent, et des plaques gris mat. Un vent humide et coupant soufflait par rafales sous leurs jupes et il leur fallait se cramponner à leurs chapeaux qui menaçaient de s'envoler et de filer droit vers la mer. Des oiseaux blancs fondaient, criaillaient, caquetaient, dansaient avec insouciance sur les vagues d'ardoise striées de sable, ou se pavanaient avec arrogance dans les flaques. Sophy regarda leurs pattes froides dans l'eau froide, leurs pattes griffues et ridées, et frissonna. Mme Papagay huma l'air salin et demanda à Sophy si elle se sentait mal. « Vous avez une mine de papier mâché, ma chérie, votre peau a une teinte grise qui ne me dit rien qui vaille, et je vous trouve très-éteinte. »

Sophy dit avec une prudente réserve qu'en effet elle ne se sentait pas très bien. Elle dit, presque dans un murmure, le vent emportant ses paroles, qu'elle n'était pas sûre d'être en état de supporter l'épreuve de la séance. Mme Papagay s'écria bravement : « Je prendrai soin de vous, je volerai à votre secours dès l'instant où je vous verrai en détresse. » Sophy marmonna qu'il n'était guère facile de sauver quelqu'un des esprits. C'était un poids dans la tête, dit-elle en agrippant, d'une main aux articulations blêmes, le bord de son chapeau qui luttait contre le vent. « Il se peut », dit-elle à Mme Papagay en l'arrêtant et en la regardant bien en face tandis que la mer se soulevait derrière elles, « il se peut que nous ne soyons pas supposés, que nous ne soyons pas censés passer notre temps à essayer d'entrer en contact avec eux. Avec eux, madame. Il se peut que cela soit contre nature. » Mme Papagay répondit vigoureusement qu'il s'agissait, ainsi qu'on le leur avait enseigné, d'une tendance naturelle des êtres humains dans la plupart des sociétés, que de souhaiter parler avec les morts. Considérez Saül et la Sorcière d'Endor, dit Mme Papagay, considérez Ulysse offrant à Tirésias des coupes remplies de sang, considérez les Peaux-Rouges qui vivent paisiblement au milieu des esprits de leurs ancêtres. On exhortait sans cesse les spirites à considérer les Peaux-Rouges, dont ceux des esprits qui savaient l'anglais visitaient régulièrement tant de salons en Grande-Bretagne, au milieu des têtières et des perroquets empaillés dont ils devaient avoir du mal à comprendre l'usage. Mme Papagay était inquiète de ce que Sophy, habituellement si placide, se fût arrêtée en pleine tempête pour exprimer des doutes. Elle glissa un coup d'œil sous le bord du chapeau de Sophy et vit que la jeune fille avait les yeux emplis de larmes. « Sophy, ma chère enfant, dit-elle, vous ne devez jamais, au grand jamais, vous laisser induire à faire quoi que ce soit de contraire à votre nature, quoi que ce soit que vous ne soyez pas en état de supporter. Nous pouvons gagner notre vie d'une autre façon, nous pouvons prendre des pensionnaires ou faire des travaux de couture. Nous en reparlerons. »

A travers ses larmes Sophy contempla l'eau gris fer, la ligne cahotante de l'horizon, le ciel gris fer. L'écume blanche, et les oiseaux blancs, et les franges blanches des nuages chassés par le vent, qui tous voguaient dans le ciel gris. Elle dit : « Vous êtes très-bonne et je vous en suis très-reconnaissante, à vrai dire je vous aime pour votre bonté, et n'ai pas la moindre intention de vous mettre dans l'embarras. J'ai moins peur, maintenant que j'ai parlé. Je serai heureuse de continuer. »

Le vent souffla avec un bruit perçant, et sa plainte tourna en dérision ces sobres paroles de confiance humaine. Les deux femmes se prirent le bras et s'appuyèrent l'une sur l'autre, puis elles avancèrent ainsi unies dans la bourrasque et gagnèrent la ville.

Dans la maison régnait une atmosphère de mauvaise humeur et de contrainte qui assaillit Mme Papagay dès qu'elle y entra. Elle n'avait pas revu M. Hawke depuis leur malheureuse discussion sur le mariage dans le ciel, et craignait que, pour le moins, ses plumes ébouriffées n'eussent besoin d'être lissées. Elle vit immédiatement que c'était pire que cela. Il était assis dans un coin, et faisait à Mme Jesse et à Mme Hearnshaw un cours sur la perception physique que Swedenborg avait eue d'esprits mauvais, qui persistaient à penser que leur couleur noirâtre et leur odeur fétide étaient l'air le plus pur et que leur aspect répugnant était beau, et qui « s'accrochaient bel et bien à la partie correspondant en lui à leur propre place dans le Divin Humain et émettaient des sensations d'angoisse ». Il avait apporté à Mme Jesse un gros bouquet blême de roses de serre, que la bonne avait mis dans une coupe en argent au centre de la table. Il salua l'arrivée de Mme Papagay et de Sophy Sheekhy d'un simple signe de tête. L'état de Mme Hearnshaw la rendait nauséeuse. Elle portait fréquemment un mouchoir de dentelle à ses lèvres et tenait la main gauche pressée sur ses côtes, sous sa poitrine, comme pour retenir ensemble, dans son corps, ses émotions et son enfant à naître. Mme Jesse paraissait, quant à elle, crispée et lasse. Le capitaine, pour une fois, ne parlait pas. Il se tenait devant la baie vitrée, sa crinière blanche cerclée par les reflets de la lampe à huile, et contemplait la nuit qui s'épaississait, comme si, pensa Mme Papagay, sa véritable place avait été là-bas, dans la tempête.

Ils s'assirent autour de la table dans un silence chargé d'appréhension. Le visage de M. Hawke, rouge en toutes circonstances, était rendu encore plus rouge, comme une pomme d'api, comme un chérubin en colère, par les reflets du feu. Il ne laissa Mme Papagay dire aucun mot d'introduction, mais déclara qu'il avait des choses solennelles à leur communiquer au moment où ils préparaient leur esprit à recevoir des messages du monde des esprits et des anges. Il avait pensé, dit-il, à la nature singulièrement matérielle du témoin swedenborgien et à sa relation avec la foi spiritiste. Il avait été très frappé, en lisant pour la première fois le récit des voyages de Swedenborg au Ciel et en Enfer, par la prétention du sage à avoir enseigné aux anges du ciel maintes vérités. Mais pourquoi n'en serait-il pas ainsi ? Un homme qui vivait dans deux mondes à la fois pouvait, par sa dualité même, apprendre et enseigner des choses que l'habitant d'un seul monde ne pouvait soupçonner. Les anges ne savaient pas, ils ignoraient avant la visite de Swedenborg ce qu'était la matière, et qu'elle différait de l'esprit. Ce fut seulement quand un homme survint, un homme capable d'embrasser à la fois la matière et l'esprit, et leur différence, qu'une expérience leur fut donnée qui leur enseigna ce qu'est cette différence. On pouvait soutenir que la visite de Swedenborg constituait une sorte d'expérimentation, d'expérimentation scientifique, pour les cohortes angéliques, une expérience positive, positive et aussi utile aux archanges et aux anges qu'aux chimistes, aux philosophes et aux ouvriers. De fait, en toute sagesse, il n'y a pas substance mais *fait,* rien de si divin que l'expérience. C'est pourquoi le Divin Humain est plus haut que les Anges, car Sa nature est Humaine et correspond parfaitement à la dualité humaine, matière et esprit.

Il existait en outre des choses, qu'il était nécessaire de connaître, à propos de la nature matérielle du Divin Humain. Il était justement dit que, de même que les anges du ciel, unis dans l'amour conjugal, sont à la fois mâles et femelles, de même le Divin Humain l'est-il aussi. Il était vrai, comme Swedenborg en avait porté un éloquent témoignage, qu'à un moment et à un point particuliers du temps et de l'espace, sur une certaine planète parmi toutes les planètes habitées, le Divin Humain avait pris une forme humaine particulière et était devenu un homme terrestre, « de la terre, terrestre », comme l'avait écrit saint Paul. Il était vrai que les cieux étaient mâles et femelles, car ils procédaient de l'humanité qui était mâle et femelle, « Dieu donc créa l'homme à son image ; il le créa à l'image de Dieu : il les créa mâle et femelle » (Genèse, chapitre I, verset 27). Mais il existait en plus une Doctrine de Swedenborg concernant l'Humanité du Seigneur qu'il était essentiel de connaître et de comprendre. Durant Son incarnation ici-bas, le Seigneur avait reçu tout à la fois une forme humaine de Sa mère humaine et une forme humaine éternelle du fait de Son Être Divin, le Père. Et Swedenborg enseignait que le Seigneur tour à tour se dépouilla de l'Humain qui provenait de la mère et revêtit l'Humain qui provenait du Divin en Lui-même. Il avait deux états sur terre, l'un appelé l'état d'humiliation ou d'exinanition, l'autre l'état de glorification ou d'union avec le Divin, qui est appelé le Père. Il était dans l'état d'humiliation dans la mesure, et au moment, où il était en l'Humain de la mère ; et Il était dans l'état de glorification dans la mesure, et au moment, où il était en l'Humain du Père. Dans l'état d'humiliation il priait le Père comme un être distinct de Lui-même ; mais dans l'état de glorification il parlait avec le Père comme avec Lui-même. Sa Crucifixion était un dépouillement nécessaire de l'humanité corrompue qu'Il tenait de la mère, afin d'éprouver la glorification et l'union avec le Père.

« Le premier homme, étant de la terre, est terrestre, et le second homme, qui est le Seigneur, est du ciel.

Tel qu'est celui qui est terrestre, tels sont aussi les terrestres ; et tel qu'est le céleste, tels seront aussi les célestes.

Et comme nous avons porté l'image de celui qui est terrestre, nous porterons aussi l'image du céleste.

Voici donc ce que je dis, mes frères ; c'est que la chair et le sang ne peuvent posséder le royaume de Dieu, et que la corruption ne possédera pas l'incorruptibilité.

Voici un mystère que je vous dis, c'est que nous ne serons pas tous morts, mais nous serons tous changés,

En un moment, en un clin d'œil, au son de la dernière trompette ; car la trompette sonnera, et les morts ressusciteront incorruptibles, et nous serons changés.

Première Épître aux Corinthiens, chapitre XV, versets 47 à 52 », dit M. Hawke.

Il y eut un morne silence dans l'auditoire composé en majorité de femmes qui se sentirent individuellement et collectivement chapitrées, jugées insuffisantes, ou plutôt pas insuffisantes du tout, mais trop abondamment charnelles. Mme Hearnshaw serra plus étroitement de ses bras la prison des baleines de son corset qui réprimait le surgissement de sa chair à l'intérieur de laquelle ses propres os formaient la cage où croissait son enfant, animé d'une vie précaire. Mme Papagay tripota le petit repli de chair sous son menton, baissant les yeux, sans croiser le regard de M. Hawke. Sophy Sheekhy frissonna et se recroquevilla un peu plus dans ses vêtements. Mme Jesse tapota la tête de Carl, sa tête douce mais affreuse, et animée de ronflements. Le capitaine lança une espèce d'ébrouement et claironna absurdement : « Et les fils de Dieu, voyant que les filles des hommes étaient belles... »

Il y eut un silence. M. Hawke dit : « Pardonnez-moi – je ne vois pas le rapport –

– C'est juste que j'aime à entendre cette formule, monsieur, elle me réjouit, elle suggère une sorte d'union heureuse du terrestre et du céleste, vous savez, la beauté des femmes, et l'admiration, l'admiration des fils de Dieu devant cette beauté, dans les temps les plus reculés, vous savez, au Paradis, je suppose.

– C'est une interprétation très-erronée, capitaine. Très-erronée. Les autorités en la matière s'accordent à penser que les soi-disant fils de Dieu sont les anges déchus, les anges déchus qui sont tombés dans la corruption pour avoir convoité la beauté terrestre, comme certains parmi les anges y sont enclins, et comme Swedenborg l'a aussi révélé. Même saint Paul, je puis vous l'assurer, dans un texte des plus intéressants, met en garde contre le désir angélique excessif à l'égard de la matérialité du corps féminin. Il enjoint aux femmes de se couvrir la tête à l'assemblée des fidèles, pour la raison que la tête de l'homme est le Christ et la tête de la femme est l'homme, de sorte que l'homme ne doit pas, dit saint Paul, se couvrir la tête, dans la mesure où il est l'image et la gloire de Dieu ; mais la femme est la gloire de l'homme.

En effet, l'homme n'a pas été pris de la femme, mais la femme a été prise de l'homme.

Et l'homme n'a pas été créé pour la femme, mais la femme a été créée pour l'homme.

Et il poursuit, dit M. Hawke surexcité : " *C'est pourquoi la femme, à cause des anges, doit avoir sur sa tête une marque de la puissance sous laquelle elle est.* " C'est là une formule difficile à comprendre, mais on la croit liée à la tentation offerte aux anges lorsque l'assemblée des fidèles en prières attire leur attention – ou du moins l'attention de ceux d'entre eux qui sont imparfaitement en possession de leur nature spirituelle –

– Alors nous devons supposer que les merveilleux chapeaux que nos grandes dames doivent à leur modiste, tout ce massacre d'oiseaux de paradis, aigrettes, aras, autruches, geais bleus et colombes blanches comme neige, que tout cela, monsieur, est ce que vous appelez le " pouvoir " de détourner les convoitises des anges ? demanda Mme Jesse. Et " pouvoir " elles sont, toutes ces tours et tourelles de pauvres créatures mortes, dressées pour terrifier comme des sauvages avec leurs masques d'oiseaux et leurs capes de plumes d'or, le pouvoir de l'argent d'envoyer des navires par-delà les mers pour massacrer d'innocentes créatures vivantes qui dodelineront au-dessus des doubles mentons et palpiteront comme des pigeonniers portatifs sous la brise des conversations mondaines.

– Saint Paul n'a pas connaissance de telles choses, madame. Il s'est élevé contre la vanité des femmes, la convoitise des hommes, et a montré que ce n'étaient pas là des peccadilles, mais qu'elles avaient part à la substance même des choses, impliquant des Êtres célestes et infernaux, ainsi que notre grand prophète, Swedenborg, l'a on ne peut plus clairement montré. La vanité des femmes sous toutes ses formes était une abomination pour lui, et cela devait bien sûr inclure la plupart des styles de chapeau de nos modistes d'aujourd'hui, comme vous l'observez.

– Il a dit, fit remarquer le capitaine, que si une femme porte les cheveux longs, cela lui est honorable.

– Il l'a dit, en effet, et il a poursuivi, le verset poursuit : " parce que les cheveux lui ont été donnés pour lui servir comme de voile ". Il faut qu'elle soit couverte, s'écria M. Hawke.

– Quand nous nous sommes mariés, dit le capitaine, les cheveux d'Emily lui descendaient plus bas que la taille, tout en boucles, je m'en souviens. Je trouvais cela beau. C'était beau.

« – Ainsi va toute chair, dit sa femme, légèrement, touchant les ailes d'argent auprès de son visage.

– Ainsi change-t-elle, seulement, dit le capitaine. Pas vraiment en un clin d'œil, et pourtant cela peut en donner l'impression, les années passent à toute allure, et où sommes-nous ? Les pieds ailés du temps passent en voletant, et nous sommes changés.

– Vous parlez de mystères frivoles, dit M. Hawke.

– Et vous êtes porté à vous montrer très-sévère envers nous, dit Mme Jesse, comme si nous étions vos ouailles dans une église, lieu où nous ne sommes pas, quoique nous soyons assemblés dans un dessein sérieux. Et je crois que nous devrions cesser cette discussion, demander à Mme Papagay de nous calmer, et ouvrir nos cœurs aux messages que les êtres aimés et disparus peuvent souhaiter nous faire parvenir. Croyez-vous que quelques paisibles cantiques nous y aideraient, madame ?

– L'atmosphère est un petit peu trop électrique, je crois, madame, un petit peu trop électrique. Je sens une grande lutte d'esprits colériques et malveillants, une lutte dangereuse. Je crois que nous devrions nous donner la main et prier pour que le calme revienne. »

Elle tendit les mains, à M. Hawke sur sa gauche, à Mme Jesse sur sa droite. Sophy s'était arrangée pour se placer entre Mme Jesse et le capitaine. Plonger les doigts dans la colère brûlante de M. Hawke était plus qu'elle ne pouvait. Mme Hearnshaw était entre le capitaine et M. Hawke. Mme Papagay sentit de grandes vagues de chaleur rouge mat, une chaleur qui suait sous le drap de son habit, déferler de M. Hawke. Elle-même n'était pas à son affaire, pensa-t-elle, mais incapable de canaliser et d'identifier les sentiments de chacun, comme elle faisait d'habitude. Au lieu de cela, elle pensait, sur la défensive, de loin, elle pensait et la séance n'aboutissait jamais à rien si elle pensait. C'étaient de fort intéressantes pensées – comment les batailles spirituelles peuvent véritablement faire rage, même dans de paisibles salons de bord de mer où le feu brûle dans l'âtre, des batailles nourries de citations décochées comme des flèches, des batailles faites de mots qui étaient là pour indiquer des choses, des choses telles que des cheveux, des plumes, des anges, l'homme, la femme, Dieu. Il venait de se passer une espèce de joute de mots entre M. Hawke et le capitaine Jesse. Les mots étaient presque des choses, en ce sens qu'elle avait vu, pendant qu'ils parlaient, une chevelure, un chapeau, un corps d'homme ailé brûlant de désir, et cependant ce n'étaient pas des choses, de la manière dont sa connaissance de la détresse de Mme Hearnshaw était une chose, ou encore son sentiment de la vastation spirituelle de Sophy, dont elle ne savait ce qui l'avait provoquée, sans doute pas, pensa-t-elle, la créature constellée d'yeux de la semaine dernière. Elle dirigea son attention sur Mme Jesse, qui était également déconcertante, et qui avait en partie compris le message de la semaine dernière sans vouloir le partager, Mme Papagay en était sûre. Mme Jesse avait retiré sa main et tripotait les lanières de cuir autour des pattes d'Aaron. Elle était en train de libérer le grand oiseau, de lui masser sa peau noire du bout des doigts, et lui se tenait au bord de la table, inclinait la tête et faisait crépiter ses plumes. Puis il fit un ou deux pas en direction de M. Hawke, tourna la tête de côté et le fixa de son œil d'encre scintillant. M. Hawke ouvrit la bouche pour parler mais se ravisa. Aaron posa le bec sur sa gorge, remonta les épaules et parut dormir. La pièce était remplie de pouvoirs, en proie au courroux et au désir, à la désolation et à l'amour, et leurs mouvements ballottaient et clapotaient autour des têtes penchées au-dessus de la table.

Le silence s'épaissit. Un pétale tomba. Une soudaine rafale de pluie fouetta les vitres – le capitaine tourna sa grande tête pour observer le temps. Mme Papagay proposa de faire un essai d'écriture automatique. Elle tira le papier vers elle – elle ne voulait pas abuser de Sophy. Elle attendit. Au bout d'un moment la plume écrivit avec assurance :

Heureux ceux qui sont dans l'affliction
Car ILS SERONT CONSOLÉS.

« Quelqu'un est-il là ? interrogea M. Hawke. Y a-t-il un message pour l'une des personnes présentes en particulier ? »

Il ne viendra pas, dit-elle.

« Qui ne viendra pas ? dit M. Hawke.
– Arthur, dit Mme Jesse avec un léger soupir. C'est d'Arthur qu'il s'agit, j'en suis sûre. »
La plume écrivit rapidement.

Celui qui exclut l'Amour sera à son tour
Exclu par l'Amour et, couché devant la porte,
Il hurlera dans les ténèbres extérieures.

La plume parut apprécier ce mot, car elle joua avec lui, le répéta plusieurs fois, « hurlera », « hurlera », « hurlera », puis ajouta

> *ceux dont des pensées anarchiques, incertaines,*
> *Imaginent les hurlements – c'est trop affreux...*

« Un esprit poétique, dit M. Hawke.

– Les deux premières citations sont d'Alfred, dit Mme Jesse. La plume a pu les pêcher, pour ainsi dire, dans ma pensée. La troisième vient de *Mesure pour Mesure*, d'un passage où il est question de l'âme après la mort, qui avait beaucoup frappé Alfred, comme nous tous. Je n'ai aucune idée de qui dit ces choses.

Et l'un sera consolé. Toutes les larmes seront essuyées. Le Marié Vient. Vous ne savez ni le jour ni l'Heure de sa venue. Allumez la lampe.

– Qui nous dit ces choses ? demanda Mme Jesse.

– Non ! oh non ! non ! dit Sophy Sheekhy d'une voix étranglée.

– Sophy... », s'écria Mme Papagay.

Sophy sentit des mains transies sur son cou, des doigts transis sur ses lèvres. La chair se glaça sur les os de son crâne, sur le dos de ses doigts, sous son corset. Elle fut prise de tremblements et de spasmes. Elle se renversa sur sa chaise, la bouche ouverte, et vit quelque chose, quelqu'un, qui se tenait devant la baie vitrée. Ce qu'elle vit était d'une taille surhumaine, mais plus exiguë, comme une colonne de fumée, de feu ou de nuage, sans avoir exactement une forme humaine. Ce n'était pas le jeune homme mort, envers qui elle avait éprouvé une telle pitié, c'était une créature vivante pourvue de trois ailes, qui pendaient toutes du même côté. De ce côté-là, le côté ailé, la créature était d'or mat et avait la tête d'un oiseau de proie, l'air digne, l'œil d'or, la gorge emplumée, le corps pailleté de particules de métal brûlant. De l'autre côté, celui tourné dans l'ombre, elle était grise comme de l'argile humide, et informe, tendant des moignons qui n'étaient pas des bras, remuant ce qui n'était pas une bouche en un mince filet murmurant. Elle parlait de deux voix, l'une, musicale, et l'autre, faiblement bruissante comme du papier qui craque. « Dis-lui que j'attends.

– A qui ? dit Sophy d'une petite voix que tous entendirent.

– Emilia. Je triomphe dans une extase. Dis-lui. Nous serons unis et formerons un seul Ange. »

La créature avait faim de la vie des créatures vivantes dans la pièce.

« Sophy, dit Mme Papagay. Que voyez-vous ?

– Des ailes d'or, dit Sophy. Il dit : " J'attends. " Il dit de vous dire : " Je triomphe dans une extase. " Il dit de dire à Emily – Mme Jesse – Emily – qu'ils – seront unis et formeront un seul Ange. Dans l'au-delà, c'est-à-dire. »

Emily Jesse poussa un grand soupir. Elle lâcha la main glacée de Sophy et détacha l'autre main de Sophy de celle de son mari, brisant ainsi le cercle. Sophy demeura inerte, comme un prisonnier devant un inquisiteur, fixant le demi-ange que personne d'autre ne voyait, ou dont personne d'autre ne sentait la présence, et Emily Jesse prit son mari par la main.

« Eh bien, Richard, dit-elle. Nous ne nous sommes sans doute pas toujours aussi bien entendus que nous l'aurions pu, et notre mariage n'a sans doute pas été une réussite, mais je considère que c'est une disposition très-injuste, et je ne veux rien avoir à faire avec elle. Nous avons traversé des moments difficiles en ce monde, et je considère tout simplement correct de partager nos bons moments, à supposer que nous en ayons, dans l'autre. »

Richard souleva la main d'Emily et la regarda.

« Vraiment, Emily », dit-il, et puis encore : « Vraiment, Emily –

– Ce n'est pas souvent que les mots te manquent, dit sa femme.

– Non, certes. C'est seulement que – j'avais cru comprendre – j'avais cru comprendre que tu attendais – une communication de cet ordre. Je n'avais jamais supposé que tu dirais – rien qui ressemble à – ce que tu viens de dire.

– Peut-être as-tu d'autres vues, dit Mme Jesse.

– Tu sais bien qu'il n'en est rien, rien de rien. J'ai essayé d'être compréhensif, j'ai essayé d'être patient, j'ai respecté –

– Trop bien, trop bien, tu as trop bien essayé, et tous deux – »

Le capitaine secoua la tête comme un nageur qui remonte à la surface.

« Je l'aime, en effet, dit Emily. C'est difficile d'aimer les morts. C'est difficile d'aimer suffisamment les morts. »

Mme Papagay fut plongée dans un bonheur extrême par ce dialogue. Qui aurait pensé une chose pareille, se dit-elle, et cependant c'était parfait, absolument parfait, c'était seulement lorsque l'Ange la menaçait de la perte d'un mari dont elle ne semblait pas faire grand cas que Mme Jesse le voyait, qu'elle le voyait en termes de perte, de disparition, ce qui était sous-entendu, et qu'elle était conduite à imaginer l'existence sans lui. Mme Papagay savait qu'elle était en train de romancer, mais elle était remplie d'une sorte de pétillement de délice au spectacle des regards, à la fois entendus et étonnés, qui passaient entre ces vieux époux, dont on aurait pu croire qu'ils ne pouvaient avoir aucun secret l'un pour l'autre, et qui pourtant avaient ce grand secret-là. Que c'est intéressant ! Que c'est intéressant ! se dit Mme Papagay, et elle revint à elle en entendant une sorte de bruit d'étouffement dans la gorge de Sophy, qui prenait une terrible couleur où se mêlaient le gris cendre, le rouge prune et le lapis-lazuli, et dont les lèvres remuaient en silence. Sophy s'étrangla, aspira désespérément de l'air, comme si sa vie était en train d'être elle-même aspirée. Mme Papagay se leva sans bruit, fit le tour de la table et posa ses mains chaudes sur les tempes glacées de Sophy. Les petits talons de Sophy tambourinèrent sur le tapis, sa colonne verté-brale s'arqua et fut parcourue de saccades. Ses yeux grands ouverts ne voyaient pas. Rien d'aussi épouvantable ne lui était arrivé jusque-là. Mme Papagay essaya de faire passer de l'amour et de la tenue, de la retenue, le long de ses propres doigts. Sophy gisait pâmée en présence d'une absence, une absence faite d'argile suintante et de poussière tombant de plumes avachies. Sophy sentit cette absence faiblir, elle en poussa le terrible soupir de râle dans son propre larynx, elle la vit se désintégrer, funeste et palpitante de désir, dans la nuit pailletée qui écuma, bouillit, oscilla et redevint un liquide noir. Elle tourna la tête vers le capitaine et vit son albatros déployer ses ailes, ses immenses ailes qui ne connaissaient pas la cage, et regarder de ses yeux ourlés d'or.

« Sophy, dit Mme Papagay.

– Je vais très-bien, dit Sophy, maintenant. »

Mme Papagay jugea qu'il serait sans doute préférable de terminer la séance par des messages écrits, qui seraient peut-être d'une nature inspirante. Il était toujours surprenant de voir à quel point les vivants, en présence des morts, continuaient à se préoccuper de leurs problèmes, grands et petits, de vivants. Personne, à part elle, n'avait été très alarmé par l'état de Sophy.

Personne n'avait eu peur pour Sophy. Comme s'ils avaient tous la certitude que Sophy faisait semblant, pensa Mme Papagay, et pourtant il leur était nécessaire de croire que ce n'était pas le cas. Ils croyaient ce qu'ils avaient besoin de croire, d'un sens comme de l'autre, pensa-t-elle, et tenaient ainsi les ténèbres, les féroces et vacillantes ténèbres, en bon ordre et en échec. Elle savait, quant à elle, que Sophy ne simulait pas, mais elle ne parvenait pas à voir ce que Sophy avait vu. Plus tard, elle pensa qu'elle devait avoir été folle de supposer que les forces dans la pièce pouvaient être inapaisées et dangereuses, mais sur l'instant elle fut comme les autres, elle eut la certitude que ce n'était qu'un jeu de société, à un certain niveau, une espèce de conte collectif, ou de charade, même en tenant les mains mortellement froides de Sophy. Quoi qu'il en fût, elle fit distraitement glisser une feuille de papier devant elle et prit un crayon, qui se tortilla allégrement dans sa main et s'élança, possédé, à travers le papier, d'une écriture fanatiquement nette et sans hésitations.

> L'Ange Conjugal est-il pierre
> Que tête lourde il se tient là
> Pilier mort, regard en arrière,
> Inerte, moussu, solitaire ?
>
> L'Esprit Saint pêche dans le Vide
> Sophy charnue à l'Hameçon
> Les Fils de Dieu viennent guigner
> Les membres dodus à goûter
>
> Très-Grand Homme lance la ligne
> Où Sophy pendille en appât
> Et crie à travers le colure
> Pour ferrer le Divin Humain
>
> Pétales choient des cheveux chus
> Qui sont, dans l'argile, odorants
> Des suintements et du fumet
> De l'Enfer, le Bestial repaire
>
> Lors mon Amour est-il la bête
> Qui fut, n'est pas, et pourtant est,
> Qui offre à baiser ses trous rouges
> Et pince le festin de chair

Rosemonde, Rose adultère
Empeste et croupit dans son urne
Les pleurs d'Alfred tournent à l'encre
Gouttent en son je ne sais quoi

L'Angle déploie ses ailes d'or
Il dresse haut son membre d'or
Et mari et femme s'enlacent :
Cadavre qui geint et qui chante

« Arrêtez ! dit M. Hawke. Nous sommes en présence d'un esprit mauvais. Il faut mettre fin à ces imaginations ordurières. Allumez la lumière ! arrêtez, madame, arrêtez ! soyons forts. »

Réveillé par cette voix courroucée, Aaron traversa la table, renversa la coupe de roses, et s'envola vers la tablette de la cheminée, laissant derrière lui une tache sombre cerclée de blanc.

« Qu'est-ce que cela peut bien vouloir dire ? dit Mme Hearnshaw en lisant le texte. Qu'est-ce que cela peut bien vouloir dire ?

– Ce sont des obscénités, dit M. Hawke. Indignes d'être mises sous les yeux des dames. Je crois que ce message émane d'un esprit mauvais et que nous devrions refuser d'en écouter davantage. »

A ces mots Aaron lança un croassement sonore, peut-être approbateur, qui les fit tous sursauter. Et Carl, remuant dans son sommeil, lâcha une salve de petits pets qui explosèrent en répandant une puissante odeur de pourriture. Emily Jesse, les lèvres blêmes et pincées, prit le papier outrageant et alla le jeter dans le feu. Il se recroquevilla, craqua, brunit, noircit, et s'envola sur des ailes de cendre dans la cheminée. Mme Papagay, en observant Mme Jesse, sut que c'était leur dernière séance dans cette maison, que quelque chose de véritablement remarquable s'était produit et que, pour cette raison précisément, il n'y aurait pas d'autres tentatives. Elle le regrettait et ne le regrettait pas. Après que M. Hawke, tout gargouillant, fut parti seul, et qu'un fiacre eut emporté Mme Hearnshaw, Mme Jesse fit du thé pour Mme Papagay et Sophy, et déclara qu'elle avait décidé qu'il serait plus sage de ne plus se réunir pour le moment. « Une chose, quelque chose, se livre à des jeux avec une grande part de ce qui m'est sacré, et ce n'est pas moi, madame, mais ce ne peut être personne d'autre, et je me rends compte que je ne veux pas en savoir davantage. Croyez-vous que je manque de courage ?

– Je crois que vous faites preuve de sagesse, madame. Je crois que vous faites preuve d'une grande sagesse.

– Vous me consolez. »

Elle versa le thé. Les lampes à huile répandaient une lumière chaude sur le plateau. La théière était en porcelaine, décorée d'un semis de petites roses cramoisies, incarnates et bleu ciel, et les mêmes fleurs formaient une guirlande sur les tasses. Il y avait des biscuits saupoudrés de sucre, et ornés chacun d'une fleur en sucre glacé, de couleur crème, violette ou blanche comme la neige. Sophy Sheekhy regarda le jet de liquide topaze tomber du bec de la théière en un nuage de vapeur aromatique. Cela aussi c'était un miracle, que des gens à la peau dorée, en Chine, ou à la peau bronzée, en Inde, cueillent des feuilles qui traversent les mers sans encombre, sur des navires aux ailes blanches, dans des coffrets de plomb, des coffrets de bois, survivant aux tempêtes et aux tornades, voguant sans trêve sous le soleil brûlant et la lune glacée, pour venir jusqu'ici et tomber d'un récipient de porcelaine tendre, fait d'argile fine, façonné par des mains habiles, dans le pays des Poteries, cuit dans des fours céramiques, vernissé d'argile brillante et glissante, soumis à une seconde cuisson, décoré de boutons de rose par des mains d'artistes qui tenaient de fins, de si fins pinceaux, et qui tournaient le tour du potier, posant, dans le baiser des soies beiges, des boutons flottant sur un fond d'azur, ou bien un fond mortellement blanc, et que le sucre provienne des contrées où des hommes et des femmes noirs vivaient et mouraient en esclaves, d'une mort ô combien terrible, pour produire ces délicates fleurs qui fondaient sur la langue comme les rouleaux de parchemin dans la bouche du prophète Esaïe, et que la farine soit blutée, et le lait baratté en beurre, et farine et beurre travaillés ensemble pour se muer en ces délices momentanées, cuites dans le four de Mme Jesse et élégamment empilées sur une assiette pour être offertes au capitaine Jesse, à la tête de laine blanche et au regard souriant, à Mme Papagay, empourprée et agitée, et à elle-même, Sophy, si mal en point, ainsi qu'à l'oiseau noir et à ce chien baveux de Carl, devant les charbons ardents de l'âtre, dans la bénigne lumière de la lampe. N'importe lequel d'entre eux aurait pu si facilement ne pas être là à boire le thé et à manger les sucreries. Les orages et les banquises auraient pu emporter le capitaine, le chagrin ou les maternités auraient pu détruire sa femme, Mme Papagay aurait pu tomber dans la misère, et elle-même, Sophy, aurait pu mourir à la tâche, en servante, mais ils étaient tous réunis là et leurs yeux brillaient et leur palais goûtait des choses qui étaient bonnes.

XII

Et quand finalement elles prirent congé, elles sortirent dans la nuit noire. Il faisait un froid glacial, avec du vent, des embruns projetés dans l'air, et le bruit de la mer lointain et proche en même temps. Elles décidèrent cependant de rentrer à pied, craignant déjà la nécessité de faire des économies. Car si Mme Jesse n'organisait plus de séances et que M. Hawke était irrité et hostile, qu'allait-il advenir d'elles ? Elles hâtèrent le pas en direction du Front de Mer, le vent dans le dos, précédées par un rempart de parapluies ouverts. Après un certain temps Sophy tira Mme Papagay par la manche et essaya de lui crier doucement dans l'oreille.

« Je crois que nous sommes suivies. On marche derrière nous depuis que nous avons quitté Mme Jesse.

– Je crois que vous avez raison. Et maintenant que nous sommes arrêtées, les pas se sont arrêtés aussi. Il n'y a qu'une seule personne.

– J'ai peur.

– Moi aussi. Mais je crois qu'il faut tenir ferme – ici sous ce réverbère et laisser notre suiveur nous dépasser pacifiquement, ou bien l'interpeller. Nous sommes deux et il est seul. Je n'ai pas envie de m'enfoncer dans le dédale de ruelles derrière le

318

marché aux poissons avec un homme à mes trousses. Vous sentez-vous brave, Sophy ?

– Non. Mais il s'agit seulement d'un être de chair et d'os, je crois.

– Habité par un esprit vivant, ma chère enfant, un esprit vivant, ce qui peut être également dangereux.

– Je sais. Mais pour le moment je redoute davantage les morts. Faisons-lui donc face. Il nous dépassera peut-être. »

Elles s'arrêtèrent, et les pas derrière elles s'arrêtèrent, puis se rapprochèrent, plus lents, plus hésitants. Elles se tenaient immobiles sous le réverbère de leur choix, serrant leurs parapluies. Les pas approchèrent, se révélèrent appartenir à un être hirsute en pardessus informe et casquette sombre. Quand il arriva à leur hauteur, il s'arrêta net et resta à les regarder.

« Pourquoi nous suivez-vous ? demanda Mme Papagay.

– Ah ! dit l'homme qui les contemplait. C'est bien toi. Je n'en étais pas tout à fait sûr dans le noir, mais maintenant je vois que c'est toi, comme le nez au milieu de la figure. Je suis allé chez toi, tout était noir et fermé, mais la femme de la maison d'à côté m'a dit que tu passerais par ici – alors je me suis mis en quête – il faisait froid et humide sur le pas de ta porte – et j'ai connu assez de froid et d'humidité pour satisfaire deux vies entières. Tu ne me reconnais pas, Lilias ?

– Arturo, dit Mme Papagay.

– Deux naufrages, dit-il avec une certaine hésitation. Et un navire perdu corps et biens. Tu n'as pas reçu mes lettres t'annonçant mon retour ? »

Mme Papagay fit non de la tête. Elle avait l'horrible impression d'être en train de craquer. Ses nerfs lui faisaient mal, sa tête cognait, elle était comme une vache qu'on assomme à l'abattoir.

« Je t'ai donné un horrible choc, dit le capitaine Papagay. J'aurais mieux fait d'attendre devant chez toi. »

Mme Papagay sombra jusqu'aux portes du tombeau et revint sur les ailes du vent. La vie pénétra en trombe dans son cœur et ses poumons et elle lança un grand cri tumultueux : « Arturo, Arturo », et jeta son parapluie, dont le vent s'empara, l'emportant dans la rue comme une grande fleur de pissenlit. « Arturo », s'écria Mme Papagay. Et elle bondit sur lui, de sorte que s'il n'avait pas été là, solidement là, pour la retenir, elle aurait certainement été précipitée sans vie sur le pavé mouillé. Mais il était bien là, et Mme Papagay atterrit dans ses bras, et il ouvrit son pardessus et la pressa contre lui, et elle sentit son odeur vivante de sel et de tabac, ses cheveux, sa peau, différents de tous les autres cheveux et de toutes les autres peaux du monde, une odeur qu'elle avait gardée en vie quand il eût semblé plus sage de la laisser mourir dans la mémoire de ses narines. Et il enfonça le visage dans sa chevelure, et elle entoura de ses bras vides cette présence compacte, maigre mais en vie, se rappelant son épaule, ses côtes, ses reins, criant, « Arturo » dans son pardessus et dans le vent.

Et Sophy Sheekhy se tint sous le réverbère, à les regarder s'enlacer de plus en plus étroitement, se fondre en un seul être, tandis qu'ils s'agrippaient et se palpaient en balbutiant. Et elle songea à tous les êtres de par le monde dont les bras vides cherchent douloureusement à étreindre les morts – elle pensa que dans les histoires, et très rarement dans la sobre réalité, le froid et la mer rendent ce qu'ils ont pris, ou paraissent avoir pris – et cet embrassement nocturne dans le vent se mua dans son esprit en un tout harmonieux avec la vision du feu dans l'âtre des Jesse, et le miracle de la mer. Une vie dans la mort, pensa Sophy Sheekhy, en se détournant discrètement de l'extase échevelée de Mme Papagay vers l'encre de la nuit et de la mer, hors de la lumière que répandait le réverbère.

REMERCIEMENTS

Je souhaite remercier plusieurs personnes pour l'aide, biblio-graphique ou pratique, qu'elles m'ont apportée. Ursula Owen et David Miller m'ont prêté des livres sur les abeilles et les anges. Mes premiers éditeurs en France, Marc et Christiane Kopylov, ont fureté chez les bouquinistes parisiens. Lisa Appignanesi m'a prêté l'édition complète des *Arcana Caelestia* de Swedenborg. Gillian Beer et Jenny Uglow m'ont donné des conseils de lecture d'une importance cruciale. Chris O'Toole, de l'Institut entomologique Hope, à Oxford, et une personne d'une patience infinie au bureau des renseignements de la section entomologique de la bibliothèque du musée des Sciences se sont montrés extraordinairement secourables et intéressants. Ma fille, Isabel Duffy, Elizabeth Allen et Helena Caletta, libraire pleine de ressource, m'ont patiemment prodigué leur secours. Et Jane Turner, de chez Chatto & Windus, a cherché des illustrations avec autant d'imagination que d'érudition.

Une œuvre de fiction n'a pas besoin de bibliographie. Je tiens pourtant à exprimer ma gratitude au colonel A. Maitland Emmet, dont l'ouvrage, *Le Nom scientifique des lépidoptères britanniques,* m'a procuré le bonheur de nombreuses heures de lecture et inspiré une grande partie de l'histoire de Matty, « Les choses ne sont pas ce qu'elles semblent être ». Le *Guide Collins des insectes de Grande-Bretagne et d'Europe occidentale,* de Michael Chinery, m'a également donné beaucoup de plaisir et une masse de renseignements. Quiconque s'intéresse à A. H. Hallam a une grande dette envers le regretté T. H. Vail Motter, éditeur des *Écrits d'Arthur H. Hallam,* et Jack Kolb, éditeur de ses *Lettres.* L'édition des *Œuvres complètes* de Tennyson, procurée par Christopher Ricks, est une source constante d'inspiration. Je dois aussi beaucoup à *L'Évolution d'une société d'insectes,* de Derek Wraggle Morley. *La Chambre dans la pénombre,* d'Alex Owen, est une excellente étude des médiums féminins au XIXᵉ siècle. Et j'ai beaucoup et agréablement appris dans l'ouvrage de Michael Wheeler, *La Mort et la vie future dans la littérature et la théologie victoriennes.*

ILLUSTRATIONS

Auteur et éditeur remercient les personnes et les institutions suivantes, qui les ont autorisés à utiliser les illustrations : Brian Hargreaves, de la Société royale des beaux-arts, pour dix dessins à la plume ; l'Institut Courtauld de Londres, pour deux gravures de John Martin illustrant le *Paradis perdu,* de Milton ; le musée Fogg, à l'université de Harvard, Cambridge (Massachusetts), Legs Grenville L. Winthrop, pour deux dessins d'Edward Burne-Jones illustrant « Les jours de la création » (Les premier et deuxième jours), et pour le dessin de Dante Gabriel Rossetti, « Étude pour la Damoiselle élue ».

Ils souhaitent remercier tout particulièrement Norman Adams, de la Société royale des beaux-arts, pour les tableaux d'anges et d'insectes qu'il a peints spécialement pour la jaquette de la première édition de ce livre aux éditions Chatto & Windus.

Table

Littérature étrangère
chez Flammarion

Déjà parus :

Walter Abish, *Les esprits se rencontrent*
Walter Abish, *Eclipse Fever*
Miroslav Acímovíc, *La porte secrète*
Bai Xianyong, *Garçons de cristal*
John Banville, *Kepler*
John Banville, *Le livre des aveux*
John Banville, *Le monde d'or*
Jochen Beyse, *Ultraviolet*
Maxim Biller, *Ah ! Si j'étais riche et mort*
Raul Brandão, *Humus*
Nicolae Breban, *Don Juan*
Philip Brebner, *Les mille et une douleurs*
A.S. Byatt, *Possession*
Gianni Celati, *Narrateurs des plaines*
Gianni Celati, *Quatre nouvelles sur les apparences*
Evan S. Connell, *Mr. & Mrs. Bridge*
Avigdor Dagan, *Les bouffons du roi*
Bruce Duffy, *Le monde tel que je l'ai trouvé*
Steve Erickson, *Les jours entre les nuits*
Steve Erickson, *Tours du cadran noir*
Alison Findlay-Johnson, *Les enfants de la désobéissance*
Connie May Fowler, *La cage en sucre*
Teolinda Gersão, *Le cheval de soleil*
Kaye Gibbons, *Histoires de faire de beaux rêves*
Kaye Gibbons, *Une sage femme*
G.-A. Goldschmidt, *La ligne de fuite*
Jessica Hagedorn, *Les mangeurs de chien*
Lennart Hagerfors, *L'homme du Sarek*
Lennart Hagerfors, *Les baleines du lac Tanganyika*
Werner Heiduczek, *Départs imprévus*
Alice Hoffman, *La lune tortue*
Michael Holroyd, *Carrington*
Huang Fan, *Le goût amer de la charité*
Anatole Kourtchatkine, *Moscou aller-retour*
Léonide Latynine, *Celui qui dort pendant la moisson*
David Leavitt, *A vos risques et périls*
David Leavitt, *Tendresses partagées*
Lilian Lee, *Adieu ma concubine*

Lilian Lee, *La dernière princesse de Mandchourie*
Li Ang, *La femme du boucher*
Vladimir Makanine, *Le citoyen en fuite*
Carmen Martín Gaite, *La chambre du fond*
Carmen Martín Gaite, *Passages nuageux*
Luis Mateo-Díez, *Les petites heures*
Terry McMillan, *Vénus dans la vierge*
Alberto Moravia, *La femme-léopard*
Alberto Moravia, *Promenades africaines*
Alberto Moravia, *La polémique des poulpes*
Nico Orengo, *On a volé le Saint-Esprit*
Agneta Pleijel, *Les guetteurs de vent*
Fabrizia Ramondino, *Althénopis*
Fabrizia Ramondino, *Un jour et demi*
Juan José Saer, *L'ineffaçable*
Elizabeth Smart, *J'ai vu Lexington Avenue se dissoudre dans mes larmes*
Lytton Strachey, *Ermyntrude et Esmeralda*
Amy Tan, *Le club de la chance*
Adam Thorpe, *Ulverton*
Colm Tóibín, *Désormais notre exil*
Victoria Tokareva, *Le chat sur la route*
Victoria Tokareva, *Première tentative*
Su Tong, *Épouses et concubines*
Tarjei Vesaas, *Le germe*
Tarjei Vesaas, *La maison dans les ténèbres*
Paolo Volponi, *La planète irritable*
Paolo Volponi, *Le lanceur de javelot*
Eudora Welty, *La mariée de l'Innisfallen*
Mary Wesley, *La pelouse de camomille*
Mary Wesley, *Rose, sainte nitouche*
Mary Wesley, *Les raisons du cœur*
Mary Wesley, *Sucré, salé, poivré*
Mary Wesley, *Souffler n'est pas jouer*
Edith Wharton, *Le fruit de l'arbre*
Edith Wharton, *Le temps de l'innocence*
Edith Wharton, *Les chemins parcourus*

CET OUVRAGE
A ÉTÉ ACHEVÉ D'IMPRIMER
PAR L'IMPRIMERIE FLOCH
À MAYENNE EN JUILLET 1995

N° d'éd. 16211. N° d'impr. 37793.
D.L. : août 1995.
(*Imprimé en France*)

8/75
UD.